国家出版基金资助项目

国家出版基金项目
NATIONAL PUBLICATION FOUNDATION

全 乐 府

（六）

主　编　彭黎明　彭　勃

副主编　罗　姗　笑　雪

上海交通大学出版社

第六册目录

第二十三卷　元　乐　府

第二十四卷　明　乐　府

新乐府辞（一）

全乐府

〇二二

第二十五卷　清近代乐府(一)

新乐府辞（二）

第二十六卷　清近代乐府（二）

新乐府辞（三）

全乐府

第二十三卷 元乐府

新乐府辞(一)

征 夫 词①

刘　祁②

顽阴③漠漠秋天黑,冷雨潇潇和雪滴。涂中骑士衣裳单,半夜衔枚赴灵壁。中州近岁雨雪多,只因戎马窥黄河。将军锦帐衣千袭,马上挥鞭传令急。但令饱暖度朝夕,一死沙场吾不惜。九重日望凯歌归,安知中路行逶迤。愿将舞女缠头锦,添作征人身上衣。

① 此首录自清顾嗣立《元诗选·二集》(中华书局1987年版,下同)。
② 刘祁(1203—1250):字京叔,号神川遁士,浑源(今属山西)人。幼从父祖仕宦于大河之南,习时文,读史书,潜心著述,李纯甫、赵秉文、王若虚诸人称其有异才。蒙古窝阔十年,诏试儒士,祁中选,充山西东路考试官。有《神川遁士集》。
③ 阴:《元诗选·二集》注"一作云"。

征 妇 词①

刘　祁

青灯荧荧照空壁,绮窗月上莎鸡泣。良人塞上②远从军,独妾深闺长太息。忆初痴小嫁君时,谓君不晚拥旌麾。如何十载尚舆隶,东屯西戍长奔驰。秋风戎马临关路,千里持矛关上去。公家事急将令严,儿女私情那得顾。恨妾不为金鞴靫,在君腰下随风埃。恨妾不为龙泉剑,在君手内飞光焰。慕君不得逐君行,翠袖斑斓空血染。君不见重瞳凤驾游九疑,苍梧望断犹不归。况今沙场征战地,千人同去几人回。君回不回俱未见,妾心如石那可转。

① 此首录自《元诗选·二集》。　　② 塞上:《元诗选·二集》注"一作沙塞"。

留 春 曲①

刘　祁

絮飞冷屑龙蟠玉,花殒香摧凤衔烛。批颊深林叫新绿,倚阑人唱留春曲。春光欲去如死灰,明年暖风吹又来。何如日日长相守,典衣共醉花前杯。殷勤留春春不住,白日西驰水东注。镜中丝发奈老何,君当持杯我欲歌。

① 此首录自《元诗选·二集》。

宫 中 曲①

刘秉忠②

帘卷东风户半开,闲庭烟锁绿纹苔。海棠花上黄昏月,曾照金鸾几度来。

① 此首录自《元诗选·初集》(中华书局 1987 年版,下同)。　　② 刘秉忠(1216—1274):字仲晦,号藏春散人,邢州(今属河北)人。曾祖仕金,其父在蒙古任官。初补邢台节度府令史,后隐居,出家为僧。博学多才,又精于天文地理、律历、阴阳术数等。见赏于忽必烈,以布衣身份随征云南、南宋。忽必烈即位,官拜光禄大夫,位太保,参领中书省事。元初制度多出其手。有《藏春集》。

驼 车 行①

刘秉忠

驼顶丁当响巨铃,万车轧轧一齐鸣。当年不离沙陀地,辗断金原鼓笛声。

① 此首录自《元诗选·初集》。

溪 上①

刘秉忠

芦花远映钓舟行，渔笛时闻三两声。一阵西风吹雨散，夕阳还在水边明。

① 此首录自《元诗选·初集》。

松 声 行①

耶律铸②

水淙淙，山重重，前溪后岭万苍松。我来秋雨霁，夜宿深山中。霜寒千里龙蛇怒，岩谷萧条啸貔虎。波涛漾漾生秋寒，碧落无云自飞雨。珑珑兀兀惊俗聋，余韵飘萧散碧空。悠然杖策出门去，方知万壑生清风。清欢一夕无古今，勾引幽③人风雅句。那堪更被山头月，团圆挂在青松树。

① 此首录自清钱熙彦《元诗选·补遗》（中华书局 2002 年版，下同）。
② 耶律铸（1221—1285）：字成仲，耶律楚材次子。耶律楚材死后，即领中书省事，三度任中书左丞相。至元二十年（1283）因派系斗争被罢官抄家，两年后卒。著有《双溪醉隐集》。《元史》有传。　③ 幽：《元诗选·补遗》注"一作诗"。

采 莲 曲①

耶律铸

锦云承露珠盘冷，玉女佩环鸣玉井。凝歌声入天镜来，兰桡扰碎蓬壶影。弄香浮叶一何繁，翠盖霞幢不齐整。可是芳心空自苦，凌波无梦惟烟景。

① 此首录自《元诗选·补遗》。

长 相 思^①

耶律铸

　　燕子不来花着雨,莺声巧作烟花主。满庭重叠绿苔斑,斜倚栏干臂鹦鹉。清渭东流剑阁深,不知消息到如今。相思前路几回首,一夜月明千里心。

　　① 此首录自《元诗选·补遗》。

大 道 曲^①

耶律铸

　　春风吹绣陌,花满帝乡树。丝柳袅芳烟,细雨黄金缕。分明须尽是,引荡人心处。车马往来尘,尽结成红雾。楼上琵琶声,倚歌临大路。郑重且^②休教,放得春回去。

　　① 此首录自《元诗选·补遗》。　② 且:《元诗选·补遗》注"一作只"。

明 妃^①（二首）

耶律铸

其 一

　　汉使却回凭寄语,汉家三十六将军。劝君莫话封侯事,触拨伤心不愿闻。

　　① 此二首录自《元诗选·补遗》。

其 二

　　散花天上散花人,谁说香名更未闻。薄命换移仙寿在,不须青冢有愁云。

白沟行[1]

郝 经[2]

西风易水长城道,老汴查牙马频倒。岸浅桥横路欲平,重向荒寒问遗老。易水南边是白沟,北人为界海东头。石郎作帝从珂败,便割燕云十六州。世宗恰得关南死,点检陈桥作天子。汉儿不复见中原,当日祸基元在此。沟上残城有遗堞,岁岁辽人来把截。酒酣踏背上马行,弯弧更射沟南月。孙男北渡不敢看,道君一向何曾还。谁知二百年冤孽,移在江淮蜀汉间。岁久河干骨仍满,流祸无穷都不管。晋家日月岂能长,当时历数从头短。日暮途穷更着鞭,百年遗恨入荒烟。九原重怨桑维翰,五季那知鲁仲连。只向河东作留守,奉诏移官亦何疚。称臣呼父古所无,万古诸华有遗臭。

[1] 此首录自《元诗选·初集》。 [2] 郝经(1223—1275):字伯常,泽州陵川(今属山西)人。崇奉朱熹之学。曾师事元好问。曾受忽必烈之命南征宋,又以翰林侍读学士充国信使,出使南宋议和,被贾似道扣留十三年之久。其尚气节,始终不屈,直到伯颜伐宋才被放归。为元初著名文论家。其诗深秀挺拔。有《陵川集》《续后汉书》。

贤台行[1]

郝 经

高台突兀燕山碧,黄金泥多土犹湿。晓日曈昽赤羽旗,燕王北面亲前席。费尽黄金台始成,一朝拜隗人尽惊。谁知平地几层土,中有全齐七十城。礼贤复雠燕始霸,遂与诸侯雄并驾。七百年来不用兵,一战轰然骇天下。二城未了昭王殂,火牛突出骑劫诛。台上黄金少颜色,惠王空读乐毅书。古来燕赵多奇士,用舍中间定兴废。还闻赵括代廉颇,败国亡家等儿戏。燕子城南知几年,台平树老漫荒烟。莫言骐骥能千里,只重黄金不重贤。

① 此首录自《元诗选·初集》。题下有注:"古黄金台也,土人称为贤台。"

江 声 行①

郝 经

雁啼月落扬子城,东风送潮江有声。乾坤汹汹欲浮动,窗户凛凛阴寒生。昆阳百万力一蹴,齐呼合噪接短兵。铁骑突起触不周,金山无根小孤倾。起来看雨天星稀,疑有万壑霜松鸣。又如暴雷郁未发,喑鸣水底号鲲鲸。只应灵均与子胥,沉恨郁怒犹难平。更有万古战死骨,衔冤饮泣秋涛惊。虚庭徙倚夜向晨,重门击柝无人行。三年江边不见江,听此感激尤伤情。须臾上江帆欲举,舟子喧豗闹挝鼓。江声渐小听鸡声,惨淡芙蓉落疏雨。

① 此首录自《元诗选·初集》。

入 燕 行①

郝 经

南风绿尽燕南草,一桁青山翠如扫。骊珠昼擘沧海门,王气夜塞居庸道。鱼龙万里入都会,颎洞合沓何扰扰。黄金台边布衣客,拊髀激叹肝胆裂。尘埃满面人不识,肮脏偓寒虹霓结。九原唤起燕太子,一尊快与浇明月。英雄岂以成败论?千古志士推奇节。荆卿虽云事不就,气压咸阳与俱灭。何如石晋割燕云,呼人作父为人臣。偷生一时快一己,遂使王气南北分。天王几度作降虏,祸乱衮衮开其源。谁能倒挽析津水? 与洗当时晋人耻。昆仑直上寻田畴,漠漠丹霄跨箕尾。

① 此首录自《元诗选·初集》。

听角行①

郝 经

疏星澹不芒,破月冷无色。千年塞下曲,忽向窗中得。当空劲作六龙嘶,四海一声天地寂。长呼渺渺振长风,引起浮云却无力。此声谁谓非恶声,借问何人有长策。汉家有客北海北,节毛落尽头毛白。听此空令双泪垂,中原雁断无消息。南枝越鸟莫惊飞,牢落天涯永相失。江上旧梅花,今夜落谁家? 楼头有恨知何事,牵住青空几缕霞。

① 此首录自《元诗选·初集》。题下有注:"赠汉上赵丈仁甫。"

后听角行①

郝 经

燕南壮士江城客,孤馆无眠心已折。那堪夜夜闻角声,怨曲悲凉更幽咽。一喷牵残杨柳风,五更吹落梅花月。霜天裂却浮云散,雁行断尽疏星接。余音眇眇渡江去,依稀似向愁人说。劝君且莫多叹嗟,家人恨杀生离别。可怜辛苦为谁来? 雕尽朱颜头半白。万绪千端都上心,一寸肝肠能几截。当时听角送南人,南人吹角不送人。不如睡着东风恶,拍枕江声总不闻。

① 此首录自《元诗选·初集》。题下有序曰:"丁未冬十有一月,汉上赵先生

仁甫宿于余家之蜗壳庵。霜清月冷,角声寥亮,乃作听角行以赠其行。近在仪真,每闻角声,因思向来卒章四句:'江上旧梅花,今夜落谁家?楼头有恨知何事,牵住青空几缕霞。'便有江城羁留之兆。故作《后听角行》以自释云。"

江梅行①

郝 经

江城画角吹吴霜,破月著水天昏黄。波澄烟妥林影澹,双梅带雪横溪塘。此时承平风物盛,家家种玉栽琳琅。朝来伴使宴江馆,银瓶乱插吹银管。霏微香雾入红袖,零乱春云绕金碗。都将和气变荒寒,锦瑟愁生燕玉暖。为言仪真梅最多,苔花古树深烟萝。一年十月至二月,红红白白盈江沱。自从天马饮江水,草根啮尽梅无柯。杨子人家楚三户,今年幸有烧残树。忽闻星使议和来,尽贮筠笼待供具。从今江梅好颜色,烂醉长吟嚼佳句。

① 此首录自《元诗选·初集》。

长星行①

郝 经

银槊万条日没酉,玉虹千丈月合丑。雄鸡一声半天赤,太阳欲出星在柳。东南势妥裁冰刀,东北迸开驱雪帚。行侵荧惑掩太白,直从北斗向南斗。上相黯惨忽无色,上将参差都不守。明堂帝坐总茫昧,房驷王良欲奔走。渐过舆鬼漫两河,浑扫三垣当井口。突烟滚滚欲浮动,异事惊人古未有。初从暵旱忽风雨,拔木轰山声乱吼。尔后妖芒忽亘天,七月初吉又逾九。纵横凌犯卧复坚,自暮至朝长更久。五年江馆戴

片天,变故纷纭翻覆手。摧心褫魄又见此,闭目不敢
窥户牖。天倾地裂由积衅,败国亡家皆自取。吾闻有
道必得寿,长星劝汝一杯酒。

① 此首录自《元诗选·初集》。题下有注曰:"甲子岁七月一日始见,九月十
六日没。"

狠 墙 叹[①]

郝 经

危墙阔峻倒插棘,四檐抵匝无罅隙。东日晒透西
日炙,周兴铁瓮炽火逼。置予此中不许出,虐哉狠墙
甚狠石。呜呼何时见天日!

① 此首录自《元诗选·初集》。

冤 镭 叹[①]

郝 经

重门重锁禁不开,伴使送入不复来。铁簧生涩深
金苔,沴气缠结埋阴霾。窦中进食当门回,咬唇闭目
犹疑猜。呜呼冤镭孰为哀!

① 此首录自《元诗选·初集》。

忆宝刀歌[①]

郝 经

生平知己压腕刀,借交报仇燕南豪。一从濠梁成
隔绝,枭獍触忤狐狸噪。夜夜斗牛多异气,玉虹紫天
光烛地。几回梦里飞入手,痛惜当年都废弃。近来馆
下遇家贼,空拳无奈徒忿激。撼床一夜宝刀鸣,黑风

卷地吹霹雳。只今使节犹未回，只应玉瑑生青苔。何时磊落却在手，为我讨贼除氛埃。

① 此首录自《元诗选·初集》。

怀来醉歌①

郝 经

胡姬蟠头脸如玉，一撒青金腰线绿。当门举酒唤客尝，俊入双眸耸秋鹘。白云乱卷宾铁文，腊香一喷红染唇。据鞍侧鞬半淋鬎，春风满面不肯嗔。系马门前折残柳，玉液和林送官酒。二十五弦装百宝，一派冰泉落纤手。须臾高歌半酡颜，貂裘泼尽不觉寒。谁道雪花大如席？举鞭已过鸡鸣山。

① 此首录自《元诗选·初集》。

青 城 行①

郝 经

坏山压城杀气黑，一夜京城忽流血。弓刀合沓满掖庭，妃主喧呼总狼藉。驱出宫门不敢哭，血泪满面无人色。戴楼门外是青城，匍匐赴死谁敢停？百年涵育尽涂地，死雾不散昏青冥。英府亲贤端可怜，白首随例亦就刑。最苦爱王家两族，二十余年不曾出。朝朝点数到堂前，每向官司求米肉。男哥女妹自夫妇，靦面相看冤更酷。一旦开门见天日，推入行间便诛戮。当时筑城为郊祀，却与皇家作东市。天兴初年靖康末，国破家亡酷相似。君取他人既如此，今朝亦是寻常事。君不见二百万家族尽赤，八十里城皆瓦砾。白骨更比青城多，遗民独向王孙泣。祸本骨肉相残贼，大臣蔽君尤壅塞。至今行人不叹承天门，行人但嗟濠利宅！城荒国灭犹有十仞墙，墙头密匝生铁棘。

① 此首录自《元诗选·初集》。原注曰："陵川集诗，叙金亡事最详。又有《金源十节士歌》序云：金源氏播迁以来，至于国亡，得节义之士王刚忠公等十人，皆死事死国，有古烈士之风。可以兴起末俗，振作贪懦。其名字官阶始终行业，自有良史。其大节之岳岳磊磊，在人耳目，虽耕夫贩妇，牛童马走，共能称道者。作歌以歌之，庶几揄扬激烈，由其音节，见其风采云。天兴诸臣，国亡无史。不能具官。故皆只以当世所称者，如郭虾蟆、仲德行院等书之。俟国史之出，当为厘正云。十节士谓王子明、移剌都、郭虾蟆、合答平章、陈和尚、马乌古、孙道原、仲德行院、绛山奉御李丰亭、李伯渊也。"

居 庸 行①

郝 经

惊风吹沙暮天黄，死焰燎日横天狼。巉巉铁穴六十里，塞口一喷来冰霜。导骑局脊衔尾前，毡车轳辘半侧箱。弹筝峡道水复冻，居庸关头是羊肠。横拉恒代西太行，倒卷渤海东扶桑。幽都却在南口南，截断北陆万古强。当时金源帝中华，建瓴形势临八方。谁知末年乱纪纲，不使崇庆如明昌。阴山火起飞蛰龙，背负斗极开洪荒。直将尺棰定天下，匹马到处皆吾疆。百年一偾老虎走，室怒市色还猖狂。遽令逆血洒玉殿，六宫饮泣无天王。清夷门折黑风吼，贼臣一夜掣锁降。北王淀里骨成山，官军城上不敢望。更献监牧四十万，举国南渡尤仓皇。中原无人不足取，高歌曳落归帝乡。但留一旅时往来，不过数岁终灭亡。潼关不守国无民，便作龟兹能久长。汴梁无用筑子城，试看昌州三道墙。

① 此首录自《元诗选·初集》。

化城行①

郝 经

东郊野马如马惊,依稀隐约还成城。参差雉堞云间横,鳌头岌嶪擎长鲸。壮哉三都与两京,殿阁楼观颓空明。丹膜峭丽欹且倾,烟气苒苒摇旆旌。其中似有百万兵,是邪非邪寂无声。秦邪汉邪杳难名,长风忽来一扫清。赤日如血高天青,霜净沙干雁鹜鸣。路傍但见棘与荆,只有惨淡万古情。人间城郭几废兴,一抔聚散皆化城。君不见始皇万里防胡城,人土并筑顽如冰。屈丐按剑将土蒸,坚能砺刀草不生。神愁鬼哭枯血腥,杀人盈城著死争。只今安在与地平,平地深谷为丘陵。江南善守铁瓮城,城外有田不敢耕。西北广莫无一城,控弦百万长横行。身为心城屋身城,一朝破坏俱化升。伫立感化参玄冥,乾坤翻覆一化城。

① 此首录自《元诗选·初集》。

巴陵女子行①

郝 经

北来诸军飞渡江,突骑一夜满岳阳。楼头火起入闾巷,曹逃偶走如牛羊。巴陵女子尚书妇,生平不识门前路。乱兵驱出势仓皇,夫婿翁姑在何处?吞声掩泪行且啼,啼痕沾湿越罗衣。此身忍使人再辱,裂帛暗写临终诗。上言社稷安危事,下说投江誓天志。一回宛转一悲辛,心折魂飞不成字。诗成泪尽赴江流,蛾眉萧飒天为愁。芙蓉零乱入秋水,玉骨直葬青海头。古来烈妇才一二,谁似巴陵更文理。名与长江万里流,丞相魏公还不死。

① 此首录自《元诗选·初集》。题下有序曰："己未秋九月，王师渡江，大帅拔都及万户解成等自鄂渚以一军舣上流，遂围岳。岳溃，入于洞庭，俘其遗民以归。节妇巴陵女子韩希孟誓不辱于兵，书诗衣帛以见意，赴江流以死。其诗悲婉激切，辞意壮烈，有古义士未到者。今并其诗录于左方。呜呼！宋有天下，文治三百年，其德泽庞厚，膏于肌肤，藏于骨髓。民知以义为守，不为偷生一时计。其培植也厚，故其持藉也坚。乃知以义为国者，人必以义归之，故希孟一女子，而义烈如是。彼振缨束发，曳裾峨冠，名曰丈夫，而诵书学道以天下自任，一旦临死生之际，操履云为，必大有以异于希孟矣！余既高希孟之节，且悲其志，作《巴陵女子行》，以申其志云。"今按：此诗末有注曰："巴陵女子韩希孟，魏公五世孙，嫁与贾尚书男琼为妇。岳州破，被虏之明日，以衣帛书诗，愿好事君子相传，知吾宋家有守节者，其诗云：宋未有天下，坚正臣礼秉。开国百战功，每陈唯雄整。及其侍幼主，臣心常炯炯。帝曰卿北伐，山戎今有警。死狗莫击尾，此行当系颈。即日陛辞行，尽敌心欲逞。陈桥兵忽变，不得守箕颍。禅让法尧舜，民亦普安静。有国三百年，仁义道驰骋。未改祖宗法，天何赐太眚。细思天地理，中有幸不幸。天果丧中原，大似裂冠衼。君诚不独活，臣实无魏邴。失人与得人，垂诚常耿耿。江南无谢安，漠北有王猛。所以戎马来，飞渡巴陵境。大江限南北，今此一舻艋。本期固封守，谁知如画饼。烈火燎昆冈，不辨金与矿。妾本良家子，性僻守孤梗。嫁与尚书儿，含香署兰省。直以才德合，不弃宿瘤瘿。初结合欢带，誓比日月晒。鸳鸯会双飞，比目愿长并。岂期金石节，化作桑榆景。旌头势正然，蚩尤气先屏。不意风马牛，复此逸鄢郢。一方遭劫虏，六族死俄顷。退鹢落迅风，孤鸾吊空影。簪坚折白玉，瓶沉断青绠。死路定冥冥，忧心常炳炳。妾心坚不移，改邑不改井。我本瑚琏器，安肯作溺皿。志节匪转石，气噎如吞鲠。不作爝火燃，愿为死灰冷。舍生念蝼蛾，乞怜羞虎阱。借此清江水，葬我全首领。皇天如有知，定许血面请。愿魂化精卫，填海使成岭。"

估 客 乐①

方　回②

为吏受赇婴木索，汉相忽遭东市斮。不如估客取邪赢,居货罔人人不觉。布素寒儒守乡学,夜夜孤灯同寂寞。不如估客醉名倡,百万呼卢投六博。估客乐哉真复乐,大舶飞山走城郭。珊瑚未数绿珠楼,家僮多似临邛卓。十牛之车三百车,雪象红牙水犀角。养犬喂肉睡毡毯,马厩驴槽亦丹腹。生不羡凤皇池,死不爱麒麟阁,估客乐哉真复乐!迩来六月钱塘潮,一估传呼千估愕。大风来自度朔山,吹倒岷峨舞衡岳。一江一日殒千艘,四海五湖可隃度。诸宝下输龙王宫,虾蟹龟鼋恣吞嚼。人言估客乐,估客有时也不乐。百年计较千年心,不禁一日风涛恶。③

① 此首录自《元诗选·初集》。　② 方回(1227—1307):字万里,号虚谷,徽州歙县(今安徽歙县)人。宋景定间进士。知严州。降元后,任建德路总管。后罢官,游杭、歙间以终。致力于诗与诗论,有《瀛奎律髓》、《桐江集》等。　③ 此处作者自注:"近六月浙江风潮,失舟六百艘。"

苦 雨 行①

方　回

泥污后土逾月余,四月雨至五月初。七日七夜复不止,钱王旧城市无米。城中之民不饥死,亦恐城外盗贼起。东邻高楼吹玉笙,前呵大马方横行。委巷比门绝朝饭,酒垆日征七百万。②

① 此首录自《元诗选·初集》。题下有序曰:"丁亥五月初三日夏至,雨已月余,初四五六粗晴,初七夜复大雨,至十三日,昼夜不止。初六米价十二券。初十至十七券,十二至二十券,市绝籴。民初争食面,寻亦无之。"　② 此处原注"十贯为万钱"。

种稗叹①

方 回

农田插秧秧绿时，稻中有稗农未知。稻苗欲秀稗先出，拔稗饲牛唯恐迟。今年浙西田没水，却向浙东籴稗子。一斗稗子价几何？已直去年三斗米。天灾使然赝胜真，焉得世间无稗人！

① 此首录自《元诗选·初集》。

大 雹 行①

王 恽②

雷师掠地西山麓，北会丰隆出苍岵。崩云掩落赤日乌，列缺光腾烛龙目。黑风驾海天外立，万骑先声振林谷。云涛怒卷恶雨来，中杂冰丸几千斛。杀声咆哮屋碎瓦，百万神兵自天下。奋然横击合阵来，昆阳之战何雄哉！又如马陵之道万弩发，矢下雨如无魏甲。斧形鸡卵见自昔，异状奇模此其匹。野人庭户变绡馆，雾涌烟霾与龙敌。又疑鲛人泉客泣相别，泪洒珠玑恣狼藉。叶穿鸟死庭树惨，禾麦击平惊赭赤。神威收敛俄寂然，潇潇合浦还珠玭。整冠变色立前庑，但见土窝万杵一一皆深圆。五行有占非小变，调元失所谁之愆？又闻夏冬愆伏之所致，亦以坎冶持化元。孔子修《春秋》，二百四十二载间。特书雨雹凡两次，大率贬黜臣下侵君权。况今朱明壮阳月，胡为纵此群慝之所颠？历关上诉九虎怒，蚍虱小臣非所言。独怜田家被灾者，寒耕热耘手足成胝胼。差科大命寄一麦，盼盼见熟疗饥涎。一新到口不得食，哀哉何以卒岁年！

① 此首录自《元诗选·初集》。题下有注曰："至元四年五月十五日也。"

② 王恽(1227—1304)：字仲谋，号秋涧，卫州汲县(今属河南)人。父祖世代仕金。中统元年，辟为详议官，以选入京，擢为中书省详定官。历仕翰林编修、监察御史、通议大夫。曾奉旨纂修《世祖实录》。大德五年退归，不久卒。有《秋涧先生大全集》。

捕 鱼 歌①

王　恽

坞西溪水深及篙，渔户晓集拖轻舠。纵横张网截两涘，挺叉远混惊银鲂。柳阴潜浒深且密，大鱼小鱼争遁逃。须臾合网环深碧，薄掺提网从掇拾。小鱼骨里半死生，口颊唅喁无足惜。就中一鱼匪常材，黄金作鳞尾砂赤。泳游本在孟津居，波荡江湖事行役。中涂遇厄梦不神，腾跃舟中有时立。渔郎回艇催归急，几处金盘待鲜食。夕阳澹澹洲渚空，回风潇飒溪神泣。网罟设兮水不深，役物而君戒贪得。古人数罟不入池，以时渔捕须盈尺。今人古道弃如泥，竭泽焚丘意方毕。野人有乐在濠梁，泽畔行吟三叹息。

① 此首录自《元诗选·初集》

滹沱秋涨行①

王　恽

君不闻蒙庄说秋水，两涘犹见马与牛。今年滹沱水大涨，墟落濊濊生鱼头。云蒸老雨注万壑，上不少止下可忧。冯夷不受土所制，黑浪怒蹴鼋鼍游。望洋东视夸海若，似愤蛙比跳跃井坎湫。金行气肃坎宜缩，狂澜不逐西风收。东行我济小范口，水势淼潄方淫流。秋禾尽为鱼鳖饵，庐舍漂荡迷田畴。二年旱暵例乏食，彼稷幸得逢今秋。嗟哉一饭到口角，湮没无望将谁尤。河防久废不复古，惟预捷治为良筹。翻堤决岸势不已，虽有人力谁能谋。近年遇灾幸无事，其或成患徒嗟诹。两河农民被灾者，逃避无所栖林丘。夜深投宿闻聚哭，悲声暗与虫声啾。

① 此首录自《元诗选·初集》。题下注曰："七月十日前次范家渡。"

紫藤花歌①

王恽

竹宫琐窗云雾垂，紫藤花发何葳蕤。仙家驻景出异供，横掩桃李无晶辉。群蛟奋蛰力犹困，鳞鬣不耐凄风吹。天孙夜掷紫霞被，满意下覆须春曦。幽禽缩喙不敢啄，囚锁恐泄苍精机。又如王恺紫丝障，夸雄斗侈光陆离。倒冠落佩众宾醉，临风零乱千缨緌。虬柯扶疏散苍翠，季伦击碎珊瑚枝。青宫宾客今园绮，杖藜来扣仙人扉。遥惊紫艳翻半空，造物乃尔争新奇。君不见香山老居士，梦与元九神交驰。觉来清吟增怅望，紫桐花下空怀思。何如吾侪时燕集，对床话久藤阴移。兴余属我扫笺素，烂柯不著山间棋。刺檐入户要学腾蛟螭，鸟归花落香下来，时集毫彩沾人衣。一杯春露助香润，清气贮满诗人脾。依依青裛厨烟起，好命庖人办新美，炷香供具祷群龙。莫学痴藤蟠未已，燕南饥民饥欲死。②

① 此首录自《元诗选·初集》。题下有序曰："癸未岁三月二十八日，宋宾客乘泽车过道宫访予。时庭中紫藤花盛，烂若锦摛，道师萧公邀宋与予坐藤阴下。寻友人张明之亦至，酒数行，开口笑粲，殊适然也。宋因出名纸属予作字，一春天气不佳，此日颇清润可爱。既援毫，觉幽香馥郁时集笔端。放手喜书，初不计其工拙也。遂话及乐天梦元九故事，予曰：二公虽神交如此，恐未若今日之乐衍也。

若取紫桐诗例赋长句歌之,以为他年林下一段奇事,可乎? 宋曰:吾子便可承当,遂率尔而作歌曰。"　② 此处原注:"时普旱无雨二载矣"。

平　原　行①
王　恽

羯奴骋兵伤滥恩,天宝之祸将自焚。三郎宫中略不省,履霜有戒知何人。平原蹇蹇真王臣,沉虑久识幽营氛。泛舟从酒运奇略,一日楼橹惊云屯。铁舆南来从猎火,河朔风靡烟尘昏。孤城平地独与抗,勇鼓义旅争鲸吞。西开土门掎蛇阵,南激睢守遮崖垠。滔天腥秽思一扫,誓与此羯不两存。书生信能立大事,竟掣贼肘西南奔。事虽旷代有足感,鲁公之义世所尊。我来吊古增永慨,苍烟草树连荒闉。欲寻遗庙不复见,宝刻留在东方珉。栖盖亭前野日曛,平原城下醉忠魂。朝廷何尝容直道,志士蹈难甘捐身。此心自视无愧已,一时知否非所论。嗟予何者敢跂慕,屡书不厌枭鸾分。当年纪载两鬼域,九泉奄奄随埃尘。先生一死固不朽,雅操何翅同松筠。故应烈日秋霜气,千古堂堂凛若神。

① 此首录自《元诗选·初集》。

汜　水　行①
王　恽

五季权在兵,逆顺系财贿。同光当宁能几朝,牝鸡司晨倾内外。添都买宴物山积,尽入掖庭充内费。君王政荒忧宦狃,将相无辜恣诛杀。蜀资百万贼所徼,纵有其能供近渴。一夫夜呼汜水东,绛霄楼头兵反攻。雍陵竟堕所好死，英武杳逐仙音空。先皇有识如相问，三矢虽还未克终。

① 此首录自《元诗选·初集》。

通 漕 引①

王　恽

汉家鼎定天西北，万乘千官必供亿。近年职贡仰江淮，海道转输多覆溺。东阿距泉②二百八，瀹济③西来与清合。安流取直民力省，积水浮网才两闸。自昔河防争横议，只办薪刍不胜计。宣防瓠子至今悲，以彼方兹功极细。役徒三万期可毕，一动虽劳终古利。裹粮荷锸去莫迟，行看连樯东过蓟。休说春潭得宝歌，长笑韦郎空侈丽。从今粒米斗三钱，狼藉都城乐丰岁。

① 此首录自《元诗选·初集》。　② 泉：作者自注"清泉县"。　③ 济：据中华书局《元诗选·初集》校记，此字原缺，据他本补。

婕 妤 怨①

赵　文②

团圆一片冰，出自蚕女红。何言入君手，动摇生清风。一朝弃箧笥，零落如秋蓬。时节自当尔，君子讵无终。

① 此首录自《元诗选·二集》。　② 赵文(1239—1315)：字仪可，号青山，庐陵(今江西吉安)人。南宋亡，入闽依文天祥。元初隐居不出，后为东湖书院山长，又选授南雄路儒学教授。诗文脱略涯岸，能独抒欲言，在当时较有影响。

上 之 回^①

赵 文

动皇舆,回中道。龙为驱,虎为导。乐蕃厘,祠雍
后。息甘棠,饫天酒。澹穆清,冰热恼。日夷服,咸稽
首。臣三祝,皇万寿。

① 此首录自《元诗选·二集》。题下有序曰:"武帝元封初,因之雍,遂通回
中道,后数临幸焉"。

有 所 思^①

赵 文

有所思,乃在大海南。何用赠遗君,双珠玳瑁簪。
闻君有他心,当风烧之扬其灰。从今已往,勿复相思。
勿相思,又相思。秋风□□晨风飔,心思君兮君不知。

① 此首录自《元诗选·二集》。题下有序曰:"古乐府《有所思》后半篇,殊不
可□,略改正之。"

公 无 渡 河^①

赵 文

河之水,深复深。舟以济,犹难谌。被发之叟,狂
不可箴。岂无一壶,水力难任。与公同匡床,恨不挽
公襟。乱流而渡,直下千寻。我泣眼为枯,我哭声为
喑。投身以从公,岂不畏胥沉。同归尚可忍,独生亦
难禁。公死狂,妾死心。蛟龙食骨有时尽,惟有妾心
无古今。河之水,深复深。

① 此首录自《元诗选·二集》。题下有序曰:"《公无渡河》,或作《箜篌引》,
朝鲜津卒霍里子高妻丽玉所作也。高晨起刺船,有白首狂夫被发提壶,乱河流而
渡,其妻随止不及,遂堕河水死。于是援箜篌而鼓之,作《公无渡河》之曲,声甚凄

怆,曲终,自投河而死。子高还,以其声语妻,丽玉伤之。乃引箜篌而写其声,闻者莫不堕泪饮泣焉。"

团 扇 歌[①]

赵 文

私衣必见污,葛屦必遭践。生世不为男,托身况微贱。悲痛只在心,憔悴更障面。出入怀袖中,羡郎白团扇。

[①] 此首录自《元诗选·二集》。题下有序曰:"晋王珉与嫂婢有情好。嫂鞭挞过苦,婢素善歌,而珉好持白团扇。故云:'团扇复团扇,许持自遮面。憔悴无复理,羞与郎相见。'"

丁 督 护[①]

赵 文

丁督护,为我行。去时马上郎,今作野外殇。男儿肯断头,归儿空断肠。丁督护,听我语。欲从君,臂不羽。嫁时所结发,剪之随君去。丁督护,念我苦。未亡人,殇鬼妇。古若无衔冤,乾坤无风雨。

[①] 此首录自《元诗选·二集》。题下有序曰:"宋高祖女夫徐逵之为鲁轨所杀,高祖使督护丁旿收殡之。逵之妻呼旿至阁下,自问敛送事,每问,辄叹息曰,'丁督护',其声哀切,后人因其声,广而为歌焉。"

上 陵[①]

赵 文

上古陵,古陵无可上。苔雨绣涩,草烟凄怆。鸥鹑号荒林,狐狸穴空圹。丰碑去梁何处津,壁周作灶谁家炀？不如东林一抔土，樵牧侵陵白官府。

① 此首录自《元诗选·二集》。题下有序曰："上陵，汉章帝元和三年自作，为上陵食举。"

铜 雀 台①

赵　文

朝望西陵墓，夕望西陵墓。望望不复归，月朝又十五。月朝十五可奈何，更对空帷作歌舞。铜雀昂然飞不去，当时美人发垂素。我生不如陵上树，年年树根穿入土。

① 此首录自《元诗选·二集》。题下有序曰："魏武帝遗令，婕妤美人皆著铜雀台上。施八尺床繐帐，日晡上酒脯，月朝十五，向帐作伎，汝等时时登台，望吾西陵墓田。后人悲其意而为之咏。《魏志》云：建安十五年，太祖作台于邺，铸铜为雀，置于台上，因以名焉。"

法寿乐歌①

赵　文

西云垂天飞流黄，宝鬘百万随风扬。帝居摩醯首罗乡，采女如花侍帝傍。珠啼玉唾天花香，澹然神情无世妆。下视邢尹纷醒狂，梵呗琅琅出清吭。天庖供馔荐豆觞，帝饮食之寿以康。恒沙世界俱来王，天王神圣臣忠良。春风万里酣耕桑，雨滴可数海可量。无有能知法寿长，愿梵天释帝万亿岁，岁岁寿杯天下醉。

① 此首录自《元诗选·二集》。题下有序曰："古诗未始道佛事，梁武帝即位后，更造新声，帝自为之辞。帝既笃敬佛法，又制《善哉》、《天乐》、《天劝》、《大道》、《仙道》、《神王》、《龙王》、《灭过恶》、《除爱水》、《断苦轮》等十篇，名为正乐，皆述佛法。又有法乐童子、伎童子倚歌梵呗，今所谓舍利佛、法寿乐歌，皆所自出也。"

夜 寒 行①

戴表元②

昨日天寒不成醉,今日天寒不成寐。醉迟得酒可强欢,寐少愁多频发喟。柴竿苇炬闹荒城,役夫遥作鹳鸭鸣。拥衾高枕未云苦,熟听但觉令人惊。乌孙黄鹄飞不返,辽城白骨填未满。朔风萧萧吹戍旗,居人何如去人远。丈夫无成霜满须,沙场万里星河疏。南墙诗翁穷据炉,北窗少年犹读书。

① 此首录自《元诗选·初集》。 ② 戴表元(1244—1310):字帅初,一字曾伯,号剡源先生,庆元奉化(今属浙江)人。宋咸淳间进士,任建康府教授。入元后长期不仕,后被荐为信州教授,称疾归隐。其学问渊博,文词雅洁。有《剡源集》。

昨 日 行①

戴表元

种树莫种垂杨枝,结交莫结轻薄儿。杨枝不耐秋风吹,薄交易结还易离。君不见昨日书来两相忆,今日相逢不相识。不如杨柳犹可久,一度春风一回首。

① 此首录自《元诗选·初集》。

剡 民 饥①

戴表元

剡民饥,山前山后寻蕨萁。劚萁得粉不满掬,皮肤皴裂十指秃。皮皴指秃不敢辞,阿翁三日不供糜。不如抛家去作挽船士,却得家人请官米。

① 此首录自《元诗选·初集》。

采 藤 行①

戴表元

君不见四明山下寒无粮,九月种麦五月尝。一春辛苦无别业,日日采藤行远冈。山深无虎行不畏,老少分山若相避。忽然遇藤随意斫,手触藤花落如猬。藤多力困一擘伸,对面闻声不见人。日昃将来各休息,妻儿懒拂灶中尘。须臾叩门来海贾,大藤换粮论斛数。小藤输市亦值钱,籴得官粳甜胜乳。明朝满意作晨炊,饱饭入山须晚归。南村种麦空早熟,逐日扃门忍饥哭。

① 此首录自《元诗选·初集》。

桃 源 行①

刘 因②

六王扫地阿房起,桃源与秦分一水。小国寡民君所怜,赋役多惭负天子。天家正朔不得知,手种桃枝辨四时。遗风百世尚不泯,俗无君长人熙熙。渔舟载入人间世,却悔桃花露踪迹。曾闻父老说秦强,不信而今解亡国。画图曾识武陵溪,飞鸿灭没天之西。但恨于今又千载,不闻再有渔人迷。

① 此首录自《元诗选·初集》。　② 刘因(1249—1293):字梦吉,号静修,雄州容城(今属河北)人。初为经学,以授徒为业。后征为承德郎、右赞善大夫,授学宫中。不久以母病辞官。后召为集贤学士,不就,因称"不召之臣"。有《静修集》。

明 妃 曲①

刘 因

初闻丹青写明眸,明妃私喜六宫羞。再闻北使选绝色,六宫无虑明妃愁。妾身只有愁可必,万里今从汉宫出。悔不别君未识时,免使君心怜玉质。君心有忧在远方,但恨妾身是女郎。飞鸿不解琵琶语,只带离愁归故乡。故乡休嗟妾薄命,此身虽死君恩重。来时无数后宫花,明日飘零成底用。宫花无用妾如何?传去哀弦幽思多。君王要听新声谱,为谱高皇猛士歌。

① 此首录自《元诗选·初集》。

塞 翁 行①

刘 因

塞翁少小垄上锄,塞翁老来能捕鱼。宋家昔日塞翁行,屯田校尉功不如。西山瀛海接千里,长城又见开长渠。要将一水限南北,笑杀当年刘六符。天教陂泽养雁鹜,留与金人赋《子虚》。我来乡国览风土,仿佛挝鼓笛鸣鸣。胸中云梦忽已失,酒酣怀古皆平芜。昔年阻水群盗居,塞翁子孙杀欲无。至今遗老向人泣,前宋监边无远图。

① 此首录自《元诗选·初集》。

白 马 篇①

刘 因

白马谁家子?翩翩秋隼飞。袖中老蛟鸣,走击秦会之。事去欲名留,自言臣姓②施。二十从军行,三十始来归。矫首望八荒,功业无可为。将身弭大患,报效或在兹。岂不知非分,常恐负所期。非干复仇怨,不为酬恩思。伟哉八尺躯,胆志世所希。惜此博浪气,不遇黄石师。代天出威福,国柄谁当持?匹夫赫斯怒,时事亦堪悲。

① 此首录自《元诗选·初集》。　② 姓:原作"信",中华书局本《元诗选·初集》据他本改。

白 雁 行①

刘　因

北风初起易水寒,北风再起吹江干。北风三起白雁来,寒气直薄朱崖山。乾坤噫气三百年,一风扫地无留钱。万里江湖想潇洒,伫看春水雁来还。

① 此首录自《元诗选·初集》。

有 所 思①

赵孟頫②

纷纷落花飘,美人在何许? 相思杳如梦,寂莫春已暮。一别久不见,一往久不还。相望虽咫尺,如隔千万山。

① 此首录自《元诗选·初集》。　② 赵孟頫(1254—1322):字子昂,号松雪道人,湖州吴兴(今属浙江)人。为宋朝宗室,曾任润州录事参军。宋亡后隐居不仕,后被荐入朝,官至集贤直学士、翰林院学士承旨。书画诗文俱佳,著有《松雪斋集》。

有 所 思①

赵孟頫

思与君别来,几见芙蓉花。盈盈隔秋水,若在天一涯。欲涉不得去,茫茫足烟雾。汀洲多芳草,何心采蘅杜。青鸟翔云间,锦书何时还? 君心虽匪石,只恐雕朱颜。朱颜不可仗，^②那能不惆怅。何如双翡翠，飞去兰苕上。

① 此首录自《元诗选·初集》。　② 仗：原注"一作复"。

烈妇行^①

赵孟頫

客车何焞焞，夫挽妇为推。问君将安去？言往枣阳戍。官事有程宿车下，夜半可怜逢猛虎。夫命悬虎口，妇怒发指天。十步之内血相溅，夫难再得虎可前。宁与夫死，毋与虎生。呼儿取刀力与争，虎死夫活心始平。男儿节义有如许，万岁千秋可以事明主，冯妇卞庄安足数。呜呼猛虎逢尚可，宁成宁成奈何汝！

① 此首录自《元诗选·初集》。题下有序曰："至元七年冬，滨州军士刘平之戍枣阳，与其妻胡俱道宿车下。平为虎所得，胡起追及之，杀虎脱其夫。吾闻之中原贤士大夫如此，乃为感激慷慨，作《烈妇行》以歌之。"

饮马长城窟^①

陈宜甫^②

我来长城下，饮马长城窟。积此古怨基，悲哉筑城卒。当时掘土深，望望筑城高。萦纤九千里，死者如牛毛。骨浸窟中水，魂作泉下鬼。朝风暮雨天，啾啾哭不已。昔人饮马时，辛苦事甲兵。今我饮马来，边境方清宁。马饮再三嗅，似疑战血腥。昔人有哀吟，吟寄潺湲声。潺湲声不住，欲向何人诉。青天不得闻，白日又欲暮。此恨应绵绵，平沙结寒雾。

① 此首录自《元诗选·补遗》。　② 陈宜甫（生卒年不详）：字秋岩，福建人。元世祖时，尝为侍从。与赵孟頫、卢挚、姚燧等相唱和。有《秋岩诗集》二卷。

夜闻陇西歌[1]

陈宜甫

君莫唱《杨柳枝》,游子多别离。君莫唱《金缕衣》,人老更无年少时。自古唱歌易悲感,思入碧云愁黯黯。阳关三叠不堪闻,河满一声肠已断。君不见大风云飞扬,汉歌思沛乡。又不见楚王气盖世,泣下愁乌江。英雄胜负总尘土,一样萧萧白杨墓。山河大地只如昨,歌声暗促年华度。我来陇西成浪游,寂寞春残又到秋。斜阳已落荒垒暝,片月自照交河流。此时旅肠悲火热,陇西歌客歌清切。学将鹦鹉树头声,化作杜鹃枝上血。寒风不动马不鸣,余音袅袅含余情。却疑古来出塞曲,至今流落传边庭。我为沉吟愁不寐,怀古思乡赋歌意。歌声已断歌思长,白云衰草天茫茫。

[1] 此首录自《元诗选·补遗》。原题为"夜闻陇西歌有怀牧庵左丞"。

乌 夜 啼[1]

宋 无[2]

露华洗天天堕水,烛光烧云半空紫。西施夜醉芙蓉洲,金丝玉簧咽清秋。鼙鼓鞭月行春雷,洞房花梦酣不回。宫中夜夜啼栖乌,美人日日歌吴歈。吴王国破歌声绝,鬼火青荧生碧血。千年坏冢耕狐兔,乌衔纸钱挂枯树。髑髅无语满眼泥,曾见吴王歌舞时。乌夜啼,啼为谁?身前欢乐身后悲。空留瑟怨传相思。乌夜啼,啼别离。

[1] 此首录自《元诗选·初集》。 [2] 宋无(1260—约1340):字子虚,家于晋陵,因兵乱迁吴,为平江(今属江苏)人。荐茂才不受,视富贵如浮云。晚年自称逸士,白衣终生,以吟诗自怡。有《翠寒集》。

公无渡河①

宋 无

九龙争珠战渊底，洪涛万丈涌山起。鳄鱼张口奋灵齿，含沙射人毒如矢。宁登高山莫涉水，公无渡河，公不可止。河伯娶妇蛟龙宅，公无白璧献河伯，恐公身为泣珠客。公无渡河公不然，忧公老命沉黄泉。公沉黄泉，公勿怨天。

① 此首录自《元诗选·初集》

战 城 南①

宋 无

汉兵鏖战城南窟，雪深马僵汉城没。冻指控弦指断折，寒肤著铁肤靫裂。军中七日不火食，手杀降人吞热血。汉悬千金购首级，将士衔枚夜深入。天愁地黑声啾啾，鞍下髑髅相对泣。偏裨背负八十创，破旗裹尸横道旁。残卒忍死哭空城，露布独有都护名。

① 此首录自《元诗选·初集》。

公 莫 舞①

宋 无

公莫舞，公莫舞，鸿门王气归真主。何人睚眦赤龙子？手循玉玦目相语。令公莫舞公楚舞，剑光射日白虹吐。人发杀机天不与，撞斗帐中唉亚父，霸业明朝弃如土。

① 此首录自《元诗选·初集》。

长 门 怨 ①

宋 无

金壶咽泪莲花涩，银箭浮迟渴乌泣。知更阿监罗袜冰，暝对星河玉阶立。内官唱漏催晓筹，芙蓉梦破燕支愁。起来妆罢窥绣户，三十六院残烛幽。建章风传凤吹远，翠华晨幸昭仪馆。箜篌不语心自语，愁长如天恨天短。红祒暖踏杨花雪，绛缕闲封守宫血。鹦鹉空猜警跸声，春寒紧护流苏结。

① 此首录自《元诗选·初集》。

枯鱼过河泣 ①

宋 无

北溟有鲲，喷薄昆仑，气吞积石摧禹门。过河河水枯，踪迹困泥涂。垂涎向海若，能济涓滴无。中流有鲂鲤，不贷斗升水。巨口走唅喁，逆游莫若鲔。鲲兮鲲兮，尔泣何由龙伯知。决雨津，倒天池。泺水横行，随鲲所之。扬鳍为谢鲂与鲤，还有桃花春涨时。

① 此首录自《元诗选·初集》。

长 相 思 ①

宋 无

昨夜相逢处，朦胧春梦中。辽西书不到，莫是戍辽东。

① 此首录自《元诗选·初集》。

妾薄命[①]

宋 无

云母屏，琢春冰，鲛女织绡蝉翼轻。比妾妾薄命，比君君薄情。红绵拭镜照胆明，还疑妾貌非倾城。倾城从来有人妒，况复君心不如故。故人心尚峰九疑，新妾那能无故时。补天天高，填海海深。不食莲荫，不知妾心。

① 此首录自《元诗选·初集》。

天马歌[①]

宋 无

天马天上龙，驹生天汉间。两目夹明月，蹄削昆仑山。元气饮沆瀣，跃步超人寰。天上玉帝老不骑，饥食虎豹晓出关。灭没流彗姿，欻忽紫电颜。黄道三十六万里，日驰周天去复还。时乎降精渥洼中，龙性变化终难攀。天马来，瑞何朝。化为龙，应童谣。驺虞仁兽耻在坰，龙亦绝迹归赤霄。风沙岂无大宛种，虽有八极安能超。天马来，云雾开。天厩骙袅鸣龙媒，龙媒不鸣鸣骛驼。

① 此首录自《元诗选·初集》。

古砚歌[①]

宋 无

神娲踏云补天去，遗下一团苍黑天。千年万年干不得，长带盘古青紫烟。玉工剖天天化石，石内星精有余魄。雕光发焖成禹璧，海王川后输玄液。帝青呵雾坤倪湿，匣月不开太阴泣。破天残缺无人补，一穴丝丝漏春雨。空藏老石磨今古,补天何时与天语。②

①此首录自《元诗选·初集》。　②原注曰:"冯海粟云:子虚《乌夜啼》、《公无渡河》、《战城南》、《公莫舞》,至《妾薄命》、《古砚歌》诸诗,皆古锦、神林、鬼冢,外带三分凤麟、洲上飞仙,羽翮格力。"

江 南 曲①
宋　无

遥天碧荡荡,远草绿愔愔。并作相思海,春来一样深。

①此首录自《元诗选·初集》。

行 路 难①(二首)
王士熙②
其 一

请君莫纵珊瑚鞭,山高泥滑马不前。请君莫驾木兰船,长江大浪高触天。瞿塘之口铁锁络,石栈萦纤木排阁。朝朝日日有人行,敧棹停艣惊险恶。饥虎坐啸哀猿啼,林深雾重风又凄。胃衣绊足竹刺短,潜形射影沙虫低。昨夜云月暗,今朝烟雾迷。青天荡荡红日远,王孙游兮草萋萋。行路难,归去来。振衣涤尘转淮海,故山之云莫相猜。行路难,古犹今。翻手覆手由人心,江空月落长短吟。

①此二首录自《元诗选·二集》。　②王士熙(约1265—1343):字继学,东平(今属山东)人。王构长子。元英宗至治初任翰林待制,继授右司员外郎。泰定年间,为治书侍御史、中书省参知政事。天历年间自贬还乡,后起用为江东廉访使,迁南台侍御史。尝与袁桷、马祖常等唱和,有诗文《江亭集》。

其　二

辚辚之车渡黄河，泛泛之舟江上波。汉使叱驭九折坂，将军横旗下䍐䍐。君不见长安大道人如蚁，漏尽钟鸣行不已。又不见吴江八月人戏潮，赤脚蹴踏潮愈高。男儿有志在四方，忧思坎轲缠风霜。不及江南豪富儿，一生足不下中堂。烹龙膏，荐麟髓，千金一笑如花美。忽然对面九疑峰，送君千里复万里。生铁无光剑花紫，薄霜碎碎月在水。鸡鸣函谷云纵横，志士长歌中夜起。

上都柳枝词①（七首）

王士熙

其　一

曾见上都杨柳枝，龙江女儿好腰肢。西锦缠头急催酒，舞到秋来人去时。

① 此七首录自《元诗选·二集》。

其　二

惹雪和烟复带霜，小东门外万条长。君王夜过五花殿，曾与龙驹系紫缰。

其　三

来时垂叶嫩青青，归去西风又飘零。愿得侬身长似柳，年年天上作飞星。

其　四

侬在南都见柳花，花红柳绿有人家。如今四月犹飞絮，沙碛萧萧映草芽。

其　五

雪色骅骝窈窕骑，宫罗窄袖袂能垂。驻向山前折杨柳,戏捻柔条作笛吹。

其 六

偏岭前头树树逢,轻于苍桧短于松。急风卷絮悲游子,永日留阴送去侬。

其 七

合门岭上雪凄凄,小树云深望欲迷。何日汶阳寻故里,绿阴阴里听莺啼。

竹 枝 词①(十首)

王士熙

其 一

居庸山前涧水多,白榆林下石坡陀。后来才度枪竿岭,前车昨日到滦河。②

① 此十首录自《元诗选·二集》。　② 原注:"此首与第四首刻入杨铁崖《西湖竹枝词》,序云:竹枝本滦阳所作者,其山川风景,虽与南国异焉,而竹枝之声则无不同矣。"

其 二

宫装骢袅锦障泥,百两毡车一字齐。夜宿岩前觅泉水,林中还有子规啼。

其 三

新雨霏霏绿屦匀,马蹄何处有沙尘?阿谁能剪山前草,赠与佳人作舞茵。

其 四

车帘都卷锦流苏,自控金鞍捻仆姑。草①间白雀能言语,莫②学江南唱鹧鸪。

① 草:原注"一作山"。　② 莫:原注"一作试"。

其 五

山前马陈烂如云，九夏如秋不是春。昨夜玄冥剪飞雪，云州山里尽堆银。

其 六

山上去采芍药花，山前来寻地椒芽。土屋青帘留买酒，石泉老衲唤供茶。

其 七

风高白海陇云黄，寒雁来时天路长。山上逢山不归去，何人马蹄生得方。

其 八

山前闻说有神龙，百脉流泉灌水春。道与年年往来客，六月惊湍莫得逢。

其 九

天上瑶宫是吾居，三年犹恨往来疏。滦阳侍臣骑马去，金烛朝天拟献书。

其 十

龙冈积翠护新宫，滦水秋波太液风。要使《竹枝》传上国，正是皇家四海同。

杨 花 曲①

袁 桷②

上都杨柳瘦且坚，叶叶不展圆如钱。年年飞花作端午，远客乍见心茫然。上都飘雪不知数，此花与雪相旋舞。黄鹂声绝孤雁鸣，万骑千车互来去。手攀短条心欲绝，宛转成球恨初结。寒风飞蓬卷车轮，点点相亚随明灭。南邻荡子衣夜单，晓望出日如黄绵。辛勤掇拾不敢弃，愿刮龟毛同作毡。

① 此首录自《元诗选·初集》。 ② 袁桷(1266—1327):字伯长,庆元鄞县(今属浙江)人。大德初,荐授国子院检阅官,后任应奉翰林文字,历官集贤直学士、翰林待制、侍讲学士等。为戴表元、王应麟弟子,元代著名古文家。其诗主"性情自然",较有影响。有《清容居士集》。

装马曲①

袁桷

彩丝络头百宝装,猩血入缨火齐光。锡铃交驱入风转,东西夹翼双龙冈。伏日翠衮不知重,珠帽齐肩颤金凤。绛阙葱昽旭日初,逐电回飙斗光动。宝刀羽箭鸣玲珑,雁翅却立朝重瞳。沉沉棕殿云五色,法曲初奏歌薰风。酮官庭前列千斛,万瓮蒲萄凝紫玉。驼峰熊掌翠釜珍,碧实冰盘行陆续。须臾玉卮黄帕覆,宝训传宣争俯首。黑河夜渡辛苦多,画戟雕闳总勋旧。龙媒嘶风日将暮,宛转琵琶前起舞。鸣鞭静哗宫门闭,长跪齐声呼万岁。

① 此首录自《元诗选·初集》。

竹枝宛转词(二首)①

袁桷

其 一

闻郎腰瘦寄当归,望尽天边破镜飞。昨夜灯花圆似粟,倚门不肯②送郎衣。

① 此二首录自《元诗选·初集》。原题为"次韵继学竹枝宛转词二首"。
② 不肯:原注"一作停去"。

其 二

年年河鼓度天津,郎在滦阳见得真。今夕定知郎到日,桂花浮魄满香轮。①

① 作者自注"约八月十五抵京"。

天 鹅 曲①

袁 桷

天鹅颈瘦身重肥,夜宿官荡群成围。芦根唶唶水蒲滑,翅足鳖曳难轻飞。参差旋地数百尺,宛转培风借双翮。翻身入云高帖天,下陋蓬蒿去无迹。五坊手擎海东青,侧眼光透瑶台层。解绦脱帽穷碧落,以掌疾掴东西倾。离披交旋百寻衮,苍鹰助击随势远。初如风轮舞长竿,末若银球下平坂。蓬头喘息来献官,天颜一笑催传餐。不如家鸡栅中生死守,免使羽林春秋水边走。

① 此首录自《元诗选·初集》。

越 船 行①

袁 桷

越船十丈青如螺,小船一丈如飞梭。平生不识漂泊苦,旬日此地还经过。三江潮来日初晚,九堰雨悭河未满。当时却解傍朱门,醉眼看天话长短。年来官府催发纲,经月辛苦鬓已霜。布裘漫作解貂具,入门意气犹猖狂。自古鱼鲑厌明越,明日今朝莫论说。买鱼沽酒不计钱,被发江头傲明月。劝君莫作越船妇,一去家中有门户。沙上摊钱输不归,却向邻船荡双橹。

① 此首录自《元诗选·初集》。

安 南 行①

袁 桷

　　轺轩使者安南来,紫泥封诏行风雷。湿云翻空海波立,铁纲山裂狂蛟摧。神京煌煌镇无极,火鼠烛龙穷发北。弹丸之地何足论,蚯蚓为城雾为域。瘴江如墨黄茅昏,群蛮渡江江水浑。千年白雪不到地,十月青梅犹满村。赤脚摇唇矜捷斗,竹箭藏蛇杂猿狖。崛强曾夸井底蛙,低徊自比泥中兽。龙飞天子元年春,万邦执璧修臣邻。朱干玉戚广庭舞,笑问铜柱今何人?君不闻重译之人越裳氏,有道周王输白雉。又不闻防风之骨能专车,神禹震怒行天诛。李侯桓桓水苍佩,舌本悬河四方对。后车并载朝未央,稽颡九拜乞取金印归炎荒。

　　① 此首录自《元诗选·初集》。题下注"送李景山侍郎出使"。

李宫人琵琶行①

袁 桷

　　先皇金舆时驻跸,李氏琵琶称第一。素指推却春风深,行云停空驻晴日。居庸旧流水,浩浩汤汤乱人耳。龙冈②古松声,寂寂历历不足听。天鹅夜度孤雁响,露鹤月唤哀猿惊。鹍弦水晶丝,龙柱珊瑚枝。愿上千万寿,复言长相思。广寒殿冷芙蕖秋,簇金雕袍香不留。望瀛风翻浪波急,兴圣宫前敛容立。花枝羞啼蝶旋舞,别调分明如欲语。忆昔从驾三十年,宫壶法锦红茸毡。驼峰马湩不知数,前部声催檀板传。长乐昼浓云五色,侍宴那嫌头渐白。禁柳慈乌飞复翾,为言反哺明当还。朝进霞觞辞辇道,母子相对犹朱颜。君不闻出塞明妃恨难赎,请君换谱回乡曲。

① 此首录自《元诗选·初集》。　② 龙冈:原注"在上都"。

月 海 歌①

袁　桷

水国红叶下,万山白嵯峨。扶胥无垠接天际,望舒力挽沉金波。人言老蟾那有光,为借三足之乌起荧煌。乌已入地蟾在天,此说讵得然。或言大块蓬蓬气为主,浮空五色神后辅。顾菟在腹不得吐,下入八瀛金碧聚。贝宫楼台珠结户,穿龟前驱老蛟舞。千人之目皆在水,各持一月得欢喜。夜阑斗转银河倾,变灭消沉去无趾。

① 此首录自《元诗选·初集》。

三 马 歌①

袁　桷

羌水浑,蜂解屯。瑞至人,率兽尊。参以陈,仰天门。龙为鳞,炳虎文。髳悍狞,效伏驯。銮锵锵,驰道遵。帝乘虬,相攀云。逝无留,返昆仑。

① 此首录自《元诗选·初集》。题下注"东坡三马赞本"。

东 门 行①

袁　桷

神皇挥戈度黑河,四厢捧日肩相摩。金袍珠萦帽七宝,剖符带砺功难磨。年年舞马鱼丽列,宴罢玉帐经南坡。严更传警夜气肃,貔貅千列环象驼。华盖西倾星散雪,殿前兰膏犹未灭。千金匕首肘腋生,拉胁摧胸惨凝血。平明群凶坐周庐，传旨东西骑交迭。弃马之邦身被絷，执简以朝笔犹舌。煌煌厚恩浃肌髓，悲泪填胸痛天裂。金缯盈车内府竭，虎视眈眈终一咥。

① 此首录自《元诗选·初集》。

庐陵刘老人百一歌①

袁桷

昔闻宁王嘉定时，平淮如掌粮如坻。襄阳高亢十万卒，武昌金垀饶军资。西蜀环山堆锦绣，滔滔南纪喉襟首。峨眉积雪不动尘，玉垒浮云古今守。当年行都号全盛，翠箔珠帘争斗胜。西湖不识烽台愁，北关已绝强邻聘。宝庆天子来自外邸朝诸侯，土疆日窄边庭忧。大帅偃蹇藩镇侔，小垒椎剥租瘝稠。春城弦管暗烟雨，四十一年变灭同浮沤。咸淳太阿已倒持，铜山之贼专官帷。楼危金谷山鬼泣，舸走白浪江神悲。老人年周一甲子，至元大帝车书合文轨。每话承平如梦中，万事东风过马耳。只今行岁一百一，坐阅天地同昨日。秭归声苦红叶翻，邯郸睡熟黄粱失。门前手种青桐百尺长，笑指截取谐宫商。少君荒唐方朔诞，不如老人亲见深谷为高岸。我孙之孙为玄孙，翔鸾峙鹄高下飞集骈清门。凭公欲补先朝事，濡毫更作长生记。

① 此首录自《元诗选·初集》。

哀牢夷①

袁桷

哀牢夷，苍山叠翠云无梯。洱河西倾去无底，晴日倒射红琉璃。相传沉木儿，背坐曾遨嬉。筑城蜿蜒似龙尾，千古髯君乃其始。缚绳驾长桥，皮船中荡摇。危巅石楼高百尺，子孙生长今渔樵。空林明月手可拾，仰饮飞流须发湿。寒藤胃径侧足行，饥猿儿啼鼠人立。惨澹虚无间，鸟道开人寰。峨眉东望止一发，参旗玉井闪闪上下随跻攀。君不闻木皮冈前九折坂，客行胡为车欲返。又不闻青溪关上三碉城，累累战骨耕未平。轻家许国要有道，矍铄是翁夸不老。张公子，当有行。绣衣青春照琼英，笑夸紫燕辞天京。朝餐五粒之松子，暮食侧生红入齿。从来蛮客尊汉官，但饮亡何端有理。南飞雁足何憧憧，不能与日随西东。相思望君日西下，去天一握疑有云气时相通。

① 此首录自《元诗选·初集》。题下注"送张子元金事云南"。

前采薇歌①

刘　诜②

　　我不是西山民，采薇不粟哀亡殷。又不是周戍卒，采薇御边踏霏雪。年荒良田三尺尘，甑悬铧冷儿号嗔。长镵短锥采薇去，东家西家相为群。霜严磴滑山路峭，月落鼯啼山鬼啸。晓翻石罅得丛根，共恨土枯根亦瘦。寸根入手如寸金，春烹作饼碎劳薪。盐空菽尽味惨恶，空忆饭甑曾炊银。人言食薇无谷气，五日十日终亦毙。今宵妻孥暂充腹，谁料后来死何地。我死愿随行雨仙，遍倾大瓢作丰年。薇根满山人不食，天下米斗皆三钱。

① 此首录自《元诗选·二集》。题下有序曰："庚午大饥，民多采蕨而食。因借伯夷采薇饿死意，作《采薇歌》。盖薇亦蕨属而差大，山间人食之，谓之迷蕨，见朱氏诗注。"　② 刘诜(1268—1350)：字桂翁，号桂隐，庐陵(今江西吉安)人。少

孤,成年后,以教授门徒为生。屡荐举,均未赴职。十年不第,刻意诗文,终生未仕。其诗风格高古,有《桂隐集》。

后采薇歌①

刘诜

春采薇,婴儿拳。卖与豪门破肥鲜,年年得米不费钱。冬采薇,潜虬根。白石莘确斸掘难,俯身榛莽如兽蹲。山寒雪高衣裂破,堑藤束缚筥篮荷。瘦妻羸子暮候门,地碓夜春松节火。沸浆浮浮翻小杓,湿雾腾腾升土铫。熬烹成饵甘比饴,一饱聊偿终日饿。冬采薇,犹可为,春采薇,今年根尽春苗稀。豪门有米无可卖,陇麦短短难接饥。采薇采薇,我闻夷齐尝食之,饿死首阳天下悲。呜呼天高荡,万物微,我死安得苍天知。

① 此首录自《元诗选·二集》。

天马歌赠炎陵陈所安①

刘诜

房精②夜堕荣波中,骅骝奋出如飞龙。昂头星宫逐枉矢,振鬣云阙追天风。汉家将军三十六,分道出塞争奇功。当时一跃万马③尽,蹴踏少海霓旌红。韩哀谢舆伯乐去,蹶块□□奚官庸。十年皂枥食不饱,虽有骏步难争雄。春随锦鞯北陵北,秋卧衰草东阡东。时从驽骀饮沙涧,未免泥滓沾风鬃。夜寒苜蓿山谷迥,长嘶落月天地空。时平文轨明荡荡,万里穷荒无虎帐。交河不用踏层冰,裹足山城学驯象。吾闻天子之厩十二闲,骥骝并收无弃放。金根云罕出都门,唤取雍容肃仙仗。

① 此首录自《元诗选·二集》。今按：题中"炎陵"字下有选编者注"一作'甲寅进士'"。又题下有作者序曰："所安名泰，甲寅，以《天马赋》领荐下第，颇不遇，故以此叹之。" ② 精：《元诗选·二集》注"一作星"。 ③ 马：《元诗选·二集》注"一作里"。

丁 都 护①

刘 诜

丁都护，郎骑白马今何处？丁都护，郎骨今归还是否？妾心痛似杞梁妻，梦杀夫雠梦无路。采石江，云阳渡，斜阳江上山无数。后人不识都护谁？时唱此歌渡江去。

① 此首录自《元诗选·二集》。

苏小小歌①

辛文房②

东流水底西飞鱼，衔得钱塘纹锦书。几回错认青骢马，著处闲乘油壁车。鹦鹉杯残春树暗，葡萄瓮冷夜窗虚。莲子种成南北岸，苦心相望欲何如？

① 此首录自《元诗选·癸集》。 ② 辛文房(生卒年不详)：字良史，西域人，入居中原后占籍豫章(今江西南昌)。活动于元代前期，与王伯益、杨载同时，且齐名。著有《唐才子传》十卷。

临 川 女①

揭傒斯②

我本朱氏女，住在临川城。家世事赵氏，业惟食农耕。五岁父乃死,天复令我盲。莫知朝与昏,所依母与兄。母兄日困穷,何以资我身。一朝闻密言,与盲出东门。阿母送我出,阿兄抱我行。不见所向途,但闻风雨声。行行五里余,忽有呼兄名。兄乃弃我走,客前抚我言。我与赵世亲,复与汝居邻。闻汝即赴死,扶服到河滨。我身尽沾濡,不复知我身。汝但与我归,养汝不记年。涔涔遵旋路,咽咽还入城。城中尽惊问,戚促不能言。望门唤易衣,恐我身致患。再呼我母来,汝勿忧饥寒。汝但与盲居,保汝母女全。我母为之泣,我邻为之叹。喜我生来归,疑我能再明。况得与母居,不异吾父存。我今已十三,温饱两无营。我母幸康强,不知兄何行。我母本慈爱,我兄亦艰勤。所驱病与贫,遂使移中情。当日不知死,今日岂料生。我死何足憾,我生何足荣。所恨天地生,不如主翁仁。谁能为此德,娄公名起莘。③

① 此首录自《元诗选·初集》。　② 揭傒斯(1274—1344):字曼硕,龙兴富州(今江西丰城)人。延祐初,荐授翰林国史院编修,后为集贤学士、翰林直学士、翰林侍讲学士等。曾总修辽、金、宋史。与虞集、范梈、杨载齐名。有《揭文安公全集》《秋宜集》等。　③ 此处原注:"此诗用韵多误,以其事有关劝戒,存之。"

女儿浦歌①(二首)

揭傒斯

其 一

女儿浦前湖水流,女儿浦前过湖舟。湖中日日多风浪,湖边人人还白头。

① 此二首录自《元诗选·初集》。

其 二

大孤山前女儿湾，大孤山下浪如山。山前日日风和雨，山下舟船自往还。[1]

[1] 此处《元诗选》注："《铁崖竹枝词序》曰：'揭曼硕文章居虞之次。如欧之有苏、曾云。其竹枝词为《女儿浦歌》，其风调不在虞下也。'"

贫 交 行[1]

揭傒斯

驱车涉广川，扬帆陟崇丘。结交四海内，中道多怨尤。朔风厉苦节，独鹤横九州。朝拂三岛树，夕过五城楼。两翅偶寒影，旷然何所求。登高临大江，日暮万里流。时哉疏凿人，八年忘外留。出必益稷俱，归与夔龙俦。进退两不疑，功成垂千秋。万事日相敚，恩情若云浮。吾心苟不渝，反覆安足仇。自非天地外，何能独忘忧。

[1] 此首录自《元诗选·初集》。

渔 父[1]

揭傒斯

夫前撒网如车轮，妇后摇橹青衣裙。全家托命烟波里，扁舟为屋鸥为邻。生男已解安贫贱，生女已得供炊爨。天生网罟作田园，不教衣食看人面。男大还娶渔家女，女大还作渔家妇。朝朝骨肉在眼前，年年生计大江边。更愿官中减征赋，有钱沽酒供醉眠。虽无余羡无不足，何用世上千钟禄。

[1] 此首录自《元诗选·初集》。

高 邮 城①

揭傒斯

高邮城，城何长。城上种麦，城下种桑。昔日铁不如，今为耕种场。但愿千万年，尽四海外为封疆。桑阴阴，麦茫茫，终古不用城与隍。

① 此首录自《元诗选·初集》。

杨柳青谣①

揭傒斯

杨柳青青河水黄，河流两岸苇篱长。河东女嫁河西郎，河西烧烛河东光。日日相迎苇檐下，朝朝相送苇篱旁。河边病叟长回首，送儿北去还南走。昨日临清卖苇回，今日贩鱼桃花口。连年水旱更无蚕，丁力夫徭百不堪。惟有河边守坟墓，数株高树晓相参。

① 此首录自《元诗选·初集》。

结羊肠辞①

揭傒斯

正月十六好风光，京师女儿结羊肠。焚香再拜礼神毕，剪纸九道尺许长。捻成对绾双双结，心有所祈口难说。为轮为镫恒苦多，忽作羊肠心自别。邻家女儿闻总至，未辨吉凶忧且畏。须臾结罢起送神，满座欢欣杂憔悴。但愿年年逢此日，儿结羊肠神降吉。

① 此首录自《元诗选·初集》。今按：结羊肠，元代新春习俗，女孩子剪纸为羊肠的形状，挽成花结以占卜吉凶。

江 南 怨①

萨都剌②

　　江南怨,生男远游生女贱。十三画得蛾眉成,十五新妆识郎面。识郎一面思犹浅,千金买官游不转。侬③家水田跨州县,大船小船过淮甸。买官未得不肯归,不惜韶华去如箭。杨花扑檐④飞语⑤燕,疏雨梧桐闭深院,人生无如江南怨。

　　① 此首录自《元诗选·初集》。　② 萨都剌(约1274—约1345):字天锡,号直斋,西域回族(一说蒙古)人。其祖父和父亲皆为武官,因功镇守云、代二郡,定居雁门(今山西代县),遂为雁门人。泰定间进士,授京口录事司达鲁花赤,入翰林国史院,出为江南行御史台掾吏,又除燕南宪司照磨,改闽海宪司知事,除燕南宪司经历。为官重教育,救灾赈贫,惩治巫蛊,弹劾权贵。其以诗名家,风格多样,有《天锡雁门集》。　③ 侬:《元诗选》注“一作郎”。　④ 扑檐:《元诗选》注“一作帘幕”。　⑤ 语:《元诗选》注“一作乳”。

江 南 乐①

萨都剌

　　江南乐,春水红桥满城郭。出门不用金马络,门前画②船如画阁。绿纱虚窗春雾薄③,隔窗蛾眉秋水活,翡翠冠高罗袖阔。楚舞吴歌劝郎酌,紫竹瑶丝相间作。船头柳花如雪落,船尾彩旗风绰绰。秉烛夜游随处泊④,人生无如江南乐。

　　① 此首录自《元诗选·初集》。　② 画:《元诗选》注“一作花”。　③ 春雾薄:《元诗选》注“一作锁春雾”。　④ 处泊:《元诗选》注“一作意足”。

汉宫早春曲①

萨都剌

女夷鼓吹招摇东，羲和驭日骑苍龙。金环宝胜晓翠浓，梅花飞入寿阳宫。寿阳宫中锁香雾，满面春风吹不去。鞭却灵鳌驾五山，芙蓉夜暖光阑干。鸡人一唱晓星起，四野天开春万里。

① 此首录自《元诗选·初集》。

王 孙 曲①

萨都剌

内家楚楚诸王孙，白马金鞍耀晴日。尊前细乐耳厌闻，世上闲愁生不识。宫袍②裁成五色云，珍珠簇就双龙纹。衣裳光彩照暮春，红靴著地轻无尘。翠楼珠箔玉钩挂，肠断宫③腰无一把。海棠花下④昼闻莺，太液池边春洗马。千枝万枝桃杏红，花枝飘香薰酒中。归来月落酒未醒，有诏早入明光宫。

① 此首录自《元诗选·初集》。题下有注曰："一作海棠曲。"　② 袍：《元诗选》注"一作锦"。　③ 宫：《元诗选》注"一作纤"。　④ 下：《元诗选》注"一作底"。

兰 皋 曲①

萨都剌

溪水长涵幽草芳，春溪露滴兰叶光。美人日暮采兰去，风吹露湿芙蓉裳。芙蓉为裳兰结珮，玉立亭亭临水际。天寒袖薄人不知②，疏雨兰茗鸣翡翠。幽兰日日吹古香，美人不来溪水长。

① 此首录自《元诗选·初集》。　② 知：《元诗选》注"一作识"。

新 夏 曲①

萨都剌

红泣香枯怨流水，夜放莘龙千尺尾。风生宫树晓层层，凉绿一帘收不起。烟干宝鸭白昼清，祝融缓辔行且停。蔷薇花深雾冥冥，碧窗睡起香满肱。

① 此首录自《元诗选·初集》。

吴 姬 曲①

萨都剌

皎皎红罗幕，高高碧云楼。娟娟一美人，炯炯露双眸。郎居柳浦头，妾住鹤沙尾。好风吹花来，同泛春江水。

① 此首录自《元诗选·初集》。

洞房曲和刘致中员外作①

萨都剌

峭寒暗袭云蓝绮，鲛帐悄悄夜如水。美人骨醉红玉软，满眼春酣不快起。幽禽关关唤霜曙，金璧屠苏溢香雾。有生只合老温柔，璧月长教挂璠树。鸳鸯同心暗中结，满意芳兰暖红雪。痴云骏雨自年年，不管人间有离别。

① 此首录自《元诗选·初集》。

相逢行赠别旧友治将军①

萨都剌

一年相逢在京口，笑解吴钩换新酒。城南桃杏花正开,白面青衫鞭马走。一年相逢白下门,短衣窄袖呼郎君。朝驰燕赵暮吴楚,逸气自觉凌青云。一年相逢在阙下,东家蹇驴日相假。有如臣甫去朝天,泥滑沙堤不敢打。都门一别今五年,今年相逢沧海边。千山木叶下如雨,雁声堕地秋连天。将军毳袍腰羽箭,拥马旌旗照溪面。小官不识将军谁,卧病孤舟强相见。岂知此地逢故人,摩挲老②眼开层云。旧游历历似隔世,夜雨岂不③思同群。郎君别后瘦如许,无乃从前作诗苦。溪头月落山馆深,翦烛犹疑梦中语。人生聚散亦有时,且与将军游武夷。弓刀挂在洞前树,洞里仙童来觅诗。稽首武夷君,借我幔峰顶。分我紫霞浆④,与子连夜饮。左手招子乔,右手招飞琼。举觞星月下,听吹双凤笙。我酌一杯酒,持劝天上月。劝尔长照人相逢,莫向关山照离别。凤笙换曲曲未终,天风木杪吹⑤晨钟。拂衣罢宴下山⑥去,又隔云山千万重。

① 此首录自《元诗选·初集》。题下有序曰:"予迁官出闽,舟行抵兴田驿二十里许,俄闻击鸣金鼓,应响山谷间。随见旌旗导前,兵卒卫后,中有乘马者,毳袍帕首,徐行按辔,屡目吾舟。吾病久气馁,不能无惧心也。顷之,兴田驿吏以行舆见迓。遂舍舟乘舆,向之旌旗兵卒,移导舆前,马从舆后,舆行马鸣,途中未敢交一语。迫暮至邸舍,烛光之下,毳袍者进曰:'某乃建之五夫巡检官,闻使君至,候此将一月矣。某尝三识使君面,自都门一别,今已五载,使君岂遗忘之耶!'仆惊谢曰:'将军何人也?'答曰:'某即使君旧友云中也。'熟视久之,恍如梦寐。云中复能纪余阙下丰采时否耶? 历历关河,旧游如隔世。乃对烛光,夜道故旧,明日复同游武夷九曲,煮茶酌酒,临流赋诗,出入丹崖碧嶂间,心与境会,天趣妙发,长歌剧饮,相与为乐。酒阑兴尽,秋风凄凄,落木雨下,闽关在望,复作远行。予始见君而惧,次得君而喜,终会君而乐。又得名山水以发挥久别抑郁之怀,乐甚而复别,别而复悲,悲复继之以思也。嗟夫! 人生聚散,信如浮云。地北天南,会有相见。因赋诗复

为《相逢行》以送之。"又《元诗选》注:"此序《雁门》刻本不载,今从别本补入。"
② 老:《元诗选》注"一作病"。   ③ 不:《元诗选》注"一作知"。   ④ 浆:《元诗
选》注"一作杯"。   ⑤ 吹:《元诗选》注"一作飘"。   ⑥ 山:《元诗选》注"一作
峰"。

北风行送王君实①

萨都剌

北风日日吹浮云,西南一星光射门。出门见客
钳口坐,打马送君收泪痕②。钳口只自知,吞泪竟何
益。木叶下玄霜,日日北风急。北风吹浅淮水③波,
坐见白日愁④云多。九关虎豹卧不动,奈尔狐狸燕
雀何。

① 此首录自《元诗选·初集》。今按:题中"行"字《元诗选》注"一作歌"。题
下又注:"一本有'并寄宪副顺子昌'七字。"   ② 痕:《元诗选》注"一作吞"。
③ 水:《元诗选》注"一作南"。   ④ 愁:《元诗选》注"一作浮"。

芙 蓉 曲①

萨都剌

秋江渺渺芙蓉芳②,秋江女儿将断肠。绛袍春
浅护云暖,翠袖日暮迎风凉。鲤③鱼吹浪④江波白,
霜落洞庭飞木叶。荡舟何处采莲⑤人,爱惜芙蓉好
颜色。⑥

① 此首录自《元诗选·初集》。   ② 芳:《元诗选》注"一作香"。   ③ 鲤:
《元诗选》注"一作鲸"。   ④ 吹浪:《元诗选》注"一作风起"。   ⑤ 莲:《元诗选》
注"一作花"。   ⑥《元诗选》注:"杨铁崖《竹枝词序》称天锡诗'风流俊爽,修本
朝家范。宫词及《芙蓉曲》,虽王建、张籍无以过矣'。"

蕊 珠 曲①

萨都剌

芙蓉城里白玉楼,冰帘倒挂珊瑚钩。玉②人晏坐太清室,蛾眉不锁人间愁。彩桥东畔杨花转,飞入③三天紫清殿。仙裳日暖藕丝香,燕语莺啼动幽怨。天风泠泠吹珮环,霞冠不整偏云鬓。萧郎风骨何可得,紫箫赤凤游云间。瑶台④午夜霜华莹,罗袜生寒冰一寸。锦屏甲帐蕊珠新,云房火鼎丹芽嫩。天台仙子淡淡妆,桃花洞口逢刘郎。巫山神女弄云雨,人去楚台空断肠。步虚声断阑干外,春去秋来颜色改。东风吹老碧桃花⑤,深院无人夜如海。

① 此首录自《元诗选·初集》。 ② 玉:《元诗选》注"一作美"。 ③ 入:《元诗选》注"一作到"。 ④ 台:《元诗选》注"一作坛"。 ⑤ 花:《元诗选》注"一作枝"。

鹦 鹉 曲①

萨都剌

水晶帘垂宫昼长,猩色②屏风围绣床。美人春睡苦不足,梦随飞燕游昭阳。觉来粉汗湿香脸,一线柔③红枕痕浅。三十六宫在眼前,五色香云随指转。牙床端坐杨太真,云冠霞珮绛色裙。双成小玉各④宫样,绣衣乌帽高将军。雕笼七宝挂高⑤树,玉案金⑥盘看鹦鹉。可怜鹦鹉解人言⑦,不说渔阳动鼙鼓。乃知禽语能戏人,不知人语能杀身。亡家败国污天地,天生尤物天亦嗔。一朝艳质化尘土,可恨可怜千万古。香魂不逐马尘飞,犹托⑧深闺绣房女。想当盘礴欲绣时,停针想像心如丝。绣成特自比容貌,伏枕自喜还自悲。郎君有此从何得,怪底梅花心铁石。偶然持赠百拙人，眉睐眼精生丑色⑨。少年阅此恼断肠⑩，锦屏绣褥兰麝香。夜深酒醒换银烛，时见杨妃在耳傍。君不闻张丽华堕宫井，铜雀章台烟烬冷。繁华一梦人不知，万事邯郸吕公枕。

① 此首录自《元诗选·初集》。题下有序曰："有以绣枕见贶，上绣杨妃看鹦鹉，高力士二宫女侍立，皆寸许。其布置得体，想像可爱。故作《鹦鹉曲》以答云。" ② 猩色：《元诗选》注"一作大曲"。 ③ 柔：《元诗选》注"一作新"。 ④ 各：《元诗选》注"一作尽"。 ⑤ 高：《元诗选》注"一作宫"。 ⑥ 金：《元诗选》注"一作银"。 ⑦ 言：《元诗选》注"一作语"。 ⑧ 托：《元诗选》注"一作记"。 ⑨ 此处《元诗选》注："一本无上八句。" ⑩ "少年"句：《元诗选》注"一作重帘紫雾垂洞房"。

鬻 女 谣①

萨都剌

扬州袅袅红楼女，玉笋银筝响风雨。绣衣貂帽白面郎，七宝雕笼呼翠羽。冷官傲兀苏与黄，提笔鼓吻趋文场。平生睥睨纨袴习，不入歌舞春风乡。道逢鬻女弃如土，惨澹悲风起天宇。荒村白日逢野狐，破屋黄昏闻啸鬼。闭门爱惜冰雪肤，春风绣出花六铢。人夸颜色重金璧，今日饥饿啼长途。悲啼泪尽黄河干，县官县官何尔颜。金带紫衣郡太守，醉饱不问民食艰。传闻关陕尤可忧，旱荒不独东南州。枯鱼吐沫泽雁叫，嗷嗷待食何时休。汉宫有女出天然，青鸟飞下神书传。芙蓉帐暖春云晓，玉楼梳洗银鱼悬。承恩又上紫云车，那知鬻女长欷歔。愿逢昭代民富腴，儿童拍手歌《康衢》。

① 此首录自《元诗选·初集》。

练 湖 曲①

萨都剌

练湖七月凉雨通,白水荡荡芙蓉红。芙蓉红尽早霜下,鸳鸯飞去何忽忽。茜塘女儿弄轻碧,鸣榔声断无消息。清波小藻出银鱼,落日吴山秋欲滴。望湖楼上云茫茫,鸟飞不尽青天长。丹阳使者坐白日,小吏开罌宫酒香。倚阑半醉风吹醒,万顷湖光落天影。挂冠何日老江南,短褐纶巾上渔艇。

① 此首录自《元诗选·初集》。

征 妇 怨①

萨都剌

有柳切勿栽长亭,有女切勿归征人。长亭杨柳自春色,岁岁年年送行客。一朝羽檄风吹烟,征人远戍居塞边。辚辚车马去如箭,锦衾绣枕难留恋。黄昏寂寞守长门,花落无心理针线。新愁暗恨人不知,欲语不语颦双眉。妾身非无泪,有泪空自垂。云山烟水隔吴越,望君不见心愁绝。梦魂暗逐蝴蝶飞,觉来羞对窗前月。窗前月色照人寒,迟迟钟鼓夜未阑。灯阑有恨花不结,妆台尘惨恨班班。半生偶得一锦字,道是前年战时苦。一朝血杵烟薮除,腰间斜挂三珠虎。妾心自喜还自惊,门前忽闻凯歌声。锦衣绣服归故里,不思昔日别离情。别离之情几青草,镜里容颜为君老。黄金白璧买娇娥,洞房只道新人好。

① 此首录自《元诗选·初集》。

竹 枝 词[①]

萨都剌

　　湖上美人弹玉筝,小莺飞度绿窗楞。沈郎虽病多情在,倦倚屏山不厌听。

　　[①] 此首录自《元诗选·初集》。

宫 词[①]

萨都剌

　　骏马骄嘶懒着鞭,晚凉骑过御楼前。宫娥不识中书令,借问谁家美少年。

　　[①] 此首录自《元诗选·初集》。

石 夫 人[①]

萨都剌

　　危危独立向江滨,四伴无人水作邻。绿鬓懒梳千载髻,朱颜不改万年春。雪为腻粉凭风傅,霞作胭脂仗日匀。莫道脸前无宝镜,一轮明月照夫人。

　　[①] 此首录自《元诗选·初集》。

长安有狭斜行[①]

陈 樵[②]

　　长安有狭斜,方驾秦中客。云是牛丞相,来自薄家宅。薄家万户侯,朱门映椒壁。长楸车马来,宾客御瑶席。金屋贮尹邢,阿娇泪沾臆。燕燕慵来妆,繁华照春色。转蕙光风翻赵带,徘徊月到班姬床。班姬缀芳翰,纨扇从风扬。明妃斗百草,玉环御云装。向来温柔地，尽入白云乡。何以慰王孙，琵琶随骕骦。
何以□燕燕，罢舞歌慨慷。何以奉明主，绿珠奏清商。
嫫母挟无盐，搔头爱宫妆。

① 此首录自《元诗选·初集》。　② 陈樵(1278—1365)：字居采，婺州东阳
(今属浙江)人。隐居常衣鹿皮，号鹿皮子。其承家学，又从程直方学《易》、《诗》、
《书》和《春秋》，有《鹿皮子集》传世。

竹 枝 词①（二首）

陈　樵

其　一

望夫石上望夫时，杜宇朝朝劝妾归。未必望夫身
化石，且向征夫屋上啼。

① 此二首录自《元诗选·初集》。

其　二

僻亭女儿坐可怜，今年同上采莲船。妾心恰是荷
心苦，只食么荷不食莲。

车簇簇行①

马祖常②

李陵台西车簇簇，行人夜向滦河宿。滦河美酒斗
十千，下马饮者不计钱。青旗遥遥出华表，满堂醉客
俱年少。侑杯小女歌《竹枝》，衣上翠金光陆离。细肋
沙羊成体荐，共讶高门食三县。白发从官珥笔行，毳
袍冲雨桓州城。

① 此首录自《元诗选·初集》。　② 马祖常(1279—1338)：字伯庸，西域雍
古部人。曾祖随元世祖南征至汴，累官礼部尚书，父马润任漳州同知，又移家于
光州(今属河南)。延祐初，祖常授应奉翰林文字，拜监察御史。历任翰林待制兼

翰林直学士,除礼部尚书。工于诗,与虞集、袁桷、萨都剌等相唱和,是延祐、天历年间京都诗坛活跃人物。有《石田集》。

前宛转曲①

马祖常

紫檀出海南,削成琵琶槽。上有鸳鸯弦,弹曲声嘈嘈。客问此何声,新声名绛桃。一奏桃始华,再奏花枝斜。笑靥颊晕粉,仙源饭蒸霞。度作新声曲,春树双莺逐。双莺掷金梭,鱼藻荡圆波。陌上行车带结罗,绛桃年少光阴多。

① 此首录自《元诗选·初集》。

杨花宛转曲①

马祖常

空中游丝已无赖,宛转杨花犹百态。随风扑帐拂香奁,度水点衣萦锦带。轻薄颠狂风上下,燕子莺儿各新嫁。钗头烬坠玉虫初,盆里丝缫银茧午。欲落不落春沼平,无根无蒂作浮萍。缬波绣苔总成媚,人间最好是清明。清明艳阳三月天,帝里烟花市酒船。石桥横直人家好,小海白鱼跳碧藻。榆荚荷钱怨别离,不似杨花宛转飞。杨花飞尽绿阴合,更看明年春雨时。

① 此首录自《元诗选·初集》。

公 子 行①

马祖常

绿香绣帐乘流苏,床头三尺红珊瑚。十八窈窕秦罗敷，曲房小步珰鸣襦。高台公子吹笙竽，百斛明珠买氍毹。兰灯桂浆炙文鱼，但苦不驻羲和车。

① 此首录自《元诗选·初集》。

南方贾客词①

马祖常

江岸琅玕悲帝妇，云光漏日波含雾。泷船春下鹧鸪林，青帻蛮郎占龙户。千寻高杉生翠微，北人去买椒葛衣。鸡骨卜神铜铸鼓，却意冰纨将北归。

① 此首录自《元诗选·初集》。

踏水车行①

马祖常

松槽长长栎木轴，龙骨翻翻声陆续。父老踏车足生茧，日中无饭倚车哭。干田荦确稆禾槁，高天有雨不肯下。富家操金射民田，但喜市头添米价。人生莫作耕田夫，好去公门为小胥。日日得钱歌饮酒，朝朝买绢与豪奴。识字农夫年四十，脚欲踏车脚失力。宛转长谣卧陇②间，谁能听此无凄恻。

① 此首录自《元诗选·初集》。　② 卧陇：《元诗选》注"一作陇亩"。

缫丝行①

马祖常

缫车轧伊茧抽丝，桑薪煮水急莫迟。黄丝白丝光缕缕，老蚕成蛹唉儿饥。田家妇姑喜满眉，卖丝得钱买幂䍜。翁叟惯事骂妇姑，只今长男戍苽芦。秋寒无

○六○

衣霜冽肤，鸣机织素将何须。翁叟喃喃骂未竟，当门叫呼迎县令。骁奴横索马鞭丝，妇姑房中拆纻经。

① 此首录自《元诗选·初集》。

拾麦女歌①

马祖常

垄雉飞，桑扈鸣，老蚕入簇茧欲成。原头腰镰者谁子？刈麦归家作饼饵。心知栖亩有滞穗，恻恻忍收寡妇利。寡妇持筐衣蓝缕，终朝拾麦满筐筥。儿啼妇悲灶无火，寒浆麦饭哺时取。岂不见贵家妾，岂不知娼家妇，绣丝系襦莲曳步。银刀鲙鱼佐酒杯，狎坐酣歌愁日暮。拾麦女，拾麦女。尔莫嗟，尔莫忧，人生赋命各有由。前年贵家妾，籍入为官婢。今日娼家妇，年老为人弃。贫贱艰难且莫辞，毕竟荣华成底事？

① 此首录自《元诗选·初集》。

古 乐 府①

马祖常

天上云片谁翦裁，空中雨丝谁织来？蒺藜秋沙田鼠肥，贫家女妇寒无衣。女妇无衣何足道，征夫戍边更枯槁。朔雪埋山铁甲涩，头发离离短如草。

① 此首录自《元诗选·初集》。

古 乐 府①

周 权②

妾有嫁时镜，皎皎无纤滓。照妾芳华年，涂泽如

花美。郎行向天涯,岁月忽逾纪。空闺生远愁,妾容
为谁理。妾容匪金石,宁复昔时比。重拂故匣看,炯
炯光不已。人情重颜色,反目如覆水。愿郎待妾心,
明与镜相似。

① 此首录自《元诗选·初集》。　② 周权(约 1280—1330):字衡之,号此
山,处州(今浙江丽水)人。平生着意于诗,袁桷荐于朝而不就,称其为"磊落湖海
之士"。时舒岳祥、赵孟頫、揭傒斯皆推举其诗才,揭傒斯为其居室此山堂题诗,
赵孟頫为此山堂题字。有《此山集》。

古 别 离①

周 权

天河限东西,经岁别女牛。社燕辞归鸿,亦背春
与秋。人生苦离别,别多白人头。十年阻江汉,音问
何沉浮。岂惟肠九回,轮转日万周。君看江头水,东
去无回流。君看山上云,来往任悠悠。

① 此首录自《元诗选·初集》。

牧 童 词①

周 权

我牧不惮远,牧多良苦辛。所幸牧已狎,驯扰无
败群。平原湿春烟,碧草何披纷。大牛隐重坡,小牛
饮芳津。旦出露未晞,及归景常曛。时复扣角歌,歌
俚全吾真。取乐田野间,世事非所闻。歌阑卧牛背,
仰见天际云。

① 此首录自《元诗选·初集》。

古塞下曲①

周 权

朔风号枯榆，厚地冻欲裂。大漠无人行，长云欲飞雪。阴阴古长城，野磷明复灭。草死沙场空，饥乌啄残骨。

① 此首录自《元诗选·初集》。

桃 柳 词①

周 权

灼灼绛桃花，袅袅黄柳丝。风流少年场，妖冶不自持。春风日夜变，点拂飞故枝。飘红惹飞絮，流水同天涯。美人丽南国，兰蕙熏柔姿。青春姹娉婷，笑盼生光辉。素丝感青镜，朱粉难为施。奈何桃柳质，岁晏徒伤悲。

① 此首录自《元诗选·初集》。

相 逢 吟①

周 权

客从郢中来，抗志青云表。持螯共拍浮，江远孤舟小。寒夜潮气白，楚树晴乌早。酒阑起推篷，落月在西岛。

① 此首录自《元诗选·初集》。

羸 骥 行①

周 权

高秋吹霜沙草衰，骈骈牧野无龙媒。伶俜羸骥空伏枥,长秸短豆随驽骀。筋耸脽高眼如井,月冷沙空徒顾影。飔辣长嘶万里心,雄姿困顿无由骋。乃知天闲十二屯如云,龙膺豹股八尺身。蹴翻青云振绿发,金羁照耀皇都春。朝辞天山暮碣石,飞电流云迈无迹。风吹欲轧拳毛䯄,意气能倾照夜白。短衣奚官霜虬须,围养乌粟多遗余。绝怜羸骥不满腹,剪刷犹可同驰驱。我欲进之嗟远道,神全形枯难自好。按图举世识骊黄,怀哉骏骨秋风老。

① 此首录自《元诗选·初集》。

新乐府辞(二)

落 花 行①

吴师道②

东风吹花花作团,美人脉脉凭阑干。倦投红筵逐舞凤,故寻翠袖萦钗鸾。去年送别城南道,城南飞花映③芳草。关河万里人未归,风雨一番春又老。抱愁无语还空④闺,拂钗揽袖香依依。绿阴锁窗蝶影断,空枝吊月鹃声悲。青春不复回,游子不顾期。美人掩泪长相思,恨身不似花能飞。花飞终恨沾尘泥,安能与花飞去阳关西。

① 此首录自《元诗选·初集》。 ② 吴师道(1283—1344):字正传,婺州兰溪(今属浙江)人。少时与许谦同师金履祥。至治间进士,授高邮县丞。召为国子助教、升博士。其诗文皆有法度,有《吴礼部集》《吴礼部诗话》《敬乡录》等。

③ 映:《元诗选》注"一作委"。 ④ 空:《元诗选》注"一作深"。

落 叶 行①

吴师道

山窗独眠抱秋冷,四壁无声中夜醒。天清急雨忽万点,月出枯蛇纷众影。开门飒飒非故林,满空乱叶抟愁阴。石涧流红□泉咽,藓痕掩碧孤蚕吟。高秋共谁听萧瑟,却忆江南远游客。楚天摇落白日高,万里扁舟荡秋色。江南客来归,山中叶亦稀。相思绕遍寒树下,有恨愿随秋风吹。山空夜寒风渐微,惨惨霜露沾人衣,哀鸿独叫残云飞。

① 此首录自《元诗选·初集》。

燕 子 行①

吴师道

清江朱楼相对开,去年燕子双归来。东风吹高社雨歇,一日倏忽飞千回。翻身初向烟中没,掠地复穿花底出。花飞烟散江冥冥,城郭参差满斜日。无情游子去不还,短书寄汝秋风前。绣帘不卷春色断,空梁泥堕琵琶弦。飞楂冉冉潇湘浦,春尽天涯路修阻。一夜相思柳色深,独上楼头泪如雨。

① 此首录自《元诗选·初集》。

苦 旱 行①（三首）

吴师道

其 一

五月苦旱今未休,青空烈火燔新秋。雨师不仁龙失职,百鬼庙食茫无谋。我欲笺天诉时事,只恐天公亦昏睡。苍生性命吁可哀,风云何日从天来。

① 此三首录自《元诗选·初集》。

其 二

皇天不雨一百日,千丈空潭断余湿。连山出火槁叶黄,大野扬尘烈风赤。田家父子相对泣,枯禾一茎血一滴。中夜起坐增百忧,云汉苍苍星历历。

其 三

吴乡白波田作湖,越乡赤日溪潭枯。衾绸不换一斗米,细民食贫衾已无。连艘积廪射厚利,乌乎此曹天不诛。闻道闽中米价贱,南望梗塞悲长途。

巢湖中庙迎神歌[1]

于 钦[2]

广开兮龙宫，御仙姥兮下鸡笼。神灵雨兮先以风，云溶溶兮渐来东。扬朱幢兮建翠旗，骖青虬兮从文螭。锵鸾音兮以下，若有人兮开罗帏。罗帏淡兮春风，俨仙灵兮在其中。集千艘兮鸣鼓，疏节歌兮缓舞。奠桂酒兮借兰肴，折芳馨兮遗远渚。神欣欣兮既安留，泽斯民兮受其赇。

[1] 此首录自《元诗选·癸集》。　[2] 于钦(1284—1333)：字思容，益都(今属山东)人。由淮西宪司书吏入为国子监助教。历山东宪司照磨、中书左司员外郎、御史台都事、兵部侍郎，出为益都般阳田赋总管。有《齐乘》六卷。

送 神 歌[1]

于 钦

驾两龙兮倚衡，卷珠帘兮暮云。平西江兮极浦，数峰兮青青。青青兮未极，君不少留兮起余太息。吹参差兮水湄，送仙姥兮西归。蛾眉飒兮秋霜，淡白云兮莫知所之。自今兮世世，俾来者兮愿无违。

[1] 此首录自《元诗选·癸集》。

君乘马送彭元亮[1]

李孝光[2]

君乘马兮余追于丘，君乘舟兮余望于沙。远而不见兮涉江与淮。岂无人兮余望余之所思，鸿鹄高飞兮孰知其志。道之将行兮又将焉求！

[1] 此首录自《元诗选·二集》。今按：此题下《元诗选》注"一本题作'所思'"。　[2] 李孝光(1285—1350)：字季和，号五峰狂客，温州乐清(今属浙江)

人。少博学,笃志复古,隐居雁荡山。至正四年,诏征隐士,以秘书监著作郎召,应诏赴京,进《孝经图说》,顺帝大悦。后升文林郎、秘书监丞。以文章知名当世,古诗歌行,豪迈奇逸。有《五峰集》。

拟妾薄命①

李孝光

妾薄命,当语谁?身年二八为娇儿,阿母②岁岁不嫁女,二十三十③颜色衰。天公两手拎日月,下烛万④物无偏私。奈何丑女得好匹⑤,一生长在黄金闺。美人如花不嫁人,父母既⑥没诸兄疑。寄书东家小姑道,得嫁莫择君婿好。他人好恶那得知,失时不嫁令人老。

① 此首录自《元诗选·二集》。　② 母:《元诗选》注"一作婆"。　③ 二十三十:《元诗选》注"一作岁复一岁"。　④ 万:《元诗选》注"一作百"。　⑤ 匹:《元诗选》注"一作配"。　⑥ 既:《元诗选》注"一作已"。

莲叶何田田①

李孝光

莲叶何田田,宛在水中央。别离不足念,亦复可怜生。莲叶何田田,见叶不见水。贫贱贫贱交,富贵富贵友。花生满洲渚,不复叶田田。持身许人易,持心许人难。

① 此首录自《元诗选·二集》。

长 干 行①

李孝光

秋风从西来,吹我庭前树。闻欢在扬州,却忆②姑苏住。估客离长干，教侬寄书去。

① 此首录自《元诗选·二集》。　② 忆:《元诗选》注"一作向"。

吴趋曲送萨天锡①

李孝光

四座并清听，有客歌《侠邪》。《侠邪》不可听，听我为尔歌《吴趋》。美人珠衱貂诸于，美人宝钗有九雏，美人投我明月珠。

① 此首录自《元诗选·二集》。

采莲曲送王伯循①

李孝光

采莲江之南，采莲江之北。采莲何所有，但采莲中薏。早闻别离苦当尔，不愿从前作相识。纵令别离，不复相忆。

① 此首录自《元诗选·二集》。

前　出　军①（五首）

张　翥②

其　一

前军红衲袍，朱丝系彭排。后军细铠甲，白羽攒韇靫。辎车左右驰，万马拥长街。送行动城郭，斗酒饮同侪。壮士当报国，毋为乡故怀。

① 此五首录自《元诗选·初集》。　② 张翥(1287—1368):字仲举,号蜕庵,晋宁襄陵(今属山西)人。年轻时豪放不羁,后苦读,对理学多有研究。师从仇远,诗文知名当时。至正初,荐为国子助教,又为国史院编修,与修辽、金、宋三

史,历应奉、修撰,迁太常博士、翰林直学士,以翰林学士承旨致仕。善诗、文、词,有《蜕庵诗集》。

其 二

锻铁作佩刀,磨石为箭镞。中军把辕门,前竖十丈纛。朝上卢沟桥,夕次沟河曲。超乘既夸勇,骋马复齐足。男儿不封侯,百年同视肉。

其 三

昨日发万军,今日发万军。明日发万军,枭骑来群群。马蹄所经过,黄埃荡成云。堆粮与作饭,倒树与作薪。道途行者绝,那得有居人。

其 四

大军北庭来,部伍各有屯。放马原隰枯,磨刀河水浑。行行且射猎,雌兔不复存。野次群驼卧,弓箭挂车辕。幽幽笛声起,日暮伤人魂。

其 五

京师少年子,胆气乃粗豪。倾金售宝剑,厚价买名刀。白毡作行帐,红绫制战袍。结束往从军,谈笑取功劳。当时霍骠姚,岂在学戎韬。

后 出 军① (五首)

张 翥

其 一

步卒伧楚健,长刀短甲衣。大叫前抟敌,跳荡如鸟飞。左提血髑髅,右夺贼马归。黄金得重赏,顾盼生光辉。尔辈疾归命,将军足天威。

① 此五首录自《元诗选·初集》。

其 二

我军城东门，呼声震屋瓦。百万山压来，此贼何足打。狂锋尚力拒，转斗血喷洒。城中有暗沟，多陷人与马。将令毋轻入，明当一鼓下。

其 三

先锋才攻门，后军已登陴。拔都不怕死，直上搴贼旗。马前献逆首，脚下踏死尸。长河走败船，疾遣飞将追。幕中作露板，应有傅修期。

其 四

行行铁兜牟，队队金骆驼。呜呜吹铜角，来来齐唱歌。总戎面如虎，指顾挥雕戈。马蹄无贼垒，手棰可填河。王师本无敌，安用战图多。

其 五

魔贼生汝亳，獠贼起于海。婴锋天狗触，堕纲奔鲸骇。徐方一战收，振旅已奏凯。江浙尘既清，豫章围亦解。诸将如竭力，削平行可待。

漕 农 叹 ①

张 翥

漕南有农者，家仅一两车。王师征淮蔡，官遣给军储。翁无应门儿，一身老当夫。劳劳千里役，泥雨半道途。到军遭焚烹，翁脱走故闾。车牛力既尽，户籍名不除。府帖星火下，尔乘仍往输。破产不重置，笞棰无完肤。翁复徒手归，涕洟满敝襦。问家墙屋在，榆柳余残株。野雉雊梁间，狐狸穴阶隅。老妻出佣食，四顾筐箧无。有司更著役，我实骨髓枯。仰天哭欲死，醉吏方歌呼。

① 此首录自《元诗选·初集》。

城 西 路①

张 翥

城西路多少，人从此中去。昨日红颜美少年，今朝白骨委黄泉。纵令藏金比山积，鬼伯不受人间钱。少年何用夸豪富，来看城西送人处。

① 此首录自《元诗选·初集》。

古促促辞①

张 翥

促促何促促，丈夫生儿美如玉。长城游荡不思归，令我只身守空屋。不愿汝学班定远，不愿汝学马相如。定远生不入玉关，相如死不还成都。但如塞翁父子长相保，得马失马何足道。又如庞公携家隐鹿门，遗安遗危俱不论。贵而衣貂，不如贫而缊袅。离而食肉，不如聚而饮水。身虽促促心得宽，为汝白头屋中死。

① 此首录自《元诗·初集》。

北 风 行①

张 翥

长河风急波浪恶，青天昼黄尘漠漠。瓟𪖴渡中舟尽泊，官船扯帆与水争。牵马毛寒挝不行，秃树挂戛枯蓬惊。夜深风定浪声死，窗光倒摇天在水。前伴相呼随雁起，帽絮不暖衣生棱。老贾独语愁河冰，上闸

下闸应毚凌。篙师指直失增减，明星欲明霜似椮，馆
陶城南鼓纨纨。

① 此首录自《元诗选·初集》。

萤苑曲①

张翥

杨花吹春一千里，兽舰如云锦帆起。咸洛山河真
帝都，君王自爱扬州死。军装小队皆美人，画龙鞯汗
金麒麟。香风摇荡夜游处，二十四桥珠翠尘。骑行不
用烧红烛，万点飞萤炫川谷。金钗歌度苑中来，宝帐
香迷楼上宿。醉魂贪作花月荒，肯信载剑生宫墙。斓
斑六合洗秋露，尚疑怨血凝晶光。至今落日行人路，
鬼火狐鸣隔烟树。腐草无情亦有情，年年为照雷
塘墓。

① 此首录自《元诗选·初集》。

王贞妇①

张翥

青枫岭头石色赤，岭下峿江千丈黑。数行血字尚
斓斑，雨荡霜磨消不得。当时一死真勇烈，身入波涛
魂入石。至今苔藓不敢生，上与日月争光晶。千秋万
古化为碧，海风吹断山云腥。可怜薄命良家女，千金
之躯弃如土。奸臣误国合万死，天独胡为妾遭虏。古
来丧乱何代无，谁肯将身事他主。兵尘颎洞迷天台，
骨肉散尽随飞埃。枫林景黑寒磷堕，精灵日暮空归
来。堂堂大节有如此，正当庙食依崔嵬。君看峿江之
畔石上血，当与湘江之竹泪痕俱不灭。

① 此首录自《元诗选·初集》。

古 乐 府①（三首）

黄清老②

其 一

君好锦绣段，妾好明月珠。锦绣可为服，服美令人愚。不如珠夜光，可以照读书。

① 此首录自《元诗选·二集》。　② 黄清老(1290—1348)：字子肃，号樵水，邵武(今属福建)人。泰定间进士，与杨维桢、萨都剌同年。曾任翰林检阅、翰林应奉文字兼国史院编修，出为湖广行省儒学提举。有《樵水集》。

其 二

君好春芍药，妾好夏池莲。芍药多艳色，春风迷少年。不如莲有宝，可以寿君筵。

其 三

绵绵江上草，郁郁庭中柯。人生不相知，有如东逝波。食杏犹苦酸，食梅当若何？衣褐犹苦寒，衣葛寒更多。岂无千载友，肯听渔樵歌。

行 路 难①

黄清老

奉君七宝凤凰之绣柱，五色麒麟之锦囊。王母九霞觞中之酒，秦女万缕炉中之香。去年红花今日开，昨日红颜今日老。一生三万六千日，欢日颇多愁日少。对吴歌，看楚舞，歌舞忽忽变千古。归去来，莫行路。

① 此首录自《元诗选·二集》。

公无渡河①

曹文晦②

薰风萧萧,黄流浑浑。上无舟与梁,下有鼍与鼋。劝公无渡河,骇浪□吐吞。惜君只欲留,何不听妾言。东趋沧海渚,西极昆仑源。浩浩无际流,何处招郎魂?公无渡河,为郎载歌。往者已矣来者多,歌兮歌兮奈若何!

① 此首录自《元诗选·二集》。　② 曹文晦(约 1290—1360):字辉伯,号新山道人,天台(今属浙江)人。曹文炳之弟,其受兄影响,雅尚萧散,不求仕进。喜好诗咏,有《新山稿》。

大堤曲①

曹文晦

大堤人家花绕屋,大堤女儿美如玉。早年不肯习桑麻,日唱花间《大堤曲》。十五豪家作侍姬,歌声送云双雁飞。春衫遍□红石竹,云鬓斜□黄蔷薇。舞倦歌阑三十五,赎身再嫁海商妇。海商岁岁入南番,空房夜夜相思苦。东邻女嫁西邻农,夫耕妇织甘苦同。百年相守无不足,岂识花间《大堤曲》。

① 此首录自《元诗选·二集》。

夜织麻行①

曹文晦

松灯明,茅屋小,山妻稚子坐团团,长夜绩麻几至晓。辛勤岂望卒岁衣,阿翁几番催罢机。输官未足私债急,妾身不掩奚足恤。念儿辛苦种麻归,依旧悬鹑曝朝日。松灯灭,茅屋闭,麻尽机空得早眠,门外催租吏声厉。

① 此首录自《元诗选·二集》。

少 年 行①
曹文晦

　　少年不识愁何物,南陌东郊恣游侠。衰老情怀懒
出门,坐对青山遂终日。向时意气宁愁老,今日方知
少年好。北邙多见白杨风,三山岂有长生草。君不见
西山日,又不见西风树。晚霞作态不多时,病叶衰红
将委地。回头为语少年人,有酒莫负花间春。

① 此首录自《元诗选·二集》。

行 路 难①
曹文晦

　　行路难,游说难。前车既已覆,后车心亦寒。宣
尼欲历聘,竟厄陈蔡间。仪秦骋雄辨,黑貂几摧残。
王阳不能驱九折,郦生祸起三寸舌。千古无人吊章
亥,一贤岂尽贤敫蔑。行路难,游说难。我将焚车深
反关,不复更思山上山。口中舌在毋翻澜,从渠相见
嘲冥顽。

① 此首录自《元诗选·二集》。

春 愁 曲①(二首)
曹文晦

其 一

春风吹愁花上来,美人花下银筝哀。去年花开共

春燕,今日花开春梦远。黄鹂紫燕感时鸣,亦既见止宁无情。只愁青春不长好,名花易落人易老。一双胡蝶不知愁,东园花落西园游。

① 此二首录自《元诗选·二集》。

其　二

宁为水上荷,不作松上萝。荷叶经秋暂雕瘁,明年薰风满池翠。女萝生意托松高,一朝松伐萝亦遭。丈夫有志当特立,阿附权门何汲汲。君不见石家金谷起兵戈,二十四友将奈何? 曷不听我松上萝。

上山采蘼芜①
曹文晦

上山采蘼芜,采采不盈掬。下山逢故夫,褰衣拦道哭。昔君弃妾时,二雏方去乳。骨骼今已成,终能继门户。饮水当思源,惜树须连枝。新人虽云乐,当念旧人为。上山采蘼芜,歌思一何苦! 我欲歌向人,今人不如古。

① 此首录自《元诗选·二集》。

四时宫词①(四首)
曹文晦

其　一

朱阑转午阴,银屏倚春倦。梦作花间蝶,飞入昭阳殿。

① 此四首录自《元诗选·二集》。

其　二

玉碗葡萄碧,冰盘荔子红。内官传敕过,王在水晶宫。

其　三

玉阶看桂影，月色傍秋多。不赐金茎露，渴心将奈何。

其　四

宫树堕晴雪，凝寒入毳裘。邻娃取冰箸，道是玉搔头。

九曲樵歌①（七首）

曹文晦

其　一

琼阙峨峨接太清，五云洞口问长生。欲知岭上无穷景，听取樵歌四五声。

① 此七首录自《元诗选·二集》。今按：原题"十首"，《元诗选·二集》录其七首。原题下有序曰："昔考亭朱夫子作《武夷九曲棹歌》，余少小爱之，诵甚习。近登桐柏，岭路盘回，亦有九折，因仿之赋《桐柏九曲樵歌》。固不敢较先贤之万一，是亦效颦而忘其丑也。"

其　二

一曲初过乱石硿，两山松柏翠重重。下方楼阁天台观，坐听残阳数杵钟。

其　三

三曲天开罨画屏，松风吹鬓不胜情。山城石磴无苍藓，绝爱铿然放杖声。

其　四

四曲峥嵘上石梯，乌岩千仞与云齐。岩前风起藤花落，一个画眉松上啼。

其　五

五曲翻身看晚霞，平川历历见人家。桐溪水汇清

□□，山似游龙水似蛇。

其　六

七曲弯弯翠栎林，风吹万叶自清音。行人已在长松杪，回首原田似井深。

其　七

九曲岩腰坐碧苔，吹箫人去有空台。云深不见来仪凤，野鸟自啼花自开。

拟古辞寡妇叹①

宋　褧②

弱质生良家，幼岁听傅姆训戒言。闻有三从，夙夜居，常惕然。及年适夫子，自意偕老，死归黄泉。上戴苍苍之天，下有我履之厚地，竟不酬我愿。为妇未十载，夫子忽舍我去，魂魄不复还。尊章哭其儿，且哀我，少寡居，涕泗恒涟涟。我哀曷已，恐重伤堂上心，茹恨忍死强自宽。抚育四三孤，纺绩治生。供衣服粥饷，教养幸成人。奉夫子祀事，以树立家门，上奉尊章甘旨，不敢少怠，犹夫子生前。华饰不复施，衿鞶缨佩置之埃尘。有耳不敢闻闺外事，律己逾于未嫁先。自分为待命未亡人，礼法自防岂敢愆。犹复小郎口说说说，姻族捐㧑相熬煎。哀哀欲谁诉？只苦心内割裂，欲死无缘。赖是县官旌宅里，里中称，孝且贤。少白我心，瞑目无所怨。诼曰：已矣乎！薄躯奚术求全。愿言祷大司命，生世莫作妇人。即复作妇人，愿死在藁碪前。

① 此首录自《元诗选·二集》。　② 宋褧(1294—1346)：字显夫，大都(今北京)人。泰定元年进士，除秘书监校书郎。历任翰林国史院编修、

监察御史、翰林待制、国子司业、翰林直学士,与修宋、辽、金三史。有《燕石集》。

秋 弦 怨①

宋 褧

海风吹凉薄璇宇,桂压钩阑秋作主。银湾凝月澹游溶,云彩粼粼骞凤羽。玉帐悬沙塞梦寒,沙泪啼秋山迸泉。哀蛩不解论心素,金字箜篌挑夜弦。大漠沙如云,去京三万里。弦声隔秦城,无路入君耳。七星横西露漫漫,金刀剪衣丁夜眠。他日赐金高似屋,嫖姚应是□婵媛。

① 此首录自《元诗选·二集》。

汉 宫 怨①

宋 褧

赵飞燕,汉春如一日。色映豹尾竿,膏香发鬐漆。扫粉浴兰云帐底,三十六宫寒如水。天教痴妒擅浮荣,绿箧缄传还啄矢。惟余拥背人,暖梦黄金殿。西风长信深,尘埋旧纨扇。

① 此首录自《元诗选·二集》。

流 黄 引[①]

宋 褧

　　桂庭月午啼螀间,鸾宫露下冰纨单。酥灯氄帐雁门塞,妾心料此中闺寒。流黄缩涩微含润,锦石铺云莹相衬。细腰杵急夜如年,捣碎商飔不知困。春纤易制添光泽,凤花入眼波纹溢。东天皓皓呼侍儿,快取衣箱金粟尺。

　　① 此首录自《元诗选·二集》。

春城曲和马伯庸[①]

宋 褧

　　孟阳冉冉青年度,乐酒谐歌宁计数。魏花如斗云光红,扬镳迤逦城南路。门前佩马春泥声,香闺琐暗银杯倾。可是卓姬能窃去,梁园司马擅才名。

　　① 此首录自《元诗选·二集》。

竹 枝 歌[①]

宋 褧

　　东山日赤云气昏,河姑劝我莫出门。持筐采得桑叶满,直到阻雨溪南村。

　　① 此首录自《元诗选·二集》。题下有序曰:"至治三年二月,洞庭舟中赋。"

竹 枝 歌[①]

宋 褧

　　沙渚青青芳草茁,梅根潮落蒲芽发。江头少妇卜金钱,行人归来有华发。

① 此首录自《元诗选·二集》。题下有序曰:"送余德辉还池州。"

杨 柳 词①(四首)

宋 褧

其 一

夹道青青到凤城,一般飞絮两般情。离筵见处泣相送,归鞍扑著喜相迎。

① 此四首录自《元诗选·二集》。题下有序曰:"通州道中作,至元四年春。"

其 二

玉泉山下绿丝垂,曾见先皇驻跸时。翠辇金舆何处去?烟条露叶不胜悲。

其 三

金鞍晓拂枝头露,珠帽晴沾苑内尘。古来每见人悲树,如今却见树悲人。

其 四

北客还乡二十年,来时杨柳故堪怜。而今张绪生华发,手弄柔条一惘然。

辘 轳 曲①

宋 褧

汉月转桐枝,罗衣怯嫩飔。银瓶轻坠放,惊散乳鸦儿。

① 此首录自《元诗选·二集》。

绿 水 曲①

宋 褧

妾家若耶溪，门扉绿水西。桂月破烟暝，波明枫影低。潮痕暗沙觜，浦□空云飞。苹洲风未起，待妾采莲归。

① 此首录自《元诗选·二集》。

垂 杨 曲①

宋 褧

杏花雨小西曛出，红鸳微步芳溪曲。垂杨树暗粉墙高，却上晴楼窥宋玉。檀奴不到心茫茫，春波一眼无鸳鸯。菜花蝶子不解事，双飞直到帘旌旁。含娇倚困愁如许，捧砚轻绡识眉宇。柔情书满紫霞笺，教与雕檐绿鹦鹉。

① 此首录自《元诗选·二集》。题下有序曰："唐体和张仲容。"

杨 花 曲①

宋 褧

宫莺百啭花房委，燕子日长三月尾。玳瑁钩帘后阁空，残红拂度银塘水。白袷春衫侠少年，旌旗别恨相萦牵。卢家小娘不闭户，低回交舞妆台前。软风吹香娇脉脉，西园坞径东园陌。云踪雨迹杳难凭，青年误杀金钗客。

① 此首录自《元诗选·二集》。

贫 女 行①

陈 泰②

贫家养女才十五,手足如绵独当户。阿爷前月去行商,小弟伶仃未离母。筠篮日暮挑菜葵,倩人远朵防朝炊。簪花枝重黄垂额,汲涧泉深绿照眉。生时不得嫁时力,却喜夫家惯耕织。堂前供养老姑存,姑为艰难少颜色。夜来小弟报平安,见说新年百计宽。此身岂愿独温饱,父母养我良辛酸。

① 此首录自《元诗选·初集》。　② 陈泰(生卒年不详):字志同,别号所安,长沙茶陵(今属湖南)人。延祐初,与欧阳玄同举于乡。官龙泉主簿,终于此任。有《所安遗集》。

渔 父 词①

陈 泰

蝉声欲断虫声悲,江天月上初弦时。渔翁身老醉无力,矫首坐看云离离。痴儿不识老翁意,苦道平生贫作祟。卖舟买得溪上田,昨暮催租人已至。君不见长安康庄九复九,雨笠烟蓑难入手。人间万事谁得知,沧江夜变为春酒。

① 此首录自《元诗选·初集》。

万 里 行①

陈 泰

恨身不及生北方,出门万里无赢粮。饥鹰志岂在狐兔,日暮啄雪犹彷徨。早年结束耻游侠,绝处季孟并李阳。挦搏又不学刘毅,百万一掷生辉光。纵鳞暂脱骑鲸势,弱羽徒干荐鹗章。门下虽通齐相国,马前难拜北平王。归来把镜但搔首,科斗虫鱼负君久。金章一笑雷电奔,我岂终身合箝口。锦嫣鸭绿芙蓉秋,舼船卷月秦姬楼。蛾眉为我歌,世事何必愁。东边日出西边没,南北生人俱白头。

① 此首录自《元诗选·初集》。

丁 都 护①

陈 泰

丁都护,妾夫已死长辛苦。结发相从畏别离,身不行军名在府。去年为君制袍衣,期君报国封侯归。红颜白面葬乡土,反愧老大征辽西。辽西纵不返,马革垂千年。君今葬妾手,空受行伍怜。相思坟头种双树,恸哭青山望归处。妾命如花死即休,儿女呻吟恐无据。当窗玉龙镜,照影弄春妍。团圆不忍见,结束随君还。愿持镜入泉下土,照见妾心千万古。

① 此首录自《元诗选·初集》。题下有序曰:"城西夜归,戍妇孀哭甚哀。为述其情。"

履 霜 操①

杨维桢②

霜鲜鲜兮草戋戋,儿独履兮儿宿野田。衣荷之叶兮叶易穿,采樗花以为食兮食不下咽。嗟儿天父兮天胡有偏,我不父顺兮宁不儿怜,履晨霜兮泣吾天。

① 此首录自《元诗选·初集》。题下有序曰:"琴操有《履霜》,谓尹吉甫子伯奇为后母潜而见逐,自伤而作也。其词曰:'朝履霜兮采晨寒,考不明其心兮信谗言。何辜皇天兮遭斯愆,痛殁不同兮恩有偏,谁说硕兮知此冤。'使是词果出伯奇,则伯奇不得希于舜矣。予为之补云。" ② 杨维桢(1296—1370):字廉夫,号

铁崖、铁笛道人,绍兴会稽(今属浙江)人。嘉定间进士,任天台尹,改钱清场盐司令,狷直忤物,十年不调。后任杭州四务提举,擢江西儒学提举,未赴而逢兵乱。元亡后,明太祖曾召其编修礼乐书志,不就归家。其为元末诗坛领袖人物,诗负盛名,号"铁崖体"。有《东维子集》《铁崖古乐府》等。

雉 朝 飞①

杨维桢

雉朝飞,一雄挟一雌,雄死雌誓黄泥归。卫女嫁齐子,未及夫与妻。青缡绾素结,一死与之齐。人言卫女荡且离,乌得冢中有雉飞?琴声鼓之闻者悲。

① 此首录自《元诗选·初集》。题下有序曰:"琴操有《雉朝飞》,多指牧犊子之作。据扬雄所记,则曰《雉朝飞》者,卫女傅母之所作也。卫女嫁齐太子,中道太子死,问傅母,傅母曰:且往当丧。丧毕,女不肯归,终之以死。傅母悔之,取女所自操琴于冢上鼓之。忽有雉出墓中,傅母抚雉曰:女果为雉也,言未毕,雉飞而起,故其操曰《雉朝飞》。予以牧犊之叹不如卫女之善死有关世教也。故赋以补旧乐府之缺云。"

石 妇 操①

杨维桢

峨峨孤竹冈,上有石鲁鲁。山夫折山花,岁岁山头歌石妇。行人几时归?东海山头有时聚。行人归,啼石柱,石妇岑岑化黄土。②

① 此首录自《元诗选·初集》。题下有序曰:"石妇即望夫石也,在处有之,诗人悲其志与精卫同,不必问其主名也。予为词补入琴操云。" ② 诗末《元诗选》注:"铁崖与李季和在吴下论古今人诗,季和举酒属杨曰:廉夫崛强,作汉魏古乐府,亦能作昌黎伯琴操乎?杨亟请题,赋毕,季和拍几三叫曰:杨廉夫铁龙精也!"

第二十三卷 元乐府

全乐府

○八六

独 禄 篇①

杨维桢

独禄独禄恶水浊,仇家当族,孝子免汙辱。孝子躯干小,勇气满九州,拔刀削中睨父仇。父仇未报,何面上父丘。漆仇头,为饮器。脔仇肉,为食噍,头上之天才可戴!

① 此首录自《元诗选·初集》。题下有序曰:"古乐府《独禄篇》,为父报仇之作也。太白拟之,转为雪国耻之词。予在吴中,见有父仇不报,而与之共室处者,人理之灭甚矣! 为赋此词,以激立孝子之节云。"

乌 夜 啼①

杨维桢

笼葱高树青门西,夜夜栖乌来上啼。报君凶,报君喜,愿君高树成连理。啼乌夜夜②八九子,莫使君家高树移,乌生八九乌散飞。

① 此首录自《元诗选·初集》。题下有序曰:"古乐府《乌夜啼》者,宋王义庆妓妾报赦之词,予为补之,而少见规诫之义云。" ② 夜:《元诗选》注"一作生"。

崔小燕嫁辞①

杨维桢

阖间城中三月春,流莺水边啼向人。崔家姊妹双燕子,踏青小靴红鹤觜。飞花和雨著衣裳,早装小娣嫁文央。离歌苦惜春光好,去去轻舟隔江岛。东人西人相合离,为君欢乐为君悲。

① 此首录自《元诗选·初集》。

长 洲 曲^①

杨维桢

长洲水引东江潮,潮生暮暮还朝朝。只见潮头起郎柂,不见潮尾回郎桡。昨夜西溪买双鲤,恐有郎械寄连理。金刀剖腹不忍食,尺素无凭脍还委。西溪之水到长洲,明日啼红临上头。

① 此首录自《元诗选·初集》。

琵 琶 怨^①

杨维桢

蜀丝鸳鸯识锦绦,逻檀凤皇斫金槽。弦抽甕茧五色豪,双成十指声嘈嘈。冢头青草天山雪,眼中红冰嵬下血。哀弦凄断感精烈,池上龚宾跃方铁。

① 此首录自《元诗选·初集》。

庐山瀑布谣^①

杨维桢

银河忽如瓠子决,泻诸五老之峰前。我疑天仙^②织素练,素练脱轴垂青天。便欲手把^③并州剪,剪取一幅玻璃烟。相逢云石子,有似捉月仙。酒喉无耐夜渴甚,骑鲸吸海枯桑田。居然化作十万丈,玉虹倒挂清冷渊。

① 此首录自《元诗选·初集》。题下有序曰:"甲申秋八月十六夜,予梦与酸斋仙客游庐山,各赋诗。酸斋赋《彭郎词》,予赋《瀑布谣》。" ② 仙:《元诗选》注"一作孙"。 ③ 把:《元诗选》注"一作借"。

采 菱 曲^①

杨维桢

　　若下清塘好,清塘胜若耶。鸳鸯飞镜浦,鸂鶒睡
银沙。两桨夹螳臂,双榔交犬牙。照波还自惜,艳色
似荷花。袖惹红萍湿,裙牵翠蔓斜。大堤东过客,背
面在蒹葭。日落江风起,清歌杂笑哇。

　　① 此首录自《元诗选·初集》。

南 妇 还^①

杨维桢

　　今日是何日? 怊返南州岐。汩汩东逝水,一日有
西归。长别二十年,休戚不相知。去时茧^②发青,归来
面眉鬒。昔人今则是,故家今则非。脱胎有父母,结
发有夫妻。惊呼问邻里,共指冢累累。访死欲穿隧,
泣血还复疑。白骨满丘山,我逝其从谁?

　　① 此首录自《元诗选·初集》。题下有序曰:"南妇有转徙北州者,越二十年
复还。访死问生,人非境换。有足悲者,为赋之。"　② 茧:《元诗选》注"一作
鬓"。

梁 父 吟^①

杨维桢

　　步出齐城门,上陟独乐峰。梁父昂雉堞,荡阴夷
鬣封。齐国杀三士,杵臼不能雄。所以《梁父吟》,感
叹长笑翁。吁嗟长笑翁,相汉起伏龙。关张比疆冶,
将相俱和同。上帝弃炎祚,将星堕营中。抱膝和《梁
父》,《梁父》生悲风。

　　① 此首录自《元诗选·初集》。

盐 商 行①

杨维桢

人生不愿万户侯,但愿盐利淮西②头。人生不愿万金宅,但愿盐商千料舶。大农课盐析秋毫,凡民不敢争锥刀。盐商本是贱家子,独与王家埒富豪。亭丁焦头烧海榷,盐商洗手筹运握。入席一囊三百斤,漕津牛马千蹄角。司纲改法开新河,盐商添力莫谁何。大艘钲鼓顺流下,检制孰敢悬官铊。吁嗟海王不爱宝,夷吾笑之成伯道。如何后世严立法,只与盐商成富媪。鲁中绮,蜀中罗,以盐起家数不多。只今谁补货殖传,绮罗往往甲州县。

① 此首录自《元诗选·初集》。　② 淮西:《元诗选》注"一作两淮"。

征 南 谣①

杨维桢

钱塘江头点行军,大艘金鼓声殷殷。千里万里鸡犬绝,杳杳南国深蛮云。蛮邦父母苦不仁,九重天子深无闻。草间弄兵本锄梃,聚力四万称孤君。皇华遣使宣主恩,横草未立终童勋。闽南总戎赐斧钺,紫髯一拂清妖棼。六驳生来食虎尊,猛虎虽猛宁同群。於乎猛虎虽猛宁同群,城狐社鼠何足云!

① 此首录自《元诗选·初集》。

贫 妇 谣①

杨维桢

西家妇,贫失身。东家妇,贫无亲。红颜一代难再得,暾暾南国称佳人。夫君求昏多礼度,三日昏成戍边去。龙蟠有髻不复梳②，宝瑟无弦为谁御。朝来采桑南陌周，道旁过客黄金求。黄金可弃不可售，望夫自上西山头。夫君生死未知所，门有官家赋租苦。姑嫜继殁骨肉孤，夜夜青灯泣寒杼。西家妇作倾城姝，黄金步摇绣罗襦。东家妇贫徒自苦，明珠不传青州奴。为君贫操弹修竹，不惜红颜在空谷。君不见人间宠辱多反覆，阿娇老贮黄金屋。

① 此首录自《元诗选·初集》。　② "龙蟠"句:《元诗选》注"一作闭门花落春不知,又作闭门花落青春深"。

白翎鹊辞①（二首）

杨维桢

其　一

白翎鹊,西极来。②金为冠,玉为衣。百鸟见之不敢飞,雄狐猛虎愁神机。先帝亲手韝,重尔西方奇。海东之青汝何为? 下攫草间雉兔肥,奈尔猛虎雄狐狸!

① 此首录自《元诗选·初集》。题下有序曰:"按国史脱必禅曰:世皇畋于林柳,闻妇哭甚哀。明日,白翎鹊飞集幹朵上,其声类哭妇,上感之,因令侍臣制《白翎鹊辞》。鹊能制猛兽,尤善禽驾鹅者也。旧辞未古,为作《白翎鹊词》二章,以补我朝乐府。"又《元诗选》注:"明成化本序作'朔客弹四弦有《白鸽鹊》调。鹊盖能制猛兽,尤善禽驾鹅也。为作《翎鹊辞》。'"　②《元诗选》注:"叶黎。"

其　二

白翎鹊,来西极,地从翼旋山目侧。边风劲气劲折胶,材官猛箭与之敌,黄狼紫兔不余力。须臾白雪轻,一举千仞直。驾鹅洒血当空掷。金头玉颈高十尺,千秋万岁逢玉食。

杀 虎 行^①

杨维桢

　　夫从军,妾从主。梦魂犹痛刀箭瘢,况乃全躯饲
豺虎。拔刀誓天天为怒,眼中於菟小于鼠。血号虎鬼
冤魂语,精光夜贯新阡土。可怜三世不复仇,泰山之
妇何足数。

　　① 此首录自《元诗选·初集》。题下有序曰:"刘平妻胡氏,从平戍零阳。平
为虎擒,胡杀虎争夫。千载义烈,有足歌者。犹恨时之士大夫其作未雄,故为赋
是章。"

商 妇 词^①(二首)

杨维桢

其 一

　　荡荡^②发航船,千里复万里。愿持金剪刀,去剪西
流^③水。

　　① 此首录自《元诗选·初集》。　② 荡:《元诗选》注"一作子"。　③ 流:
《元诗选》注"一作江"。

其 二

　　郎去愁风水,郎归惜岁华。吴船如屋里,南北共
浮家。

采 莲 曲^①(二首)

杨维桢

其 一

　　东湖采莲叶,西湖采莲花。一花与一叶,持寄阿
侯家。

　　① 此二首录自《元诗选·初集》。

其　二

同生愿同死，死葬清泠洼。下作锁子藕，上作双头华。

杨　柳　词①

杨维桢

杨柳董家桥，鹅黄万②万条。行人莫到此，春色易相撩。

① 此首录自《元诗选·初集》。　② 万：《元诗选》注"一作几"。

自君之出矣①（二首）

杨维桢

其　一

自君之出矣，燕去复燕归。思君如荔带，日日抱君衣。

① 此二首录自《元诗选·初集》。

其　二

自君之出矣，草青复草黄。思君如鱼钥，日日守君房。

焦仲卿妻①

杨维桢

生为仲卿妇，死与仲卿齐。庐江同树鸟，不过别枝啼。

① 此首录自《元诗选·初集》。

吴子夜四时歌①（四首）

杨维桢

其 一

麹尘波欲动，红心草已生。朝来夹城道，流车如
水行。

① 此四首录自《元诗选·初集》。题下有注"效刘琨体作"。

其 二

睡起珊瑚枕，微风度屧廊。芙蓉最高叶，翻水洗
鸳鸯。

其 三

秋风吹罗帷，玉郎思寄衣。多情双络纬，啼近妾
寒机。

其 四

桦烟嘘席暖，不知寒漏长。朝来玉壶冰，为君添
衣裳。

李铁枪歌①

杨维桢

李铁枪，人之杰，将之强，手持铁枪丈二长。铁枪
入手乌龙骧，龙精射之落换抢。皇帝十有二载秋七
月，红凶西来寇西浙。防关健儿走惶惶，铁枪一怒目
眦裂。十万赭衣暗城阙，铁枪乌龙去明灭。须臾化作
风雨来，净洗铜城满城血。呜呼！殪猰貐，屠封狼，铁
枪之锋无与当。胡为将星昨夜坠昱关，铁枪一折天无
光。天无光，人怅怅，云台倚天云潜伤。天子赠忠良，
祠以血食冬青乡。呜呼！归来乎铁枪。

① 此首录自《元诗选·初集》。题下有序曰："铁枪封万户，至正壬辰七月二

十日,破贼于杭,予尝歌以美之。是年九月,不幸死于昱关,复为歌些之。"

铁 城 谣①

杨维桢

蒸土筑城城上铁,北风一夜吹作雪。君不见铜驼
关外铁瓮堆,中填白骨外涂血,髑髅作声穿鬼穴。铜
驼崩,铁瓮裂②。

① 此首录自《元诗选·初集》。题下有序曰:"张司业有筑城词。嫌其啴缓,
无沉痛迫切之警,今补之。" ② 诗末《元诗选》注:"又铁崖《杵歌》云:'亟亟城城
城亟成,小儿齐唱杵歌声。杵歌传作睢阳曲,中有哭声能陷城。叠叠石石石嶙
嶙,立竿作表齐竿旌。阿谁造得云梯子,铲地过城百尺高。'其诗音调凄苦,用意
与此相近。"

西湖竹枝歌①(九首)

杨维桢

其 一

苏小门前花满株,苏公堤上②女当垆③。南官北使
须到此,江南西湖天下无。

① 此九首录自《元诗选·初集》。题下有序曰:"予闲居西湖者七八年,与茅
山外史张贞居、苕溪郯九成辈为唱和交。水光山色,浸沉胸次,洗一时尊俎粉黛
之习,于是乎有《竹枝》之声。好事者流布南北,名人韵士属和者无虑百家。道扬
讽谕,古人之教广矣。是风一变,贤妃贞妇,兴国显家,而《烈女传》作矣。采风谣
者,其可忽诸? 至正八年秋七月,会稽杨维桢书于玉山草堂。"今按:《元诗选》此
题下注:"一作《小临海曲》。"又中华书局本于此诗末注:"此题各本所载不同,《元
诗体要》共有十首,去取互异。今从《西湖竹枝唱和》传本录之。" ② 上:《元诗
选》注"一作下"。 ③ 女当垆:《元诗选》注"一作水平湖"。

其 二

鹿头湖船唱赧郎①，船头②不宿③野鸳鸯。为郎歌舞为郎死，不惜④真珠成斗量。

① "鹿头"句：《元诗选》注"一作片言许郎金石刚"。　② 船头：《元诗选》注"一作阿奴"。　③ 宿：《元诗选》注"一作是"。　④ 惜：《元诗选》注"一作怕"。

其 三

家住西湖①新妇矶，劝君不唱缕金②衣。琵琶元③是韩朋④木，弹得鸳鸯一处飞。

① 西湖：《元诗选》注"一作城西"。　② 缕金：《元诗选》注"一作金缕"。　③ 元：《元诗选》注"一作本"。　④ 朋：《元诗选》注"一作冯"。

其 四

湖口楼船①湖日阴，湖中断桥湖水深。楼船②无柁③是郎意，断桥无④柱是侬⑤心。

①② 楼船：《元诗选》注"一作行云"。　③ 柁：《元诗选》注"一作心"。　④ 无：《元诗选》注"一作有"。　⑤ 侬：《元诗选》注"一作奴"。

其 五

病春日日可如何？起向西窗理琵琶。见说枯槽能卜命，柳州弄口问来婆。

其 六

小小渡船如缺瓜，船中少妇《竹枝歌》。歌声唱入空侯调，不遣狂夫横渡河。

其 七

劝郎莫①上南高峰，劝侬②莫③上北高峰。南高峰云北高雨，云雨相催愁④杀侬。

① 莫：《元诗选》注"一作休"。　② 侬：《元诗选》注"一作我"。　③ 侬莫：《元诗选》注"一作郎休"。　④ 催愁：《元诗选》注"一作随恼"。

其 八

石新妇①下水连空，飞来峰前山万重。不辞妾作望夫石②，望来③或④似飞来峰。

① 石新妇：《元诗选》注"即秦皇缆石也"。　② "不辞"句：《元诗选》注"一作妾死甘为石新妇"。　③ 望来：《元诗选》注"一作萧郎"。　④ 或：《元诗选》注"一作忽"。

其 九

望郎一朝又一朝，信郎信似浙江①潮。浙江潮信②有时失③，臂上守宫无日消。

① 浙江：《元诗选》注"一作钱唐"。　② 浙江潮信：《元诗选》注"一作床脚揸龟"。　③ 失：《元诗选》注"一作烂"。

吴下竹枝歌①（七首）

杨维桢

其 一

三箬春深草色齐，花间荡漾胜耶溪。采菱三五唱歌去，五马行春驻大堤。

① 此七首录自《元诗选·初集》。题下有注"率郭羲仲同赋"。

其 二

家住越来溪上头，胭脂塘里木兰舟。木兰风起飞花急，只逐越来溪上流。

其 三

宝带桥西江水重，寄郎书去未回侬。莫令错送回文锦，不答鸳鸯字半封。

其 四

马上郎君双结椎，百花洲下买花枝。罟罛冠子高一尺，能唱黄莺舞雁儿。

其 五

《白翎鹊操》手双弹,舞罢胡笳十八般。银马杓中劝郎酒,看郎色似赤瑛盘。

其 六

骑马当轩鹊觜靴,西风马上鼓琵琶。内家队里新通籍,不是南州百姓家。

其 七

小娃十岁唱桑中,尽道吴风似郑风。不信柳娘身不嫁,真珠长络守宫红。

小临海曲①(十首)

杨维桢

其 一

日落洞庭波,吴娃荡桨过。道人吹铁笛,风浪夜来多。

① 此十首录自《元诗选·初集》。题下有注:"一名《洞庭曲》。"

其 二

道人铁笛响,半入洞庭山。天风将一半,吹度白银湾。

其 三

仙橘大如斗,浮之过洞庭。江妃浑未识,唤作楚王萍。

其 四

海客报奇事,青天火瓮飞。明朝雷泽底,新有落星矶。

其 五

网得珊瑚树,移栽玛瑙盆。夜来风雨横,龙气上珠根。

其　六

海上双雷岛，浑如滟滪堆。乖龙拔山脚，飞渡海门来。

其　七

潮来神树没，潮归神树青。云里天妃过，龙旗带雨腥。

其　八

客入毛公洞，洞深人不还。明年探禹穴，相见会稽山。

其　九

太液象圆海，金莲夜夜开。水中万年月，照见昆明灰。

其　十

秦峰望东海，云气常飘飘。桑田明日事，奚用石为桥。

公无渡河①

文　质②

公无渡河，河水弥弥。腥风怪雨捲空来，浊浪掀舟雪山起。妾力挽公不我止，公既渡之竟如是。泪可竭，情可灭，河水东流何日歇？

① 此首录自《元诗选·三集》。　② 文质(生卒年不详)：字学古，号海屋，甬东(今浙江舟山)人。学行卓然，有诗名，好为长吉体。与杨维桢过从。有《学古集》。

行 路 难①

文 质

行路难,历九土,猛虎当途狼在坞。满目莽苍荆菅深,猎者谁为施弶弩。行路难,渡江河,其中岂无蛟与鼍。行舟往往看风色,如山大浪扬惊波。水陆之险尚可平,人心对面干戈横。浮云变态在倏忽,阴矢设毒无猜惊。君不见史伯鱼,处世以直诚非愚,西边鹊噪东啼乌。行路难,堪嗟吁!

① 此首录自《元诗选·三集》。

折 杨 柳①

文 质

折杨柳,烦纤手。金黄细缕牵春愁,送客年年汴河口。汴水明,杨柳青。此时伤心无限情,同心结就孤舟行。折杨柳,君知否?有书莫寄双鲤鱼,一度春风一回首。

① 此首录自《元诗选·三集》。

乌 夜 啼①

文 质

乌夜啼,江月皎皎流寒辉。去年养子丛木底,今年九子俱不归。夜夜啼,声惨凄,网罗天地难高飞。反哺之恩竟寂寞,风巢冷落秋烟稀。乌夜啼,啼相思。

① 此首录自《元诗选·三集》。

城 上 乌①

文 质

城上乌,啼攫攫。朝啼城南头,暮啼城北角。昨日妻别夫,今日母忆儿。乌啼乌啼心愈悲,征人去兮归不归?乌啼乌啼知为谁!

① 此首录自《元诗选·三集》。

春 夜 曲①

成廷珪②

芙蓉楼前拜新月,宝鸭微熏透银叶。吴山楚水送远游,不管闺中照离别。谁家玉钩飞上天,一似连环旧时缺。缺多圆少将奈何,一寸愁肠万里结。为郎白苎裁春衣,又恐月圆郎未归。

① 此首录自《元诗选·二集》。 ② 成廷珪(生卒年不详):字原常,扬州(今属江苏)人。好学而不求仕进。晚年遭世乱,避吴中,卒于华亭。其诗与张翥相颉颃,又与杨维桢、杨基、倪瓒等唱和。有《居竹轩诗集》。

江 南 曲①

成廷珪

吴姬当垆新酒香,翠绡短袂红罗裳。上盆十千买一斗,三杯五杯来劝郎。落花不解留春住,似欲随郎渡江去。酒醒一夜怨啼鹃,明日兰舟泊何处?

① 此首录自《元诗选·二集》。

戚 戚 行[①]
成廷珪

戚戚复戚戚,白头残兵向人泣。短衣破绽露两肘,自说行年今七十。军装费尽无一钱,旧岁官粮犹未得。朝堂羽书昨日下,帅府然灯点军籍。大男荷锸北开河,中男买刀南讨贼。官中法令有程期,箛鼓发行星火急。阿婆送子妇送夫,行者观之犹叹息。老身今夕当守城,犹自知更月中立。

① 此首录自《元诗选·二集》。

射 鸭 谣[①]
成廷珪

阿侬手挽竹枝弓,射鸭绿杨湖水东。三三五五似学武,一箭误中双飞鸿。前船唱歌后船哭,月黑湖中夜潜伏。东海健儿不敢过,人命几如几上肉。老翁入县前致辞,夜夜全家犹野宿。丁宁门户且勿开,明朝又怕官军来。

① 此首录自《元诗选·二集》。

哀 老 卒[①]
成廷珪

白头老卒衣欲穿,日日织屦能几钱。点名去讨海东贼,别家泣上城南船。自云十五入行伍,掠陈曾夸力如虎。卖刀买酒看升平,六十年来不用武。将军醉即骑马归,犹散黄金教歌舞。中原上马贼更多,白昼杀人谁作主?我今老去死即休,白骨填海何人收。朝堂昨日下黄榜,谁家年少当封侯。

从 军 曲①

成廷珪

征马萧萧车辘辘,年少儿郎新结束。庙前无酒发行装,山路崎岖行未熟。生来不识征战尘,骄马转鞍车折轴。徘徊相顾奈尔何,丞相令严风火速。妻子归来哭倚门,今夜夫君月中宿。

① 此首录自《元诗选·二集》。

竹 枝 歌①

成廷珪

道士庄前秋事多,东家西家收晚禾。船头把酒对明月,听打夜场人唱歌。

① 此首录自《元诗选·二集》。

女杀虎行①

吴 莱②

山深日落猛虎行,长风振木威挐挐。父樵未归女在室,心已与虎同死生。扬睛掉尾腥满地,狭路残榛苦遭噬。岂非一气通呼吸,徒以柔躯扼强鸷。君不见冯妇来下车,众中无人尚负嵎。又不见裴将军出鸣镝,一时鞍马俱辟易。丈夫英雄却不武,临事趑趄汗流雨。关东贤女不足数,孝女千年传杀虎。

① 此首录自《元诗选·初集》。　② 吴莱(1297—1340):字立夫,婺州浦江(今属浙江)人。早年有志于政事,试礼部不第,遂退居深山,专心著述,著《尚书

标说》、《楚汉正声》、《乐府新编》等书。有《渊颖集》传世。

烈 妇 行①

吴 莱

落日沉海云压城，官军多载妇女行。大弓劲箭自山下，颜色如灰愁上马。我生不惯生马驹，存者吾子亡吾夫。毋宁完身吐玉雪，忍使馁肉当熊貙。青枫岭头望回浦，血指画岩心独苦。老螭扣地救未及，芳草迷天泪零雨。卓哉一死可百年，此事已过永泰前。黄沙野塞多降骨，忠义传中收不得。

① 此首录自《元诗选·初集》。

采 菱 女①

贡师泰②

落日照淮甸，中流荡回光。窈窕谁家女，采菱在横塘。风吹荷叶低，忽见红粉妆。红妆背人去，惊起双鸳鸯。鸳鸯去复来，烟水空茫茫。

① 此首录自《元诗选·初集》。　② 贡师泰(1298—1362)：字泰甫，宁国宣城(今属安徽)人。贡奎之子。以国子生中江浙乡试，除泰和州判官，又除绍兴路总管府推官，善决疑狱。后历官翰林待制、国子司业、礼部郎中、监察御史、兵部侍郎、户部尚书等。少承家学，又从吴澄受业，与虞集、揭傒斯交往。其诗格调高雅，整丽流畅。有《玩斋集》。

黄 河 行①

贡师泰

黄河水，水阔无边深无底，其来不知几万里。或云昆仑之山出西纪，元气融结自兹始。地维崩兮天柱折，于是横奔逆激日夜流不已。九功歌成四载止，黄熊化作苍龙尾。双釭凿断海门开，两鄂嶄嶄尚中峙。盘涡荡激，回湍冲射。悬崖飞沙，断岸决石。瞬息而争靡，洪涛巨浪相喧豗，怒声不住从天来。初如两军战方合，飞炮忽下坚壁摧。又如丰隆起行雨，鞭箠铁骑驱奔雷。半空澎湃落银屋，势连渤澥吞淮渎，天吴九首兮魍魉独足。潜潭雨过老蛟吟，明月夜照鲛人哭。扁舟侧挂帆一幅，满耳萧萧鸟飞速。徐邳千里半日程，转晌青山小如粟。吁嗟雄哉！其水一石，其泥数斗。滔滔汨汨兮，同宇宙之悠久。泛中流以击楫兮，招群仙而挥手。好风兮东来，酹河伯兮杯酒。

① 此首录自《元诗选·初集》。

从 军 行①

傅若金②

征夫远从军，徒旅无时还。炎晖薄五岭，修蛇横道间。朝食未遑饱，夕寝焉能安。驾舟涉广川，驱马登崇山。生别已不惜，矧畏道路艰。岂不怀室家，王事有急难。生当同富贵，没当同忧患。

① 此首录自《元诗选·二集》。　② 傅若金(1304—1343)：字汝砺，又改为与砺，临江新喻(今属江西)人。家贫，其诗为时人传诵，得到虞集、揭傒斯等人赏识，以异才荐佐使安南。后任广州儒学教授。其诗题材广泛，内容丰富。有《清江集》。

少 年 行①

傅若金

长衢若平川，轻车驰流波。上有都人子，明肌艳朝霞。芳尘扬远风,白日耀舞罗。少年轻薄儿,调笑相经过。狎坐酌美酒,日暮酣且歌。千金罄一笑,豪右焉能加。时俗夸朱颜,美女悦春华。春华岂不好,迟暮当如何?

① 此首录自《元诗选·二集》。

琵琶怨①

傅若金

美人挥哀弦,上客叹蛾眉。急响多悲思,孰知心所之②。感昔奉绸缪,不言生别离。誓将桃李颜,结君长相思。如何双栖翼,中路忽乖睽。不怨欢会难,但恐恩爱亏。含情冀回顾,中曲多苦辞。君子苟不听,贱妾欲奚为。

① 此首录自《元诗选·二集》。 ② 之:《元诗选》注"一作悲"。

团扇辞①

傅若金

团扇昔在时,素手不相离。凉温得君意,动息亦有仪。炎暑良未徂,恩爱讵中衰。何言遽相失,一旦弃如遗。旧物谅非贵,故心不可移。愿因新人得,持以置君怀。

① 此首录自《元诗选·二集》。

猛虎行①

傅若金

长林瑟瑟多悲风,猛兽引子戏林中。白画横行动山谷,周遭十里无麋鹿。路暗樵夫畏独归,行人愁向山家宿。近山日日取牛羊,更啮居民横路傍。民要耕田给仓庾,官家得知射杀汝。

① 此首录自《元诗选·二集》。

白苎词①

傅若金

白苎白,白如霜。美人玉手亲自浣,制作春衣宜短长。春衣成有时,远行归无期。愿君著衣重爱惜,风尘变白能为黑。

① 此首录自《元诗选·二集》。

邯郸行①

傅若金

邯郸城头②下白日,邯郸市上风萧瑟。故垒空余鸟雀悲,荒垣只见狐狸出。何王坟墓对山阿,尚忆诸侯争战多。赵客归来重毛遂,秦军老去畏廉颇。黄尘白草宫前道,鬼火如灯夜相照。公子秋来不见过③,美人月④下那闻笑。当时冠盖激浮云,挝钟考鼓宴青春。只今惟有邮亭树,还送年年行路人。

① 此首录自《元诗选·二集》。 ② 头:《元诗选》注“一作高”。 ③ 过:《元诗选》注“一作歌”。 ④ 月:《元诗选》注“一作目”。

伤哉行①

傅若金

伤哉何伤哉,出门闻天语,掩袂不敢哀。道傍行者但踯躅,使我寸肠为之摧。呜呼上天生下民,下民何多灾。玉龙驾若木,奄忽复西回。吾闻女娲断鳌立四极,胡不使之万古不动长崔嵬。天高苍苍不可及,下民号之空仰泣。

① 此首录自《元诗选·二集》。

棹　歌①（六首）

傅若金

其　一

河中日日水悠悠,谁道人心似水流。河水湾回有时直,人心屈曲几时休。

① 此六首录自《元诗选·二集》。

其　二

朝朝风雨送船行,白日无晴夜有晴。东岸□灯西岸见,中间犹自不分明。

其　三

待船日日恨船迟,船头水声无断时。昨夜天清好新月,谁家学得画蛾眉。

其　四

攀柳莫攀当路柳,系船须系上风船。当路人行无好树,上风浪小得安眠。

其　五

去年船里逢端午,今年船里又端阳。九节菖蒲本仙药,如何曲曲似愁肠。

其　六

宁向泥中弃莲子,莫向水上种桃花。莲子出泥终见藕,桃花随水不还家。

新乐府辞（三）

行 路 难①（七首）

郭 翼②

其 一

赠君葡萄之芳醇，璚瑰玉佩之锵鸣。昆吾鹿卢之宝剑，空桑龙门之瑟琴。红颜晖晖不长盛，流光欺人忽西沉。愿君和乐兮欣欣，听我长歌行路吟。不见陆机华亭上，寥寥鹤唳讵可闻。朝愁不能驱，暮愁不可处。中区何狭隘，乘云汗漫瑶之圃。爰从王母访井公，复约元君谒东父。灵桃花开银露台，玉文枣熟青琳宇。我愿于焉此中息，锡以遐年永终古。

① 此七首录自《元诗选·二集》。 ② 郭翼（1305—1364）：字羲仲，号东郭生，又号野翁，昆山（今属江苏）人。早年习《易经》，不屑为举子业，专心古文，诗尤精炼。有诗集《林外野言》。

其 二

君不见草木荣复雕，青青摧折风霜朝。人生寓一世，何异石火飞流焱。贵贱寿夭百千殊，死者前后孰可逃。当年称意即可乐，烹羊炰羔召同僚。莫令闲虑损汝神，未老面黧毛发焦。冈头松柏多高坟，声誉俱逐尘壤消。令人及此意①沉菀，上堂鼓瑟歌诗谣。

① 意：《元诗选》注"一作志"。

其 三

门前十字街，车轮马脚不可遮。驰名逐势死不畏，赤手生拔鲸鱼牙。得之未足为身荣，败者颠倒纷若麻。嗟予无能守命分，乐取意适不愿奢。诸君悯悯胡不思，来日苦少去日多。丈夫阖棺事始定，何用无益长怨嗟。

其　四

　　秦女卷衣咸阳宫，兰烟桂霭茉萸芳。泥金烂烂辉五彩，新衣新赐苏合房。朝拥群仙行，羲和御车驾飞龙。暮从天女游，月中吹笙凤鸣空。君恩恐移今已衰，羞将泪滴红芙蓉。宁作蓬池并翼鸟，飞飞到死成匹双。

其　五

　　蹙蹙靡所骋，出自城北门。顾瞻荒丘中，郁郁蹲石麟。石阙字漫漫，不知何代贵者坟。形骸已灭魑魅迹，物化尽为狐兔尘。吁嗟汉家陵阙荒无主，青山落日秦川下。犹闻樗里有智人，天子之宫夹其墓。今日休论智与愚，昔人意气复何如？愿借飘飘丹凤舄，与子炼形入云墟。

其　六

　　庭前芳树花参差，岁岁争新满旧枝。开白开红接芳叶，撩乱二月三月时。昔日美人颜似花，看花暮去朝复来。红夹罗襦泫香露，青天白日春风吹。而今零落少颜色，见花惋惋含悲思。百年何人得长好，叹息谓君君不知。

其　七

　　君不见流水泯泯去不还，日月搅搅曾无闲。人生长苦死催促，富贵早来开我颜。饮酒饮不多，直爱美人扬美歌。即今受乐亦已晚，过眼百年能几何？

江　南　曲①

郭　翼

江南暄新花月天，美人盘游缓愁年，翠环娇春扶上船。扶上船，月如水。霞盖车，度花里。

① 此首录自《元诗选·二集》。

游女曲①

郭 翼

麝衣宝珞花氤氲，芙蓉小衩金鹅裙，流目艳艳思若云。思若云，可怜娇。玉条脱，金步摇。

① 此首录自《元诗选·二集》。

采莲曲①

郭 翼

青溪小姑双婵娟，蓬蓬荷叶金桨船，含情戏采并目莲。并目莲，为郎喜。刺满茎，伤玉指。

① 此首录自《元诗选·二集》。

采菱曲①

郭 翼

湖湾小妇歌采菱，荡舟曲曲花相迎，花开镜里摇明星。摇明星，妒华月。郎不归，怨花发。

① 此首录自《元诗选·二集》。

阳春曲①

郭 翼

柳色青堪把，樱花②雪未干。宫中裁白苎，犹怯剪刀寒。

① 此首录自《元诗选·二集》。　② 花:《元诗选》注"一作桃"。

自君之出矣①（三首）

郭　翼

其　一

自君之出矣,花开又花谢。思君如日月,耿耿昼
复夜。

① 此三首录自《元诗选·二集》。

其　二

自君之出矣,徒写①零落耳。思君如车轮,辗转愁
不已。

① 写:《元诗选》注"一作守"。

其　三

自君之出矣,琴瑟何曾御。思君如落叶,萧瑟悲
秋暮。

明　镜　篇①

郭　翼

开镜珠玑匣,盘龙百炼金。使君持照妾,不解照
君心。

① 此首录自《元诗选·二集》。

采　莲　曲①

郭　翼

莲子复莲子,苦心郎不尝。为郎剥莲子,莲子忆
空房。

① 此首录自《元诗选·二集》。

汴 堤 曲①

郭 翼

已信堤名汴,谁教柳姓杨。龙舟行乐地,可得复归唐。

① 此首录自《元诗选·二集》。今按:题中"曲"字,原注"一作乐"。

王 孙 曲①

郭 翼

春来百种草,无那怨王孙。迷却郎归路,萋萋不断根。

① 此首录自《元诗选·二集》。

夜 夜 曲①

郭 翼

蕙花空帐不生春,香壁泥红堕网尘。微步珊珊灯影里,金屏夜降李夫人。

① 此首录自《元诗选·二集》。

柳 枝 词①

郭 翼

濯濯金明柳,年年照妾容。飞花怨春尽,落日渡江风。

① 此首录自《元诗选·二集》。

湘弦曲①

郭　翼

竹啼非染露，山眩乃疑云。灵瑟传神语，休令帝子闻。

① 此首录自《元诗选·二集》。

征妇怨①

郭　翼

君久戍远碛，妾愁在空帏。不得如青草，随春上君衣。

① 此首录自《元诗选·二集》。

小姑谣①

郭　翼

小姑年可十五余，幼小只依兄嫂居。爹娘爱惜不肯嫁，婀娜一朵红芙蕖。大嫂含笑向小姑，小姑今年当嫁夫。嫁夫须嫁田家儿，莫贪满屋金与珠。不见东家楼上女，去年嫁作军中妇。良人战没招魂归，日日灵前哭如雨。今年再嫁花娉婷，车马满街相送迎。宁为守义泉下鬼，如何失节须臾生。田家种田虽苦辛，百年贫贱可终身。荆钗布裙灰土面，小姑归来好相见。

① 此首录自《元诗选·二集》。

五 禽 言①（五首）

郭 翼

其 一

布谷布谷催布谷，去年官军粮不足。里正输粮车辘辘，六月长枷在牢狱。今年谷种未入泥，布谷早催须早啼。

① 此五首录自《元诗选·二集》。

其 二

芦戛戛，芦戛戛，沙场尽樵伐。樵人指秃山，无枝柎，嗟嗟！凤凰无处栖？鹪鹩何处巢一枝。

其 三

锻磨锻磨，麦熟农夫饿。家家无麦还租课，年年湿麦五斗租，一石晒干量不过。磨子不锻灶不烧，门前谁呼婆饼焦？

其 四

秦吉了，秦吉了，人言汝是能言鸟。嘲唧觜舌长，卖弄言语巧。野人张罗在林杪，富贵一落樊中羁，不如两翅盘天嬉。

其 五

快活快活不快活，茫茫海洋阔。白日枪刀来检刮，风火轰天满街杀。道傍死尸鸦啄腥，汝虽快活何忍鸣。

采 莲 曲①

吕 诚②

采莲落日下双舟，白縠风轻易觉秋。浅浅溪流齐鹤膝，青青荷叶过人头。

竹 枝 词①(三首)

吕 诚

其 一

千夫万夫皑作堆,什什五五鱼贯腮。长兴步头候
粮去,红阑街里买薪来。

① 此三首录自《元诗选·三集》。

其 二

胭支山头雨雪飞,胭支山前人苦饥。山下斧斤夜
达旦,山上闲云长自归。

其 三

十八里冈云有无,炎风扫地雪模糊。山川通塞奚
能问,闲看清波入太湖。

蹋踘篇和铁厓先生①(二首)

吕 诚

其 一

江南稚女颜色新,百花楼前蹋绣轮,红蕖小袜不
动尘。不动尘,放娇态。微风来,舞裙带。

① 此二首录自《元诗选·三集》。

其 二

芙蓉小蹋蹋晓风,金璧步摇声丁冬,绣衫窄窄交
斜红。交斜红,露玉腕。挥紫绵,浥香汗。

怨 歌 行①（二首）

梁 寅②

其 一

云母屏风零露洁，蒲萄锦衾残月光。羞看绣帐双鸳带，徒费薰衣百和香。

① 此首录自《元诗选·补遗》。　② 梁寅(1303—1390)：字孟敬，号石门，新喻（今江西新余）人。家贫务农，元末累举不中。荐为集庆路儒学训导，后以亲老辞归。明初应征入京修述礼乐，书成辞归，结庐于石门山，号"石门先生"。有《石门集》。

其 二

宝钗头上千黄金，可怜堕井无复寻。情知秋岭朝朝淡，愁似春江日日深。

车 遥 遥①

梁 寅

车遥遥，江上路。知君心与江水东，水可停流车不驻。出门望风沙，碧云在天涯。少年万里志，那思早还家。落花纷纷沾绮疏，春来春去伤离居。丈夫官慕执金吾，敢云富贵非良图。托身自误不自怨，惟愿羊肠九折无摧车。

① 此首录自《元诗选·补遗》。

东 武 吟①

梁 寅

戚戚复戚戚，丈夫有行役。行役今安之，万里适京国。隋珠耀明月，和璧夸悬黎。及时不自献，明君焉得知。美人倚绣户，牵衣子毋去。长安多风尘，能

令素衣污。铺糜共朝昏,冠珮何足云。吾行且复止,
感尔意良勤。

① 此首录自《元诗选·补遗》。

荆 州 歌①

梁 寅

夔州六舸下扬州,如雷叠鼓春江头,花开满城不
少留。瞿塘风波似翻海,朝朝出望为郎愁。

① 此首录自《元诗选·补遗》。

公 莫 舞①

梁 寅

东兵西来入秦关,薄天雄气摧南山。秦民夹道观
隆准,降王俯首过尘间。戈如林,土如虎,黄河倒流沃
焦土。秦宫白昼千门开,关兵夜严势连堵。月落千骑
惊,萧萧闻楚兵。鸣镝交驰天狗坠,重瞳怒叱天柱倾。
平明驻关中,旌旗耀日舒长虹。置酒交欢,谁其雌雄。
胡为拔剑以决起,使一夫睥睨而相攻。剑光灿兮秋霜
横,袖展翩兮阴风生。孤独咋虎不自量,徒以意气相
凭陵。相凭陵,一何愚。空中奇气成五采,但见云龙
矫矫行天衢。

① 此首录自《元诗选·补遗》。题下有注"即《鸿门舞剑曲》"。

大 堤 曲①

梁 寅

大堤女儿颜如花,秾妆绮服踏江沙。折花斗草

归来倦，小楼闲坐弹琵琶。玉钗金蝉云鬓整，江水照见花枝影。舟中少年久凝望，如饮春醪昏不醒。焉知美人心，险若阱与机，令尔黄金一朝挥。鱼向深渊藏，鸟逐层云飞。劝尔慎勿痴且惑，纵有多金不如归。

① 此首录自《元诗选·补遗》。

为苗民所苦歌①

舒 頔②

二月日初七，压天风雨急。仆夫问讯回，苗民水涡集。仓卒戒行李，二三竞奔入。天寒泥涂滑，出户行不得。或牵牛数头，或缚鸡数只。长枪插檐高，短剑耀白日。动辄便杀人，相遇焉敢敌。杂以无藉徒，孰与分南北。老母惊且忧，扶持间道出。彼来此已遁，囊橐罄收拾。急度墓头岭，复恐见雪迹。行行叶由凹，手足俱战慄。儿云母疾行，母说疲无力。坐憩长松下，蔽身草不密。又逢恶少来，见骂作强贼。刀枪罗我前，性命在咫尺。母云我两儿，惧怕避横逆。再拜致哀告，恸哭并二侄。衣衫尽剥脱，裸体肉见赤。长绳与弟连，缚手黑如漆。嗔叱行步迟，遽以大刀击。血流未得止，苦痛走更疾。渐围至田中，枪立哨齐吸。拔刀斫弟项，乞免幸勿及。母忧失两儿，儿复忧母泣。艰险万状生，忧危苦劳役。内怀五脏饥，外被一身湿。棰楚卒未休，死生安可必。山中亦何有，所蓄仅米粒。检括殆无遗，忽忽日将夕。留连至宋村，心绪茫若失。倏逢一卒来，相见似相识。貌恳心甚慈，众皆被呵叱。但云解其缚，外惧中悦怿。兄弟相依回，泣母何处觅。哀矜复自怜，举目百无一。顷刻子见母，哀号叙痛尽。

斫松代膏明,拾草当菅席。主仆皆畏寒,相忘共薰炙。
忧惧不待明,鸡鸣咸盥栉。又复去喜坑,晨星尚未没。
山家已避舍,老母独匍匐。逐队跻山椒,冒雨倚松立。
头上水淋面,足下寒彻骨。明朝古唐山,盘折犹律崒。
乱石如蹲虎,狭径跨其脊。呼号风泠泠,掩映云羃羃。
初疑茫昧中,天地如开辟。往来不暂停,昏黑亦忘食。
当时已狼狈,宁复问家室。幼女犹可怜,含啼抱呜悒。
不忧行路难,但恐弃沟洫。朝廷本除祸,仁道立民极。
假威及蛮猺,所至皆戏剧。杀掠果何辜,曷尝分玉石。
披萝遍山林,荡扫空郡邑。不幸生斯时,处处值荆棘。
皇天远不闻,愁闷填胸臆。残喘傥久延,今亦匪畴昔。
渠魁未殄除,默坐长太息。

① 此首录自《元诗选·二集》。 ② 舒頔(1304—1377):字道原,绩溪(今属安徽)人。早年受业于姑苏李青山门下。至元年间,江东宪使辟为贵池教谕,后调丹徒校官。又转台州学正,不赴而归卧山中,隐居教授,以陶渊明自比。朱元璋礼聘,以疾辞不出。结庐名为"贞素斋",以明自守之志。有《贞素斋集》。原题为《为苗民所苦歌六十韵》,并注:"时丙甲二月初七日也。"

秋 风 行①

舒 頔

凉风起空阔,即渐吹寒声。路远衣裳单,良人久从征。妾身厘机杼,唯恐衣未成。短裁便鞍马,密缝忧远行。夫君昔辞家,王事迫期程。守边十余载,杀气犹峥嵘。君以身徇国,妾亦死誓盟。志同心不改,庶保身后名。

① 此首录自《元诗选·二集》。

缲丝行①

舒 頔

小麦褪绿大麦黄,吴姬踏车缲茧香。筦铛入沸高下忙,雪雹万斛浮潇湘。千丝万缕雪光炯,五色期补帝舜裳。县吏夜打户,租税无可措。犹豫欲输官,又恐奉上误。踌躇展转无奈何,东方渐明事更多。

① 此首录自《元诗选·二集》。

织 妇 吟①(三首)

舒 頔

其 一

妾家住西湖,家贫守清素。年方二十初,学织常恐暮。父母生我时,不识当门户。夫君良家子,安肯受辛苦。

① 此三首录自《元诗选·二集》。原题为"织妇吟三首次知县许由衷"。

其 二

机织不畏多,但畏官府促。去年布未输,今年粮未足。阿姑八旬余,缩首檐下曝。君戍忧边庭,妾心念机轴。

其 三

乱丝入手中,上机十数匹。细花间鸾凰,精巧俗莫测。朝餐釜底焦,下尽雪下滴。君心自明月,愿照尘苦力。

西 湖 曲①

舒 頔

侬家生长西湖住,画舫红窗日来去。不识干戈战四夷,良辰歌舞酣朝暮。越王怀愤攻城来,士卒失守城门开。娇容如花惜不得,一旦零落同蒿莱。百年气运如过电,头白眼昏那忍见。商山路杳云雾深,桃源不假渔郎便。钱王宫阙草树荒,景灵台榭风雨凉。孤山梅花幸无恙,父老含悲辞故乡。

① 此首录自《元诗选·二集》。

江 南 曲^①

舒 頔

庭院深沉日正长,绿窗红几绣鸳鸯。落花风起停针看,蝴蝶双双过粉墙。

① 此首录自《元诗选·二集》。

缲 丝 叹^①

舒 頔

东家缲丝如蜡黄,西家缲丝白如霜。黄白丝,出蚕口,长短缲,出妇手。大姑停车愁解官,小姑剥茧愁冬寒。向来苦留二月卖,去年宿债今未还。手足皲瘃事亦小,官府鞭笞何日了。吏胥夜打门,稚羣生烦恼。君不见江南人家种麻胜种田,腊月忍冻衣无边,却过庐州换木绵。

① 此首录自《元诗选·二集》。

苦 雨 行^①

倪 瓒^②

孟秋苦雨稻禾死,天地晦冥龙怒嗔。南邻老翁卧

不起,漏屋湿薪愁杀人。自云今年八十剩,力农一生
兹始病。两逢赤旱三遇水,租税何曾应王命。吾今宁
免身为鱼,死当其时良可吁!

① 此首录自《元诗选·初集》。　② 倪瓒(1301—1374):字元镇,号云林子,
无锡(今属江苏)人。其先世为吴中名富。家中藏书数千卷,皆亲手勘定。一生
不仕。至正十五年,知天下将乱,变卖家产,散与亲朋,外出漫游,浪迹江湖。其
诗自然秀拔,素淡无华。多写竹枝词,对历史兴亡殊多感慨。有《清闷阁集》、《倪
云林诗集》。

竹 枝 词①（五首）

倪 瓒

其 一

　　钱王墓田松柏稀,岳王祠堂在湖西。西泠桥边草
春绿,飞来峰头乌夜啼。

① 此五首录自《元诗选·初集》。题下有序曰:"会稽杨廉夫邀余同赋《西湖
竹枝歌》。余尝暮春登濑湖诸山而眺览,见其浦溆沿洄,云气出没,慨然有感于
中,欲托之音调以申其悲叹,久未能成章也。因睹斯作,为之心动言宣,为词凡八
首,皆道眼前,不求工也。"

其 二

　　湖边女儿红粉妆,不学罗敷春采桑。学成飞燕春
风舞,嫁与燕山游冶郎。

其 三

　　阿翁闻说国兴亡,记得钱王与岳王。日暮狂风吹
柳折,满湖烟雨绿茫茫。

其 四

　　春愁如雪不能消,又见清明卖柳条。伤心玉照堂
前月,空照钱唐夜夜潮。

其　五

　　嗈嗈归雁度春江，明月清波雁影双。化作斜行筝上字，长弹幽恨隔纱窗。①

　　①《元诗选》于此诗末注："倪高士诗集刻本，系荆溪蹇曦编集。所载《竹枝词》八首，叙次甚明。新刻本上载四首，又不载小序。而于杨铁厓《西湖竹枝词》所载，杂见集中，并《列朝诗选》所录二诗，亦分两处，铁厓所载四首，至第二首与此颇同，附记于此，其词云：'鹧鸪生长最高枝，雁婿衔将向北归。天长水阔无消息，只有空梁燕子飞。''湖边女儿红粉妆，不学罗敷朝采桑。自从学得纤腰舞，嫁与城西游冶郎。''愁水愁风人不归，昨夜水没钓鱼矶。蹋尽莲根终无藕，著多柳絮不成衣。''桐树元栽金井西，月明照见影离离。不比苏公堤畔柳，乌鸦飞过鹁鸠栖。'"

少　年　行①

刘仁本②

　　城中美少年，十万当腰缠。朝拥红姬醉，莫入花市眠。青春事游侠，白日行神仙。豪奢侈靡竞夸诧，千金之裘五花马。明珠的皪珊瑚赭，锦囊翠被薰兰麝。生来富贵无与论，岂知耕稼识艰辛。一朝世变起风尘，少年娇脆无容身。城外恶少年，膂力如虎健。令人出胯下，粗豪逞精悍。舞刀持枪乘世乱，掉臂横行遮里闬。剽掠人赀为己券，昔无担石今百万。结党树群肆欺诞，瞰室凭陵何所惮。一朝黄雾肃清飚，大官正法施王条。豗突追呼行叫嚣，少年浪迹无遁逃。钳锤束缚首为枭，鞭流腥血尸市朝。我作歌，歌年少，毋为美夸毋恶暴。我作歌，歌少年，夜读古书朝力田。作善降祥天则然，生当乱世终得全。

　　①　此首录自《元诗选·补遗》。　②　刘仁本(1308—1367)：字德玄，号羽庭，天台(今属浙江)人。及进士第，历温州路总管。后任江浙行省左右司郎中。其

与浙东名流酒贤、谢理等过从较密,影响较大。曾入方国珍幕府,被朱元璋鞭背而死。有《羽庭集》。

戍 妇 吟①（四首）
刘仁本

其 一

明月何皎皎,白露湛为霜。妾身未有托,游子天一方。悲风四边来,中夜起傍徨。欲随明月去,怀哉不下堂。

① 此四首录自《元诗选·补遗》。

其 二

妾在父母家,衣容常楚楚。一朝无良媒,嫁作征人妇。征人远戍边,勤劳日夜苦。欲往复踌躇,有言不出户。

其 三

夫君在边戍,妾身守孤帏。欲往备纫栉,不如频寄衣。衣到恐迟迟,不到妾不知。欲知衣到无,明年鸿雁归。

其 四

将军功未成,椎牛劳军士。将军岂无家,为妾语夫主。勿为贱妾生,宁为将军死。贱妾欲从之,军中无女子。

宫 怨①
刘仁本

无复羊车至,空怜鸾镜悲。君恩新宠妒,妾貌旧时衰。宫树西风急,御沟流水迟。起来拾红叶,欲写恨无诗。

① 此首录自《元诗选·补遗》。

羽 林 行①

迺 贤②

　　羽林将军年十五,盘螭玉带悬金虎。黄鹰白犬朝
出游,翠管银筝夜歌舞。珠衣绣帽花满身,鸣驺斧钺
惊路人。东园击球夸意气,西街走马扬飞尘。湖南昨
夜羽书急,诏趣将军远迎敌。宝刀锈涩金甲寒,上马
彷徨苦无力。美人牵衣哭向天,将军执别泪如泉。安
得天河洗兵甲,坐令瀚海无尘烟。君不见关西老将多
战谋,数奇白发不封侯。据鞍矍铄尚可用,谁怜射虎
南山头。

　　① 此首录自《元诗选·初集》。　　② 迺贤(1309—1368):字易之,西域葛逻
禄部人。家族迁入中原,初定居河南南阳,宋元时移居鄞县(今属浙江)。后至大
都,以擅诗文闻名。几年后回到江南,一度出任东湖书院山长,荐授翰林院编修。
著有《金台集》、《金台后集》、《河朔访古记》、《海云清啸集》等。

卖 盐 妇①

迺 贤

　　卖盐妇,百结青裙走风雨。雨花洒盐盐作卤,背
负空筐泪如缕。三日破铛无粟煮,老姑饥寒更愁苦。
道傍行人因问之,拭泪吞声为君语。妾身家本住山
东,夫家名在兵籍中。荷戈崎岖戍吴越,妾亦万里来
相从。年来海上风尘起,楼船百万秋涛里。良人贾勇
身先死,白骨谁知填海水。前年大儿征饶州,饶州未
复军尚留。去年小儿攻高邮,可怜血作淮河流。中原

封装音信绝,官仓不开口粮缺。空营木落烟火稀,夜雨残灯泣呜咽。东邻西舍夫不归,今年嫁作商人妻。绣罗裁衣春日低,落花飞絮愁深闺。妾心如水甘贫贱,辛苦卖盐终不怨。得钱籴米供老姑,泉下无惭见夫面。君不见绣衣使者浙河东,采诗正欲观民风。莫弃吾侬卖盐妇,归朝先奏明光宫。

① 此首录自《元诗选·初集》。

新 月 行①

迺 贤

江南小儿不识愁,新月指作白银②钩。家人见月更欢喜,卷帘唤我登高楼。三年留滞京华里,滚滚黄尘马头起。一番见月一番愁,归心夜逐东流水。在家不厌贱与贫,出门满眼多故人。谁念天涯远游客,只有新月能相亲。

① 此首录自《元诗选·初集》。 ② 银:《元诗选》注"一作玉"。

颍州老翁歌①

迺 贤

颍州老翁病且羸,萧萧短发秋霜垂。手扶枯筇行复却,探瓢匄食河之湄。我哀其贫为顾问,欲语哽咽吞声悲。自言城东昔大户,腴田十顷桑阴围。阖门老稚三百指,衣食尽足常悬锥②。河南年来数亢旱,赤地千里黄尘飞。麦禾槁死粟不熟,长镵挂壁犁生衣。黄堂太守足宴寝,鞭扑百姓穷膏脂。聒天丝竹夜酣饮,阳阳不问民啼饥。市中斗粟偿十千,饥人煮蕨供晨炊。木皮剥尽草根死,妻子相对愁双眉。鹄形累累口生焰，脔割饿莩无完肌。奸民乘隙作大盗，腰弓跨马纷驱驰。啸呼深林聚凶恶，狎弄剑槊摇旌旗。去年三月入州治，踞坐堂上如熊罴。长官邀迎吏再拜，馈送牛酒罗阶墀。城中豪家尽剽掠，况在村落人烟稀。裂囊剖筐取金帛，煮鸡杀狗施鞭笞。今年灾虐及陈颍，疫毒四起民流离。连村比屋相枕藉，纵有药石难扶治。一家十口不三日，藁束席卷埋荒陂。死生谁复顾骨肉，性命喘息悬毫厘。大孙十岁卖五千，小孙三岁投清漪。至今平政桥下水，髑髅白骨如山崖。绣衣使者肃风纪，下车访察民疮痍。绿章陈辞达九陛，彻乐减膳心忧危。朝堂杂议会元老，恤荒讨贼劳深机。山东建节开大府，便宜斩磔扬天威。亲军四出贼奔溃，渠魁枭首乾坤夷。拜官纳粟循旧典，战士踊跃皆欢怡。淮南私廪久红腐，转输岂惜千金资。遣官巡行勤抚慰，赈粟给币苏民疲。获存衰朽见今日，病骨尚尔难撑持。向非圣人念赤子，填委沟壑应无疑。老翁仰天泪如雨，我亦感激愁歔欷。安得四海康且阜，五风十雨斯应期。长官廉平县令好，生民击壤歌清时。愿言观风采诗者，慎勿废我颍州老翁哀苦辞。

① 此首录自《元诗选·初集》。今按：《元诗选》此诗录自迺贤《金台集》。诗末有评曰："状物写景之工，固诗家之极致。而系于风化，补于政治，尤作者之至言。易之此诗，兼得之矣。礼部侍郎汝阴李黼子威书。易之此诗，格调则宗韩吏部，性情则同元道州，世必有能知之者。监察御史太朴危素书。至正四年，河南北大饥，明年又疫，民之死者过半。朝廷尝议鬻爵以赈之，江淮富人应命者甚众，凡得钞十余万，定粟称是。会夏小稔，赈事遂已。然民瘅大困，田莱尽荒，蒿蓬没人，狐兔之迹满道。时余为御史，行河之南。请以富人所入钱粟贷民，具牛种以耕，丰年则收其本。不报。览易之之诗，追忆往事，为之恻然！八年三月，翰林待制武威余阙志。"　② 悬锥：《元诗选》注"一作熙熙"。

行 路 难①

迺 贤

行路难,难行路,黄榆萧萧白杨暮。枪竿岭上积
雪高,龙门峡里秋涛怒。嵯峨虎豹当大关,苍崖壁立
登天难。千车朝从赤日发,万马夜向西风还。鉴湖酒
船苦不早,辽东白鹤归华表。夜雨空阶碧草深,落花
满院行人少。世情翻覆如秋云,誓天歃血徒纷纷。洛
阳争迎苏季子,淮阴谁识韩将军。行路难,难行路,白
头总被功名误。高楼昨夜歌舞人,丹旌晓出东门去。
子午谷,终南山,青松草屋相对闲。拂衣高歌上绝顶,
请看人间行路难。

① 此首录自《元诗选·初集》。题下有序曰:"至正己丑夏,右相朵儿只公拜国
王,就国辽东。是日左相贺公亦左迁,因感而作。"

塞 上 曲①(五首)

迺 贤

其 一

秋高沙碛地椒稀,貂帽狐裘晚出围。射得白狼悬
马上,吹笳夜半月中归。

① 此五首录自《元诗选·初集》。

其 二

杂沓毡车百辆多,五更冲雪渡滦河。当辕老妪行
程惯,倚岸敲冰饮橐驼。

其 三

双鬟小女玉娟娟,自卷毡帘出帐前。忽见一枝长
十八①,折来簪在帽檐边。

① 作者自注:"长十八,草花名。"

其 四

马乳新挏玉满瓶,沙羊黄鼠割来腥。蹋歌尽醉营盘晚,鞭鼓声中按海青。

其 五

乌桓城下雨初晴,紫菊金莲漫地生。最爱多情白翎雀,一双飞近马边鸣。

月湖竹枝词①(四首)

迺 贤

其 一

丝丝杨柳染鹅黄,桃花乱开临水傍。隔岸谁家好楼阁,燕子一双飞过墙。

① 此四首录自《元诗选·初集》。原题为"月湖竹枝词四首题四明俞及之竹屿卷"。

其 二

五月荷花红满湖,团团荷叶绿云扶。女郎把钓水边立,折得柳条穿白鱼。

其 三

水仙庙前秋水清,芙蓉洲上新雨晴。画船撑著莫近岸,一夜唱歌看月明。

其 四

梅花一树大桥边,白发老翁来系船。明朝捕鱼愁雪落,半夜推篷起看天。

宫 词^①（八首）

迺 贤

其 一

广寒宫殿近瑶池，千树长杨绿影齐。报道夜来新雨过，御沟春水已平堤。

① 此八首录自《元诗选·初集》。原题为"宫词八首次傀公远正字韵"。

其 二

千官鹄立五云间，玉斧参差拥画阑。今日君王西内去，安排天仗趣仪鸾。

其 三

水晶帘内日迟迟，绮^①阁春深笑语稀。绣幕无端风卷起，一双燕子傍人飞。

① 绮：《元诗选》注"一作殿"。

其 四

上苑含桃熟暮春，金盘满贮进枫宸。醍醐渍透冰浆滑，分赐阶前僝直人。

其 五

琼岛岩峣内苑西，阑斑绮石甃清漪。御床不许红尘到，黄幔长教宰地垂。

其 六

花影频移玉砌平，美人攲枕听流莺。一春多病慵梳洗，怕说鸾舆幸五京。

其 七

绣床倦倚怯深春，窗外飞花落锦茵。抱得琵琶阶下立，试弹一曲斗清新。

其 八

太液池头新月生，瑶阶最喜晚来晴。贵人忽被西宫召，骑得骅骝款款行。

杨 花 吟①

胡天游②

吴江春水拍天涯,江上风吹杨柳花。花飞满空无处所,随风直渡吴江水。渡水随风太有情,萦花惹草恣轻盈。狂如舞蝶穿花径,细逐流莺度绮城。绮城楼阁连天际,杨花飞入千门去。飞去飞来稍觉多,纷纷如雪奈君何?珠帘绣箔深深见,舞榭妆楼处处过。楼中美人春睡起,愁见杨花思荡子。荡子飘零去不归,杨花岁岁点春衣。梦魂不识天涯路,愿作杨花片片飞。

① 此首录自《元诗选·初集》。 ② 胡天游(生卒年不详):原名乘龙,字天游,号傲轩,岳州平江(今属湖南)人。逢元末乱世,隐居不出。至正十二年(1352)战乱波及乡里,村舍皆成丘墟,唯有其宅岿然,因号"傲轩氏"。与余牧山友善,两人常泛舟清溪,放歌笑谑。后人辑有《傲轩吟稿》一卷,不乏悲壮激烈之词。

田 家 吟①

胡天游

村南村北鸣鹂黄,舍东舍西开野棠。坡晴渐放桑眼绿,水暖忽报秧牙长。老翁躬耕催早起,女绩男舂妇炊黍。犊儿狂走未胜犁,蚕蚁半生犹恋纸。一春莫笑田家苦,苦乐原来两相补。君不见踏歌槌鼓肉如山,昨日原头祭田祖。

① 此首录自《元诗选·初集》。

无 牛 叹①

胡天游

荒畴万顷连坡陁,躬耕无牛将奈何。老翁倭倭挟良耜，妇子并肩如橐驼。肩颎骨怠汗淹肘，竟日劳劳不终亩。夜归草屋酸吟嘶，只有饥肠作牛吼。却忆向来全盛年，万牛蔽野无闲田。干戈沨洞一扫尽，觳觫就死谁能怜。桃林荒塘春草绿，根底纷纷何有犊。老翁无力待升平，卧看牵牛向天哭。

① 此首录自《元诗选·初集》。

无 笔 叹①

胡天游

宣城鼠须不可索，越南鸡毛不可得。山中老颖飞上天，九馆痴髯化为石。晴窗无复秃千枝，晓梦有时来五色。一庭老叶扫西风，袖手空阶看蜗迹。

① 此首录自《元诗选·初集》。

无 书 叹①

胡天游

六经既降诸子出，后代枝叶何其多。眼中万卷忽如扫，无乃天意憎繁苛。陈言故纸本糟粕，吾道耿耿终难磨。劫灰不赭孝先笥，昼卧坦腹时摩挲。

① 此首录自《元诗选·初集》。

男 从 军①（三首）

胡天游

其 一

十五束发去从军，背剑腰刀别弟昆。男儿不洒临歧泪，觱篥数声吹出门。

① 此三首录自《元诗选·初集》。

其 二

雨沐风餐夜枕戈,东征未了北防河。当时只道从军乐,谁道从军苦更多。

其 三

自古男儿要自强,腰间金印有时黄。时来不用龙泉剑,手抟楼兰献庙堂。

女 从 军①(三首)

胡天游

其 一

二八女儿红绣靴,朝朝马上画双蛾。《采莲》曲调都忘却,学得军中唱《凯歌》。

① 此三首录自《元诗选·初集》。

其 二

从军装束效男儿,短制衣衫淡扫眉。众里倩人扶上马,娇羞不似在家时。

其 三

柳营清晓促征期,女伴相呼看祭旗。壮士指僵霜气重,将军莫讶鼓声催。

醉 歌 行①

胡天游

醉中豪气如长虹,走上高楼叫天公。问天开辟今几年?有此日月何因缘。月者阴之魄,日者阳之精。阴阳果何物?产此团团形。一如白玉盘,一似黄金钲。得非冶铸出，无乃磨琢成。茫茫太古初，二气才胚胎。金乌从何出，玉兔从何来？扶桑谁人种，桂树何年栽？东升何所自，西没从何游。胡为天地间，奔走不暂休。但见朝朝暮暮无定辄，但见波波汲汲如奔邮。催得黄童变白叟，催得华屋成荒丘。催得秦王汉楚忽抔土，催得黄河碧海无纤流。我有如渑酒，劝天饮一石。愿天□长绳，系此乌兔翼。一悬天之南，一挂天之北。安然不动照万国，无冬无夏无旦夕。百年三万六千作一刻，尽使世人老不得。

① 此首录自《元诗选·初集》。

悲 苦 行①

王　冕②

悲风吹茅堕空屋，老乌号鸣屋上木。谁家男子从远征，父母妻孥相送哭。哭声呜咽已别离，道旁复对行人悲。去者一心事，归者百感随。前年鬻大女，去年卖小儿。皆因官税迫，非以饥所为。布衣磨尽草衣拆，一冬幸喜无霜雪。今年老小不成群，赋税未知何所出。昨夜忽惊雷破山，北来暴雨如飞湍。此时江南正六月，酸风入骨生苦寒。东村西村无火色，凝云著地如墨黑。聩翁瞽妪相唤忙，屋漏床床眠不得。开门不敢大声语，门外磨牙多猛虎。自来住此十世余，古老未尝罹此苦。我感此情重叹吁，不觉泪下沾裳裾。安得壮士挽天河，一洗烦郁清九区，坐令尔辈皆安居。

① 此首录自《元诗选·二集》。　② 王冕（1287—1359）：字元章，号煮石山农、梅花屋主，诸暨（今属浙江）人。出身农家，幼年放牛。应进士举不中，遂绝意仕途。至正年间，北游大都，泰不华荐以馆职，力辞不就。南下隐于会稽九里山，筑庐植梅，饮酒赋诗，其诗风格自然质朴。有《竹斋诗集》。

猛 虎 行①

王 冕

去年江北多飞蝱,今日江南多猛虎。白日咆哮作队行,人家不敢开门户。长林大谷风飕飕,四郊食尽耕田牛。残膏剩骨委丘壑,髑髅啸雨无人收。老乌衔肠上枯树,仰天乌乌为谁诉? 逋逃茫茫不见归,归来又苦无家住。老翁老妇相对哭,布被多年不成幅。天明起火无粒粟,那更打门苛政酷。折髁败肘无全民,我欲具陈难具陈。纵使移家向廛市,破犺狻猏喧成群。

① 此首录自《元诗选·二集》。

劲 草 行①

王 冕

中原地古多劲草,节如箭竹花如稻。白露洒叶珠离离,十月霜风吹不到。萋萋不到王孙门,青青不盖谗佞坟。游根直下土百尺,枯荣暗抱忠臣魂。我问忠臣为何死? 元是汉家不降士。白骨沉埋战血深,翠光潋滟腥风起。山南雨晴蝴蝶飞,山北雨冷麒麟悲。寸心摇摇为谁道,道旁可许愁人知。昨夜东风鸣羯鼓,髑髅起作摇头舞。寸田尺宅且勿论,金马铜驼泪如雨。

① 此首录自《元诗选·二集》。

古 时 叹①

王 冕

箕子奴而比干死,屈原以葬湘江水。痛哭书生不见归,朱董何人呼得起? 深衣大老为腐儒,纨袴小儿称丈夫。学士时为八风舞,将军日醉千金壶。人间赤子苦钳钛,抱麟反袂空流涕。呜呼噫嘻! 不有祝鮀之佞,宋朝之美,难乎免于今世矣。

① 此首录自《元诗选·二集》。

苦 寒 作①

王 冕

昨日风寒枯木折,今日五更霜似雪。河伯泉仙惊怪言,冻杀深潭三足鳖。南海一平行大舆,五尺之冰千古无。珊瑚树死日色薄,老翁破冻叉僵鱼。凤凰不出鸜鹆语,秃鹙飞啼血如雨。驼马交驰入不毛,兜鍪不惮饥寒苦。豺狼夹道狐兔骄,白草万里蛮烟焦。纷纷赤子在炮炙,三士何缘争二桃? 君不见江南古客颇痴懒,养得一双青白眼。

① 此首录自《元诗选·二集》。

秋 夜 雨①

王 冕

秋夜雨,秋夜雨。马悲草死桑干路,雁啼木落潇湘浦。声声唤起故乡情,历历似与幽人语。初来未信鬼啾唧,坐久忽觉神凄楚。一时感慨壮心轻,百斛蒲萄为谁举? 山林岂无豪放士,江湖亦有饥寒旅。凝愁拥鼻不成眠,灯孤焰短寒花吐。秋夜雨,秋夜雨。今来古往愁无数,谪仙倦作夜郎行。杜陵苦为茅屋赋,只今村落屋已无。岂但屋漏无干处,凋余老稚匍匐走。哭声不出泪如注,谁人知有此情苦? 秋夜雨,秋夜雨。赤县神州皆斥卤,长蛇封豕恣纵横。麟凤龟龙失其所,耕夫钓叟意何如? 梦入江南毛发竖,余生听惯本无事,今乃云何惨情绪。排门四望云墨黑,纵有空言亦何补。秋夜雨,秋夜雨,何时住? 我愿扫开万里云,日月光明天尺五。

① 此首录自《元诗选·二集》。

吴 姬 曲①(二首)

王 冕

其 一

吴姬美,远山澹澹横秋水。玉纤软转绾青丝,金凤攒花摇翠尾。隔云移步不动声,骑马郎君欲飞起。欲飞起,楼上游人闹如市。

① 此首录自《元诗选·二集》。

其 二

吴姬来,香风未动游尘开。勾玉迟迟锦云重,百花掩媚春徘徊。王孙公子金无限,为君一笑成飞埃。成飞埃,珊瑚顷刻生莓苔。

鸡 凫 行①

陈 基②

鸡与凫,皆穀育。凫爱水游鸡爱陆。凫昔未辨雌与雄,母不顾之鸡为伏。鸡渴不饮饥不啄,以腹抱凫谁敢触。凫脱穀,鸡鼓翼。日日庭中求黍稷,啄啄呼凫使之食。凫羽日褵襹,一朝下水不顾鸡。鸡在岸,凫在水,赋性本殊徒尔耳。鸡知为母不知凫,恨不随波共生死。

① 此首录自《元诗选·初集》。　② 陈基(1311—1370)：字敬初,台州临海(今属浙江)人。师从于黄溍,随溍至京师,授经筵检讨。后奉母入吴,教授诸生。南方义军纷起,先参张士信军事,后参张士诚军事,张氏军旅书檄,多出其手。张氏覆灭后被俘。明太祖召入,预修《元史》。其诗多忧时伤乱。有《夷白斋稿》。

白头公词①

陈 基

杜陵三月春风暖,燕语莺啼杂弦管。落花撩乱紫骝嘶,平乐归来酒尊满。雨急风篁忽已秋,幽鸟多情亦白头。不随翡翠楼中②宿,却爱鸳鸯水上游。春去秋来不知老,安乐即多忧患少。绮窗深处语言奇,付与纷纷秦吉了。

① 此首录自《元诗选·初集》。　② 楼中：《元诗选》此二字原缺,中华书局本据他本校补。

刈 草 行①

陈 基

原上秋风吹百草,半青半黄色枯槁。城头日出光杲杲,腰镰晓踏城门道。门头草多露未晞,尔镰利钝尔自知。一人刈草一马肥,马不肥兮人受笞。城中官厩三万匹,一匹日餐禾一石。

① 此首录自《元诗选·初集》。

新 城 行①

陈 基

旧城城旧人民新,新城城新无旧人。旧城城外兵一解,新城城中齐覆瓦。万瓦鳞鳞次第成,将军令严鸡犬宁。将军爱民如爱子,百贾皆集新城市。浙米淮盐两相直,楚人之弓楚人得。何时四海无荆棘,北贾贩南南贩北。

① 此首录自《元诗选·初集》。

裁 衣 曲①

陈 基

殷勤织纨绮,寸寸成文理。裁作远人衣,缝缝不敢迟。裁衣不怕剪刀寒,寄远唯忧行路难。临裁更忆身长短,只恐边城衣带缓。银灯照壁忽垂花,万一衣成人到家。

① 此首录自《元诗选·初集》。

边 城 曲①

陈 基

莫启匣中镜,怕见头上雪。莫放弦上箭,怕射边城月。边城月阙还再圆,头上发白何由玄。君不见自古边城有余乐,夜月联诗昼棋槊。至今月照酅城头,相国功名齐斗牛。

① 此首录自《元诗选·初集》。

征 妇 怨①

陈 高②

征夫出门时,征妇泪垂垂。把酒劝夫饮,执手问归期。归期今已过,更无消息归。朝朝倚楼望,只见雁南飞。

① 此首录自《元诗选·初集》。　② 陈高(1314—1366):字子上,自号不系舟渔者,温州(今属浙江)人。至正间进士。授庆元路录事,后自行免去。方国珍义军占领浙东,他拒绝方氏征聘,后弃妻子,往来闽浙间。其诗文风格雅洁,颇得张翥、欧阳玄、贡师泰等赏识。有《不系舟渔集》。

落 梅 曲①

陈 高

梅花开满枝,无奈晓风吹。风吹花落尽,争似未开时。花开终有落,非关晓风恶。愁杀爱花人,城头复吹角。

① 此首录自《元诗选·初集》。

商 妇 吟①

陈 高

嫁夫嫁商贾,重利不重恩。三年南海去,寄信无回言。妾身为妇人,不敢出闺门。缝衣待君返,请君看泪痕。

① 此首录自《元诗选·初集》。

白 头 吟①

陈 高

试听《白头吟》,慢饮尊中酒。古来悲白头,人情苦难久。结发为夫妻,百年期白首。容颜衰落相弃捐,何况君臣与朋友。汉高宽大主,萧何开国功。谗言一以入,几死天狱中。陈余与张耳,刎颈同生死。

一朝争相印，雠雠世无比。周文吕望不再见，管鲍结交宁复闻。玄德孔明若鱼水，胶漆孰如雷与陈。斯人自此一以少，今世求之更无有。谈笑寻戈矛，那能托身后。听我歌，歌《白头》。劝君饮，君莫愁。日月有时而剥蚀，世态谁能终不易。

① 此首录自《元诗选·初集》。

折杨柳①

陈 高

折杨柳，送别离。朝朝送人远别离，门前杨柳折还稀。今年折杨柳，来岁复生枝。奈何离别子，一去无回时。

① 此首录自《元诗选·初集》。

啄木鸟①

陈 高

啄木鸟，啄树枝，头红如血口如锥，终日啄木长苦饥。木心有虫不肯啄，天生尔禽复何为？吁嗟乎！啄木鸟，佳木蠹尽知不知。

① 此首录自《元诗选·初集》。

促织鸣①

陈 高

促织鸣，鸣唧唧。懒妇不惊，客心凄恻。秋夜月明露如雨，西风吹凉透绤苎。懒妇无裳终懒织，远客衣单恨砧杵。促织促织，无复悲鸣。客心良苦，懒妇不惊。

① 此首录自《元诗选·初集》。

采 蕨 歌①

郭 钰②

朝采蕨,南山侧。暮采蕨,北山北。穿云伐石飞星裂,手脚冻皴腰欲折。紫芽初长粉如脂,瘦根蟠屈蛟蛇结。吞声出门腹已饥,猿啼风摆藤萝衣。长镵短笠日将暮,攀援垠堮何当归。朝采蕨,暮采蕨,东邻老翁更凄恻。抱蕨转死长松根,妻子眼穿泪成血。情知世乱百忧煎,得归茅屋心悬悬。痴儿啼怒炊烟晚,打门又索军需钱。君不见将军拥旌节,红楼夜醉梨花月。

① 此首录自《元诗选·初集》。　② 郭钰(1316—?):字彦章,别号静思,吉安吉水(今属江西)人。年轻时即有诗名。当元末之乱,隐居不仕。中年以后,奔走于战乱之中,备尝艰苦。其诗清丽整严,佳句迭出。有《静思集》。

长 相 思①

郭 钰

长相思,相思者谁? 自从送上马,夜夜愁空帏。晓窥玉镜双蛾眉,怨君却是怜君时。湖水浸秋藕花白,伤心落日鸳鸯飞。为君种取女萝草,寒藤长过青松枝。为君护取珊瑚枕,啼痕灭尽生网丝。人生有情甘白首,何乃不得长相随。潇潇风雨,喔喔鸣鸡。相思者谁? 梦寐见之。

① 此首录自《元诗选·初集》。

送 远 曲①

郭 钰

　　为君治行近一月，今晨竟作匆匆别。枕边纨扇镜中花，一时尽变伤心色。妾虽不见边城秋，君亦不识空闺愁。忆君便如君忆妾，双泪岂为他人流。才貌如君长刺促，少年心事何时足。归期未定须寄书，误人莫误灯花卜。

　　① 此首录自《元诗选·初集》。

赠彭将军①

郭 钰

　　将军昔从布衣起，便欲赌命报天子。里中父老得开颜，刺虎斩蛟良细事。几年汗马鏖战尘，君门九重谁得陈。羽檄飞云白日暮，牙旗卷雨沧江昏。中书大臣拥貔虎，吐气如云盖南土。豫章城头鸣老鸦，匹马夜出杉关去。楚山苍苍楚水清，草莽之臣何重轻？但得严君脱虎口，皇天后土相知心。谁想长材不终弃，控抟造化真儿戏。东邻早结丞相欢，种瓜不到青门地。君家屋前山水幽，正好归来寻旧游。座上衣冠戏彩日，窗前灯火读书秋。我欲从君语畴昔，悠悠世事嗟何及。沧波东逝鱼西飞，独振布袍三叹息。

　　① 此首录自《元诗选·初集》。

负 薪 女①

郭 钰

　　山下女儿双髻垂，上山负薪哭声悲。辛勤主家奉晨炊，主翁头白诸郎痴。干戈未解骨肉离，生来不识妍与媸。长笑邻姬画蛾眉，金屏孔雀何光辉。雕弓羽箭来者谁？绿杨终日青骢嘶。人生年少如驹驰，鸳鸯翡翠皆双飞。愁思百结心自知，负薪拭泪背人挥，黄昏四壁寒螿啼。

① 此首录自《元诗选·初集》。

从 军 别①

郭 钰

将军披甲控紫骝，美人挽辔双泪流。六月炎埃人命脆，军期稍缓君须留。彼为兄弟此为仇，朝为公相夕为囚。岁岁年年苦征战，黄金谁足谁封侯。烟尘暗天南北阻，英雄尽合回田亩。当时儿戏应门户，不谓虚名绊官府。马鸣萧萧渡江浦，重唤奚奴再三语。将军临阵尔为御，莫把长鞭鞭马去。

① 此首录自《元诗选·初集》。

猛 虎 行①

郭 钰

猛虎长啸风满谷，十载山中往来熟。朝瞰牛羊暮杀人，眈眈不畏弓刀逐。山翁死后空茅屋，山下行人早投宿。妖狐凭威作人语，跳梁白日欺樵牧。南来壮士怒相触，弯弓射虎穿虎腹。闪烁双晴甘就戮，髑髅作枕皮为褥。人生何必书多读，能事自足惊殊俗。何当更斩长桥蛟，老夫虽死关心目。

① 此首录自《元诗选·初集》。

葵 花 叹①

郭 钰

朝见葵花长叹息,暮见葵花重於邑。白日携光万汇苏,寸心炯炯谁能识?蜡光腻粉花正开,翠袖捧出黄金杯。再拜君王千岁寿,六龙迎驾扶桑来。朱门厌逢车马客,移花远置山岩侧。不辞辛苦灌葵根,遮莫浮云翳空碧。

① 此首录自《元诗选·初集》。

征 妇 别①

郭 钰

征妇临行晓妆薄,上堂辞姑双泪落。含情欲诉哭声长,一段凄凉动林壑。从夫不辞行路羞,妇去谁为养姑谋。妇人在军古所忌,今者召募如追囚。十年妇姑共甘苦,一室倒悬空四顾。小郎早没更无人,却把晨昏托邻妇。情知送儿是埋儿,姑年老大莫苦悲。万一军中发机杼,减米换衣当寄归。小旗叫呼催早别,出门便成千里隔。今夜不闻唤妇声,愁心共挂天边月。

① 此首录自《元诗选·初集》。

春 夜 吟①

郭 钰

月色如水花如云,美人楼上歌回文。楼鸦飞起玉阶树,香风吹动殷红裙。去年寄书到君侧,书中只写思君切。情知人老发如丝,君归不恨缘君白。插花记月夜未央,他人苦短我苦长。若使驱车到家日,天涯芳草愁茫茫。

① 此首录自《元诗选·初集》。

狂 客 行①

郭 钰

美人当窗卷珠箔,狂客花阴弹黄雀。黄雀低回娇不飞,金丸偏著搔头落。与君未展平生亲,奈何调笑如无人。万一楼头是夫婿,百年恨怨将谁陈。君心误认双蝴蝶,摇荡迷魂招不得。

① 此首录自《元诗选·初集》。

射虎行赠射虎人①

郭 钰

昨日射虎南山颠,悲风萧萧眼力穿。今日射虎北山下,虎血溅衣山路夜。朝朝射虎无空归,家人望断孤云飞。度岭逾山弓力健,虎肉共分不辞远。府司帖下问虎皮,高枕髑髅醉不知。虎昔咆哮百兽走,一死宁知在君手。鼻端出火耳生风,拔剑起舞气如虹。昨夜空村见渔火,牛羊不收犬长卧。作诗赠君毛发寒,烦君为我谢上官。君不见昔日刘昆称长者,虎北渡河不须射。

① 此首录自《元诗选·初集》。

白 纻 歌①

戴 良②

阖庐宫中夜挝鼓,宫树乌啼月未午。玉缸提来酒如乳,白纻衣成向君舞。美人醉起行步难,腰间珂珮声珊珊。肯缘娇爱减君欢,宝钗堕地不敢言。宫中门户多无数,君恩反覆日几度。明朝重著舞时衣,心中已道不相宜。

① 此首录自《元诗选·二集》。　② 戴良(1317—1383):字叔能,号九灵山人,婺州浦江(今属浙江)人。曾受业于黄溍、柳贯、吴莱等人,通经史、百家、医卜、释老之学。朱元璋攻占金华后,曾启用戴良,后弃官逸去。又流寓昌乐,转隐四明山,以遗民自居。洪武年间,被召至京师,欲授其官职,戴以老病坚辞而获罪自绝。有《九灵山房集》。

凉 州 行①

戴 良

凉州城头闻打鼓,凉州城北尽胡虏。羽书昨夜到西京,胡兵已犯凉州城。凉州兵气若云黑,百万人家皆已没。汉军西出笛声哀,胡骑闻之去复来。年年此地成边土,竟与胡人相间处。胡人有妇能汉音,汉女亦解调胡琴。调胡琴,按胡谱。夫婿从军半生死,美人踏筵尚歌舞。君不见古来边头多战伤,生男岂如生女强。

① 此首录自《元诗选·二集》。

短 歌 行①

戴 良

青天上有无根日,驰光暂明还复黑。昼夜相催老却人,忽忽吾言四十七。偶看旧镜镜为羞,昔髭未生今白头。朱颜丹药已难觅,青史功名行且休。岁岁年年待富贵,富贵不来老还至。老既至兮百事非,病妻对之怨且詈。妻年比我虽稍卑，近亦摧颓如我衰。一生忱离殆居半，此世欢娱能几时。总多子女知何益，北邙冢墓无人识。古往今来共如此，我亦胡为空叹息。人生满百世岂多，尊中有酒且高歌，有酒不歌奈老何。

① 此首录自《元诗选·二集》。

义 僧 行①

王　逢②

世降道沦丧，盛事罕见之。我歌义僧行，薪取国士知。僧臻生夏浦，俗号徐大师。勇敢重意气，赤手可猎麕。张忠郭解流，任侠不计赀。臻愿出门下，致死誓不移。盗寻寇马洲，鱼肉乎蒸黎。元戎坚营壁，大姓深沟池。壮哉张父子，分率脱项儿。父擒子死难，家不得敛尸。臻闻切齿恨，恨死不同时。夜即操斧刀，奋身斫藩篱。径入牛宫内，斧断张絷维。手杀盗六人，力挽间道归。妻孥拜堂下，金币谢所私。上公赐巾裳，欲以好爵縻。幡然掉臂辞，还山弄摩尼。方今国步艰，中外罹疮痍。铜虎尽悬绶，铁马谁搴旗。嗟尔匹夫臻，足张三军威。何不食君禄，为君靖淮夷。收名鲁仲连，千载为等期。天秋黄叶脱，日暮玄云驰。歌诗节鼓吹，用壮吾熊罴。

① 此首录自《元诗选·初集》。　② 王逢（1319—1388）：字原吉，号席帽山人，江阴（今属江苏）人。世居江阴，后避乱，迁无锡。不久又迁松江，名寓舍为梧溪精舍，自号梧溪子。平生不仕，以布衣终生。师从虞集，多写丧乱之作。有《梧溪集》。

新乐府辞（三）

全乐府

一四九

江边竹枝词①（八首）

王　逢

其　一

游鲤客山高刺云，天门山小旧称君。插江鹅鼻移沙脉，愁杀浪撞黄歇圹。

① 此八首录自《元诗选·初集》。

其　二

乱石呀声大小湾，石中无玉作连环。楚江风浪吴烟雨，翠锁修眉八字山。

其　三

社酒吹香新燕飞，游人裙幄占湾矶。如刀江鲚白盈尺，不独河鲀天下稀。

其　四

南北两江朝暮潮，郎心不动妾心摇。马驼少个天灯塔，暗雨乌风看作标。

其　五

北望大江南望城，席帽马鞍①屏障横。侬是小山渔泊户，水口风门过一生。

① 马鞍：《元诗选》注"并山名"。

其　六

石筏横津蛟莫窥，近山张弩或眠旗。侬作神衫与神女，祈水祈风郎不知。

其　七

巫子惊湍天下闻，商人望拜小龙君。茹蔗草染榴红纸，好剪凌波十幅裙。

其　八

潮落蟆山连狗沙，黄泥鞋浦趁江斜。阿侬十指年娇小，曾比个中春荻芽。

东门行①

张　宪②

东都门外今古稀,东宫二傅同日归。百官祖道设供帐,敕赐黄金作酒赀。归来日日会亲友,尽卖赐金买醇酒。白头刚傅③空劳劳,一杯鸩羽不就狱,博得君王祠少牢。

① 此首录自《元诗选·初集》。　② 张宪(约1320—约1373):字思廉,号玉笥生,山阴(今属浙江)人。师事杨维桢,负才自傲,至正年间至京师,善骑烈马,纵论天下事,被视为狂生。曾被招致为张士诚幕府参谋,张氏败后,变姓名,寄食报国寺以终。其诗长于乐府和歌行体,受到杨维桢赞赏。有《玉笥集》。　③ 白头刚傅:《元诗选》注"萧望之也"。

缚 虎 行①

张　宪

白门楼下兵合围,白门楼上虎伏威。乾尖不掉丈二尾,袍花已脱斑斓衣。摔虎脑,截虎爪,眼中视虎如猫小。猛跳不越当涂高,血吻空腥千里草。养虎肉不饱,虎饥能噬人。缚虎绳不急,绳宽虎无亲。座中叵信刘将军②,不纵猛虎食汉贼,反杀猛虎生贼臣。食原③食卓④何足嗔。

① 此首录自《元诗选·初集》。　② 刘将军:《元诗选》注"先主"。　③ 原:《元诗选》注"丁"。　④ 卓:《元诗选》注"董"。

行 路 难①

张　宪

行路难,前有黄河之水,后有太行之山。车声宛转羊肠坂,马足蹭蹬人头关。白日叫虎豹,腥风啼狗狂。拔剑顾四野,使我摧心肝。东归既无家,西去何时还?行路难,重咨嗟。乞食淮阴市,报仇博浪沙。一剑不养身,千金徒破家,古来未际皆纷挐。行路难,多歧路。马援不受井蛙囚,范增已被重瞳误。良禽择木乃下栖,不用漂流叹迟暮。

① 此首录自《元诗选·初集》。

将 进 酒①

张 宪

酒如渑,肉如陵。赵妇鼓宝瑟,秦妻弹银筝,歌儿舞女列满庭。珊瑚案,玻璃罂,紫丝步障金雀屏。客人在门主出迎,莲花玉杯双手擎。主人劝客客勿停,十围画烛夜继明。但愿千日醉,不愿一日醒,世间宠辱何足惊。珠万斛,金千簏。来日大难君须行,胡不饮此长命觥。刘伯伦,王无功,醉乡深处了平生。英雄万古瘞黄土,惟有二子全其名。

① 此首录自《元诗选·初集》。

白苎舞词①

张 宪

吴宫美人青犊刀,自裁白苎制舞袍。轻云冉冉白胜雪,《激楚》一曲回风高。九雏凤钗篸紫玉,长裾窄腰莲步促。翩翩素袖启朱樱,金笼鹦鹉飞来熟。馆娃楼阁摇春晖,台城少年醉忘归。璚窗绮户锁风色,桃树日长蝴蝶飞。倾城独立世希有,罢吟绿水停杨柳。急管繁弦莫苦催,真珠剩买乌程酒。

① 此首录自《元诗选·初集》。

夜 坐 吟①

张 宪

　　蜻蜓头落灯花黑,瓦面寒蟾弄霜色。玉壶水动漏声干,夜冷莲筹三十刻。蓬头儿子冻磨墨,欲拾羁怀寻不得。起看庭树响风筝,斗杓堕地天盘侧。

　　① 此首录自《元诗选·初集》。

秋 梦 引①

张 宪

　　翠翘半轩双飞凤,辘轳金井悬银瓮。万丝翠雾刷鸦光,两点秋波和泪送。芙蓉带露不忍折,鹦鹉隔笼时自唪。多情宋玉正悲秋,故放香魂入秋梦。

　　① 此首录自《元诗选·初集》。

杨 花 词①

张 宪

　　东风吹春春不醒,桃花杏花空娉婷。万丝翦绿暗如雾,千里相思长短亭。亭前女儿十六七,手挽柔条背春日。六街马蹄蹋黄尘,雪花漫天愁杀人。

　　① 此首录自《元诗选·初集》。

出自蓟北门行①

张 宪

　　出自蓟北门,遥望瀚海隅。黄沙落寒雁,衰草号雄狐。河水血成冰,土冢碑当涂。乃知古战场,本是贤王都。武皇昔按剑,一怒万骨枯。半夜下兵帖,六郡皆欢呼。将军各上马，百道追匈奴。羊马满大野，万帐收穹庐。英英长平侯，六骡走单于。至今青史上，犹壮武刚车。

① 此首录自《元诗选·初集》。

当垆曲拟梁简文帝①

张　宪

初八月上弦，十五月正圆。当垆设夜酒，客有黄金钱。欢浓易得晓，别远动经年。相送大堤上，举杯良可怜。

① 此首录自《元诗选·初集》。

胡姬年十五拟刘越石①

张　宪

胡姬年十五，芍药正含葩。何处相逢好，并州卖酒家。面开春月满，眉抹远山斜。一笑既相许，何须罗扇遮。

① 此首录自《元诗选·初集》。

江　南　弄①

张　宪

荚尾蒲芽水新足，沙暖小桃红夹竹。谁家燕燕倦东风，戢翼画梁春睡熟。螭头舫子载醽醁，勿惜千金买词曲。明朝风雨蔽九川，千里江南芳树绿。

① 此首录自《元诗选·初集》。

襄阳白铜鞮曲①

张 宪

襄阳白铜鞮,下蹋扬州郭。可怜扬州儿,弃戈甘面缚。大堤女儿何命薄,青年坐失荣华乐。荡子功成未肯归,闭门三月杨花落。

① 此首录自《元诗选·初集》。

神 弦 曲①（三首）

张 宪

圣 郎

双头牡丹大如斗,簇金小帽银花镂。绿斗长眉丹激唇,白马黄衫灌江口。平头奴子金丝发,六尺竹弓开满月。神獒帖尾卧床前,顽蛟尚染刀镮血。灵风飔飔石犀吼,吴船楚舵纷搔首。红云忽报七圣来,蜀波水色浓于酒。

① 此三首录自《元诗选·初集》。原题为"神弦十一曲",题下注"录三"。

青溪小姑

香炉盘盘青雾起,灵帷撒动金钱纸。练带斜垂八尺冰,缠项白蛇神色死。青溪小姑双露乳,起著神衫代神语。花裙绣袴蹋旋风,双袖翻飞小蛮舞。西山日落云冥冥,金龙画烛灯光青。土妖木魅作人立,古壁空廊闻履声。繁弦嘈杂社鼓吼,体挂羊肠磔牛首。扶神上马送神归,老狐醉卧檐前柳。

湖龙姑

洞庭八月明月寒,湖龙捧出玻璃盘。湖风忽来浪如山,银城雪屋相飞翻。白鼍树尾月中泣,倒卷君山轻一粒。浪花拍碎回仙楼,万斛龙骧半天立。雨师骑羊轰昼雷,红旗照波水路开。青娥鬓发红蓝腮,紫丝络头垂黄能,《神弦》调急龙姑来。

天 狼 谣①

张 宪

煌煌天狼星,芒角射参昴。独步天东南,烨煜竟昏晓。天弧不上弦,金虎敛牙爪。万里食行人,白骨遍荒草。火爇乌龙冈,血染朱雀航。列宿不尽力,五纬分乖张。戍客困疆场,荷戈涕成行。谁为补天手?为洗日重光。

① 此首录自《元诗选·初集》。

子夜吴声四时歌①(四首)

张 宪

其 一

朱雀街头雨,乌衣巷口风。飞来双燕子,不入景阳宫。为问秦淮女,还知玉树空。

① 此四首录自《元诗选·初集》。

其 二

湖上水云绿,荷花十里香。咿哑木兰棹,惊起睡鸳鸯。雌雄两分去,不觉断人肠。

其 三

白苎鸦头袜,红绫锦鞾靴。玉阶零露冷,差折凤仙花。去去荡游子,秋深不念家。

其 四

瓦上松雪落,灯前夜有声。起持白玉尺,呵手制吴绫。縬纫①征袍缝,边庭草又青。

① 纫:《元诗选》注"一作得"。

估 客 行①（二首）

张　宪

其　一

发舟石头城,系舟梅根渚。江月夜寥寥,照见家人语。

① 此二首录自《元诗选·初集》。

其　二

割裳制家书,刺指题日月。不知何时到？但记今朝发。

红 门 曲①

张　宪

红门欲开人渐稀,栖乌哑哑漫天飞。西宫宝烛明如昼,玉筵围坐诸嫔妃。黄羊夜剥博儿赤,金碗银铛进饫炙。银汉依微白玉桥,隔花宫漏夜迢迢,内城马嘶丞相朝。

① 此首录自《元诗选·初集》。

富 阳 行①

张　宪

摇首上马金鞭挥,山头白旗如鸟飞。西来万骑密蜂蚁,四面鼓声齐合围。金城木栅大如斗,五百貔貅夸善守。铁关不启火筒焦,力屈花猺皆自走。城南城北血成洼,十里火云飞火鸦。将军豪饮不追杀,掠尽野民三百家。

① 此首录自《元诗选·初集》。

烛 龙 行①

张　宪

烛龙烛龙,女居阴山之阴,大漠之野。视为昼,瞑为夜。吸为冬,嘘为夏。蛇身人面发如赭,衔珠吐光照天下。天地宽,日月小,乌兔盘旋行不了。穷阴极漠无昏晓,女代天光补天眇。女乃不知日被黑子遮,月为妖蟆食。五纬无精光,万象尽夺色。下民嫔荄皆昏惑,烛龙烛龙代天职。胡不张尔鬣,奋尔翼,磨牙砺爪起图南,遍吐神光照南极。补缺兔,无损伤。正畸乌,不倾昃。妖蟆黑子纷诛殛,重光重轮开万国。胡为藏头缩尾穷阴北,坐视乾坤黯然黑。乾坤若崩摧,吾恐女龙有神无处匿。

① 此首录自《元诗选·初集》。

盂 城 吟①

张　宪

盂城如斗复如铁,百万天兵半鱼鳖。狼星烛地响晴雷,白马将军夜流血。匣中宝剑寒生雷,一击能令太山缺。怒提往断落星丸,献与师臣补天裂。

① 此首录自《元诗选·初集》。

怯薛行①

张 宪

怯薛儿郎年十八，手中弓箭无虚发。黄昏偷出齐化门，大王庄前行劫夺。通州到城四十里，飞马归来门未启。平明立在白玉墀，上直不曾违守晷。两厢巡警不敢疑，留守亲姪尚书儿。官军但追上马贼，星夜又差都指挥。都指挥，宜少止。不用移文捕新李，贼魁近在王城里。

① 此首录自《元诗选·初集》。

梁父吟①

张 宪

伏龙隐南阳，高卧久未起。不肯渡长江，焉能涉漳水。炎炎火绝卯金刀，巍巍土王当涂高。种瓜儿子不力战，织履郎君无地逃。伏龙一起捍坤轴，雄据西南成鼎足。十年汗血战玄黄，五出王师争九六。万人之敌两熊虎，百战辛勤事行伍。河南河北谩称雄，不得袁曹一丸土。伏龙才起帝业新，千古君臣鱼水亲。遂使真龙全羽翼，风云成就二将军。

① 此首录自《元诗选·初集》。题下有序曰："武侯成就关、张，胜晏子杀三士多矣。故反其词。"

上元夫人词①

张 宪

七月七日夜，王母降汉宫。上元何夫人，仪卫略与同。头作三角髻，年可二十余。身着青霜袍，坐拥紫霞车。九云夜光冠，六山火玉佩。敛袂登殿阶，进向王母拜。王母坐止之,呼与共良会。翩翩三青鸟,飞来绿窗歊。口衔七蟠桃,甘脆胜冰雪。刘郎非仙器,内欲未断绝。怀核欲种之,开花待桃结。一桃九千年,徒尔縻岁月。上仙哑然笑,忽逐彩云灭。

　① 此首录自《元诗选·初集》。

新乐府辞（四）

斩白蛇剑①

许　恕②

君不见天人手中三尺冰，乃翁授之赤帝精。白蛇斫断天始惊，川原流血野草腥。天荒地老泣素灵，炎刘帝业一扫成。归来歌风八极清，吴钩巨阙皆虚名。流传典午气未平，精光彻天奋如霆。郁攸扇妖武库倾，化为霹雳凌紫冥。壮士感时涕泪零，剑兮剑兮何由得汝跨海斩长鲸。

① 此首录自《元诗选·三集》。　② 许恕（1323—1374）：字如心，号北郭生，江阴（今属江苏）人。至正中荐为澄江书院山长，未几即弃去。时天下大乱，遂遁迹卖药于海上，与山僧野子相往来。其诗得古体，思深旨远。有《北郭集》。

采　莲　曲①

许　恕

彩云满湖莲叶多，佳人荡舟湖上歌。盈盈玉腕卷香罗，清声入云扬翠蛾。隔花双桨出复入，风露满身香气湿。手中摘得青藕子，肯把芳心向人掷。妾家住在②南湖西，南风送船北风归。日暮风高浪不息，鸳鸯在梁戢左翼。

① 此首录自《元诗选·三集》。　② 住在：《元诗选》注"一作近住"。

病橐驼行①

许 恕

西域紫驼高碑兀,不见肉峰惟见骨。左顾右盼如乞怜,欲行不行还勃窣。向来负重曾千斤,识风知水灵于人。长鸣蹴踏塞北雪,矫首振迅江南春。只今多病兼衰老,疮皮剥落毛色槁。秋沙苜蓿三尺长,空向墙头龁枯草。

① 此首录自《元诗选·三集》。

捣 衣 篇①

许 恕

妾本良家女,嫁为荡子妻。荡子还从军,戍北又征西。井梧叶黄秋露白,络纬悲啼玉阶侧。家家刀尺动寒衣,妾守空房闲不得。自开故箧为检寻,含情和泪捣秋砧。愿将有限平生力,碎尔天涯铁石心。凉风凄凄月皎皎,千声万声天未晓。作劳无意数更深,独有残灯照人老。

① 此首录自《元诗选·三集》。

竞 渡 曲①

许 恕

小船凫雁翔,大船火龙骧。船头翠旆舞,船尾彩旗张。水师跳浪健如虎,仿佛冯夷来击鼓。奔走先后出复没,银涛蹴山洒飞雨。棹歌满江声入云,醉狂不畏河伯嗔。撇波急桨电光掣,夺得锦标如有神。灵均孤忠照今古,土俗犹能继端午。湘魂不来心独苦,归咏《离骚》酹蒲醑。

① 此首录自《元诗选·三集》。

铜 驼 叹①

许 恕

铜驼铜驼何壮哉,是谁铸尔负重致远之奇才。三十六宫五云里,金光射日天门开。千官出入多如雨,荣顾纷纷何足数。老夫无眼识英雄,圣主明王一今古。索靖真天人,洞见皆天真。海波尚变桑田土,武陵独驻桃花春。昔人避世向金马,至今大笑千载下。达士何须叹铜驼,柏梁废址今巍峨。

① 此首录自《元诗选·三集》。

行 路 难①

张 昱②

鸿雁及秋来,玄鸟先社去。俱生亭毒内,羽翼乃不遇。翔者不知水,流者不知山。世事每如此,人生行路难。

① 此首录自《元诗选·初集》。　② 张昱(生卒年不详):字光弼,号一笑居士,吉安庐陵(今属江西)人。少从虞集而学,又为张翥所知,后在江浙行省左丞杨完者幕下参谋军事,迁左右司员外郎,行枢密院判官。杨完者死后,弃官不出。张士诚礼聘亦不出。有《张光弼诗集》。

少 年 行①

张 昱

看取木槿花,朝荣夕已萎。芳容有雕谢,腻泽何所施。寿命如可长,仙人今何之?高堂有歌舞,及此少年时。

① 此首录自《元诗选·初集》。

美 女 篇①

张　昱

　　燕赵有美女,红莲映绿荷。珮环雕夜玉,团扇画春罗。流盼星光动,曳裾云气多。回车南陌上,谁不驻鸣珂?

① 此首录自《元诗选·初集》。

白翎雀歌①

张　昱

　　乌桓城下白翎雀,雄鸣雌随求饮啄。有时决起天上飞,告诉生来羽毛弱。西河伶人火倪赤,能以丝声代禽臆。象牙指拨十三弦,宛转繁音哀且急。女真处子舞进觞,团衫鞶带分两傍。玉纤②罗袖《柘枝》体,要与雀声相颉颃。朝弹暮弹《白翎雀》,贵人听之以为乐。变化春光指顾间,万蕊千花动弦索。只今萧条河水边,宫庭毁尽沙依然。伤哉不闻《白翎雀》,但见落日生寒烟。

① 此首录自《元诗选·初集》。　② 纤:《元诗选》注"一作质"。

织 锦 词①

张　昱

　　行家织锦成染别,牡丹花红杏花白。作双紫燕对衔春,一匹锦成过半月。持来画堂卷复开,佳人细意为舋裁。银灯连夜照针黹，平明设宴章华台。为君著衣舞《垂手》，看得风光满杨柳。蝶使蜂媒无定栖，万蕊千花动衣袖。回回舞罢换新衣，新衣未缝锦下机。怜新弃旧人所悲，百年欢乐无②片时。

① 此首录自《元诗选·初集》。　② 无:《元诗选》注"一作惟"。

莲 塘 曲①

张　昱

青蘋风起柳塘水，波声夜聒鸳鸯睡。一点芳心不自持，露荷又作璃珠碎。借丝织锦香满机，裁成衣裳将遗谁？只愁贱妾梦魂短，不恨荡子归来迟。花间鹧鸪依芳草，等闲绿遍邯郸道。还应忆念荡舟人，满架芙蓉镜中老。

① 此首录自《元诗选·初集》。

柳 枝 词①（二首）

张　昱

其　一

樽前不弃小腰身，争欲换先上舞茵。多谢东风好抬举，尽情分付画眉人。

① 此二首录自《元诗选·初集》。

其　二

春光领略不胜娇，摇荡东风千万条。悔尽江州白司马，一生空咏小蛮腰。

柳 花 词①（二首）

张 昱

其 一

栏马墙西欲暮春，花飞不复过中旬。倚天楼阁晴光里，争扑珠帘不避人。

① 此二首录自《元诗选·初集》。

其 二

满院长条散绿阴，谁家门户碧沉沉。地衣不许重帘隔，雪白花铺一寸深。

塞 上 谣①（六首）

张 昱

其 一

玉貌当垆坐酒坊，黄金饮器索人尝。胡奴叠骑唱歌去，不管柳花飞过墙。

① 此六首录自《元诗选·初集》。《元诗选》原题"塞上谣八首"，题下注"录六"。

其 二

潾然路失龙沙西，捅酒中人软似泥。马上毳衣歌刺刺，往还都是射雕儿。

其 三

马上黄须恶酒徒，搭肩把手笑相扶。见人强作汉家语，哄着村童唱塞歌。

其 四

野蚕作茧丝玉玉，乳鸡浴沙声谷谷。骆驼奶子多醉人，毡帐雪寒留客宿。

其 五

虽说滦京是帝乡，三时闲静一时忙。驾来满眼吹花柳,驾起连天降雪霜。

其 六

亲王捧宝送回京,五色祥云抱日明。锡宴大开兴圣殿,尽呼万岁贺中兴。

白 雪 曲[①]

张玉娘[②]

帘白明窗雪,风急寒威冽。欲起理冰弦,如疑指尖折。嬾忺眠不稳,愁重肠千结。闲看腊梅梢,埋没清尘绝。

① 此首录自《元诗选·三集》。 ② 张玉娘(生卒年不详):字若琼。父懋,字可翁,仕宋为提举官。玉娘生为才女,有殊色,又敏惠绝伦。许字沈佺,两人情意深笃。沈染寒疾不治而亡,玉娘亦以阴疾而卒。父母哀其志,请于沈家,将其合窆于附郭之枫林。若琼文章蕴藉,诗词尤得风人之体,时以班大家比之。若琼死后,逾月,其侍儿霜娥忧死,另一侍儿紫娥自经而殒,又其饲养之鹦鹉亦悲鸣而降,家人遂将其从殉于墓,时或称张墓为"鹦鹉冢"。有《兰雪集》存世。

捣 衣 秋[①]

张玉娘

入夜砧声满四邻,一天霜月楚云轻。自怜岁岁衣裁就,欲寄无因到远人。

① 此首录自《元诗选·三集》。

塞 下 曲[①]

张玉娘

寒入关榆霜满天,铁衣马上枕戈眠。秋生画角乡心破,月度深闺旧梦牵。愁绝惊闻边骑报,匈奴已牧陇西还。

① 此首录自《元诗选·三集》。题下有注"横吹曲辞"。

塞 上 曲①

张玉娘

为国劳戎事,迢迢出玉关。虎帐春风远,凯甲清霜寒。落雁行银箭,开月响镰环。三更豪鼓角,频催乡梦残。勒兵严铁骑,破虏燕然山。宵传前路捷,游马斩楼兰。归书语孀妇,一宵私昵难。

① 此首录自《元诗选·三集》。题下有注"横吹曲辞"。

从 军 行①

张玉娘

三十遴骁勇,从军事北荒。流星飞玉弹,宝剑落秋霜。画角吹杨柳,金山险马当。长驱空朔漠,驰捷报明王。

① 此首录自《元诗选·三集》。

牧 童 辞①

张玉娘

朝驱牛,出竹扉,平野春深草正肥。暮驱牛,下短陂,谷口烟斜山雨微。饱采黄精归不饭,倒骑黄犊笛横吹。

① 此首录自《元诗选·三集》。

起坐叹①

潘伯修②

丈夫七尺躯,而无一金资。内怀千年意,外有万里思。终朝闭关坐,辛苦不敢辞。身长不肯屈,何以慰亲慈。

① 此首录自《元诗选·二集》。 ② 潘伯修(约1316—约1358):字省中,黄岩(今属浙江)人。至正年间曾三中省试,但会试都落第,便还乡里,以教书度日。元末方国珍据浙东,迫伯修归附,不从而被害。有《江槛集》。

君子有所思①(三首)

潘伯修

其 一

海日萧条云雪冈,追锋百里逐天狼。云罗四面伏不动,金错旌竿风簸扬。侍臣结束鸿雁行,玉阶鸣鞘立翠黄。君子有所思,雕弓既靫姑置之。

① 此三首录自《元诗选·二集》。

其 二

天青海绿黄金闱,明星绣户弱柳迷。阳春从中荡八极,花迎剑佩黄鸟啼。万方献寿来侏鞮,吉云宝露榑桑西。君子有所思,羽觞重持姑置之。

其 三

黄衣洒扫明光宫,银床玉井牵铜龙。风帘如烟不可极,水殿晚立秋芙蓉。美人吹笙明月中,曲台央央兰露红。君子有所思,云和欲御姑置之。

结客少年场①

潘伯修

黄金千,白璧双。东燕市,秦舞阳。西咸京,张辟疆。舞阳言死即死耳,执策驱之类犬羊。辟疆任智持两端,为虎傅翼加之冠。汉廷诸老失措手,大节为之久不完。英雄俯仰伤今古,成败论人何足数。我今绝交谢少年,西山拂石卧秋烟。丈夫未遇亦徒尔,渑池奋翼龙鸾骞。由来万事付天道,为蛇为龙身已老,结屋青崖傍林鸟。

① 此首录自《元诗选·二集》。

白 苎 词①（二首）

刘永之②

其 一

象床玉瑱鸳鸯裯,铜盘画烛烧红云。芳尊兰勺沾朱唇,《白纻》高歌动梁尘。请君试听曲意新,挥金纵欢及良辰。落叶辞条无再春,遗令高台作歌舞,郁郁西陵那得闻。

① 此二首录自《元诗选·二集》。　② 刘永之(生卒年不详):字仲修,号山阴道士,清江(今属江西)人。早年随父游官在外。通《春秋》之学,有文名。明洪武初,被征召入京师,因疾辞归乡里。又因儿子获罪被杀,其受牵连,远徙莱州途中病故。有《山阴集》。

其 二

连枝蜀锦铺金堂,中山旨酒实琼觞。豹胎猩唇出中房,博山火红夜未央。催弦促柱歌吹扬,轻身向君回玉珰。妖姿艳态世无双,君心胡为乐远行。

猛 虎 行①

刘永之

　　猛虎何咆哮,的颡黑文章。两目夹明镜,牙齿若秋霜。朝啖一青兕,暮餐双豕狼。饥舌酺哺如血鲜,领子时蹲古冢颠。樵采不敢过,草木上参天。夜深月黑风号谷,还向近村噬黄犊。十室九室牛圈空,野翁謷謷老妇哭。田荒无牛不得耕,官中增赋有严刑。鞭棰恣狼藉,羸老岂足胜。去年甲士频经过,白昼劫人家复破。军中货牛动千头,贫家无钱那可求。里胥晓至门,怒目气如山。圈中一豕大如犬,明朝贸米去输官。未足了官数,少宽里胥怒。猛虎夜复来,衔之上山去。猛虎□,尔何愚,天遣乌兔肥尔躯。今胡使人饥不得食寒不得衣,憔悴如枯株。驺虞有足,不践萌芽。獬豸有角,唯触奸邪。尔独恃力不恃德,使我为尔长咨嗟。人为万物灵,力莫尔敌,心怀怨懑不能平。思翦尔类缓我生,黄间毒矢系长丝。草中潜张当路蹊,尔行不虞缒其机。爪牙虽利将安施,食尔之肉寝尔皮。

　① 此首录自《元诗选·二集》。题下有序曰:"山居近多虎害,食民耕牛畜豕,民甚苦之。古人有以文感异类者,此非凉德所及,聊为歌诗以讼之。"

行 路 难①

刘永之

　　涉水多蛟龙,跋山多猛虎,荒城荆棘上参天。大泽修蛇横草莽,百里黯惨无人烟。驱车慎行陷泥滓,前车轴折后车来,行人不觉旁人哀。眼前道路已如此,何况太行高崔嵬。为君歌路难,请君试一听。位高金多岂足贵,击钟鼎食何足荣。东沟水流西沟涸,昨日花开今日落。世事荣枯反覆手,七尺之躯安所托。古来贤达人,与时同卷舒。庞公鹿门隐,马生乡曲居。款段聊来下泽车,何用终朝出畏途。

① 此首录自《元诗选·二集》。

伤 田 家①(二首)

何景福②

其 一

春祈秋报一年期,土谷神灵知未知。昨日街头穷米价,三钱一斗定何时。

① 此二首录自《元诗选·三集》。 ② 何景福(生卒年不详):字介夫,自号铁牛子,淳安(今属浙江)人。博学修行,屡辟不赴,晚年避乱于武林(今浙江杭州),明初卒于乡里。有《铁牛翁遗稿》。

其 二

缲车未歇取丝分,私债官逋夜打门。里正不慈胥吏酷,穷民空感半租恩。

越 娘 曲①

镏涣②

越娘芙蓉姿,翻妒脂粉污。双蛾斗新绿,暗梅点幽素。翠裙金画蝶,凤扇扑轻絮。嘤嘤郎马来,隔花送娇语。

① 此首录自《元诗选·补遗》。 ② 镏涣(生卒年不详):字彦亨,号石田,世家洛阳,后为山阴人。至正间,御史奥林荐为三茅书院山长,道梗不赴。老有诗名。

南　塘　曲①

镏　涣

　　南塘十八娘，昨日湾头见。拨动琵琶弦，春风万里怨。鬟鸾双翅关，眼尾涂黄浅。誓许结同心，蒲短不堪茧。

　　① 此首录自《元诗选·补遗》。

秋　波　曲①

镏　涣

　　玉波滟滟流天津，银云叶叶匝素鳞。鹤舆下空绿香满，缥白金干龙旗短。高堂烛灭扑秋蛾，生色曲屏贴画罗。夜苔露渍竹花紫，翠池风飔芙蓉水。

　　① 此首录自《元诗选·补遗》。

春　城　曲①

镏　涣

　　柳花吹雪香满帘，南园草烟迷绿纤。素纱软屏隔春梦，金翠眉间团小凤。指怯调笙学莺语，度曲不成臆酸楚。却把巫山一段云，剪作春衫寄人去。东邻郎君马如雪，青锦鞍鞯裁杏叶。背人骑过为谁羞，银黄小袍醉眼缬。花貌越娘秋鬓薄，蛾眉学画初三月。

　　① 此首录自《元诗选·补遗》。

青　楼　怨①

镏　涣

　　锦楼花雾飞绿尘，芙蓉屏深凝浅春。微酣著人娇欲睡,彩云载梦隔湘水。双螺小娃催理妆,粉绵拂拭鸾镜光。浓黛扫眉桂叶长,凉露触手蔷薇香。家本石城南市住,早年悔作青楼倡。十八梳成金翅髻,青虫簪滑鸦背腻。歌声绕梁揭尘起,细簧咽秋凤雏语。翠绡舞衣珠佩结,研金天鹅银蛱蝶。神女骑龙别楚宫,巫云蜀雨随峡风。别离何多欢乐少,牛女隔河怨秋老。黄衫少年下楼去,马蹄隆隆浩无主。

① 此首录自《元诗选·补遗》。

临 高 台①

周 巽②

崇台凌空起,登者凭高阑。上摩黄鹄近,下见清水寒。高振飞霞佩,俯挹承露盘。云霄双阙并,基址万年安。柏梁欢宴③夕,乘月骖青鸾。

① 此首录自《元诗选·补遗》。　② 周巽(生卒年不详):字巽亨,号巽泉,吉安(今属江西)人。曾任永明县主簿。受知于刘诜、虞集。著有《拟古乐府》二卷、《性情集》六卷。　③ 宴:中华书局《元诗选·补遗》校记,原误作"冥",据四库全书珍本《性情集》改。

巫 山 高①

周 巽

峨峨十二峰,上有凌云梯。峰出高唐峻,云来太白低。山鸟飞不过,峡猿愁乱啼。望极魂欲断,梦中心自迷。遥怜楚台语,芳草碧萋萋。

① 此首录自《元诗选·补遗》。

郊 祀 曲[①]

周 巽

圜丘报本始,黍稷荐芳馨。上帝鉴下土,兹坛朝
百灵。瑶阶降甘露,璇霄罗景星。猗那协音律,於穆
想仪刑。锡福思无疆,四海歌咸宁。

① 此首录自《元诗选·补遗》。

饮马长城窟[①]

周 巽

漠漠辽水云,明明关山月。迢迢万里城,历历饮
马窟。有妇哭声哀,哭城城为摧。秦兵五十万,白骨
雪成堆。至今窟中水,犹是当时泪。涓滴积成泉,长
留在边地。前年度辽西,渴马绕城嘶。八月天已寒,
雪飞沙路迷。今岁阴山道,解鞍卧沙草。魂随秋雁
归,梦见家山好。早晚向临洮,朔风吹节旄。归骑大
宛马,玉碗醉蒲萄。

① 此首录自《元诗选·补遗》。

戎 行 曲[①]

周 巽

东征渡辽海,朝雨浥尘沙。珠袍黄金甲,玉辔白
雪骓。前锋耀戈戟,后骑鸣鼓笳。连城不足拔,诸将
毋庸夸。杀气昏海雾,军还应自嗟。

① 此首录自《元诗选·补遗》。

送 远 曲^①

周　巽

行迈何靡靡,惜别意流连。花底注瑶斝,柳阴停玉鞭。大旗悬落日,高盖凌飞烟。笳吹兹晨发,凯鼓何时还。边风鸿雁来,应有捷书传。

① 此首录自《元诗选·补遗》。

子夜四时歌^①（四首）

周　巽

春　歌

鸳鸯合欢夕,风动绣帏开。明月流光入,梦回心自猜。桃花开又落,不见翠鸾来。

① 此四首录自《元诗选·补遗》。题下有序曰:"《乐志》曰:《子夜歌》者,晋曲也。晋有女子名子夜,造此声过哀苦。后人更为四时行乐之词,谓之子夜四时歌。"

夏　歌

芙蓉合欢带,玉佩紫罗囊。绾作同心结,襟抱含清香。妾心莲茄苦,愁绪藉丝长。

秋　歌

珊瑚合欢枕,无寐过中宵。背壁寒灯暗,花残恨未消。凉声鸣落叶,天际雁书遥。

冬　歌

锦绣合欢被,香篝宿火残。玉树霜华结,乌啼清夜阑。起看梅破萼,欲折寄来难。

相 逢 行①

周 巽

渭北一相逢,停鞭驻玉骢。问君家何在,云在洛城东。离家今几载,岁月如转篷。话旧各倾倒,相看如梦中。解貂秦楼里,尽醉酬知己。秦女扬清歌,霏霏启玉齿。两脸桃花红,翠袖舞东风。斜晖转杨柳,新月上梧桐。此会良可乐,倾壶思再酌。昨日见花开,今晨惜花落。流景不再来,另离恨难裁。人生会面少,且覆手中杯。明朝又分首,上马东西去。遥望秦关云,高连渭城树。

① 此首录自《元诗选·补遗》。

有 所 思①

周 巽

长门春寂寂,宫漏夜迟迟。明月流珠户,轻风开绣帏。昔承恩宠处,犹想梦来时。不见金銮幸,惟应玉箸垂。灯花明又暗,佳期杳难期②。

① 此首录自《元诗选·补遗》。　② "灯花"二句:中华书局本《元诗选·补遗》校注:"原无,据四库全书珍本补。"

长 门 怨①

周 巽

金闺月色暗,玉树霜华寒。户外珠帘卷,时时望翠銮。还闻觞王母,池上宴将阑。甘露和玉屑,恩疏那得餐。昔为上林花,今为荒原草。草自近来枯,花能几时好。妾心君未知,君宠妾难期。宁食莲中药,休牵藕上丝。不愁蛾眉妒,常恐神仙误。君如天上龙,妾如草头露。长门夜未央,月阙近清光。新怨长相结,旧恩终未忘。

① 此首录自《元诗选·补遗》。

昭 君 怨①
周 巽

汉宫佳人列仙姝,颜如舜华雪作肤。玉凤搔头金缠臂,琇莹充耳双明珠。美目清扬含百媚,同心绾结青珊瑚。三千宫女谁第一,当时王嫱绝代无。天子按图初未识,承恩远嫁南单于。朝辞皇都去,日逐胡尘驱。边塞几千里,行行但长吁。心中万恨向谁诉,马上琵琶聊自娱。鸿雁南飞汉月远,骅骝北去燕草枯。朔风吹沙砭人骨,寒云雨雪断胡须。银瓮蒲萄初出酒,宝车驼驼新取酥。帐中强饮解愁思,情至酒酣愁未纾。明月流光照氍毹,关路迢迢不可逾。几回梦想乘黄鹄,飞入长门侍玉舆。胡情不似汉恩重,妾意终怜君宠疏。君不见,红颜命薄何足惜,长恨和戎计策迂。四弦不尽昭君怨,千古空留青冢孤。

① 此首录自《元诗选·补遗》。

铜 盘 歌①
周 巽

武皇铸铜柱,上有承露盘。盘出仙人掌,高凌浮云端。金茎的皪珠光寒,和以玉屑供朝餐。一旦神归茂陵去,苔花满眼秋霜残。思君不见泪如雨,铜柱凄凉围画栏。渭水西风黄叶落,驱车远载来京国。盘倾柱折声如雷,惊起千年华表鹤。暮雨空山泣石麟,寒

烟断甍埋铜雀。君不见,芳林翁仲笑相迎,青鸟不来
海波涸。

① 此首录自《元诗选·补遗》。

阳 春 曲①
周 巽

东风嘘谷飞香霞,淑气融融催百花。黄鸟间关语
庭树,清箫宛转隔窗纱。雨过御沟流水急,夭桃夹路
红云湿。蓬莱宫里翠华来,华萼楼前仙乐集。殿阁千
门御气通,金窗珠户光玲珑。临轩若问司农政,无逸
先陈今古同。万物光辉沾德泽,小臣愚献治安策。鸾
声哕哕早趋朝,桑树鸡鸣曙光白。

① 此首录自《元诗选·补遗》。

织 锦 曲①
周 巽

金梭动,玉腕举,当窗织锦谁家女。七襄终日不
成章,五色牵情乱如缕。遥想夫居天一方,关山迢递
河无梁。灯前紊丝鸣络纬,机上交颈双鸳鸯。旧恨难
裁几行字,新愁暗结九回肠。照帏银烛空怜影,唾壁
彩绒犹带香。忽听喔喔邻鸡唱,停梭起视心徊徨。星
桥暗想飞乌鹊,云锦旋看成凤凰。君不见,漏断金壶
啼玉箸,思君不见知何处。织将锦字写中情,寄与明
年春雁去②。

① 此首录自《元诗选·补遗》。 ② 中华书局本《元诗选·补遗》校注:句中
"'与',原误作'兴';'年',原误作'无',均据四库全书珍本改。"

梨花曲①

周巽

仙妃下瑶圃,靓妆乘素鸾。盈盈含芳思,脉脉倚阑干。冰玉肌肤爱贞洁,多情长得君王看。白云满阶月欲暗,香雪②半树春犹寒。莺啭高枝迎淑景,隔花低蹴秋千影。美人微笑步花阴,玉纤自把宫鬟整。东家蝴蝶双飞来,芳魂欲断梨云冷。

① 此首录自《元诗选·补遗》。　② 雪:中华书局本校注"原误作'云',据四库全书珍本改。"

琵琶曲①

周巽

明妃初出塞,愁恨寄哀弦。千岁琵琶语,六么音调传。新声乍啭莺啼树,余响不断龙吟川。拂指四弦如裂帛,银床叶落悲寒蝉。空林淅淅鸣虚籁,幽涧泠泠流瀑泉。独抱中情向谁诉,曲终马上啼婵娟。凤鸣朝阳苦难见,雁叫罗浮私自怜。别有离愁弹夜月,浔阳江头停客船。鸣弦拨尽清商怨,月冷蛾眉秋满天。翠袖拂丝声切切,青衫湿泪思绵绵。君不见,越女吴妃美如玉,十三弹得琵琶曲。一朝远嫁随征夫,望断江南春草绿。

① 此首录自《元诗选·补遗》。

梅花引①

周巽

君不见,西汉梅子真精魂,化作花中神。君不见,开元宋②广平词语,采得花中英。铁石心肠赋偏丽,神仙风韵气独清。江南十月芳信早,萼绿花开照晴昊。

玉树皎如冰雪明，诗人吟到乾坤老。万松岭下月昏
黄，忽忆故人天一方。折得繁花无使将，空山月落遥
相望。霜寒野迥闻残角，撩乱漫空香雪落。长啸曾惊
洞口猿，高吟欲借山头鹤。几回踏雪过溪桥，满眼白
云寒欲飘。倚竹相看敛翠袖，归来三日香不消。扬州
岁晚花犹盛，闻说东皇消息近。笑问花神不肯应，为
君倾倒酬清兴。我歌《梅花引》，欢饮君莫辞。太羹调
以黄金鼎，旨酒酌以白玉卮。气转洪钧在顷刻，挽回
春意非君谁。

① 此首录自《元诗选·补遗》。　② 宋：中华书局本校注"原误作'李'，据四
库全书珍本改"。

别　鹤　操①

周　巽

　　孤鹤度辽海，辞家已千年。栖息向华表，饮啄下
青田。雪为衣兮朱为顶，清声唳兮闻九天。有客结庐
兮傍林泉，听遗音兮弹鸣弦。竹风动兮戛戛，松月落
兮娟娟。恍临轩兮无影，飘缟袂兮蹁跹。长鸣兮拂
羽，挟云巢兮飞仙。忽神游兮蓬岛，响天籁兮泠然。

① 此首录自《元诗选·补遗》。

羽觞飞上苑①

周　巽

　　春风二三月，绮席列琼卮。莺啼上林苑，花覆太
液池。酒令行觞飞羽急，乐歌转曲流声迟。玉醴香中
春潋滟，金波影里翠参差。冰弦触指雁初度，风笛启
唇鸾乍吹。宫锦淋漓罗袖湿，蛾眉起舞双玉妃。君不

见,长杨日落天杖去,清夜铜仙空泪垂。

① 此首录自《元诗选·补遗》。

关 山 月①
周 巽

披青云,见丹阙。玉镜悬青天,几回圆又缺。居庸古北接阴山,照见长城多白骨。胡笳夜奏声呜咽,羌笛曲吹杨柳折。姮娥流彩到中闺,边雁不来音讯绝。音讯绝,夜夜驰情蟾兔窟。天阔清秋河汉遥,思君梦断关山月。

① 此首录自《元诗选·补遗》。

远 别 离①
周 巽

朔风起,鸿雁来。遥传苏武讯,直过李陵台。万里关山和月度,几行书字拂云开。群飞远浦凫鹥乱,阵落平沙鸥鹭猜。自是随阳向南去,非关避雪待春回。数声惊起闺中怨,夫在边头何日见。水长天远若为情,月下停砧泪如线。

① 此首录自《元诗选·补遗》。

怨 王 孙①
周 巽

王孙游,憺忘归。芳草绿,落花飞。草绿花飞春又暮,忆君心绪胃斜晖。水流赴壑何时返,心逐鸿归关路远。华萼楼前白日昏,芙蓉帐里香云暖。梦见王孙云满裘,腰间玉带珊瑚钩。金鞭断折银貂敝,昔日红颜今白头。魂一惊,泪双落。娟娟残月入房栊,淅淅凄风动帘幕。

① 此首录自《元诗选·补遗》。

采 莲 曲①

周 巽

泛西湖,西湖五月初盈盈,绿水开红蕖。纤手双摇木兰桨,荷花荡里移轻舫。花深叶密不见人,隔花遥听菱歌唱。菱歌唱,中情自惆怅。棹绕回堤去复来,摇动露盘珠荡漾。珠荡漾,不成圆,日照芙蓉颜色鲜。娇态临风敧翠盖,新妆映日落青钿。采花休采茐,心苦谁如妾。颜红羞比花,眉翠还同叶。南风送微凉,吹香袭荷裳。折花挹荷露,惊散双鸳鸯。夫君在何处,妾心讵能忘。碧茎刺手丝不断,芳容常恐凋秋霜。谁家游荡子,调笑弄湖水。妾心自比花更清,独棹归船明月里。满身香露回中房,月挂高台鸾镜光。吴姬越女多愁思,歌绕湖波空断肠。

① 此首录自《元诗选·补遗》。

长 安 道①

周 巽

长安甲第连云起,驰道迢迢直如矢。香雾满城飞毂来,千门万户东风里。路入甘泉御气通,楼开丹凤霞光紫。玉阶朝觐响瑶珂,仙仗传呼凤辇过。柳拂龙旗露犹湿,交衢双舞鸣鸾和。上林春早啼莺乱,渭水秋深落叶多。岂知一旦繁华歇,禾黍离离将奈何。有客有客长安道,衣裳尘满愁难扫。旅怀欲寄雁不来,富贵翻怜故乡好。君不见,长安道上多虎狼,常恐行人度关早。

① 此首录自《元诗选·补遗》。

苍 龙 吟①
周　巽

江潭月冷流清音,紫竹吹作苍龙吟,含商引徵曲意深。曲意深,泪沾襟。关山远,何处寻。美人满酌金屈卮,劝我行乐当及时,艳歌流舞扬光辉。扬光辉,照春日。寿万春,欢未毕。

① 此首录自《元诗选·补遗》。

杨 白 花①
周　巽

杨白花,白于雪,漫空撩乱飞琼屑。有美人兮将别,揽柔条兮初折。絮纷纷兮舞离筵,酌绿酒兮鸣朱弦,感中情兮惜芳年。迎章台兮舞袖,绕隋堤兮吟鞭。去金河兮几千里,揽愁绪兮绵绵。思夫君兮不息,望云鹤兮翩翩。

① 此首录自《元诗选·补遗》。

竹 枝 歌①(六首)
周　巽
其 一

滟滪堆前十二滩,滩声破胆落奔湍。巴人缓步牵江去,楚客齐歌《行路难》。

① 此六首录自《元诗选·补遗》。

其　二

百丈牵江江岸长，生愁险处是瞿塘。猿啼三声齐墮泪，路转九回空断肠。

其　三

蜀江水落石槎牙，南船几日到三巴。云近巫山不成雨，霜凋锦树胜如霞。

其　四

霜叶如花满眼飘，巴童歌驻木兰桡。水来峡口滩方急，船到夔州路更遥。

其　五

杜宇催归不暂休，宦情羁思两悠悠。相如此日题桥去，空遣文君吟白头。

其　六

江流锦水百花香，落日微吟近草堂。少陵心苦愁难著，望帝魂销思不忘。

从 军 行①

王　中②

十年从召募，万里逐楼兰。月黑巡城早，风高度碛难。枕戈天外宿，握雪海头飡。战苦谁为奏，朝臣颂治安。

① 此首录自《元诗选·补遗》。　② 王中(生卒年不详)：字懋建，里籍不详。《元诗选·补遗》作"茂建"。

蓟 门 行①

王　中

西风古塞外，落日蓟门前。白草西连海，黄沙北

际天。残兵疲百战,老将望南还。辛苦风霜下,孤忠
不自宣。

① 此首录自《元诗选·补遗》。

临 洮 曲^①

王　中

万马出临洮,寒光照铁袍。弯弓明月满,拂箭白
猿号。塞雨传烽暗,边云列阵高。君恩殊未报,百战
不辞劳。

① 此首录自《元诗选·补遗》。

塞 下 曲^①

王　中

羽檄时时急,交河夜渡冰。星芒随阵落,杀气逐
云凝。汉将逾青海,羌兵出白登。但看征战苦,勋业
不须矜。

① 此首录自《元诗选·补遗》。

雨 雪 曲^①

王　中

塞漠风沙外,边城雨雪间。天兵临瀚海,虏使款
萧关。辽水三千里,卢龙数万山。白头苏属国,握节
几时还。

① 此首录自《元诗选·补遗》。

长 门 怨[①]

王 中

昭阳歌吹入,独自泪双垂。玉貌无如妾,君恩复在谁。凉风摇绣户,明月堕金闺。愁绝无人见,流萤点翠帷。

① 此首录自《元诗选·补遗》。

春 思[①]

王 中

高阁临驰道,春风日日晴。孤鸾悲镜影,别鹤怨琴声。柳絮雕墙晚,桐阴绮户清。无因凭远梦,一段亚夫营。

① 此首录自《元诗选·补遗》。

前乌夜啼[①]

沈梦麟[②]

乌夜啼钱塘,城头杨柳衰。东飞哑哑青海湄,母今前呼子后随。风沙漠漠日色薄,虽欲反哺将安归,乌夜啼儿宁不悲。

① 此首录自《元诗选·补遗》。　② 沈梦麟(生卒年不详):字原昭,归安(今浙江吴兴)人。精通《易经》。至元间中乡试,授婺州学正,迁武康县令。兵乱解职回故里。明初曾以贤良征召,称病不起。有《花溪集》。

后乌夜啼[①]

沈梦麟

东邻有老乌,辛苦生二子。子今毛羽干,母也忽已死。众雏呼其群,啄土聚成坟。乌飞城上柏,哀号不堪闻。君不见沈家桥西郭家住,有乌养子青松树。

① 此首录自《元诗选·补遗》。

灵 凤 吟①

沈梦麟

金陵嵯峨兮莫南极,上有高台兮去天咫尺。凤千年而来征,锵和鸾于朝日。有雏兮东飞,华彩彩兮苕之湄。瞻乌林兮爰止,聊逍遥以相依。一鸣兮哕哕,黄宫轮奂兮集我衿佩。再鸣兮协和,宣圣化兮佐我弦歌。嗟苕之水兮淰淰,匪醴兮凤不肯饮。彼黍稷兮有万斯亿,匪竹实兮凤不肯食。曰枳棘不可以久栖兮终当和鸣,球而戛击彩翮兮高翔。乘灏气兮超阴阳,睇上林之玉树欻归飞于帝乡。顾饥雏兮垂翼,风雨飘飘兮悲鸣。啾唧愿追飞兮莫附,仰寥廓而太息。

① 此首录自《元诗选·补遗》。

绿 水 曲①

沈梦麟

郎心如水流,一去不复收。妾心如水绿,可照不可漉。倚门日日望郎归,桑柘成阴无寸丝。

① 此首录自《元诗选·补遗》。

杂歌谣辞

歌辞

绩　溪　歌①

前有苏黄门，后有叶令君。

① 此首录自《元诗选·癸集》(中华书局 2001 年版,下同)。题下有序曰:"叶楠,贵池人。调鄱阳尉,力请蠲租以救荒涝。后为绩溪令,邑人歌曰。"

谣辞

江　南　谣①

江南若破,百雁来过。

① 此首录自《元诗选·癸集》。题下有注曰:"宋未下时,江南谣云云,当时莫喻其意,及宋亡,盖知指丞相伯颜也。"又,中华书局本校注:"此谣原无,据稿本补。"

皇舅墓谣①

皇舅墓门闭,运粮向北去。水瀹墓门开,运粮却回来。

① 此首录自《元诗选·癸集》。题下有注曰:"河间路景州蓨县河浒一土阜,相传为皇舅墓。至元间,即有谣云云。至正辛卯,中原大水,舟行木杪间,及水退,土阜崩圮,墓门显露。继后天下多事,海道不通。"又,中华书局本校注:"'墓'

字原阙,据目录及稿本补。"

元明宗时童谣①

牡丹红,禾苗空。牡丹紫,禾苗死。

① 此首录自《元诗选·癸集》。题下有注曰:"元明宗时,童谣云云。明宗在位五月而崩,庙讳乃和字也。"

河南北童谣①

石人一只眼,挑动黄河天下反。

① 此首录自《元诗选·癸集》。题下有注曰:"至正十年,河南北童谣云云。及贾鲁治河于黄陵冈上,得石人一眼,而汝颍之兵起。"

松 江 谣①

满城都是火,府官四散躲。城里无一人,红军府上坐。

① 此首录自《元诗选·癸集》。题下有注曰:"至正丙申正月,常熟州陷,松江府印造官号,给散吏兵佩带,以防奸伪。号之制作,画为圆圈,绕圈皆火焰,圈之内一'府'字,以府印印'府'字上。圈之外四角,府官花押,民间谣云云。不二月城破,果如所言。"

安 乡 谣①

罗长卿,罗长卿,朝朝打鼓捷蛮兵。一朝打发蛮兵去,千门万户乐太平。

① 此首录自《元诗选·癸集》。题下有序曰:"安乡罗长卿,中至正丁未乡试,为襄阳路总管,家赀素饶。至正末,倪文俊僭据,与张镇等协力保障,乱平,乡

民谣曰。"

元顺帝时童谣①

李生黄瓜，民皆无家。

① 此首录自《元诗选·癸集》。题下有序曰："至正十六年六月，彰德李实如黄瓜，先是童谣云。"

第二十四卷　明乐府

新乐府辞（一）

醉樵歌①

张　简②

　　东吴市中逢醉樵，铁冠欹侧发飘萧。两肩矻矻何所负？青松一枝悬酒瓢。自言华盖峰头住，足迹踏遍人间路。学剑学书总不成，唯有饮酒得真趣。管、乐本是王霸才，松、乔自有烟霞具。手持昆冈白玉斧，曾向月里斫桂树。月里仙人不我嗔，特令下饮洞庭春。兴来一吸海水尽，却把珊瑚樵作薪。醒时邂逅逢王质，石上看棋黄鹄立。斧柯烂尽不成仙，不如一醉三千日。于今老去名空在，处处题诗偿酒债。淋漓醉墨落人间，夜夜风雷起光怪。

　　① 此首录自清沈德潜、周准编《明诗别裁集》（中华书局1975年影印本，下同）卷二。今按：《明诗别裁集》张简"题记"曰："饶介之分守吴中，自号'醉樵'，延诸文士作歌。仲简诗擅场，居首坐。高季迪次之，杨孟载又次之。"高季迪，即高启。杨孟载，则为杨基。饶介之，即饶介，江西临川人。自号华盖山樵，又号醉翁。元末自翰林应奉出任江浙廉访司事。　② 张简（生卒年不详）：字仲简，号白羊山樵，吴（今江苏苏州）人。初为道士，元末兵乱，以母老归养，遂还俗。尝与杨维桢等交游。洪武二年（1369）召修《元史》。有《云丘道人集》。

门有车马行①

袁　凯②

　　主人堂上坐，门前车马来。车马一何广，远近生尘埃。好客不厌多，恶客何为乎？寄言主人道，结客毋草草。

① 此首录自清钱谦益《列朝诗集·甲集第二》。 ② 袁凯(生卒年不详):字景文,号海叟,华亭(今上海松江)人。元末为府吏,以《白燕》诗得杨维桢赞赏,人称"袁白燕"。洪武初,授监察御史。为官多心计,太祖恶其老猾,其惧而佯狂,得全身归。永乐初卒。有《海叟集》。

江 南 曲①

袁 凯

　　江南好,流水中有鲤鱼与雁鳬。汝出取鱼与雁鳬,养我堂上姑。姑今年老,鸣声呜呜。声呜呜,良可哀。生而不能养,死当何时回? 死而不回,呜呜良可哀。

① 此首录自《列朝诗集·甲集第二》。

短 歌 行①

袁 凯

　　昨日旧谷没,今日新谷升。壮年不肯住,衰年日凭凌。日月行于天,江河行于海。海水不复回,日月肯相待。日月不相待,自古皆死亡。死亡不能免,安有却老方? 仙人郑伯侨,于今在何方? 尔骨苟未朽,蝼蚁生肝肠。独有令名士,可以慰情伤。

① 此首录自《列朝诗集·甲集第二》。

鸡 鸣①

袁 凯

　　鸡鸣双户间,行人出门阑。出门一何易,入门一何难。君今行远地,妾欲致微意。燕赵尚豪侠,杀人为意气。邹鲁多儒生，彬彬守经义。临歧不惑，古称为明。送子远游，听我《鸡鸣》。

① 此首录自《列朝诗集·甲集第二》。

紫 骝 马①

袁 凯

君骑紫骝马，远上燕山去。老母倚门啼，泪湿门前路。泪亦何时干，马去无回步。前月附书还，置身在郎署。月赐既已多，取得尚书女。身荣自可乐，母死无人顾。多谢邻里人，将钱治坟墓。

① 此首录自《列朝诗集·甲集第二》。

从 军 行①

袁 凯

烽火塞上来，发卒备戎虏。翩翩长安儿，力未胜弓弩。幸蒙车骑念，出入在幕府。风烟一朝息，归来受茅土。番笑李将军，血战自辛苦。

① 此首录自《列朝诗集·甲集第二》。

独 漉 篇①

袁 凯

仰天天无穷，俯地地无垠。天地自无尽，谁为百年人。百年之中，人复能几。汝不成人，忧我父母。

① 此首录自《列朝诗集·甲集第二》。

苦 寒 行①

袁 凯

雨雪雨雪,凄风如刀,我行中野,而无缊袍。我寒我饥,谁复我知?四无人声,但闻熊罴。罴欲攫我,罴复夺我。我身茕茕,进退不可。进固难矣,退亦何止。还望旧乡,远隔江海。江波汤汤,海波洋洋。我思我乡,死也可忘。

① 此首录自《列朝诗集·甲集第二》。

芳 树①

袁 凯

芳树生后园,棘生芳树旁。虫来啮树根,终也被棘伤。棘伤虫即死,树叶自芬芳。忠贤在君侧,四夷敢陆梁。不独君与臣,亦有弟与兄。兄弟宜相近,不宜远相忘。相忘亦何难,外侮不可当。君看《芳树》辞,辞短义则长。

① 此首录自《列朝诗集·甲集第二》。

游 子 吟①

袁 凯

游子行万里,母心亦如之。陆行有虎豹,水行有蛟螭。盗贼凌寡习,风露乘寒饥。谁云高堂安,中有万险危。寄言里中子,亲在勿远离。

① 此首录自《列朝诗集·甲集第二》。

铜 雀 妓①

袁 凯

流尘拂还集,粃糒俨然陈。歌吹自朝暮,君王宁复闻。松柏有时摧,妾非百年人。愿为陵上土,岁久得相亲。

① 此首录自《列朝诗集·甲集第二》。

杨 白 花①

袁 凯

杨白花,飞入深宫里。宛转房栊间,谁能复禁尔?胡为高飞渡江水,江水在天涯,杨花去不归。安得杨花作杨树,种向深宫飞不去。

① 此首录自《列朝诗集·甲集第二》。

傅 岩 操①

袁 凯

日之将出兮,余趋乎筑之所;杵丁丁而不息兮,汗淫淫之如雨。日既入而始休兮,饭粗粝而不饱②;呜呼其命兮,余何辞乎此苦。

① 此首录自《列朝诗集·甲集第二》。　② 此处原注:"叶"。

渭 滨 操①

袁 凯

渭之岸盘盘兮,其流汤汤。我居其下兮,于今几霜?朝饮其水兮,莫食其鲤与鲂。我日斯迈兮,于余心以何伤。

① 此首录自《列朝诗集·甲集第二》。

长平戈头歌①

陶 凯②

长安野人凿地得古戈,上有疑字岁久俱灭磨。惜不能如丰城古剑射牛斗,吁嗟戈乎奈尔何！但见青铜凝寒暮烟紫,月黑山深夜飞雨。恨血千年犹未销,荒郊夜夜啼冤苦。当年赵括轻秦人,降卒秦坑化为土。嗟哉赵亡秦亦亡,落日长城自今古。摩挲尔戈一问之,令人为尔生愁思。何不以尔为钟镰？何不以尔为鼎彝？吁嗟戈乎徒尔悲,尔今还当太平世,人间销兵铸农器。愿寿吾皇千万年,终古不用戈与铤③。

① 此首录自《明诗别裁集》卷一。 ② 陶凯(？—1373)：字中立,天台人。洪武初召修《元史》,升礼部尚书,出为湖广参政,旋致仕。 ③ 此诗末,《明诗别裁集》注："当时诸名家赋此题者,俱作七言长歌,惟作者得颂扬本朝之体。"

姑 苏 曲①

刘 崧②

姑苏城头乌夜啼,姑苏台上风凄凄。芙蓉露冷秋香死,美人夜泣双蛾低。铜龙咽寒更漏促,手拨繁弦转红玉。鸳鸯飞去屧廊空,犹唱吴宫旧时曲。

① 此首录自《明诗别裁集》卷二。 ② 刘崧(1321—1382)：字子高,泰和(今属江西)人。元末举于乡,入明仕兵部职方司郎中,迁吏部尚书。诗学中唐,而兼宋元。有《槎翁集》。

巫 山 高①

刘 基②

巫山高哉郁崔嵬，下有江汉浮天回。深林日月照不到，洞谷阖辟生风雷。危峰半出赤道上，落日猿狄鸣声哀。虎牙赤甲斗雄壮，风气以之而隔阂。楚王遗迹安在哉，但见麋鹿跳蒿莱。当时忠臣放泽畔，乃与靳尚相徘徊。山中妖狐老不死，化作妇女莲花腮。潜形滫迹托梦寐，变幻涕泪成琼瑰。神灵震怒不可祷，云雾惨淡昏阳台。猛风吹雨洗不尽，假手秦炬歆飞灰。精诚感应各以类，世间妖孽匪自来。君不见商王梦中得良弼，傅岩之美今安匹。巫山何事近楚宫，终古怨恨流无穷。

① 此首录自《列朝诗集·甲集前编第一》。今按：此诗后有注曰："《巫山高》，刺奇后也。庚申君宠高丽奇妃，立以为后，专权植党，浊乱宫闱，故作《巫山高》以讽谏焉。"　② 刘基(1311—1375)：字伯温，青田（今属浙江）人。元至顺四年(1333)进士。曾任江浙儒学副提举，江浙行省都事等职。后辞官归隐。又曾助明太祖朱元璋定天下，官至御史中丞，兼太史令。因与宰相胡惟庸有私怨而被害。其诗沉郁雄浑，尤长于古体。有《诚意伯文集》。

楚 妃 叹①

刘 基

江汉扬波六千里，上有巫山矗天起。锦衾一夕梦行云，万户千门冷如水。闻道秦兵下武关，君王留连犹未还。山深不见章台殿，汨罗冤泪空潺湲。尚忆前王好驰逐，宫中美人不食肉。回狂作哲须臾间，至今相业归孙叔。楚宫无复如昔人，况有神女如花新。悲来恨新还忆故，谁能断却巫山路？

① 此首录自《列朝诗集·甲集前编第一》。题下有注曰："《楚妃叹》亦刺奇

后也。"

将 进 酒①

刘 基

有酒湛湛,亦盈于觞。酌言进之,思心洋洋。亦有兄弟,在天一方。安得致之,乐以徜徉。有酒在尊,既旨且清。何以酌之,有觩其觥。岂不欲饮,惜无友生。怆悢伤怀,曷云其平。兄弟之合,如埙如篪。朋友既比,如冈如维。死丧急难,是责是庇。今日有酒,如何勿思。人亦有言,解忧惟酒。载愮载呶,亦孔之咎。我觞维琼,我斝维玖。以乐兄弟,以宴朋友。

① 此首录自《列朝诗集·甲集前编第一》。

芳 树①

刘 基

蔚彼芳树,生于兰池。景风昼拂,荣泉夜滋。烨如其光,炫于朱曦。含华吐芬,嘤鸣满枝。君子有酒,以邀以嬉。羽觞交横,吹竹弹丝。相彼草木,允惟厥时。良辰易徂,能不怀思。沛其迈矣,其谁女悲!

① 此首录自《列朝诗集·甲集前编第一》。

战 城 南①

刘 基

朝战城南门,暮战城北郭。杀气高冲白日昏,剑光直射旄头落。圣人以五服限夷夏,射猎耕织各自安土风。胡为彼狂不自顾,而与大国争长雄?高帝定天下，遗此平城忧。陛下宵旰不遑食，拥旄仗钺臣不羞。登南城，望北土。云茫茫，土肮肮，蚩尤祸牙雷击鼓。举长戟，挥天狼。休屠日逐浑邪王，毡车尾尾连马羊。橐驼载金人，照耀红日光，逍遥而来归帝乡。归帝乡，乐熙熙，际天所覆罔不来。小臣献凯未央殿，陛下垂拱安无为。

① 此首录自《列朝诗集·甲集前编第一》。

思 悲 翁①

刘 基

弱龄轻日月，迈景想神仙。顾往谅无及，待来徒自怜。黄金弃砂砾，劬心炼丹铅。凿石不得水，沉剑徒窥渊。流光不我与，白发盈华颠。杖策出门去，十步九不前。归来对妻子，尘灶午未烟。干时乏计策，退耕无园田。霜蒲怨青松，逝矢恨惊弦。已矣复何道，吞声赴黄泉。

① 此首录自《列朝诗集·甲集前编第一》。

钓 竿①

刘 基

斫竹作钓竿，抽茧作钓丝。沧洲日暖波涟漪，绿蒲茸茸柳叶垂，钩纤饵香鱼不知。石鳞激水溪毛动，玉燕回翔竿尾重。大鱼入馔腮颊红，小鱼却放渊沄中。更祝小鱼知我意，长逝深潭莫贪饵。

① 此首录自《列朝诗集·甲集前编第一》。

艾如张[①]

刘 基

有菀者林，众鸟萃之。我欲张罗，榛枯翳之。既砺我斧，又饬我徒。孰是奥秽，而不剪除。爰升于虚，以相乃麓。有条我网，载秩我目。有鸟有鸟，五采其章。噰噰喈喈，率彼高冈。张之弗获，忧心且伤。寤寐怀思，曷云能忘。有鸟五采，亦既来止。昭其德音，以相君子。君子岂弟，其仪是若。艾而张矣，云胡不乐。

① 此首录自《列朝诗集·甲集前编第一》。

上 陵[①]

刘 基

零雨霏霏，亦降于桑。怆恨中怀，念昔先皇。惟昔先皇，创业孔艰。寤寐兴怀，能不永叹。精灵安所，体魄焉依？幽明隔绝，曷已其思。堂堂梓宫，在彼高冈。霜露是萃，能不慨伤。礼起由情，将情繫物。溥斯索矣，庶其罔阙。郊社既虔，宗庙孔威。上陵是申，式昭孝思。

① 此首录自《列朝诗集·甲集前编第一》。

王子乔[①]

刘 基

王子乔，乃是髧王之子，皇王之孙。深宫洞房不称意，却驾白鹤寻轩辕。虹霓为旆云为幡，飘然乘风上昆仑。王子乔，去何之？朝发旸谷暮崦嵫，六龙九凤相追随。穆王西上不得王母诀，胡为元气独尔私？王子乔，去不还。后稷功业委如山，犹有九鼎知神奸。

王城日夕生茅菅,尔独胡为白云间? 王子乔,空长叹!

① 此首录自《列朝诗集·甲集前编第一》。诗末有注:"《王子乔》,刺爱猷识里达腊也。太子阻兵拒父,白琐住挟以出奔,不称主器,宗社将覆,故托王子乔以刺焉。"

梁 甫 吟①

刘 基

　　谁谓秋月明,蔽之不必一尺云②。谁谓江水清,淆之不必一斗泥③。人情旦暮有翻覆,平地倏忽成山溪。君不见桓公相仲父,竖刁终乱齐,秦穆信逢孙,遂违百里奚。赤符天子明见万里外,乃以薏苡为文犀。停婚仆碑何震怒,青天白日生虹霓。明良际会有如此,而况童角不辨粟与稊。外间皇父中艳妻,马角突兀连牝鸡。以聪为聋狂作圣,颠倒衣裳行蒺藜。屈原怀沙子胥弃,魑魅叫啸风凄凄。《梁甫吟》,悲以凄。岐山竹实日稀少,凤凰憔悴将安栖?

① 此首录自《列朝诗集·甲集前编第一》。题下有注云:"此诗云'艳妻'、'牝鸡',亦为奇后而作。"　② 不必一尺云:《明诗别裁集》作"往往由纤翳"。③ 不必一斗泥:《明诗别裁集》作"往往随沙泥"。

墙上难为趋行①

刘 基

　　弱水不可以航,石林不可以车。人生贵守分,墙上难为趋。茫茫八极内,挟径交通衢。纷纷皆辙迹,扰扰论锱铢。焦原诧齐踵,龙颔夸探珠。片言取卿相,杯酒兴剪屠。机事一朝露,妻子化为鱼。林间有一士,蓬蒿翳穷庐。种稻十数亩,种桑八九株。有酒且饮之，无事即安居。孰知五鼎食，聊保百年躯。悠悠身后事，汲汲复何如。

① 此首录自《列朝诗集·甲集前编第一》。

少年行①

刘 基

骏马狐白裘，玉勒黄金羁。宾从如浮云，顾盼生光辉。朝驱紫陌尘，暮醉青楼姬。但见花月好，宁知霜雪飞。荏苒世途异，凄凉瑶草衰。田园皆易主，亲友尽暌违。学书时既晚，躬稼力已微。岁晏寒风生，倚墙听邻机。逝水不可挽，枯蓬安所依。伫立为尔叹，感我泪沾衣。

① 此首录自《列朝诗集·甲集前编第一》。

独漉篇①

刘 基

独漉复独漉，月明江水浊。水浊迷龙鱼，月明复何如。楚国皆浊，屈原独清。行吟泽畔，哀哉不平。上山采荼，下山采蘖。心在腹中，何由可白？豺狼在后，虎豹在前。四顾无人，魂飞上天。珠玉委弃，不如泥沙。蹑冠戴履，万古悲嗟。

① 此首录自《列朝诗集·甲集前编第一》。

君子有所思①

刘 基

晨上龙首山，徘徊望咸京。交衢错万井，甲第连公卿。鞍马相照曜，冠盖如云行。扈从金宫归，赐酒银瓮盈。前庭列驷骑，后苑罗倾城。宠极妒心起，欢余骄气生。田窦巧相夺，萧韩互摧倾。快意在一时，报复延戈兵。范雎掉柔舌，穰侯去强嬴。宁知幽燕客，接踵夸雄鸣。茫茫前车辙，遗迹犹未平。胡为不自悟，坐使忧患并。二疏独何人，千载垂令名。

① 此首录自《列朝诗集·甲集前编第一》。

上山采蘼芜①

刘 基

上山采蘼芜，山峻路迢递。山下逢故夫，悲风生罗袂。忆昔结发时，愿得终百年。变故不可期，中道相弃捐。莲实生水中，石榴生路侧。未尝挂齿牙，中心岂能识。上山采蘼芜，罗袖生芳菲。因君赠新人，莫遣秋霜霏。落叶辞故枝，不寄别条上。白日无回光，谁能不惆怅。

① 此首录自《列朝诗集·甲集前编第一》。

病 妇 行①

刘 基

夫妻结发期百年，何言中路相弃捐。小儿未识死别苦，哑哑向人犹索乳。箱中探出黄金珥，付与孤儿买餐饵。不辞瞑目归黄泥，泉下常闻儿夜啼。低声语郎情不了，愿郎早娶怜儿小。

① 此首录自《列朝诗集·甲集前编第一》。

东飞伯劳歌①

刘 基

南飞鹧鸪北飞鹄,黄昏鸣鸡白日烛。珊瑚石上栽兔丝,鸳鸯独宿枯桑枝。永夜凉蟾入罗幕,蝉翼不如秋鬓薄。寒塘露莲千叶红,可怜零露空随风。

① 此首录自《列朝诗集·甲集前编第一》。

远 如 期①

刘 基

远如期,近别尚云可,远期能不悲。忆昔辞君出门去,手种庭前松柏树。树今成器人未归,洞房白发秋霏霏。高原有梧隰有檟,待君北邙山石下。

① 此首录自《列朝诗集·甲集前编第一》。

大 堤 曲①

刘 基

大堤女儿颜如花,大堤堤上无豪家。东家女作西家妇,夫能棹船女沽酒。春去秋来年复年,生歌死哭长相守。君不见襄阳女儿嫁荆州,撞钟击鼓烹肥牛。楼船一去无回日,红泪空随江水流。

① 此首录自《列朝诗集·甲集前编第一》。

前有尊酒行①

刘 基

前有尊酒芳以饴,举杯欲饮且置之。丈夫有志可帅气,胡为受此麴蘖欺?禹恶旨酒,玄德上达。桀作酒池,而南巢是蔡。商辛恶来以白日为夜,糟丘肉林相枕藉。瑶台倐忽成灰尘,流毒犹且迁殷民。夫差酗而纳施,楚国酣而放屈。姑苏台上麋鹿游,鄢郢宫中狐兔出。灌夫骂坐,祸延魏其。竹林称贤,神州蒺藜。亡家破国有如此,酒有何好而嗜之! 前有尊酒酿以清,酌之白日成晦冥。眼花耳热乱言语,元气耗敚肝胆倾。乃知酒是丧身物,卫武之戒所以垂休声。

① 此首录自《列朝诗集·甲集前编第一》。

气 出 唱①

刘 基

今日不乐,振策远游。东上泰山,巍何修修。道逢仙人,要我同仇。蒸霞为粮,烹玉为羞。玄英素蕤,光华蔓流。日观菌蓎,葩华九州。令我从之,身轻若浮。道以五鸾,翼以两虬。朝翔玄圃,夕止蓬丘。谒见王母,云眉月眸。青娥三千,或舞或讴。风吹琅玕,声如鸣球。杂花并开,莫知春秋。洪崖先生,劝我此留。自揣凡骨,非仙者俦。七情交煎,一触百抽。又病悬僻,无药可瘳。崇崇清宫,荡无涯陬。列仙如沙,不少一沤。王母笑听,拜谢扣头。归来山林,曷标曷钩。熙熙泰和,长乐无忧。

① 此首录自《列朝诗集·甲集前编第一》。

班 婕 好①

刘 基

昭阳秋清月如练,笙歌嘈嘈夜开宴。长信宫中辞辇人,独倚西风咏纨扇。倾城自古有褒妲,红颜失宠何须怨。泠泠玉漏掩重门,一点金缸照书卷。

① 此首录自《列朝诗集·甲集前编第一》。

短 歌 行①

刘 基

凉风西来天气清,云飞水落山峥嵘。发肤剥削棱骨生,鲜芳菸悒成枯茎。百虫哀号百窍鸣,凡有形色皆不平。成之孔艰坏厥轻,羁人含愁起夜行。列星满天河汉横,繁思攒心剧五兵。天高何由达其情,归来托梦通精诚。

① 此首录自《列朝诗集·甲集前编第一》。

燕 歌 行①

刘 基

霜飞动地燕草凋,沙飞石走天萧条。江河倒影陵谷摇,白日惨淡昼为宵。美人迢迢隔云霄,青冥无梯海无桥。鱼枯雁死星芒消,沉沉思君不自憀。愁如惊风鼓春潮,岁云暮矣山寂寥,梧桐叶落空干条。昆仑层城阻且辽,苍梧九疑烟雾遥。琼田瑶草芰荔茏,江蓠泽兰成艾萧。登高望远肝肺焦,安得羽翼抟长飙。

① 此首录自《列朝诗集·甲集前编第一》。

苦 哉 行①

刘 基

鸡不可使守门,狗不可使司晨。驱车梁弱水,日暮空悲辛。我欲乘风谒阊阖,虹霓弥天云雾合。九关虎豹森骇人,长跪陈辞阍不答。错石作玙璠,鬼神惊见欺。截梁为橝栌,般垂拊膺泪交颐。冲风结玄冰,道恶不可履。巫咸上天去,泽冻神菁死。我欲竟此曲,此曲多苦声。鸿雁向天北,因之寄退情。

① 此首录自《列朝诗集·甲集前编第一》。

放 歌 行[①]
刘 基

鸿鹄抟紫霄,鹪鸠守苞桑。岂惟异所志,羽翼有短长。玄阴变白昼,暗虚侵太阳。一鹿走中原,熊虎竞腾骧。植竿成垒壁,举袂为挽枪。叱咤倒江河,蹴踏摧山冈。犬牙据险要,瓜瓣割土疆。六奇夸曲逆,三略称子房。磨牙各有伺,裂眦遥相望。龙蛇未分明,智力正争强。孔明鱼得水,毛遂锥脱囊。雾晦豹始变,海激鹏乃翔。嗟尔独何为,抱己自摧藏。

① 此首录自《列朝诗集·甲集前编第一》。

艳 歌 行[①]
刘 基

亭亭松柏树,结根幽涧隈。高标拂云日,直干排风雷。曾经匠石顾,谓是梁栋材。明堂未构架,厚地深栽培。荧星入天阙,武库一朝灾。搜求到栎朴,谷赤山城垓。般尔死无人,钩绳付舆台。路阻莫自致,弃之于草莱。天寒斧斤筑,岁莫空摧颓。三光无偏照,四气有还回。斫丧在须臾,成长何艰哉。孰知真宰意,怅望使心哀。

① 此首录自《列朝诗集·甲集前编第一》。

门有车马客行①

刘 基

门有车马客,云是故乡人。执手前借问,乡语知情真。自云别故乡,观光京国尘。经商涉代北,薄宦往西秦。绣凤锦鸳鸯,金鞍紫麒麟。结交贵公卿,出入拥众宾。剧孟气方锐,郭解家不贫。但见三春花,宁思秋露晨。断蓬失其根,风沙欻漂沦。前途塞虎狼,故里荒荆榛。昔为横海鲸,今为涸辙鳞。话言未及竟,涕泪各盈巾。居家倚骨肉,出家倚交亲。何当在异县,见此旧里邻。园蔬如蜜甘,市酒若醴醇。悲欢且弃置,生死同苦辛。短歌有深情,情深难具陈。

① 此首录自《列朝诗集·甲集前编第一》。

静 夜 思①

刘 基

静夜思,一思肠百转。啼螀当户听不闻,明月在庭看不见。方将入海刜猛蛟,复欲度岭邀飞猱。胸中倏忽乱忧喜,得丧纷纷竟何是。静夜思,思无穷。天鸡一声海口红,满头白发吹秋风。

① 此首录自《列朝诗集·甲集前编第一》。

薤 露 歌①

刘 基

蜀琴且勿弹,齐竽且莫吹。四筵并寂听,听我《薤露》诗。昨日七尺躯,今日为死尸。亲戚空满堂,魂气安所之。金玉素所爱,弃捐箧笥中。佩服素所爱,凄凉挂悲风。妻妾素所爱,洒泪空房枕。宾客素所爱,分散各西东。仇者自相快，亲者自相悲。有耳不复闻，有目不复窥。譬彼烛上火，一灭无光辉。譬彼空中云，散去绝余姿。人生无百岁，百岁复如何。谁能将两手，挽彼东逝波。古来英雄士，俱已归山阿。有酒且尽欢，听我《薤露歌》。

① 此首录自《列朝诗集·甲集前编第一》。

巴陵女子行①

刘　基

巴陵女子天下奇，石作心肝冰作脾。生平见义不见己，抆泪恨杀襄阳儿。临终裂素写怨语，生气犹能起风雨。君不见虎符系颈东海樯，令人愧死巴陵女。

① 此首录自《列朝诗集·甲集前编第一》。

秦女休行①

刘　基

秦家女儿美且都，齿如编贝唇如朱。有生不幸遭乱世，弱肉强食官无诛。兄朝出门暮不返，家人怅望空倚间。女休闻之肝胆烈，奋臂不惜千金躯。援矛一掷白日撼，仇血上溅天糢糊。市人惊噪尘土沸，逻卒奔走驰金吾。有心杀人宁惜死，顾谓女吏何其愚。嫚法长奸谁所致，舍生得义吾何逋。精诚通天天为恻，赦书一夕来宸极。路旁观者咸叹嗟，女休出门无喜色。君不见景升本初之子空是男，亡家破国令人惭。

① 此首录自《列朝诗集·甲集前编第一》。

江 南 曲①（五首）

刘 基

其 一

江北垂杨未爆芽，江南水绿万重花。北人尽道江南好，江南才到便为家。

① 此五首录自《列朝诗集·甲集前编第一》。

其 二

金陵好是帝王州，城下秦淮水北流。惆怅江南旧花月，女儿尽作北歌讴。

其 三

钱塘胜地作南都，纨绮如云隘广途。想得燕山风雪夜，断魂相语怨西湖。

其 四

桃叶渡头春水平，莫教城上晓莺声。中原无限英雄泪，并入江南送别情。

其 五

生长吴侬不记春，乡音旋改踏京尘。丫头小伎相偎坐，众里矜夸是北人。

竹 枝 歌①（三首）

刘 基

其 一

相思无益莫相思，赢得霜髯换黑髭。明月自圆还自缺，蚌胎瘦减有谁知。

① 此三首录自《列朝诗集·甲集前编第一》。

其 二

荣华未必是荣华，园里甜瓜生苦瓜。记得水边枯楠树,也曾发叶吐鲜花。

其　三

鼋鼍在水虎在山,登山入水早防闲。别有一般真嗢咧,虾蟆生在月中间。

从军五更转①（五首）

刘　基

其　一

一更戍鼓鸣,市上断人声。风吹鸿雁过,忆弟复思兄。

① 此五首录自《列朝诗集·甲集前编第一》。

其　二

二更月上城,照见兜鍪光。侧身望山川,泪落百千行。

其　三

三更悲风起,树上乌鹊鸣。枕戈不能眠,荷戈绕城行。

其　四

四更城上寒,刁斗鸣不歇。披衣出户视,太白光如月。

其　五

五更星斗稀,霜叶光烂烂。健儿争先起,拂拭宝刀看。

白　苎　词①（二首）

刘　基

其　一

铿华钟,伐灵鼓,青娥弹丝《白苎》舞。文竿迎风雉振羽,长袖奋迅若云举。博山雾合春蒙蒙,玉釭摇火生长虹,翠荡红翻如梦中。

① 此二首录自《列朝诗集·甲集前编第一》。

其 二

暖香结暝娇青春,翠钗珠压光照人。凤箫十二烟雾匀,惊鸿燕娇波龙鳞。玉觞交飞酒如沼,门外斜阳在林杪,宫中沉沉天未晓。

隔 谷 歌①

刘 基

战鼓咽悲风,弓折不可把。弟兄隔谷不相闻,咫尺人间与泉下。丈夫誓许国,杀身非所怜。两心本一气,何能坐相捐。登埤四顾望,慷慨肝胆裂。不见救兵来,但见绕城铁甲光如雪。飞禽在罗网,尚或念其饥。身为高官马食粟,忍见手足居重围。相彼鸿与雁,亦各顾匹俦。挽弓射一猿,群猿拔箭声啾啾。鸟兽且有情,人心独何尤。呜呼! 田家紫荆虽微木,不忍听君歌《隔谷》②。

① 此首录自《列朝诗集·甲集前编第一》。　② 诗末有注云:"此诗与《孤儿行》皆为文宗而作。"

莲 塘 曲①

刘 基

落日下莲塘,轻舟赴晚凉。偶然花片落,飞出两鸳鸯。

① 此首录自《列朝诗集·甲集前编第一》。

采 莲 歌①

刘 基

采得红莲爱白莲，双桡快转怕人先。争知要紧翻成慢，菱叶中间绊却船。

① 此首录自《列朝诗集·甲集前编第一》。

懊 侬 歌①（五首）

刘 基

其 一

白恶养雏时，夜夜啼达曙。如何羽翼成，各自东西去。

① 此五首录自《列朝诗集·甲集前编第一》。

其 二

昨夜霜风起，入户复吹帷。儿啼母心酸，母愁儿不知。

其 三

养儿徒养老，无儿生烦恼。临老不见儿，不如无儿好。

其 四

食蘖苦在口，食莲苦在心。苦心无人知，苦口泪沾襟。

其 五

男儿初生时，蓬矢桑弧弓。老大却思家，懊恼无终穷。

吴 歌①（六首）

刘 基

其 一

侬做春花正少年，郎做白日在青天。白日在天光
在地，百花谁不愿郎怜。

① 此六首录自《列朝诗集·甲集前编第一》。

其 二

蛾眉二八不曾愁，有色无媒郎不留。月里蟾蜍推
落地，几时再得广寒游。

其 三

栽花图作看花人，谁料花开不及春。昨夜狂风今
夜雨，为花落得两眉颦。

其 四

莫信登天不要梯，莫信筑雪可成堤。五更老鸦树
上叫，有人则道是鸡啼。

其 五

树头挂网枉求虾，泥里无金空拨沙。刺漆树边栽
枸橘，几时开得牡丹花。

其 六

六月栽禾未是迟，死中求活是高棋。夕阳若有回
头照，遮莫黄昏一饷时。

蜀 国 弦①（七首）

刘 基

其 一

胡笳拍断玄冰结，湘灵曲终斑竹裂。为君更奏蜀
国弦，一弹一声飞上天。

① 此七首录自《列朝诗集·甲集前编第一》。

其 二

蜀国周遭五千里，峨眉岌岌连玉垒。岷嶓出水作大江，地罄天浮戒南纪。

其 三

舒为五色朝霞晖，惨为虎豹嗥阴霏。翕为千嶂云雨入，嘘为百里雷霆飞。

其 四

白盐雪消春水满，谷鸟相呼锦城暖。巴姬倚歌汉女和，杨柳压桥花篹篹。

其 五

铜梁翠气通青蛉，碧鸡啼落天上星。山都号风寡狐泣，杜鹃呜咽愁幽冥。

其 六

商悲羽怒听未了，穷猿三声巫峡晓。瞿塘喷浪翻九渊，倒泻流泉喧木杪。

其 七

楼头仲宣羁旅客，故乡渺渺音尘隔。含凄更听蜀国音，不待天明头尽白。

双 燕 离 ①

刘 基

双燕营巢时，双飞复双语。轻盈柳陌风，振迅芹塘雨。巢成近绣帏，双宿更双飞。为蒙主人爱，不信有暌违。四月温风起，榴花发红蕊。拾虫还哺雏，出入无停觜。五月教雏飞，绕巢舞乌衣。侧避蛛丝过，斜萦柳线归。六月雏翼老，分飞各相保。脉脉傍珠

帘,依依集兰橑。世事有转旋,陵谷一朝迁。昆明延
劫火,甲第化歇烟。带睡惊飞出,尘沙两相失。死生
不得知,嫌婉从兹毕。回看旧主人,粉黛成灰尘。天
高云渺渺,海阔波鳞鳞。荏苒朝还暮,惇惇向何处。
毛涸半夜霜,泪滴三春露。露寒霜又浓,憔悴不成容。
同心谅难隔,魂魄终相从。

① 此首录自《列朝诗集·甲集前编第一》。

塞 上 曲①(五首)

王 逢②

其 一

　　木叶满关河,辕门肃珮珂。将军提剑舞,烈士击
壶歌。月黑辉铜兽,风高啸紫驼。不堪城上角,五夜
《落梅》多。

① 此五首录自《列朝诗集·甲集前编第四》。　② 王逢(1319—1388):字原
吉,江阴(今属江苏)人。元末避乱于青龙江,复徙上海之乌泥泾。洪武初,以文
学录用,谢辞。终年七十。有《梧溪集》七卷,多记元宋之际人事。

其 二

　　将令传中阃,交欢浃两军。地形龙虎踞,阵伍鸟
蛇分。清野辉燕日,黄河泻岱云。生灵如有赖,绛灌
不无文。

其 三

　　月照小长安,风生大将坛。虎皮开玉帐,牛耳割
铜盘。霸气寒逾肃,军声夜不欢。皇天眷西顾,慎取
一泥丸。

其 四

　　犎革带钩膺,联镳猎楚陵。白肥霜后兔,青没海

东鹰。千里榛芜辟，三年稆谷登。中郎示闲暇，呼酒出房烝。

其　五

诸夏皇威立，三边虏气衰。角弓分虎圈，乳酒下龙堆。蜂午歊氛远，鼍更窟宅移。舆图欲尽入，中道勿颁师。

古从军行①（七首）

王　逢

其　一

少年快恩仇，辞家建边勋。手中弄铣锜，目空万马群。转壁入不毛，水咽山留云。槽还亲抚哭，悔识李将军。

① 此七首录自《列朝诗集·甲集前编第四》。

其　二

义结豪侠场，日趋燕赵风。攻城数掠地，帝赉主将功。玉带十球马，金镝双解弓。弓马分赐谁，赤脉千绿瞳。

其　三

大旗萧萧寒，长槊列万夫。令下簸逻鸣，铁骑分四驱。尘黄日黑惨，相视人色无。锋交血溅野，首将方援枹。

其　四

白月流银河，三五星芒寒。牛马卧草上，帐幕罗云端。铎鼓春容鸣，众飧独鲜欢。群虏在吾目，九地攒吾肝。

其　五

彼虏或有人，我师岂无名。上计贵伐谋，掩袭非示征。草塞狼反顾，一水西流声。寇恂斩皇甫，余子乌足程。

其　六

邵毅敦诗书，祭遵事雅歌。非才炫空名，覆败诚不多。小范真吾师，匹马双导戈。笑拥兵十万，夜下白鹿坡。

其　七

大钧播万物，无言自功成。郦生掉寸舌，不智遭鼎烹。非熊为王师，饭牛惭客卿。辕门鼓角动，整驾河汉横。

穆 陵 行①

贝 琼②

六陵③草没迷东西，冬青花落陵上泥。黑龙断首作饮器，风雨空山魂夜啼。当时只恐金棺腐，凿石通泉下深锢。一声白雁度江来，宝气竟逐妖僧去。金屋犹思宫女侍，玉衣无复祠官护。可怜持比月氏王，宁饲乌鸢及狐兔。真人欻见起江东，铁马九月逾崆峒。百年枯骨却南返，雨花台下开幽宫。流萤夜飞石虎殿，江头白塔今可见。人间万事安可知，杜宇声中泪如霰。

① 此首录自《明诗别裁集》卷二。题下有序曰："至元中，西僧杨琏真伽，利宋诸陵宝玉，因倡妖言惑主，尽发攒宫之在会稽者，断理宗顶骨为饮器。琏败，归内府，九十年矣。洪武二年正月，诏宣国公求之，得于僧汝讷所，乃命葬金陵聚宝山，石以表之，予感而赋诗。"　② 贝琼（1314—1379）：字廷琚，又字廷臣，崇德（今浙江桐乡）人。元末隐居乡间。入明，征修《元史》，除国子监助教。早年诗学

杨维桢，后入流丽温雅，自成一家。有《清江集》。　③ 六陵：指永思陵、永阜陵、永崇陵、永茂陵、永穆陵、永绍陵，乃南宋高宗、孝宗、光宗、宁宗、理宗、度宗的陵墓，在今浙江绍兴东之宝山（又名攒宫山）。

行 路 难①

贝　琼

采玉于阗河，问君勃律何时过？采珠鲛人室，问君百粤何时出？珠玉岁久同为尘，君何重利不重身？海有波，缺我楫，山有石，摧我轮。行路难，出门即羊肠，何况万里道。管叔危周公，匡人仇鲁叟。尊有酒，盘有壶，鼓坎坎，歌乌乌，海不可涉，山不可徒，路旁之人爱尔玉与珠。行路难，我以为父，安知非虎；我以为兄，安知非狼。仰天悲歌，泣下沾裳。

① 此首录自清朱彝尊《明诗综》（中华书局 2007 年版，下同）卷六。

贾 客 乐①

张　羽②

长年何曾在乡国，心性由来好为客。只将生事寄江湖，利市何愁远行役。烧钱酾酒晓祈风，逐侣悠悠西复东。浮家泛宅无牵挂，姓名不系官籍中。嵯峨大舶夹双橹，大妇能歌小妇舞。旗亭美酒日日沽，不识人间离别苦。长江两岸娼楼多，千门万户恣经过。人生何如贾客乐，除却风波奈若何。

① 此首录自《列朝诗集·甲集第八》。　② 张羽（1333—1385）：字来仪，原为浔阳（今江西九江）人，避乱徙吴兴（今属浙江）。元末举于乡，为安定书院山长。洪武初，授太常寺丞，兼翰林院同掌文渊阁事。因事流放岭南，未半道惧召还，投龙江而死。有《静居集》。与高启等被称为“吴中四杰”。长于诗，其歌行笔

力雄放,为一时之豪。

长 安 道①

张 羽

长安城中多大道,满路香尘风不扫。三条广陌草斑斑,十二通衢人浩浩。少年结客事遨游,缤纷冠盖如云浮。朱衣公子金泥障,白马王孙锦带钩。五公七相称豪贵,贵里豪家谁得似。走马章台柳似丝,斗鸡下社人如市。泾川渭水转依微,五陵北去望逶迤。还有闭门读书者,长年不出长蒿藜。不学城中游侠儿,百年身死何人知。

① 此首录自《列朝诗集·甲集第八》。

行 路 难①

张 羽

君不见富家翁,旧时贫贱不得志,平生亲戚皆相弃。一朝金多贱还贵,百事胜人人莫比。子孙成列客满堂,美人四座回鸣珰。跃马扬鞭游洛阳,片言出口生辉光。由来本自一人事,人心爱恶不相当。季子西游穷困归,妻织自若嫂不炊。行路难,良可悲。不贫贱,那得知。

① 此首录自《列朝诗集·甲集第八》。

寄 衣 曲①

张 羽

家机织得流黄素,首尾量来宽尺度。象床玉手熨帖平,缓剪轻裁烛花莫。含情暗忖今瘦肥,著处难知宜不宜。再拜征人寄将去,边城寒早莫教迟。归掩双扉空泪落,旧绣遮身晓寒薄。良人早得封侯归,妾身何愁少衣着。

① 此首录自《列朝诗集·甲集第八》。

长干行①

张 羽

长干人家向江住,朱雀桥边旧衢路。参差碧瓦扬青旗,系缆门前有杨树。竹弓射鸭向汀洲,家家无井饮江流。女儿数钱当酒肆,商人买笑开娟楼。谢家子弟如兰玉,不见当时旧游躅。夜深月满大堤寒,愁听陈王后庭曲。送君策马此中行,秣陵遥接石头城。愁来满引金陵酒,莫听秋风淮水声。

① 此首录自《列朝诗集·甲集第八》。

吴宫白苎辞①

张 羽

织成白苎胜白丝,恰称吴娃冰雪肌。渚宫金剪制舞衣,白云一片筵前飞。舞衣当筵洁且轻,君王回盼心已倾。徘徊玉阶夜露零,桐花拂面微凉生。银灯结穗晃疏棂,坠簪遗佩满中庭。此时不说红锦绮,得以千秋荐恩喜。璧月团团坠江水,姑苏台上乌啼起。

① 此首录自《列朝诗集·甲集第八》。

温泉宫行①

张 羽

煌煌帝业三百年,骊山宫殿空云烟。美人艳骨为黄土,山前不改旧温泉。温泉虽在君王去,芳草凄凄满宫路。泉声如泣日将莫,山鸡乱鸣上林树。忆昔玉环赐浴时,红楼绮阁香风吹。头上宝钗凉欲堕,莲步轻扶双侍儿。有客今年曾过此,宫坏墙倾山色死。虎旅知更不复闻,池上玉龙犹喷水。当时此水在天上,一沐恩波荣莫比。六宫粉黛不敢唾,今日行人斗来洗。

① 此首录自《列朝诗集·甲集第八》。题下有序曰:"有客自秦地骊山来,言温泉宫已废,唯泉尚未涸,上池使客所浴,下池行人所浴,感而赋此。"

咸阳宫行①

张 羽

百二山河象祖力,六雄仰关不敢敌。金人十二高峥嵘,天下甲兵从此息。天子晓御咸阳宫,楼阁高低复道通。十石之钟万石虡,遥闻天乐在虚空。宫车隐隐春雷起,渭川晓涨胭脂水。六宫粉黛谩如云,不救明年祖龙死。荣华奄忽何可论,千门万户无复存。遗墟久被民家占,四望空余瓜蔓根。行人为问瓜田老,地上挥锄休草草。荆轲昔日猛如狼,曾来此地见秦王。百夫之勇犹披靡,汝今搪突何敢尔。

① 此首录自《列朝诗集·甲集第八》。题下有序曰:"客言咸阳宫亦废,有民种瓜其上,感而遂赋。"

驿 船 谣[①]

张 羽

驿船来,鼓如雷。前船去,后船催。前船后船何敢住,铺陈恶时逢彼怒。画屏绣褥红氍毹,春梦暂醒过船去。棹郎长跪劝使臣,愿官莫喜更莫嗔。古来天地如邮传,过尽匆匆无限人。

① 此首录自《列朝诗集·甲集第八》。

听 蝉 曲[①]

张 羽

黄莺紫燕寂无喧,新声最好是闻蝉。栖烟初噪如喧篽,吸露才停似断弦。乍向风前闻杳袅,营营嘈嘈鸣不了。断续能牵客梦长,凄凉解动羁愁早。一番蜕脱已身轻,最是居高韵更清。莫道转丸秽壤底,冠绥还比侍臣荣。长乐宫中百鸟静,十二帘开漏方永。忽向上林翻下苑,多少蛾眉倚阑听。隋堤千树柳如烟,无情偏向夕阳天。切切自将亡国恨,凄凄欲共路人言。蝉声到处何曾别,人心听来有悲悦。何如一枕北窗眠,喧寂都忘闻见绝。

① 此首录自《列朝诗集·甲集第八》。

古朴树歌[①]

张 羽

山前古木不知年,婆娑黛色上参天。霜柯反足斗龙虎,偃盖倒影鸣蝈蝉。绿叶参差有生意,中间孔穴萃虫蚁。上枝杳杳横苍云,下根落落穿厚地。树傍古庙祀土神,人来酹酒浇树根。但愿神灵长血食,树木

与人终古存。村中老人长孙子,自言此树多年纪。忆
作儿童上树时,今见根柯已如此。曾经丧乱见太平,
几遇斧斤还不死。山僧爱此来诛茅,盘郁苍翠当檐
拗。待余六月携床至,卧听南风鸣海涛。

① 此首录自《列朝诗集·甲集第八》。

踏水车谣①

张 羽

田舍生涯在田里,家家种苗始云已。俄惊五月雨
沉淫,一夜前溪半篙水。苗头出水青幽幽,只恐飘零
随水流。不辞踏车朝复暮,但愿皇天雨即休。前来秋
夏重漂没,禾黍纷纭满阡陌。倾家负债偿王租,卒岁
无衣更无食。共君努力莫下车,雨声若止车声息。君
不见东家妻,前年换米向湖西。至今破屋风兼雨,夜
夜孤儿床下啼。

① 此首录自《列朝诗集·甲集第八》。

戴山迎送神曲①

张 羽

山苍苍兮多木,横绝四野兮下无麓。憨远望兮登
高,神不来兮劳予。目煦煦兮雅雅,灵修俨兮纷来
御②。胡不来兮夷犹,将谁须兮远者。芳莫芳兮涧有
萍,洁莫洁兮卤之清。云为盖兮霓为旌,神之来兮山
冥冥。绛阙兮朱堂,冠余山兮神所宫。神之愉兮既
降③,翩龙驾兮云中。屡舞兮仙仙,纷进拜兮庭前。灵
夭姣兮好服,神弗言兮意已传。牲不实兮酒不旨,将
淹神兮神安止。神弗止兮福遗我,事夫君兮长无已。

① 此首录自《列朝诗集·甲集第八》。　② 此处原注："叶。"　③ 此处原注："叶。"

采 莲 曲①

张 羽

朝采莲，暮采莲，莲花艳冶莲叶鲜。花好容颜不常好，叶似罗裙怨秋早。秋风浩荡吹碧波，绿怨红愁将奈何。年年采莲逞颜色，采得莲花竟何益。莲花虽好却无情，夫婿有情常作客。万里关河归未得，争如池上锦鸳鸯，双去双来到头白。采莲复采莲，采莲还可怜。愿比莲花与莲叶，不论生死根相连。

① 此首录自《列朝诗集·甲集第八》。

落 花 吟①

张 羽

昨日花开树头红，今日花落树头空。花开花落寻常事，未必皆因一夜风。人生行乐须少年，老去看花亦可怜。典衣沽酒花前饮，醉扫落花铺地眠。风吹花落依芳草，翠点胭脂颜色好。韶光有限蝶空忙，岁月无情人自老。眼看春尽为花愁，可惜朱颜变白头。莫遣花飞江上去，残红易逐水东流。

① 此首录自《列朝诗集·甲集第八》。

醉 樵 歌①

张 羽

华盖山高亘南楚，剩产奇材少榛莽。山人嗜酒而业樵,背负清樽手持斧。丁丁伐木云之深,束薪欲担力不任。且倾醽醁借盘石,痛饮莫知西日沉。白眼望天歌鼓腹,榍衣半染苔花绿。颓然俯枕树根暝,鼻息如雷撼岩谷。起来却笑朱买臣,底用金柴缠其身。堪羡刘伶行荷锸,生死无累全天真。梗楠豫章等枯梗,惟取酕醄真乐境。泛观世士多沉酣,误入牢笼犹未醒。

① 此首录自《列朝诗集·甲集第八》。

白苎词①

黄 哲②

长洲宫中花月辉,彩云夜傍琼楼飞。吴姬娉婷白苎衣,扬兰拂蕙春风归。花筹传觞注红玉,月镜当筵掩明烛。低环按节宫调促,嫣然一转乱心曲。夜长酒多欢未足,惊乌啼向东苑树。星河阑干正当户,明眸皓齿歌《白苎》。蛾眉婵娟花月妒,含情奉君君莫顾。云中璧月易盈亏,叶底秾华多盛衰。愿为宝阶千岁石,长近君王双履綦。

① 此首录自《列朝诗集·甲集第二十一》。 ② 黄哲:字庸之,番禺(今属广东)人。性好山水,结庐蒲涧,曾出游吴楚燕齐,止于秦淮。洪武初,曾奉使青、徐,后出知山东东阿县,有政声。迁东平府通制,后罢官被杀。

乌栖曲①

黄 哲

九月过姑苏,江头霜草枯。西风吹叶尽,愁杀夜栖乌,栖乌月明里,霜重惊还起。无处托安巢,哑哑渡江水。江波浅复深,东去无还心。《白苎》吴宫曲,能成哀怨音。只言欢乐长相保，青春几时秋又老。可怜西子断肠花，不及虞姬美人草。舞罢垂杨金缕衣，椒房绛烛明星稀。越骑争驰海山动，吴歌尚绕梁尘飞。梁尘飞飞《白苎》哀，乌啼夜半闻门开。鸱夷浮江麇鹿来，月明犹照姑苏台。

① 此首录自《列朝诗集·甲集第二十一》。

河 浑 浑①

黄 哲

河浑浑，发昆仑。度沙碛，经中原，喷薄砥柱排龙门，环嵩绝华熊虎奔。君不闻汉家博望初寻源，扬旌远涉西塞垣。穷探幽讨事奇绝，云是天津银潢之所接。葱岭三时积雪消，流沙万派从东决。东州沃壤徐豫之墟，怀山襄陵赤子为鱼。夕没巨野，朝涵孟诸，茫茫下邑皆沉污。民不粒食，乡无庐桑，畦忽变葭，苇泽麦垅尽化鼋鼍居。宫中圣人方旰食，群公夙夜忧旷职。星郎又乘博望槎，西去盟津求禹迹。始闻古道行千艘，一朝转徙才容舠。奔冲倏忽骇神怪，浅不浮沤深没篙。我上梁山望曹濮，长叹沧桑变陵谷。万人举锸功莫施，犹拟宣防再兴筑。宣防汉武威，曷若尧无为。洪波阅九载，端拱垂裳衣。玄圭锡夏后，安得辞胼胝。龙门一疏凿，亘古功巍巍。巍巍功可成，河水浑复清。

① 此首录自《列朝诗集·甲集第二十一》。题下有序曰："洪武辛亥夏六月，工部主事仇公、中书宣郎观公奉旨按行黄河，北环梁山，逆折西，至巨野、曹、濮，达盟津，发民疏浚浅壅，俾通粮漕。予亦承乏，分领东平之役，济宁则有守御千户张将军董其事焉。诸公偕会梁山。余记元年春奉命溯河北来时，兵始袭汴，舟师逾彭城，北入汴南塔张口，溯漫流而西。三年，余朝京师，道出其

左,则塔张之津已淤,舟之汴洛者,北趋戈泊口,任城开河闸西以行。今由梁山,则迁其故流,又及千里矣。且复晨夕徙迁无常,漕舟苦焉。盖其弥漫奔决,能困兖、豫、徐、冀数州之民,而深不足引舟漕。有司常具舫寻源,摽帜以前导,翌日则又徙而他流矣。涂路朽坏流沙,数百里间,篙楫畚锸无所施其功。故议者欲上闻,有复堰黄陵冈之举。噫! 此季元之覆辙,何足与议哉。因赋《河浑浑》。"

新乐府辞（二）

梁 父 吟①

孙 蕡②

江水何深深,青枫映云林。衡门一杯酒,抱膝《梁父吟》。君不见夷吾奋袂投南冠,故人荐引登君门。扬眉吐论下荆楚,九合冠裳朝至尊。又不见乐生徒步从西来,燕昭一拥帚,调笑黄金台。辕门一日建旌节,七十齐城生暮埃。古来英俊人,所遇皆有立。袖有骊龙珠,能令鬼神泣。而我独何为,幽宫冻蛟蛰。荒萝绕屋秋雨凉,山鬼吹灯冷光湿。几欲乘云朝太清,芙蓉缥缈白玉京。天田角井散飞雾,阿香布鼓琅珰鸣。星辰可望不可即,手把琅玕空复情。为臣自古良独难,我更怀之摧肺肝。田强古冶三猛士,昔者虎视青齐间。误罹相国二桃计,恨血今为春草斑。白头勋旧且如此,何况新知无靦颜。《梁父吟》,声正苦。日落未落天星黄,西园灌木秋楚楚。青青千里草如雾,兀兀当涂高踞虎。长陵百尺空嵯峨,夜半山精泣风雨。世无女娲五色石,天柱欲倩何人补。荆州水碧岷峨青,思美王孙渺何许。《梁父吟》,声苦伤。歌阑玉壶缺,白发千丈长。起坐击长剑,仰天悲流光。西归白日为谁晚,东流之水何泱泱。青冥黄鹄倘垂翅,我亦凌风随尔翔。

① 此首录自《列朝诗集·甲集第二十一》。 ② 孙蕡（1334—1393）：字仲衍,顺德（今属广东）人。洪武间进士。授工部织染局使,迁虹县主簿。入为翰林典籍,出为平原主簿,以牵累被逮,后获释。又坐累成辽东,因曾为蓝玉题画论死。有《西庵集》。

南 京 行①

孙　蕡

南京自古说豪雄,远胜秦中与洛中。吴越千山高拱北,巴江一道远朝东。秦淮水入丹阳郭,北固城连六代宫。岌嶪石头如踞虎,逶迤钟岳似盘龙。龙楼凤阁天中起,万户千门霄汉里。太乙勾陈紫极通,翔鸾舞鹤珠峰峙。却日舳棱驾寥廓,行空复道侵箕尾。仙掌铜盘玉作流,灵芝华盖霞为绮。华盖灵芝粲绮霞,御桥金水正当衙。五门彩旭朝天仗,驰道香风散日华。细柳千章争拂地,娇莺百啭竞啼花。紫电龙光飞武库,雕甍甲第列侯家。侯家卿相真才彦,玉笋蝉联奉天殿。屈宋摛文入石渠,韩黥耀武专方面。黄阁承恩宣雨露,乌台执法行霜霰。环珮声清散早朝,葡萄酒绿沾春宴。春宴春风坐百花,归来里巷斗香车。金张富贵人争羡,王谢风流世共夸。隐约商笳随赤羽,葳蕤大纛映彤牙。盘佗宝校光前导,组络鸣镳隘狭斜。狭斜西下通三市,紫雾红尘拂天起。南陌东厢马似龙,乌衣朱雀人如蚁。争看买珠轻薄儿,亦讶探丸游侠子。犹怀凤台醉李白,无复新亭泣周颙。井傍美人悲丽华,道上行人谭结绮。结绮临春总可怜,龙河一带但寒烟。天界业林开象魏,冶亭高阁艳神仙。神仙尽是蓬瀛侣,更画秦台玉箫女。渺渺青鸾月下来,飘飘彩凤云中举。别有青楼大道旁,烟花万树俨成行。飞琼袅袅翠罗袖,小玉峨峨红粉妆。小玉飞琼两少年,清歌妙舞斗嫣妍。舞态盘回芳树底,歌喉宛转落花前。彩云作雨朝朝合,璧月流光夜夜圆。朝朝暮暮长如此,秋月春花若流水。去岁今年景不殊,南来北去人相似。生绿罗屏遮上客,流苏帐暖邀公子。烂熳三春锦绣城,空濛一片笙歌市。繁华佳丽乐无边,我独胡为困一廛。已似扬雄栖白屋,还如司马卧文园。谁将积业三

千牍,换取扬州十万缠。桃李风前歌扇底,看花骑马
过年年。

① 此首录自《列朝诗集·甲集第二十一》。

白纻四时词①（四首）

孙蕡

其　一

姑苏台上春风和,江花乱落江水波。交疏杨柳绿
参差,华筵夜列开绮罗。当筵西施间群娥,朱颜为君
起微酡,自拈红牙节清歌。飞花着人思繁多,华月耿
耿度斜河。疏星出河夜欲过,乌啼哑哑奈尔何。

① 此四首录自《列朝诗集·甲集第二十一》。

其　二

阊门辇路薰风时,江光潋滟芙蓉披。翠羽霓旌照
洲渚,銮舆出游初避暑。西施含颦娇不语,群娥斗起
歌《白纻》。回风舞袖为君举,歌声窈窕一何长。白纻
之白白如霜,木瓜花红荔子香。东江月出西江光,银
壶酒多乐未央。

其　三

馆娃宫畔风萧萧,芙蓉陨香杨柳凋。银河影淡乌
鹊桥,荧荧双星丽碧霄。美人微醉脸红潮,筵前举袖
催玉箫。举歌《白纻》斗娇娆,越罗楚练风飘飘。此时
奉君情欲绝,铜龙夜深宫水咽,银床低转梧桐月。

其　四

北风吹江日宛宛,江天飞雪帘栊满。美人台上斗
腰肢,羽觞流霞照华琯。筵前西施含醉眼,歌停绿水
声欲缓。群娥玉环低款款,别宿台前水仙馆。芙蓉帐

高锦云暖，侬觉寒宵作邪短。

将进酒[①]

孙蕡

青瑶案上离鸾琴，一徽已直千黄金。开樽花下对明月，欲弹一曲还沉吟。沉吟沉吟几低首，且弹商声劝君酒。雍门风树春萧萧，地下田文骨应朽。

① 此首录自《列朝诗集·甲集第二十一》。

蒋陵儿[①]

孙蕡

蒋陵健儿身手捷，青年好游仍好侠。锦衣绣帽彩丝囊，绿鬓葱茏映朱颊。春风二月蒋陵西，柳暗秦淮花满堤。窈袅金鞍摇日出，轻盈紫陌踏花嘶。佳人纨扇和诗赠，上客金瓶带酒携。上客留连正及时，佳人妙舞斗腰肢。舞回璧月当空见，歌罢杨花似雪飞。杨花似雪纷纷落，酣醉人前夸浪谑。自然不分揖金张，况肯低头拜卫霍。意气由来凌七贵，豪华岂必资三略。五侯宅里听啼莺，廷尉门前弹罗雀。扬雄寂寞掩柴扉，草得《玄》成鬓若丝。岁岁年年书阁底，惟应羡杀蒋陵儿。

① 此首录自《列朝诗集·甲集第二十一》。

短歌行[①]

孙蕡

击长剑，和短歌。短歌声无欢，调促情苦多。流光莽莽奈老何。

① 此首录自《列朝诗集·甲集第二十一》。

牧 羊 词①

孙 蕡

陇羊尾筵筵，山虎毛离离。愿得山虎死，陇羊长自肥。苍茫大化良亦苦，怪底生羊复生虎。

① 此首录自《列朝诗集·甲集第二十一》。

罗 敷 行①

高 启②

陌上三月时，柔桑多绿枝。携筐行采叶，日暮畏蚕饥。君来驻车马，相逢在桑下。谩说同心言，不是知音者。君贵多辉光，妾贱无红妆。自信田间妇，难从天上郎。长安画楼宇，无限如花女。使君当早归，莫共罗敷语。

① 此首录自《列朝诗集·甲集第四之上》。　② 高启(1336—1374)：字季迪，号青丘子，长洲(今属江苏)人。洪武初年，召入编纂《元史》，授翰林院国史编修，后擢户部侍郎，托辞不受，退居青丘，以教书为生。作诗各体俱工，尤长于歌行。有《高太史大全集》。

当 垆 曲①

高 启

光艳动春朝，妆成映洛桥。钱多自解数，筝涩未能调。花如秦苑好，酒比蜀都饶。深谢诸年少，来沽不待要。

① 此首录自《列朝诗集·甲集第四之上》。

乌 夜 啼①

高 启

啼乌惊我栖未久,半起疏桐上高柳。灯下佳人颦浅眉,机中少妇停纤手。月入空闺夜欲深,数声犹似听君琴。

① 此首录自《列朝诗集·甲集第四之上》。

堂上歌行①

高 启

堂上歌,歌南山,主人为欢仰客颜。翠帷夜卷出两鬟,移尊更饮花树间。花树间,有明月。客不醉,歌不歇。

① 此首录自《列朝诗集·甲集第四之上》。

竹 枝 歌①（六首）

高 启

其 一

蜀山消雪蜀江深,郎来妾去斗歌吟。峡中自古多情地,楚王神女在山阴。

① 此六首录自《列朝诗集·甲集第四之上》。

其 二

鱼复浦上石累累,恰似侬心无转回。船归莫道上滩恶,自牵百丈取郎来。

其 三

江水出峡过夔州,长流直到海东头。郎应若有思家日,应教江水复西流。

其 四

蹋躅花红鸭鹅飞,黄牛庙下见郎稀。大艑摊钱卖盐去,短钗簪叶负薪归。

其 五

妾爱看花下渚宫,郎思沽酒醉临邛。春衣未织机中锦,只是长丝那得缝。

其 六

枫林树树有猿啼,若个听来不惨凄。今夜郎舟宿何处,巴东不在定巴西。

转 应 词①(二首)

高 启

其 一

双燕双燕,去岁今年相见。往来东舍西家,衔得泥中落花。花落花落,又在暮寒池阁。

① 此二首录自《列朝诗集·甲集第四之上》。

其 二

疏雨疏雨,绿满蘼芜洲渚。江南相忆故人,远水遥山暮春。春暮春暮,风急画船难渡。

上 之 回①

高 启

圣主重行幸,六虬法乾旋。北巡初避暑,东祠已祈年。群官从清尘,粲若星丽天。前扬豹尾竿,左靡鱼须旃。瀚海通汉月,萧关绝胡烟。愿奉千龄乐,皇躬长泰然②。

① 此首录自《列朝诗集·甲集第四之上》。 ② 诗末注云:"元世,每年孟夏驾幸滦京避暑,七月乃还。此诗云'北巡初避暑',纪元事也。"

李夫人歌①

高 启

延年罢歌少翁望,兰芬凄凄销复帐。临殁最难忘,歓歔不相向。陈杯觞,列灯火。是耶非,幄中坐。新宫漏残星欲堕。

① 此首录自《列朝诗集·甲集第四之上》。

短 歌 行①

高 启

置酒高台,乐极哀来。人生处世,能几何哉。日西月东,百龄易终。可嗟仲尼,不见周公。鼓丝拊石,以永今日。欢以别亏,忧因会释。燕鸿载鸣,兰无故荣。子如不乐,白发其盈。执子之手,以酌我酒。式咏《短歌》,爰祝长寿。

① 此首录自《列朝诗集·甲集第四之上》。

宛 转 行①

高 启

宛转复宛转,宛转日几回。君肠鹿卢断,我肠车轮摧。

① 此首录自《列朝诗集·甲集第四之上》。

长 门 怨①

高 启

憎宠一时心,尘生旧屋金。苔滋销履迹,花远度銮音。暮雀重门迥,秋萤别殿阴。君明犹不察,妒极是情深。

① 此首录自《列朝诗集·甲集第四之上》。

塞 下 曲①

高 启

日落五原塞,萧条亭堠空。汉家讨狂虏,籍役满山东。去年出飞狐,今年出云中。得地不足耕,杀人以为功。登高望衰草,感叹意何穷。

① 此首录自《列朝诗集·甲集第四之上》。

折杨柳歌词①(二首)

高 启

其 一

高枝拂翠幌,低枝垂绮筵。春风千万树,此树妾门前。

① 此二首录自《列朝诗集·甲集第四之上》。

其 二

江头横吹悲,北客休南去。闻道武昌门,愁人无别树。

将 进 酒①

高 启

君不见陈孟公,一生爱酒称豪雄。君不见扬子云,三世执戟徒工文。得失如今两何有,劝君相逢且相寿。试看六印尽垂腰,何似一卮长在手。莫惜黄金醉青春,几人不饮身亦贫。酒中有趣世不识,但好富贵亡其真。便须吐车茵,莫畏丞相嗔。桃花满溪口,笑杀醒游人。丝绳玉缸酿初熟,摇荡春光若波绿。前无御史可尽欢,倒着锦袍舞鹧鸪。爱妾已去曲池平,此时欲饮焉能倾。地下应无酒垆处,何苦寂寞孤平生。一杯一曲,我歌君续。明月自来,不须秉烛。五岳既远,三山亦空。欲求神仙,在杯酒中。

① 此首录自《列朝诗集·甲集第四之上》。

陇 头 水①

高 启

人间何处无流水,偏到陇头愁入耳。夜杂羌歌明月中,秋惊汉梦空山里。陇阪崎岖九回折,声随到处长鸣咽。欲照愁颜畏水浑,前军曾洗金创血。回头千里是长安,征人泪枯流不干。

① 此首录自《列朝诗集·甲集第四之上》。

少 年 行①（二首）

高 启

其 一

官侍长杨拜夕郎,况凭内宠在椒房。赐金十万身无用,乞作胡姬一日妆。

① 此二首录自《列朝诗集·甲集第四之上》。

其 二

下直平明出禁门,笑提博局伴王孙。宝刀不敢将输却,明月沙场欲报恩。

相 逢 行①

高 启

沽酒渭桥边，平陵侠少年。相逢各有赠，宝剑与
金鞍。

① 此首录自《列朝诗集·甲集第四之上》。

妾 薄 命①

高 启

寂寞复寂寞，秋风吹罗幕。玉阶有微霜，桂树花
已落。昔为卷衣女，承欢在瑶阁。弃鱼感泪多，当熊
惭力弱。宁知色易老，难求黄金药。宫深去天远，忧
思将何托。君恩非不深，妾命自轻薄。微躯愿有报，
和亲死沙漠。

① 此首录自《列朝诗集·甲集第四之上》。

结客少年场行①

高 启

结客须结游侠儿，借身报仇心不疑。千金买得利
匕首，摩挲誓许酬相知。白马缦胡缨，行行人尽止。
朝游洛北门，暮醉秦东市。感君在一言，不惜为君死。
朱家曾脱季将军，田光终酬燕太子。君不见魏其盛时
客满门，自言一一俱衔恩。魏其既罢谁复见，养士堂
中尘纲遍。始知结客难，徒言意气倾南山。食君之禄
有弗报，何况区区杯酒间。结客不必皆荐绅，缓急叩
门谁可亲。屠沽往往有奇士，慎勿相轻闾里人。

① 此首录自《列朝诗集·甲集第四之上》。

君马黄①

高　启

君马黄，我马玄。君马金叵匜，我马锦连乾。两马喜遇皆嘶鸣，何异主人相见情。长安大道可并辔，莫夸得意争先行。摇鞭共踏落花去，燕姬酒垆在何处？

① 此首录自《列朝诗集·甲集第四之上》。

杨白花①

高　启

杨白花，太轻薄。不向宫中飞，却度江南落。美人踏踏连臂歌，山长水阔奈尔何。奈尔何，春欲晚，何不飞去仍飞返。洛阳树，多啼鸦。愁杀人，杨白花。

① 此首录自《列朝诗集·甲集第四之上》。

子夜四时歌①（四首）

高　启

其　一

白白复朱朱，芳条胃绣襦。摘来随女伴，赛斗不曾输。

① 此首录自《列朝诗集·甲集第四之上》。

其　二

红妆何草草，晚出南湖道。不忍便回舟，荷花似郎好。

其　三

堂上织流黄，堂前看月光。羞见天孙度，低头入洞房。

其　四

空帏拥炉坐，夜冷微红灭。郎意似残灰，无因得重热。

田　家　行①

高　启

草茫茫，水汩汩。上田芜，下田没。中田有禾穗不长，狼藉只供凫雁粮。雨中摘归半生湿，新妇舂炊儿夜泣。

① 此首录自《列朝诗集·甲集第四之上》。

忆　远　曲①

高　启

扬子津头风色起，郎帆一开三百里。江桥水栅多酒垆，女儿解歌山鹧鸪。武昌西上巴陵道，闻郎处处经过好。樱桃熟时郎不归，客中谁为缝春衣。陌头空问琵琶卜，欲归不归在郎足。郎心重利轻风波，在家日少行路多。妾今能使乌头白，不能使郎休作客。

① 此首录自《列朝诗集·甲集第四之上》。

里　巫　行①

高　启

里人有病不饮药，神君一来疫鬼却。走迎老巫夜降神，白杨赤鲤纵横陈。男女殷勤案前拜，家贫无肴神勿怪。老巫击鼓舞且歌，纸钱索索阴风多。巫言汝寿当止此，神念汝虔赊汝死。送神上马巫出门，家人登屋啼招魂。

① 此首录自《列朝诗集·甲集第四之上》。

惜 花 叹①

高 启

惜花不是爱花娇，赖得花开伴寂寥。树树长悬铃索护，丛丛频引鹿卢浇。几回欲折花枝嗅，心恐花伤复停手。每来花下每题诗，不到花前不持酒。准拟看花直尽春，春今未尽已愁人。才留片萼依前砌，全落千英过别邻。懊恼园中妒花女，画幡不禁狂风雨。流水残香一夜空，黄鹂魂断无言语。纵有星星在薜衣，拾来已觉损光辉。只应独背东窗卧，梦里相随高下飞。

① 此首录自《列朝诗集·甲集第四之上》。

悲 歌①

高 启

征途险巇，人乏马饥。贫少不如富老②，美游不如恶归。浮云随风，零乱四野。仰天悲歌，泣数行下。

① 此首录自《列朝诗集·甲集第四之上》。　② 此处原注："别本云'富老不如贫少'。"

门有车马客行①

高 启

门有车马客，乃是故乡士。昔别各壮颜，今见不相似。上堂叙情亲，拜跪出妻子。对案未能食，历历问桑梓。当时同游人，十有八九死。松柏长新坟，荆棘生故址。欢言方未终，悲感还复始。因思兴谢端，叹息不能止。

① 此首录自《列朝诗集·甲集第四之上》。

棹 歌 行①

高 启

溶漾汉潭清，搴荷趁浪平。船轻知体弱，簪滑见鬌倾。落日悬江思，浮云结浦情。去从千叶隐，归爱一花迎。吴歈并《子夜》，谁似棹歌声？

① 此首录自《列朝诗集·甲集第四之上》。

鸡 鸣 歌①

高 启

北斗城头北斗低，万家梦破一声鸡。马蹄踏踏车辘辘，阙下连趋市中逐。雄鸡安得噤尔声，利名少息世上争，漫漫夜长人不惊。

① 此首录自《列朝诗集·甲集第四之上》。

征 妇 怨①

高 启

良人不愿封侯印，虎符远发当番阵。几夜春闺恶梦多，竟得将军军覆信。身没犹存旧战衣，东家火伴为收归。妾生不识边庭路，寻骨何由到武威。纸幡剪得招魂去，只向当时送行处。

① 此首录自《列朝诗集·甲集第四之上》。

襄 阳 乐①

高 启

　　门前黄柳鸦雏宿，罗幌低垂婢擎烛。悬珰结佩略妆成，日莫相邀汉江曲。水静花寒月小明，舟中楼上斗歌声。肠断年年大堤路，南商行过北商行。

　　① 此首录自《列朝诗集·甲集第四之上》。

白 纻 词①（二首）

高 启

其 一

　　白纻出自吴女工，着来色与素体同。舞时偏向江渚宫，长袖拂起微有风。觞催管促四座中，揽裾徘徊惨曲终，玉阶夜寒零露浓。

　　① 此二首录自《列朝诗集·甲集第四之上》。

其 二

　　出后阁，临前楹，舞衣皎皎洁且轻。飘如白云向空行，回腰流目君已倾。华灯吐焰欺月明，喧哗不闻遗佩声。茱萸实，红兰叶。千秋欢乐长如此，妾身得向君前死。

野 田 行①

高 启

　　白杨树下谁家坟，火烧野草碑无文。路旁尚卧双石马，行人指是故将军。当时发卒开阴宅，千车送葬城南陌。子孙今去野人来，高处牧羊低种麦。平生意气安在哉，棘丛暮雨棠梨开。百年富贵何足恃，雍门之琴良可哀。

① 此首录自《列朝诗集·甲集第四之上》。

邯郸才人嫁为厮养卒妇①

高 启

妾能抚赵瑟，旧得君王眷。更衣直夜房，侍酒登春殿。出宫非故颜，里妇犹相羡。丛台罢往梦，破屋流萤见。末路多若斯，纷纷贵成贱。

① 此首录自《列朝诗集·甲集第四之上》。

凉 州 词①（二首）

高 启

其 一

蓬婆城下净无花，惨惨黄云漠漠沙。卷叶谁将番曲奏，白头都护亦思家。

① 此二首录自《列朝诗集·甲集第四之上》。

其 二

关外垂杨早换秋，行人落日旆悠悠。陇山高处愁西望，只有黄河入海流。

养 蚕 词①

高 启

东家西家罢来往，晴日深窗风雨响。二眠蚕起食叶多，陌头桑树空枝柯。新妇守箔女执筐，头发不梳一月忙。三姑祭后今年好，满簇如云茧成早。檐前缫车急作丝，又是夏税相催时。

① 此首录自《列朝诗集·甲集第四之上》。

筑 城 词①

高 启

去年筑城卒,霜压城下骨。今年筑城人,汗洒城下尘。大家举杵莫住手,城高不用官军守。

① 此首录自《列朝诗集·甲集第四之上》。

猛 虎 行①

高 启

阴风吹林乌鹊悲,猛虎欲出人先知。目光炯炯当路坐,将军一见弧矢堕。几家插棘高作门,未到日没收猪豚。猛虎虽猛犹可喜,横行只在深山里。

① 此首录自《列朝诗集·甲集第四之上》。

牧 牛 词①

高 启

尔牛角弯环,我牛尾秃速。共拈短笛与长鞭,南陇东冈去相逐。日斜草远牛行迟,牛劳牛饥唯我知。牛上唱歌牛下坐,夜归还向牛边卧。长年牧牛百不忧,但恐输租卖我牛。

① 此首录自《列朝诗集·甲集第四之上》。

采 茶 词①

高 启

雷过溪山碧云暖,幽丛半吐枪旗短。银钗女儿相应歌,筐中摘得谁最多?归来清香犹在手,高品先将呈太守。竹炉新焙未得尝,笼盛贩与湖南商。山家不解种禾黍,衣食年年在春雨。

① 此首录自《列朝诗集·甲集第四之上》。

卖 花 词①

高 启

绿盆小树枝枝好,花比人家别开早。陌头担得春风行,美人出帘闻叫声。移去莫愁花不活,卖与还传种花诀。余香满路日暮归,犹有蜂蝶相随飞。买花朱门几回改,不如担上花长在。

① 此首录自《列朝诗集·甲集第四之上》。

伐 木 词①

高 启

竹担挑多两肩赤,砺斧时寻涧边石。老夫气力秋渐衰,易斫喜有枯林枝。白云无人暗空谷,远声丁丁如啄木。暮归待伴不独行,前途虎多荆棘生。长年不曾到城府,闻比山中路尤阻。

① 此首录自《列朝诗集·甲集第四之上》。

打 麦 词①

高 启

雉雏高飞夏风暖,行割黄云随手断。疏茎短若牛尾垂,去冬无雪不相疑。场头负归日色白,穗落连枷声拍拍。呼儿打晒当及晴,雨来怕有飞蛾生。卧驱鸟雀非爱惜,明年好收从尔食。

① 此首录自《列朝诗集·甲集第四之上》。

青丘子歌①

高 启

　　青丘子,臞而清,本是五云阁下之仙卿。何年降谪在世间,向人不道姓与名。躞屧厌远游,荷锄懒躬耕。有剑任羞涩,有书任纵横。不肯折腰为五斗米,不肯掉舌下七十城。但好觅诗句,自吟自酬赓。田间曳杖复带索,傍人不识笑且轻。谓是鲁迂儒、楚狂生,青丘子闻之不分意,吟声出吻不绝咿咿鸣。朝吟忘其饥,暮吟散不平。当其苦吟时,兀兀如被酲。头发不暇栉,家事不及营。儿啼不知怜,客至不果迎。不忧回也空,不慕猗氏盈。不惭被宽褐,不羡垂华缨。不问龙虎苦战斗,不管乌兔忙奔倾。向水际独坐,林中独行。斫元气,搜元精,造化万物难隐情。冥茫八极游心兵,坐令无象作有声。微如破悬虱,壮若屠长鲸。清同吸沆瀣,险比排峥嵘。霭霭晴云披,轧轧冻草萌。高攀天根探月窟,犀照牛渚万怪呈。妙意俄同鬼神会,佳景每与江山争。星虹助光气,烟露滋华英。听音谐《韶》乐,咀味得大羹。世间无物为我娱,自出金石相轰铿。江边茅屋风雨晴,闭门睡足诗初成。叩壶自高歌,不顾俗耳惊。欲呼君山老父携诸仙所弄之长笛,和我此歌吹月明。但愁欻忽波浪起,鸟兽骇叫山摇崩。天帝闻之怒,下遣白鹤迎。不容在世作狡狯,复结飞佩还瑶京。②

　　① 此首录自《列朝诗集·甲集第四之上》。　② 诗末有注云:"江上有青丘,予徙家其南,因自号青丘子。闲居无事,终日苦吟,闲作《青丘子歌》言其意,以解诗淫之嘲。"

穆 陵 行①

高 启

楼船载国沉海水,金槌昼入三泉里。空中玉马不闻嘶，日落寝园秋色起。鱼灯夜灭随户开，弓剑已出空幽台。髡胡暗识宝气尽，六陵松柏悲风来。玉颅深注驼酥酒，误比戎王月支首。百年帝魄泣穹庐，醉骨饮冤愁不朽。幸逢中国真龙飞，一函雨露江南归。环佩重游故山月，冬青树死遗民非②。千秋谁解锢南山，世运兴亡覆掌间。起辇谷前马蹄散，白草无人浇麦饭③。

① 此首录自《列朝诗集·甲集第四之上》。　② 此处原注："世传有士尝窃诸帝骨，埋屏处树冬青为识。"　③ 此处原注："永穆陵，宋理宗陵也，在会稽。元至元初，西僧杨发辇真住请发宋诸陵，许之。既取其殉宝，复以理宗顶骨为饮器。后籍入官，以赐帝师。天兵克元，诏求得之，命有司归葬焉。□起辇谷，元诸陵所在。"

捕 鱼 词①

高 启

后网初沉前网起，夫妇生来业淘水。忽惊网重力难牵，打得长鱼满船喜。不教持卖去南津，且向江头祭水神。愿得年年神作主，无事全家卧烟雨。不论城中鱼贵贱，换得酒归侬不怨。

① 此首录自《列朝诗集·甲集第四之上》。

废 宅 行①

高 启

鸣珂坊里将军第，列戟齐收朱户闭。里媪逢人说旧时，有庐被夺广园池。今年没入官为主，散尽堂中义宅儿。厨烟久断无梁肉，群鼠饥来入邻屋。官封未与别人居，日日闲苔雨添绿。曲阁深沉接后房，画屏生色暗无光。寻常不敢偷窥处，守卒时来拾坠珰。春风多少奇花树,又有豪家移得去。

① 此首录自《列朝诗集·甲集第四之上》。

青 楼 怨①

高 启

浴金熏炉镂玉奁,兰香今夜为君添。乌栖黄昏乌起曙,才见道来还道去。

① 此首录自《列朝诗集·甲集第四之上》。

小长干曲①

高 启

郎采菱叶尖,妾采荷叶圆。石城愁日暮,各自拨归船。

① 此首录自《列朝诗集·甲集第四之上》。

行 路 难①

高 启

君不见盘中鲤,暂失风涛登俎几。君不见枝上蜩,才出粪壤凌云霄。推移变化讵可测,勿谓明日同今朝。出乘高车入大马,半是当年徒步者。悠悠行路莫相欺,为雌为雄未可知。

① 此首录自《明诗综》卷八。

秋 风 引①

高 启

嗟尔秋风,胡为来哉?奏商律兮,瑟飒而悲哀。

叩乔柯而陨叶,埽广路以清埃。入班姬之永巷,过襄王之高台。瑶琴自鸣,罗帏齐开。马萧萧而嘶起,鸿嗷嗷以翔回。使崩云骇浪,震荡于白日兮,忽欲去而徘徊。客有怀乡失职而对此者,恨盈襟而难裁!但欲变天地之摇落,不知感节序之摧颓。秋风生,归去来。

① 此首录自《明诗综》卷八。

春 江 行①

高 启

春江南北疑无岸,绿草绿波连不断。一女红妆出浣纱,恰如镜里见桃花。夹衣犹冷过寒食,云度春阴半江黑。浦口风多潮正深,轻舟摇荡愁人心。鹧鸪暮啼归路远,飞絮茫茫楚王苑。

① 此首录自《明诗综》卷八。

阿 那 瑰①

高 启

牛羊草漫野,大帐天山下。十万控弦儿,闻箛齐上马。

① 此首录自《明诗综》卷八。今按:诗末有评语:"吴明卿云伉健。"

君 马 黄①

徐 庸②

君马黄,我马赤。君马紫丝缰,我马黄金勒。两马驰骋长安陌,相逢宛若曾相识。公子王孙天上客,玉鞭指点分南北。善和坊里多青楼,不知今夜谁家笛。

① 此首录自《列朝诗集·乙集第七》。 ② 徐庸:字用理,吴郡(今江苏苏州)人。富家出身,有诗名,多为香奁一类,其乐府诗尚有古调也。

新 弦 曲①

徐 庸

蛮工擘茧冰丝香,旧弦未断新弦张。移宫换徵再三按,金雁钿蝉光历乱。怜新弃旧非偶然,始终那得长周旋。他日还当系裙带,世情如此君休怪。

① 此首录自《列朝诗集·乙集第七》。

玉 阶 怨①

徐 庸

宫院生秋草,流萤入夜飞。玉阶零白露,凉沁越罗衣。

① 此首录自《列朝诗集·乙集第七》。

湘 中 弦①

徐 庸

苹花含露荻含风,霄汉无云水接空。二十五弦今夜拨,沅湘江上月明中。

① 此首录自《列朝诗集·乙集第七》。

应 转 词①

徐 庸

疏树疏树,黄叶乱飘江路。西风吹鬓飕飕,景色浑如去秋。秋去秋去，塞外远人归未？

① 此首录自《列朝诗集·乙集第七》。

上　陵①

罗　颀②

上陵巍哉中有窟，楚拊生堂枝郁郁。野有乔松斧奚从，赤乌飞逝不来叶，鸱枭昼鸣我心悲。

① 此首录自《列朝诗集·乙集第八》。　② 罗颀：字仪甫。为人敦笃古道，博览群书，成一家之言。所著浩繁，称《梅山丛书》，二百卷。

芳　树①

罗　颀

芳树，曷以花自贼。树何贵？贵有质桂之香靡嘉实。桃以妍，根则蚀。柳以枝攀，桑以叶摘。俱不如松与柏，挺孤直。物性固不同，芳菲谅何益。

① 此首录自《列朝诗集·乙集第八》。

思悲翁①

罗　颀

思悲翁，在彼西山，我心寔。谓我瘨忧，孰可终？楸梧郁郁，松柏依依。翁归曷之，所莫知。凤鸟不至枭于飞，昕不旦出目无辉。已焉哉！陆行舟，水行车，复何归祸夫腾骧？雅人微我思也，悯先人云胡亡，哀我生遘二丧。呜呼！苍天曷有常，悲夫！

① 此首录自《列朝诗集·乙集第八》。

巫 山 高①

罗 颀

巫山高,犹可陟。江之永,限南国。我欲西游,谁为泛舟？我陆无舆,我行安休？翩翩悠悠。郁郁阳台,霭霭朝云。有所思,思美人。美人不可见,猿狄今为群。猿狄隐尔形,鸣声还独闻。黯山谷,惨晨昏。泫予泪,盈衣巾。嗟彼嗷嗷愁杀人。

① 此首录自《列朝诗集·乙集第八》。

野田黄雀行①

罗 颀

十亩之间雀啾啾,止蒿集莱鸣相酬。远川遥陌路孔修,原田茫茫禾黍稠。秋来古树风飕飕,夕阳惨淡沉西丘。群飞群下不相求,衔穗食谷安无忧。南有樛木在芳洲,雌雄迫暮共依投。咄哉兹禽多诡谋,性行佻巧谁与俦。穿屋作巢于高楼,食彼粢盛令人愁。非罗非丸致无由,草窃奸宄将何尤。吁嗟此鸟毋久留,愿汝化蛤湮东流。

① 此首录自《列朝诗集·乙集第八》。

从 军 行①（八首）

罗 颀

其 一

日旰陟高山,山高鸟不飞。徒步愁力弱,策马畏险巇。猱狖随我行,豺豕怒我啼。轻身先俦侣,勇往多捷蹊。去去莫复留,被甲平东夷。

① 此八首录自《列朝诗集·乙集第八》。题下有序曰："正统十四年,瓯闽皆

叛,里中有从南讨者归,言其事,顾因感夫军中苦乐,援笔写其道路之思,作《从军》诗。"

其 二

山行穷深林,林深人迹稀。五里一荒村,十里无洞溪。路逢饥老翁,投杖向我啼。宣言盗贼暴,民庶久流离。我惜为徒卒,对之空伤悲。

其 三

贼盗布山冈,往来森若麻。捐生寇我垒,咆哮肆爪牙。俦侣季鎜死,将军窜水涯。匹身御劲敌,奋首挥镆铘。虽获猛盗归,援甲自悲嗟。

其 四

建旆徂瓯野,整阵严三军。开榛创戎垒,斩木守要津。贼来相格战,志已无东闽。可惜将校愚,退止间道滨。未战先土溃,坐使黎庶湮。

其 五

冒暑行山阿,日赫草木焦。溪兽苦炎热,独行向我号。南望建岭巅,嵬嵬一何高。暖炽白日融,冈阜自不毛。持谢邦族间,远役无乃劳。

其 六

独行越荒溪,尸积溪流丹。四郊何萧条,惨戚秋日寒。回顾望修途,妻风集高峦。掩泪自流涕,哀郁伤朱颜。悲哉《城南》诗,古今同所叹。

其 七

军动自无律,刑杀杂伪真。滥诛及黔黎,勘夷被齐民。日晚入山隅,有客泣水滨。哀哀一何苦,卬首诉苍旻。泣尽赴修川,甘之洞溪濑。

其 八

里中遇故人,相与语畴昔。归家门户静,阶除少行迹。蚯蚓穴砌间,蟏蛸网四壁。抚事多踟蹰,不知时节易。上堂拜双亲,入室长太息。

艾 而 张①

罗 颀

艾而张罗,鹰鹯罥过。但我欲致云间鸿,奈尔群雀啾啾何。鸿之飞,极天池。掩浮云,燉罥施。畴能顿天纲,恢地网,鸿飞冥冥逝将往。

① 此首录自《列朝诗集·乙集第八》。

放 歌 行①

刘 绩②

铜驼故国风烟惨,谱牒煌煌犹可览。军壁焚烧纪信车,谏台攀折朱云槛。当时圭组盛蝉联,世泽相承五百年。城中甲第连云起,楼上歌钟镇日悬。人生富贵如翻手,万事纷纭无不有。国步艰难徒扼腕,世情猜忌唯钳口。乱离家业散无遗,环堵萧然隐在兹。门前屡揖经济士,眼底不挂屠沽儿。十载飘零寄他县,懒将衣食看人面。橐里长嗟无酒钱,床头却喜留诗卷。东邻恶少斗鸡回,白璧黄金满屋堆。也知六博无高手,时至君看好采来。

① 此首录自《列朝诗集·乙集第八》。　② 刘绩(生卒年不详):字孟熙,山阴(今浙江绍兴)人。永乐年间在世,不求仕途,在乡里教徒为生。家贫,以至卖文为计。家有西江草堂,人称西江先生。有《嵩阳稿》、《诗律》及《霏雪录》。

去 妇 词[1]

刘 绩

去妇两眼泪，为君滴平生。一滴致妾意，再滴感君情。三滴眼欲枯，血点淋香缨。不滴堂前花，死株有时荣。不滴阶畔草，苦心展芳萌。请滴桥下水，长煎呜咽声。

[1] 此首录自《列朝诗集·乙集第八》。

宕 妇 怨[1]

刘 绩

宕子行天涯，行行日云赊。讵知闺中妇，夙昔减容华。忆夫上青山，下车逢狭邪。路遥不可见，拭泪徒怨嗟。慎勿令妇嗟，宕子蚤还家。不应蘼芜草，竟作菖蒲花。

[1] 此首录自《列朝诗集·乙集第八》。

阿 那 瑰[1]

刘 绩

夜雪没毡城，闻觚三两声。漫山是猎火，照着汉家营。

[1] 此首录自《列朝诗集·乙集第八》。

结 客 行[1]

刘 绩

结客千金尽，酬恩一剑存。羞为狗盗伍，不傍孟尝门。

① 此首录自《列朝诗集·乙集第八》。

莲 塘 谣①

刘 绩

叠翠参差水容净,兰芽半吐蒲根冷。腻极红莲怨脸明,霞绡委坠千重影。藕肠断处丝暗牵,荷露学珠那得圆。小姑罗袂拂秋月,镜里红妆只自怜。《吴歈》响断平桥晚,沟水漾愁愁不浅。摇荡轻桡泛潋光,银塘愍麀双飞远。

① 此首录自《列朝诗集·乙集第八》。

秋 清 曲①

刘 绩

吴纱织雾围香玉,八尺银屏画生绿。睡鸭闳氲惹梦长,重城漏板声相续。西风淅淅吹兰唐,云波微茫连洞房。芙蓉腻脸啼秋露,怨绿愁红俱断肠。交河万里知何处,嗝唽金鸡报天曙。玉鬃骏马归不归,含情自折相思树。

① 此首录自《列朝诗集·乙集第八》。

乌 楼 曲①(二首)

胡 俨②

其 一

阶前候虫鸣唧唧,机上美人不成织。含情下阶望天河,鹊桥横练正无波。

① 此二首录自《列朝诗集·乙集第一》。　② 胡俨(1360—1443):字若思,

南昌(今属江西)人。洪武末会试后授华亭教谕。后擢翰林检讨,同解缙等直内阁。又任国子监祭酒。上北征时,掌翰林院,辅导皇太孙监国。洪熙元年,加太子宾客致仕。

其 二

夜半乌啼月将落,金缸青荧照罗幕。抱琴试鼓《白头吟》,凄凄切切难为心。

采 莲 曲①(三首)

胡 俨

其 一

荷叶高低笼水碧,叶下花红露沾湿。采莲渡头风正急。风正急,棹船归。云片片,雨霏霏。

① 此三首录自《列朝诗集·乙集第一》。

其 二

湖中花艳张红云,湖上女儿新茜裙。清歌妙曲隔花闻。隔花闻,声宛转。迹虽亲,心独远。

其 三

采得荷花香满衣,与郎相见思依依。晚凉湖上并船归。并船归,桂为楫。激清波,荡明月。

竹 枝 词①(四首)

胡 俨

其 一

湖上闻郎歌《竹枝》,湖中莲艇便轻移。却言郎度潇湘去,折得荷花空泪垂。

① 此四首录自《列朝诗集·乙集第一》。

其　二

闻郎昨夜下巴东，烟树苍苍山万重。一片阳云飞不定，不知何处有郎踪。

其　三

船头烟暝浪花飞，船里风来雨湿衣。独棹兰桡下莲渚，迎郎不见又空归。

其　四

荷叶亭亭秋色阑，露珠风荡不成团。自怜颜色非前日，羞把新妆临水看。

杨柳枝词①（四首）

胡　俨

其　一

罨画楼前雨歇时，千丝万缕绿垂垂。无端却被风吹起，撩乱春心不自持。

① 此四首录自《列朝诗集·乙集第一》。

其　二

罩水和烟万叶重，倚风飞絮晓茸茸。莫教吹落长河去，化作浮萍无定踪。

其　三

门外春风杨柳枝，去年折柳送郎时。车轮一去无消息，只有长条依旧垂。

其　四

画帘风动影丝丝，曳绿摇金昼景迟。睡起倚阑看蛱蝶，莺声只在最高枝。

梅 花 落①

薛 瑄②

　　檐外双梅树,庭前昨夜风。不知何处笛,并起一声中。

　　① 此首录自《明诗别裁集》卷三。　② 薛瑄(1389—1464):字德温,号敬轩,河津(今属山西)人。永乐间进士。宣德中擢御史,后起为大理寺卿,拜礼部左侍郎,兼翰林学士。有《薛文清全集》。

江 行①

金 诚②

　　江水悠悠江路长,孤鸿啼月有微霜。十年踪迹浑无定,莫更逢人问故乡。

　　① 此首录自《明诗别裁集》卷三。　② 金诚:字成之,番禺(今属广州)人。永乐间进士。官刑部主事。

从 军 行①

沈 周②

　　马上黄沙拂面行,汉家何日不劳兵?匈奴久自忘甥舅,仆射今谁托父兄?云暗旌旗婆勒渡,月明刁斗受降城。左贤早待长绳缚,莫遣论功白发生。③

　　① 此首录自《明诗别裁集》卷四。　② 沈周(1427—1509):字启南,号石田,长洲(今江苏苏州)人。终生不仕,以画名世。有《石田集》。　③ 此诗末,《明诗别裁集》注:"忘世人有此悲壮之作,诸选本往往遗之。"

昭 君 曲①

莫 止②

但使边城静,蛾眉敢爱身。千年青冢在,犹是汉宫春。

① 此首录自《明诗别裁集》卷四。　② 莫止:字如山,无锡(今属江苏)人。

筑 城 怨①

李东阳②

筑城苦,筑城苦,城上丁夫死城下③,长号一声天为怒,长城忽崩复为土。长城崩,妇休哭,丁夫往日劳寸筑④。

① 此首录自《列朝诗集·丙集第一》。　② 李东阳(1447—1516):字宾之,号西涯,茶陵(今属湖南)人。天顺间进士。选庶吉士,后授编修。经历代宗、英宗、宪宗、孝宗、武宗五朝,累官少师兼太子太师、吏部尚书、华盖殿大学士。有《怀麓堂集》、《麓堂诗话》、《东祀录》等。　③ 此处原注:"叶。"　④ 此处原注:"谢云'当与《崩城操》争长'。"

渐 台 水①

李东阳

渐台水,深几许。使者来,谁遣汝②?不见君王符,空传君王语。渐台水,行宫不可度。妾死犹首丘③,君行在何处④。平生委质身为君,此时重信轻妾身⑤。君不还,妾当死。台高高,水弥弥⑥。

① 此首录自《列朝诗集·丙集第一》。　② 此处有注:"潘云:'只一谁字,意便是。'"　③ 此处有注:"谢云:'颠沛必于是。'"　④ 此处有注:"潘云:'死不忘君,更见忠厚,非徒死者。'"　⑤ 此处有注:"潘云:'又是一意。'"　⑥ 此处有注:"谢云:'结尤洒落。'潘云:'斩绝之后,转觉含蓄,作手作手。'"

邯 郸 贾①

李东阳

邯郸奇货千金抵，阳翟贾儿双睥睨。掌珠飞堕华阳宫，宫中老蚌光如虹。关门不开玉符剖，秦人河山赵人手。邯郸种玉玉不死，移向宫中生玉子。长安宝气横九州，贾儿身贵封为侯。匹夫怀璧尚不可，何怪贪儿死奇货②。

① 此首录自《列朝诗集·丙集第一》。　② 此处有注："潘云：'通篇比兴，中叙事曲尽，似此绝少。'"

易 水 行①

李东阳

田光刎头如拔毛，於期血射秦云高②。道傍洒泪沾白袍，易水日落风悲号。督亢图穷见宝刀，秦皇绕殿呼且逃。力脱虎口争秋毫，荆卿倚柱笑不咷。身就斧锧甘胰膏，报韩有客气益豪。十日大索徒为劳，荆卿荆卿嗟尔曹③！

① 此首录自《列朝诗集·丙集第一》。　② 此处有注："潘云：'起得突兀。'"
③ 此处有注："谢云：'匹夫不及智士，信哉！'潘云：'只合如此。'"

鸿 门 高①

李东阳

鸿门高，高屹屹②。日光荡，云雾塞。双舞剑，三示玦。壮士入，目眦拆。谋臣怒，玉斗裂。网弥天，龙有翼。龙一去，难再得③。

① 此首录自《列朝诗集·丙集第一》。　② 此处有注："叶。"　③ 此处有注："谢云'荥阳之网，龙几再困，危乎殆哉！'潘云：'句短意壮。长者可学，短者不

可到。虽旧格亦罕见此。'何孟春云:'李贺诗:坐上真人赤龙子。李白诗:焉知高光起,自有羽翼生。先生此章,想见鸿门之会,英雄满前,老龙跳波,猛虎决踏,其气勃勃,万世一时,谁当复描绘也。'"

新 丰 行①
李东阳

长安风土殊不恶,太公但念东归乐。汉皇真有缩地功,能使新丰为故丰。人民不异山川同,公不思归乐关中。汉家四海一太公,俎上之对何囟囟,当时幸不烹若翁②。

① 此首录自《列朝诗集·丙集第一》。　② 此处有注:"潘云:'句意浑古,无一字不合作。结更有力。'"

淮 阴 叹①
李东阳

营门昼开齐犬吠,蒯生相人先相背。古来鸟尽良弓藏,近时刎颈陈与张。功成四海身无地,归楚楚疑归汉忌。极知犹豫成祸胎,时乎时乎不再来。君王恩深辩士走,淮阴胸中血一斗。妇人手执生杀机,赤族不待君王归。君王归,神为恻。独不念秋毫皆信力,舍人一喉彭王殂。淮阴之辞真有无? 噫吁嚱! 淮阴之辞真有无②?

① 此首录自《列朝诗集·丙集第一》。　② 此处有注:"谢云:'汉高于此,真少恩哉! 千载之恨,殆有甚于此者,犹幸不出于妇人耳。三复此作,为之扼腕。'潘云:'千载疑狱,非老吏不能判,此引吕后喉告彭越事为证,非拘成案者。'"

明 妃 怨①

李东阳

莫倚朱颜好,妍媸无定形。莫惜黄金贵,能为身重轻②。一生不识君王面,不是丹青谁引荐③。空将艳质恼君怀,何似当时不相见。君王幸顾苦不早,不及春风与秋草。却羡苏郎男子身,犹能仗节长安道。休翻胡语入汉宫④,只恐伶人如画工。画工形貌尚可改,何况依稀曲调中⑤。

① 此首录自《列朝诗集·丙集第一》。　② 此处有注:"潘云:'反意激语,下四句更激。'"　③ 此处有注:"谢云:'说得宛曲,怨而不伤。'"　④ 此处有注:"谢云:'又生一意。'"　⑤ 此处有注:"潘云:'古今咏明妃甚多,殆无复措手处,此篇新意叠出,恨不使前人见之。'"

弄 潮 怨①

李东阳

莫弄潮,潮水深。杀人莫射潮,中有孝女魂②。魂来父与游,魂去父与沉。潮能杀人身,不能溺人心。潮水有盈缩,人心无古今③。

① 此首录自《列朝诗集·丙集第一》。　② 此处有注:"潘云:'展转痛恨。'"　③ 此处有注:"谢云:'理到之言。'"

拟古出塞①(五首)

李东阳

其 一

总戎戒行旅,器仗贵坚完。典衣买刀剑,胡地多苦寒。公家例颁与,私债复相干。儿出贫尚可,亲老无盘餐。灯前背面啼,强语达夜阑。鸡鸣鼓角动,上马各据鞍。潜行始出境,面别情实难。逢人语妻孥,堂上有舅姑。

① 此五首录自《列朝诗集·丙集第一》。

其 二

军行视旗旐,闻向黄河曲。相顾问姓名,同伴为骨肉。星分良乡爨,月傍井陉宿。民贫苦供给,县官告不足。掾吏饱肥羊,马饥奴无粟。营门号令肃,鸡狗不敢揭。起居有常节,幸得免答辱。

其 三

河曲二千里,外险中广夷。胡儿十万骑,倏忽路无歧。边军戒轻入,壮士气不持。帷幄计深密,功成在何时。粮储日不继,淹留惧愆期。边疆古有患,上将重兴师。吾知荷戈役,生死长相随。

其 四

逻骑朝出塞,胡来屡冲突。我军摧其锋,杀气满川窟。将骄闻裹疮,战胜多白骨。兵家贵万全,岂足较毫发。十金买首功,百金纪勋伐。京军得先升,边卒长独没。卑情思上达,疏贱不得谒。日暮独无言,岧峣见宫阙。

其 五

频年讨北虏,往岁征南蛮。七年六出师,师出无空还。将军尽封侯,铁券誓河山。白衣领荫袭,立在执戟班。先朝麒麟画,位次迥莫攀。功疑古惟重,此义故不删。君恩实浩荡,感泣徒潸潸。诸公固当尔,而我独何颜。

花将军歌①

李东阳

　　花将军，身长八尺勇绝伦，从龙渡江江水浑。提剑跃马走平陆，敌兵不能逼，主将不敢瞋。杀人如麻满川谷，遍体无一刀枪痕。太平城中三千人，楚贼十万势欲吞。将军怒呼缚尽绝，骂贼如狗狗不狺②。橹头万箭集如猬，将军愿死不愿生作他人臣。郜夫人，赴水死，有妻不辱将军门。将军侍婢身姓孙③，收尸葬母抱儿走，为贼俘虏随风尘。寄儿渔家属渔姥，死生已分归苍旻。贼平身归窃儿去，夜宿陶穴如生坟。乱兵争舟不得渡，堕水不死如有神。浮槎为舟莲为食④，空中老父能知津。孙来抱儿达行在，哭声上彻天能闻。帝呼花云儿，风骨如花云⑤，手摩膝置泣复叹，云汝不死犹儿存。儿年十五官万户，九原再拜君王恩。忠臣节妇古稀有，婴杵尚是男儿身⑥。英灵在世竟不朽，下可为河岳，上可为星辰。君不见金华文章石室史，嗟我欲赋岂有笔力回千钧⑦。

　　① 此首录自《列朝诗集·丙集第一》。　② 此处有注："潘云：'奇句险语。'"③ 此处有注："潘云：'长短缓急，妙得节会。'"　④ 此处有注："潘云：'只此数语，写出许多事，如在目前。'"　⑤ 此处有注："潘云：'叠出花云二字倒押韵，妙极妙极。'"　⑥ 此处有注："潘云：'又是一意。'"　⑦ 此处有注："潘云：'此篇卓诡奇绝，而圆活流动如珠走盘，非心得手应，断不至此。《木兰辞》后，何可多见。司马迁每以奇事试笔力，予于此亦云。'"

长 江 行①

李东阳

　　大江西来是何年，奔流直下岷山巅，长风一万里，吹破鸿蒙天。天开地辟万物苗,五岳四渎皆森然。帝遣长江作南渎,直与天地相周旋,是时共工怒触天柱折,遂使后土东南偏。女娲补天不补地,山崩谷罅漏百川。有崇之叟狂而颠,坐看万国赤子沦深渊。帝赫怒,罚乃罪。神禹来,乘四载。驱大章,走竖亥。黄龙夹舟稳不惊,直送驰波到东海。朝离巴峡暮洞庭,九派却转浔阳城。萦纤南徐万余里,更万余里通蓬瀛。君不见黄河之水天上下,其大如股空纵横。长游清济出中境,曷敢南向争权衡。千流万派琐琐不足数,虽有吐纳无亏盈。下亘厚地,上摩高空。日月出没,蛟龙所宫。奇形异态,不可以物象,但见变化无终穷。或如重胎抱混沌,或如颢气开穹窿。或如织女拖素练,或如天马驰风鬃。空山怒哮饱后虎,巨壑下饮渴死虹。或如轩辕铸九鼎,大冶鼓动洪炉风。或如夸父逐三足,曳杖狂走无西东。或如甲兵宵驰,聚啸满山谷。或如神鬼昼露,万象出入虚无中。吁嗟乎长江! 胡为若兹雄,人不识,无乃造化之奇功。天开九州,十有二山。南北并峙,江流其间。尧舜都冀方,三苗尚为顽。魏帝倚天叹,征吴但空还。吁嗟乎长江! 其险不可攀。古来英雄必南骛,我祖开基自江渡。古来建国惟中原,我宗坐制东南藩。如知天险不足恃,惟有圣德可以通乾坤。长江来,自西极,包人寰,环帝宅。我来何为? 为观国。泛吴涛,航楚泽。笑张骞,悲祖逖。壮神功,歌圣德。圣德浩荡如江波,千秋万岁同山河。而我无才竟若何,吁嗟乎,聊为击节长江歌。

① 此首录自《列朝诗集·丙集第一》。

风 雨 叹①

李东阳

　　壬辰七月壬子日,大风东来吹海溢。峥嵘巨浪高比山,水底长鲸作人立。愁云压地湿不翻,六合惨澹迷乾坤。阴阳九道错白黑,乌兔不敢东西奔。里人苍黄神屡变,三十年前未曾见②。东村西舍喧呼遍,牒书走报州与县。山陬谷泓豺虎嗥,万木尽拔乘波涛。洲沉岛灭无所逃,顷刻性命轻鸿毛。我方停舟在江皋,披衣踞床夜复昼,忽掩青袍涕双透。举头观天恐天漏,此时忧国况思家,不觉红颜坐凋瘦。潼关以西兵气多,胡笳吹尘尘满河,安得一洗空干戈。不然独破杜陵屋,犹能不废啸与歌。世间万事不得意,天寒岁暮空蹉跎。呜呼!奈尔苍生何。

　　① 此首录自《列朝诗集·丙集第一》。题下有注曰:"吴江舟中作。" ② 此处有注:"正统甲子岁。"

短 歌 行①

唐 寅②

　　尊酒前陈,欲举不能。感念畴昔,气结心冤。日月悠悠,我生告遒。民言无欺,秉烛夜游。昏期在房,蟋蟀登堂。伐丝比簧,庶永忧伤。忧来如丝,纷不可治。纶山布谷,欲出无岐。颍颍若穴,燧燧莫绝。无言不疾,鼠思泣血。霜落飘飙,雅栖无巢。毛羽单薄,雌伏雄号。缘子素缨,洒扫中庭。踽踽躅躅,仰见华星。来日苦少,去日苦多。民生安乐,焉知其他。

　　① 此首录自《列朝诗集·丙集第九》。 ② 唐寅(1470—1523):字伯虎,又字子畏,长洲(今江苏苏州)人。弘治十一年(1498)举人第一名,世称唐解元。一

生致力于绘画,成就卓越。其行为放荡不羁,自称"江南第一风流才子"。其诗文亦有名,有《六如居士集》。

相 逢 行①

唐 寅

相逢狭邪间,车窒马不旋。虽言异乡县,岂非往世缘。脱毂且卷鞭,高揖问君廛。女弟新承宠,阿大李延年。何以结欢爱,渠碗出于阗。女萝与青松,本自当缠绵。

① 此首录自《列朝诗集·丙集第九》。

出 塞①

唐 寅

烽火照玄菟,嫖姚召仆夫。朱家荐逋虏,刁间出黠奴。六郡良家子,三辅弛刑徒。笳度《乌啼》曲,旗参虎落图。宝刀装韩琫,名驹被镂渠。拟金出孤竹,飞旌掩二榆。妖云压亡塞,珥月照穷胡。勒兵收日逐,潜军执骨都。姑衍山重禅,燕然石再刿。功成肆郊庙,雄郡却分符。

① 此首录自《列朝诗集·丙集第九》。

侠 客①

唐 寅

侠客重功名,西北请专征。惯战弓刀捷,酬知性命轻。孟公好惊座,郭解始横行。相将李都尉,一夜出平城。

陇 头 水①
唐 寅

陇水分四注,陇树杂云烟。磨刀共敛甲,饮马并投钱。朔地风初合,交河冰复坚。寒噤不能语,乌孙掠酒泉。

① 此首录自《列朝诗集·丙集第九》。

咏春江花月夜①
唐 寅

麝月重轮三五夜,玉人联桨出灵娥。内家近制横汾曲,乐府新谐役邓歌。十里花香通彩殿,万枝灯焰照春波。不关仙客饶芳思,昼短欢长奈乐何。

① 此首录自《列朝诗集·丙集第九》。

春江花月夜①(二首)
唐 寅

其 一

嘉树郁婆娑,灯光月色和。春江流粉气,夜水湿裙罗。

① 此二首录自《列朝诗集·丙集第九》。

其 二

夜雾沉花树,春江溢月轮。欢来意不持,乐极词难陈。

踏 车 行①

李 晔②

南岸北岸声咿哑,东邻西邻踏水车。车轮风生雷转轴,平地雪寒生浪花。借问老农何太苦?低头欲语还咨嗟。前月有雨田未耘,非其种者纷如麻。县吏捉人应差役,令严岂得营私家。况当今日滴雨无,陂塘之水争喧哗。虽如抱瓮沃焦釜,蹄涔岂足供泥沙。语罢踏车车转急,田水何如汗流湿。老妻贷谷犹未归,力疾无奈吞声泣。

① 此首录自《明诗综》卷一二。　　② 李晔:字宗表,钱塘(今杭州)人。洪武初为国子助教。有《草阁集》。

喜 雨 行①

李 晔

五日不雨中禾焦,十日不雨晚禾死。农夫田父心烦劳,桔槔揖揖徒为尔。俄然云起从西北,一片飞来头上黑。六丁雷斧开天关,不尽天瓢泻甘泽。沛如万顷之银潢,疾如江汉流汤汤。怒如乖龙腾变化,飒如白帝行秋光。在坑满坑谷满谷,此雨何殊雨珠玉。瓯窭污邪无复分,但见芃芃稻花熟。东家老翁赊酒劝,西家女儿卖钗钏。青黄未接浑未忧,屈指丰年眼中见。我歌不独如元丰,我歌直与康衢同。此身愿作饭牛翁,耕田凿井尧无功。呜呼,耕田凿井尧无功!

① 此首录自《明诗综》卷一二。

胡将军歌①

李 晔

胡将军，邦之良，武之豪。身长八尺面如铁，敌人见之凛凛生寒毛。忆昨辛卯岁，九州沸鲸涛。苍生日涂炭，呼天雨泣何嗷嗷。吴王气宇真天人，手提秋水三尺之豪曹。貔貅万灶会滁上，左右环列俱贤髦。将军谒辕门，开口谈六韬。为王之瓜牙，出入行阵躬鞬囊。疾如风雨飞千艘，王命胡将军：蚤弧蚤弧尔所操。义声西来动白日，电光闪烁摇旌旄。金陵宣城不日得，徽州严郡随风逃。洞兵三万余，刀鞘弓藏弢。灵旗却指金华城，父老争先持酒羔。喉衿闽楚信州地，将军又为殚力营城壕。乃从元戎上台鼎，横金拖紫独立青云高。将军未下车，民庶忧忉忉。将军既下车，所犯无秋毫。健儿不敢忤民意，酷吏不敢搜民膏。男儿务农耕，妇女勤蚕缲。将军为之垣墉使生厚，民适自乐将军劳。兜鍪貂蝉本无异，拟变方召为夔皋。呜呼，壬寅春二月，肘腋祸所遭。三军尽踯躅，万姓皆号咷。朝廷闻之为痛惜，遣中使，降丹诏。遂有光禄大夫越国之崇褒。有庙有庙依岩嶅，春秋二时祠太牢。吹笙鼓瑟兼伐鼛，玉杯春酒酾蒲萄。画梁文栱倍辉赫，焚香仿佛来蒸蒿。英姿飒爽毛发竖，阴风吹动团花袍。殿前近侍扣锦绦，壁上先驱腰宝刀。出师或衔枚，班师或鸣鼗。将军虽死有余乐，魂魄上与星辰遨。有子有子如将军，志欲与国除腥臊。邻敌侵我疆，勇捷如飞猱。奋身与之战，以一当百战已鏖。将军阴兵实助之，似闻人马声嘈嘈。敌惊灵火遍原野，如中羽镞相呼号。我来祠下谒遗像，秋林叶落风萧骚。雄文大字纪颠末，翠珉已载黄金鳌。呜呼胡将军，生为名臣死庙食，劝忠之作吾其叨。

① 此首录自《明诗综》卷一二。

前有尊酒行①

姚　绶②

前有一尊酒,俎豆亦共之。青春未晚日,桃李花开时。且欢娱,无刺促。尊若空,酒再续。

① 此首录自《明诗综》卷二二。　② 姚绶(1422—1495):字公绶,嘉善(今属浙江)人。天顺进士,授监察御史,谪知永宁县,告归。有《谷庵集》。

有 所 思①

姚　绶

我思不在天上虎豹之九关,我思不在海上三神山。山苓芄芄绕晴麓,隰榛翳翳沿清湾。朝烟散兮双鹤外,夕月落兮断猿间。跂予望之心孔殷,奈何可望不可攀。吁嗟西方美人兮何日还?

① 此首录自《明诗综》卷二二。

飞 龙 引①

姚　绶

龙不可骑帝骑之,鼎湖一去无还时。髯拔堕弓五云里,小臣空抱乌号悲。飞龙飞龙,何不载帝还?宛移天宫之乐来人间。勾漏朱砂炼作丹,俾我人人窃服,亦得永保冰玉颜。望龙仰天歌此曲,君不见,龙来复。

① 此首录自《明诗综》卷二二。

土 兵 行①

李梦阳②

豫章城楼饥啄乌,黄狐跳踉追赤狐。北风北来江怒涌,土兵攫人人叫呼。城外之人徙城内,尘埃不见章江涂。花裙蛮奴逐妇女,白夺钗钏换酒沽。父老向前语蛮奴,慎勿横行王法诛。华林桃源诸贼徒,金帛子女山不如。汝能破之惟汝欲,犒赏有酒牛羊猪,大者升官佩绶趋。蛮奴怒言万里入尔都,尔生我生屠我屠。劲弓毒矢莫敢何,意气似欲无彭湖。彭湖翩翩飘白旐,轻舸蔽水陆走车。黄云卷地春草死,烈火谁分瓦与珠。寒崖日月岂尽照,大邦魑魅难久居。天下有道四夷守,此辈可使亦可虞。何况土官妻妾俱,美酒大肉吹笙竽。

① 此首录自《明诗别裁集》卷四。题下有序曰:"赣州贼作乱,都御史陈金奏调广西狼兵征之,《土兵行》所由作也。" ② 李梦阳(1473—1530):字天赐,又字献吉,号空同子,庆阳(今属甘肃)人。弘治间进士,授户部主事,迁郎中。曾劾宦官刘瑾,刘瑾诛,起为江西提学副使。为明代"前七子"之一,倡言"文必秦汉,诗必盛唐"。有《空同集》。

湘 妃 怨①

李梦阳

采兰湘北沚,搴木澧南浔。渌水含瑶彩,微风托玉音。云起苍梧夕,日落洞庭阴。不知篁竹苦,惟见泪斑深。

① 此首录自《明诗别裁集》卷四。

塞　上①

李梦阳

　　天设居庸百二关,祁连更隔万重山。不知谁放呼延入,昨夜杨河大战还。

　　① 此首录自《明诗别裁集》卷四。

出　塞①

李梦阳

　　黄沙白草莽萧萧,青海银州杀气遥。关塞岂无秦日月,将军独数汉嫖姚。往来饮马时寻窟,弓箭行人各在腰。晨发灵州更西望,贺兰千嶂果云霄。

　　① 此首录自《明诗别裁集》卷四。

豆莝行①

李梦阳

　　昨当大风吹雪过,湖船无数冰打破。冰骧矗嵒山岳立,行人骇观泪交堕。景泰年间一丈雪,父老见之无此祸。鄱阳十日路断截,庐山百姓啼寒饿。旌竿冻折鼙鼓哑,浙军楚军袖手坐。将军部兵蔽江下,飞报沿江催豆莝。邑官号呼手足皴,马骡鸡犬遗眠卧。前时边达三千军,五个病热死两个。弯弓值冻不敢发,昔何猛毅今何懦! 李郭邺城围不下,裴度淮西手可唾。从来强弱不限域,任人岂论小与大? 当衢寡妇携儿哭,秋禾枯槁春难播。纵健征科何自出,大儿牵缰陆挽驮。②

　　① 此首录自《明诗别裁集》卷四。今按:豆莝,豆和草,这里指粮草。　② 诗末有注:"似古谣谚俚,质生硬处正不易到。"

去妇词①

李梦阳

孔雀南飞雁北翔，含颦揽涕下君堂。绣幌空留并菡萏，罗袪尚带双鸳鸯。菡萏鸳鸯谁不羡，人生一别何由见。只解黄金顷刻成，那知碧海须臾变。贱妾甘当覆地水，郎君忍作离弦箭。忆昔嫁来花满天，贱妾郎君俱少年。瑶台筑就犹嫌恶，金屋装成不论钱。重楼复道天中起，结绮临春照春水。宛转流苏夜月前，萎迷宝瑟烟花里。夜月烟花不相待，安得朱颜常不改。若使相逢无别离，肯放驰波到东海。薄命难教娣姒知，衰年恨少姑嫜在。长安大道接燕川，邻里携壶旧路边。妾悲妾怨凭谁省，君舞君歌空自怜。郎君岂是会稽守，贱妾宁同会稽妇。郎乎幸爱千金躯，但愿新人故不如。②

① 题:此首录自《明诗别裁集》卷四。　② 诗末有注:"深婉可以怨矣。"

出　塞①

李梦阳

朝饮马，夕饮马，水咸草枯马不食，行人痛哭长城下。城中白骨借问谁？云是今年筑城者。但道辞家别六亲，宁知九死无还身。不惜身为城下土，所恨功成赏别人。去年贼掠开城县，黑山血迸单于箭。万里黄尘哭震天，城门昼闭无人战。今年下令修筑边，丁夫半死长城前。城南城北秋草白，愁云日暮鸣胡鞭。

① 此首录自《明诗别裁集》卷四。原题为《朝饮马送陈子出塞》。

雁门太守行①

李梦阳

雁门太守汝何人，治邦三月称明神。我有牛羊，贼不来掠。我有禾黍，人不敢割。昔我无衣今有袴，著我思礼拜太守。太守不见怜，但闻太守身姓边，紫髯广额耸两颧。太守出门，四牡骙骙。后拥皂盖，前导两麾。行者尽辟易，居者不敢窥。旁问太守何所之，云访城南皇甫规。

① 此首录自《明诗综》卷二九。今按：此诗后有评语"杨用修云'神似古乐府，魏晋以下，绝无仅有'。"

新乐府辞（三）

柳 枝 词①

王 韦②

渭水西来万里遥，行人归去水迢迢。垂杨不系离
情住，只送飞花过渭桥。

① 此首录自《明诗别裁集》卷六。　② 王韦（生卒年不详）：字钦佩，上元（今属江苏）人。弘治间进士。官至太仆少卿。

宫 怨①

王廷相②

夜辇昭阳月，春筵上苑花。不成供奉日，枉自学
琵琶。

① 此首录自《明诗别裁集》卷五。　② 王廷相（1474—1544）：字子衡，号浚川，仪封（今河南兰考）人。弘治间进士。选庶吉士，授兵科给事中，官至兵部尚书，掌都察院事，加少保。为明代"前七子"之一。有《王氏家藏集》。

赭袍将军谣①

王廷相

万寿山前擂大鼓，赭袍将军号威武。三边健儿猛
如虎，左提戈，右张弩，外廷言之赭袍怒。牙旗闪闪军
门开，紫茸罩甲如云排，大同来，宣府来。②

① 此首录自《明诗别裁集》卷五。　② 诗末有注："即空同内教场歌意。"

猛 虎 行①

徐祯卿②

上山晨采樵,下山逢猛虎。深林丛薄不可度,熊貔巉岩兮向我怒。虎欲食我低头据地而长号,使我心悲泪如雨。舍中无人,言父与妻。爨下又无食,使我孤儿啼。拔剑前致词:"尔胡不仁至此为!凌牙锯齿,食人之肝。拒骨而撑尸,膏血布川谷。乌衔其肉,倒挂东南枝。"恻恻草野中,行哭声正悲。娇女行采桑,道逢野虎抟食之。沧浪之天更不慈,猛虎瞑目若摇思。便复舍我置道旁,我欲东归河无梁。绵绵邈邈,思我故乡。嗟尔行路人,猛虎当关慎莫行,思我父母多苦辛。吁嗟猛虎白额狸斑而黑文,何不渡河而去从彼豺狼群?城中咆哮竟夕闻,吾将诉汝泰山君。《猛虎行》且莫歌,泰山之君奈若何!

① 此首录自《列朝诗集·丙集第九》。 ② 徐祯卿(1479—1511):字昌谷,一字昌国,吴县(今属江苏)人。明孝宗弘治十八年(1505)进士。官国子监博士。与祝允明、唐寅、文征明齐名,号"吴中四才子"。有《迪功集》。

苦 寒 行①

徐祯卿

凛凛朔气运,悠悠玄象驰。北鄙何萧条,漠野恒凄其。崇霜依岫结,峨冰凭岸滋。飞砂塞门来,胡马厉长悲。漂漂密雪兴,暖暖繁云垂。穷兽啼原泽,饥乌号树枝。无衣叹秦风,卒岁咏豳诗。伊予炎荒士,飘飘寄边陲。风土有本性,狐貉非所宜。饮浆岂执热,怀纩犹抱绤。处燥常畏疡,久凉诚恶痹。寄谢父与母,游子难久居。

① 此首录自《列朝诗集·丙集第九》。

白纻歌①

徐祯卿

三星烁烁花满堂，素腕盈盈出洞房。垂罗映縠耀明妆，皦若云中开月光。流情盼君君莫忘，停歌节舞进玉觞，愿君安坐夜未央。旨酒千壶列东厢，美人如花娇北堂。齐歌合舞圣世昌，愿得欢娱永未央。脂车秣马且踟蹰，百年之会忽须臾。东流之水西飞鸟，今我不乐何为乎？

① 此首录自《列朝诗集·丙集第九》。

鹞雀行①

徐祯卿

白鹞捉黄雀，斜盘下九天。岂知南山侧，复有虞人弦。一发中双翼，忽毙青云端。行人皆抚掌，仰视落飞翰。弓矢悬马头，少年坐雕鞍。持归咸阳市，百鸟争聚观。美酒白玉缸，肉腊黄金槃。乐哉今日宴，四座争万年②。

① 此首录自《列朝诗集·丙集第九》。　② 此处有注："黄河水曰：'昌谷《鹞雀》一篇，足以上抗西京，下视子建，殆千载之希声也。'"

少年行①

徐祯卿

生长在边城，骑射有声名。召募河源去，长屯都护营。登山望敌气，间道击胡兵。十决推雄战，连呼扶汉旌。云中息刁斗，天上扫欃抢。坐弄胡笳月，梅花陇水清。

① 此首录自《列朝诗集·丙集第九》。

将进酒①

徐祯卿

将进酒,乘大白,砗磲为罂锦作幂,燕京杜康字琥珀。朱缡三千酒一石,君呼六博我当掷。盘中好采颜如花,鸳鸯分翅真可夸。壶边小姬拔汉帜,壮士失色徒喧哗。拉君髻,劝君酒,人间得失那复有。男儿运命未亨嘉,张良空槌博浪沙。秦皇按剑搜草泽,竖子来为下邳客。一朝崛起佐沛公,身骑苍龙被赤舄。灭秦蹙项在掌间,始知桥边老人是黄石。狂风吹沙涨黑天,天山雪片落酒筵。锦屏绣幕不觉暖,齐讴赵舞绕膝前。人生遇酒且快饮,当场为乐须少年,何用窘束坐自煎。阳春岂发断蓬草,白日不照黄垆泉。君不见刘伶好酒无日醒,幕天席地身冥冥。其妻劝止之,举觞向天白,妇人之言不足听。又不见汉朝公孙称巨公,脱粟不舂为固穷。规行矩步自炫世,不若为虱处裈中。丈夫所贵岂穷苦,千载倜傥流英风。人言徐卿是痴儿,袖中吴钩何用为。长安市上歌击筑,坐客知谁高渐离。我醉且倒黄金罍,世人笑我铺糟而扬醨。吁嗟!屈原何清,渔父何卑。鲁连乃蹈东海死,梅福脱帽青门枝。明朝走马报仇去,襄子桥边人岂知。

① 此首录自《列朝诗集·丙集第九》。

从军行①(四首)

徐祯卿

其 一

贰师将军初出师,横行十万羽林儿。隔河追斩呼韩将,乌垒高悬太白旗。

① 此四首录自《列朝诗集·丙集第九》。

其 二

五垒神兵下玉门，倒倾西海蹴昆仑。轻车夜渡交河水，斩首先传吐谷浑。

其 三

调笑胡王坐玉鞍，蛇矛丈八跃如湍。天子戎衣遥按剑，将军直为斩楼兰。

其 四

青天碛路挂金微，明月洮河树影稀。胡雁哀鸣飞不渡，黄云戍卒几时归？

平陵东行①

徐祯卿

共工触天补女娲，后羿射之摧九乌。君不见泰山之高屹天柱，有时东崩海水枯。秦人筑长城，东答夷貊北击胡，开阖地户天下枢。九关虎豹下食人，髑髅飞血昏风尘，四海望之威天神。亦有荆轲起报仇，裂眦向天天为愁，拔剑一呼震万乘。快哉壮士谁与俦，儒生抗眉论尧舜，敛手待烹良可羞。上卿执圭古崇侈，鲁生弃之若敝屣。鸿毛轻死为二桃，笑杀田疆与冶子。龙蛇消息各有时，白石落落人岂知。季布髡为奴，范睢乃是粪下儿。一朝云雷起屯厄，挥刃脱缚扬高眉。我今伛偻困蝼蚁，吹沙吸呷若鲋鲤。牛涔蠕蠕岂足活，河伯向我夸秋水。夜梦凭云忽上天，倾山倒海作龙渊。天门中开绕赤电，霓旌雷车导我前。空山飒飒走霹雳，草木摧拉飞炎烟。丈夫未足哀困穷，仰叹白日回英风。不能鼓行青海上，亦当击剑咸阳之市中。宁学鉏麑触槐死，羞言投阁仕莽公。吾悲夫二子之死也，诚如寒蚓与秋蓬。

① 此首录自《列朝诗集·丙集第九》。

燕京四时歌①（四首）

徐祯卿

其 一

天柳垂丝拂建章，银冰千片落金塘。烟花万国行人度，遥指蓬莱春日光。

① 此四首录自《列朝诗集·丙集第九》。

其 二

暑殿金泉枕碧山，清凉楼阁五台间。赤日不行葱岭北，雪花长绕玉门关。

其 三

蓟门桑叶落滹沱，代北浮云鸿雁多。莫向云中传尺素，空将明月对䗀蛾。

其 四

葡萄新酒泼流霞，十月燕山雪作花。天子后庭夸玉树，昭君胡服拂琵琶。

杂 谣①

徐祯卿

夫为虏，妻为囚，少妇出门走，道逢爷娘不敢收。东市街，西市街，黄符下，使者来。狗觫觫，鸡鸣飞上屋，风吹门前草肃肃。②

① 此首录自《明诗别裁集》卷六。 今按：此为民谣，描述太监刘瑾伏诛时，对与此案有牵连的人进行搜捕的情形。 ② 诗末有注："陈卧子云，此征正德五年八月之变。"

古 宫 词①

徐祯卿

兴庆池头漏未阑,梨园子弟曲将残。花前更奏凉州伎,无那西宫月色寒。

① 此首录自《明诗别裁集》卷六。

独 漉 篇①

何景明②

独漉独漉,驱车折轴。不畏折轴,但畏车覆。芃芃者莸,生彼中衢。虽有兰蕙,当门则锄。同行窃金,相顾道左。我实不知,彼则畏我。食荼知苦,食梅知酸。狐裘之敝,可以御寒。有虎斑斑,伏于林下。我欲射虎,愧无劲弩。肃彼北风,渡彼中流。岂不怀忧,与子同舟。

① 此首录自《列朝诗集·丙集第十二》。 ② 何景明(1483—1521):字仲默,信阳(今属河南)人。弘治十五年(1502)进士,授中书舍人。官至陕西提学副使。因上书吏部尚书许进指控宦官刘瑾而被罢官。刘瑾伏诛,得李东阳荐举而再起。明代"前七子"之一。反对"台阁体",主张复古。其诗风秀逸。有《大复集》。

枣下何纂纂①

何景明

种枣北墙下,枣熟委路衢。行人竞取食,居者守空株。□□枣初赤,倾路且停车。枣当今日尽,谁能少踟蹰。天命诚不易,荣落互相渝。功勋本积累,倾夺在须臾。聆我枣下言,贫贱可久娱。

① 此首录自《列朝诗集·丙集第十二》。

刺 促 篇①

何景明

刺促刺促,井燎不续。虽有场苗,室则靡粟。罗省务获,不言其多。见彼渊鳞,或言其苛。跣夫逐鹿,坐者食肉。苟一需百,百尔莫足。譬彼乘车,弗率坦野。驱驰不已,或败尔马。河有伏罟,蛟龙去之。相处有明,孰逢其灾。前有鼓乐,后有寇盗。方言方笑,不敢以告。执鼠不力,或伤其手。彼虎彼兕,矧不以走。有蓬其树,其腹之枵。岂不休息,维颠在朝。

① 此首录自《列朝诗集·丙集第十二》。

瑶 瑟 怨①

何景明

美人竹间亭,虚帘空月华。相思湘江曲,泪竹生斑花。花开为谁好,花落不复扫。出户见春风,低头怨芳草。坐弹五十弦,起视江月残。愁弦不堪听,手涩金雁寒。一弹正凄切,再弹转呜咽。三弹拨幽肠,声乱冰丝结。西风吹芙蓉,一夜落微红。岂知瑶瑟音,能消青镜容。

① 此首录自《列朝诗集·丙集第十二》。

竹 枝 词①

何景明

十二峰头秋草荒,冷烟寒月过瞿塘。青枫江上孤舟客,不听猿声亦断肠。

① 此首录自《列朝诗集·丙集第十二》。

大 梁 行 ①

何景明

朝登古城口,夕藉古城草。日落独见长河流,尘起遥观大梁道。大梁自古号名区,富贵繁华代不殊。高楼歌舞三千户,夹道烟花十二衢。含沓轮骑交紫陌,鸣钟暮入王侯宅。红妆不让掌中人,珠履皆为门下客。片言立赐万黄金,一笑还酬双白璧。带甲连营杀气寒,君王推毂将登坛。弯弓自信成功易,拔剑那知报怨难。已见分符连楚越,更闻飞檄救邯郸。一朝运去同衰贱,意气豪雄似惊电。杨花飞入侯嬴馆,草色凄迷魏王殿。万骑千乘空云屯,绮构朱甍不复存。夜雨人归朱亥里,秋风客散信陵门。川原百代重回首,宋寝隋宫亦何有?游鹿时衔内苑花,行人尚折繁台柳。繁台下接古城西,春深桃李自成蹊。朝来忽见东风起,薄暮飞花满故堤。

① 此首录自《明诗别裁集》卷五。

捣 衣 ①

何景明

凉飙吹闺闼,夕露凄锦衾。言念无衣客,岁暮方寒侵。皓腕约长袖,雅步饰鸣金。寒机裂霜素,繁杵叩清砧。哀音缘云发,断响随风沉。顾影惜流月,仰盼愁横参。路长魂屡徂,夜久力不任。君子万里身,贱妾万里心。灯前挥妙匹,运思一何深。裁以金剪刀,缝以素丝针。愿为含欢带,得傍君衣襟。

① 此首录自《明诗别裁集》卷五。

白 纻 歌①

何景明

手中色丝旧所治,青红碧绿当自知。众中不语心向谁,感君厚恩私念之。东流之水不西驰,泰山在前不可移。红颜白首奚足辞!

① 此首录自《明诗综》卷三〇。

行 路 难①（二首）

何景明

其 一

床有织绮,箧有织素。请君视绮还视素,怜新不如莫弃故。樽中有酒盘有餐,听我为歌行路难。众中欢乐多志气,岂知他人不得意。白日有时不照地,安得保君常不弃。②

① 此二首录自《明诗综》卷三〇。　② 末有评语:"陈卧子云'结句无嫌质直,乐府本色也'。"

其 二

天河荧荧西北转,织女牵牛不相见。由来天上亦别离,何怪人间有悲怨。世情磷薄恶衰贱,驾车骑马有人羡。少年不得君爱惜,红颜胜人亦何益。①

① 末有评语:"吴明卿云凄惋。"

侠 客 行①

何景明

朝入主人门,暮入主人门,思杀主仇谢主恩。主人张灯夜开宴,千金为寿百金饯,秋堂露下月出高,起视厩中有骏马,匣中有宝刀。佩②刀跃马门前路,投主黄金去不顾。③

① 此首录自《明诗综》卷三○。　　② 佩:《明诗别裁集》卷五作"拔"。
③ 诗末《明诗别裁集》有评:"生气坌涌,音节亦健劲。"

车遥遥①(二首)
何景明

其一

寒鸡喔喔知夜半,邻翁春粱妇炊饭。仆夫闻鸡趣车起,欲明未明行十里。火轮飞出扶桑霞,羲和骑龙鞭日车。君看日亦无闲时,我车安得常在家?

① 此首录自《明诗综》卷三○。

其二

车遥遥,望望行尘灭。但闻上车语,不得下车别。

官仓行①
何景明

长棘周袤三丈垣,高门铁锁缄两关。黄须碧衫下廄吏,白板朱书十行字。帐前喧呼朝不休,剪旌分队听唱筹。富家得粟堆如丘,大车槛槛服两牛。乡间饿夫立墙下,稍欲近前遭吏骂。

① 此首录自《明诗综》卷三○。

短歌行①
何景明

冉冉秋序,肃肃霜露。蓄我旨酒,召我亲故。鸟欢同林,水欢同源。矧我同乡,胡能弗敦。耀灵西藏,明灯在室。更长夜良,可以继日,园有艺菊,庭有树兰。秋芳是悦,春荣曷观。高陵可升,海水可测。出门异路,安知南北。生年几何,去者日多。子不我乐,听我短歌。②

① 此首录自《明诗综》卷三〇。　② 诗末有评语:"陈卧子云'弱于曹公,壮于子桓'。"

塘 上 行①

何景明

蒲生寒塘流,日与浮萍俦。风波摇其根,飘转似客游。客游在万里,日夕望故州。鹎鸰鸣岁暮,蟋蛄知凛秋。暑退厌绮绤,寒至思重裘。佳人不与处,圆魄忽四周。房栊凄鸣玉,纨素谁为收。白云如车盖,冉冉东北浮。安得云中雁,尺帛寄离愁。②

① 此首录自《明诗综》卷三〇。　② 诗末有评语:"陈卧子云'婉丽清发,不在建安下'。"

梁 甫 吟①

何景明

君不见,泰山高高梁甫在其半,古来封坛禅地无宫馆。厓崩壁坼铁锁断,秦碑汉碣何人看。自从生人开九州,九十六帝行权谋。虎豹啖食龙蛇忧。朝翻暮覆作云雨,立谈坐笑生戈矛。君不见,田疆论功争二桃,齐门三兵薙野蒿。又不见,鲁连辞赏轻千金,却秦救赵何雄豪。眼前无人辨曲直,身后声名更何益。拂袖空怜蹈海心,护车枉负排山力。梁生《五噫》歌莫哀,东绝梁甫观蓬莱。千年云开锦绣壁,五色日抱金银台。瀛洲方丈列仙占,文成五利何能验。徐生入岛竟不回,博士儒生尽坑堑。我吟《梁甫》君振衣,世路崎岖多是非。琅玕芝草海岱曲,钓竿拄杖从今归。②

① 此首录自《明诗综》卷三〇。　② 诗末有评语:"沈道初云'豪放不在太白下'。"

采 莲 曲①

何景明

急歌太短缓歌长,清风夕回素云翔。双凫飞起向横塘,荷花不言空断肠。明月宛转流西方,月中白露沾衣裳。红颜青鬓安能常,万岁为乐莫相忘。

① 此首录自《明诗综》卷三〇。

点 兵 行①

何景明

先皇简练百万兵,十二连营镇京观。团营十万更精猛,呜呼耗减今无半。昨传胡入白杨城,有敕点选营中兵。军中壮丁百不一,部遣老小从征行。自从御马还内厩,私家马肥官马瘦。富豪输钱脱籍伍,贫者驱之充介胄。京师土木岁未已,一身百役无不受。禁垣西开镇国府,内营昼夜罗金鼓。四家骁健三千人,出入扈从围龙虎。边头城堑谁营屯,遂使犬羊窥北门。天清野旷恣剽掠,百里之内烟尘昏。肉食者谋无远虑,仓皇调遣纡皇顾。即今宣府大失利,杀将覆军不知数。辽东兵马已久疲,朵颜反复非前时。又闻迤北外连结,朝廷坐失东藩篱。往时京边士,苦乐今顿异。且如私门卒,食粮日高坐。此兵昨一出,见者泪交堕。纵令荷殳趋战场,身上无衣腹饥饿。君不见府中槌牛宰羊猪,穿城蹋踘行吹竽。高马肥肉留京都,可怜此兵西击胡。

① 此首录自《列朝诗集·丙集第十二》。

盘 江 行①

何景明

四山壁立色如赭,盘江横流绝壁下。惊涛赴壑奔万牛,峻坂悬空容一马。危丛古树何阴森,寻常行客谁敢临。徭妇清晨出深洞,虎辟白昼行空林。沉潭之西多巨石,短棹轻舟安可适。日光射壁蛮烟黄,雨气蒸江瘴波赤。土人行泣向我云,此地前年曾败军。守臣只知需货利,将士欲苟图功勋。英雄谟策自有术,窜妇奸男何足论。营中鼓角连云起,阵前临山后临水。烹龙酾酒日酣乐,传箭遗弓尚惊喜。战马俱为山下尘,征夫尽向江中死。遂令狐豸成其雄,屠边下寨相转攻。千家万家鸡犬尽,十城五城烟火空。夕阳愁向盘江道,黄蒿离离白骨槁。魂入秋空结怨云,血染春原长冤草。只今夷虏来归王,高墩短堑俱已荒。牧童驱羊上茔冢,田父牵牛耕战场。惟有行人行叹息,说闻盘江泪沾臆。

① 此首录自《列朝诗集·丙集第十二》。

雨 夕 行①

何景明

城头雨脚黑不断,阶下冻潦流已满。出门咫尺无所适,积雾连云接平坂。城中家人沈与赵,我忽思之费招挽。赵子闭门卧不出，沈生冲泥来独晚。临阶下马入我堂，琅琅高咏不可忘。瑶徽浮尘为我拭，磁罂浊酒为我尝。西邻彭生亦豪士，四壁风雨卧一床。隔墙深夜呼即至，三人团坐倾壶觞。须臾檐雨乱沾席，窗风萧萧动烟柏。照夜青缸寒向人，促曙红垆暖留客。请君再歌我击节，晨鸡已下西城陌。呜呼！人生欢乐难再来，古人满眼俱尘埃。何况与子异乡域，此地相逢能几回。

① 此首录自《列朝诗集·丙集第十二》。

岁 晏 行①

何景明

旧岁已晏新岁逼，山城雪飞北风烈。徭夫河边行且哭，沙寒水冰冻伤骨。长官叫号吏驰突，府帖连催筑河卒。一年征求不少蠲，贫家卖男富卖田。白金纵有非地产，一两已值千铜钱。往时人家有储粟，今岁人家饭不足。饥鹤翻飞不畏人，老鸦鸣噪日近屋。生男长成聚比邻，生女落地思嫁人。官家私家各有务，百岁岂止疗一身。近闻狐兔亦征及，列网持矰遍山域。野人知田不知猎，蓬矢桑弓射不得。嗟吁今昔岂异情，昔时新年歌满城。明朝亦是新年到，北舍东邻闻哭声。

① 此首录自《列朝诗集·丙集第十二》。

长歌行赠旺兄①

何景明

兄为吾祖之长孙，能将孝义持家门。耕凿不随时俗改，衣冠颇有古风存。我家东冈旧乡土，谷有田场桑有圃。诸兄喧哗逐城市,兄也萧条守环堵。仆童驯雅妻更良,男女膝下皆成行。女长适人止近里,男大为农不出乡。只今汝年六十七,我翁为叔汝为侄。岁时相看如父子,登堂过庭礼不失。弟昔省兄尽君欢,夜秉灯烛罗杯盘。兄前劝饮嫂劝餐,留我一月相盘桓。自从离兄仕下都,都城谁是悠悠者。万户清晨霜满裘,九衢白昼尘随马。朱门金锁午未开,我曹不敢骑马回。此时吾兄正稳卧,日高户外无人催。爱兄好静谢尘网,一卷道书常在掌。托身未肯附年少,举手何曾揖官长。顷来生事日看微,种麻自织身上衣。少儿从学长干蛊,我兄心中无是非。君不见人间岁月坐相迫,胡为东城复南陌。兄今已作白头翁,弟亦长辞青琐客。山中桂树况逢春,谷口桃花更照人。花前树下一壶酒,弟劝兄酬不畏贫。

① 此首录自《列朝诗集·丙集第十二》。

玄明宫行①

何景明

君不见玄明宫中满荆棘,昔日富贵今寂寞。祠园复为中贵取,遗构空传孽臣作。雄模壮丽临朝廷,远势连衺跨城郭。忆昨己巳年来事,秉权自倚薰天势。朝求天子苑,暮夺功臣第。江艘海舶送花石,戚里侯门拥金币。千人力尽万牛死,土木功成悲此地。碧水穿池象溟渤,黄金作宫开日月。虹霓屈曲垂三梁,蛟龙盘拏抱双阙。城中甲第更崔嵬,亲戚弟兄皆阀阅。戚里歌钟宾客游,排门冠剑公卿谒。生前千门与万户,死时不得一丘土。石家游魂泣金谷,董相燃脐叹塓坞。宫前守卫无呵呼,真人道士三四徒。石户苍苔生铁锁，玉阶碧草摇金铺。星宫昼开见行鼠，日殿夜祷闻啼狐。游客潜窥翠羽帐，市子屡窃金香炉。桑田须臾变沧海，桃树不复栽玄都。我朝中官谁最贵，前有王振后曹氏。正统以前不得闻，成化之间未有此。明圣虽能断诛罚，作新未见持纲纪。天下衣冠难即振，中原寇盗时复起。古来祸乱非偶然，国有威灵岂常恃。玄明之宫今已矣，京师土木何时止。南海犹催花石纲，西山又起金银寺。君不见金书追夺铁券革，长安日日迎护敕。

① 此首录自《列朝诗集·丙集第十二》。

古 怨 诗①

何景明

陨叶辞旧枝，飘尘就歧路。迟徊决绝意，言念平生故。泥泥行间泥，零零蔓草露。岂不畏沾污，为子无晨暮。

① 此首录自《列朝诗集·丙集第十二》。

汉 宫 词①

石 珤②

汉宫有明月，秋风悴碧枝。紫苔绣壁带，积翠隐冗篱。夜久星河变，人来鹦鹉知。旧恩随露泻，余欢与日移。尚忆朝辞辇，深承夜诵诗。阳阿新得幸，谷永况多辞。指斥椒房宠，吹求饰室疵。荣枯付阶草，物化效冰澌。无言掩明镜，千古妒蛾眉。

① 此首录自《列朝诗集·丙集第五》。　② 石珤(1464—1528)：字邦彦，藁城(今属河北)人。成化间进士，选翰林院庶吉士，授检讨。历官礼部尚书，掌詹

事府。又兼文渊阁大学士,直内阁,加少保,兼太子太保。有《恒阳集》。

长 相 思①

石　珤

　　长相思,长且深,暮云湘水愁阴阴。海棠庭院燕双语,恼乱无人知妾心。妾登池上楼,泪滴池中水。水声活活向东流,妾泪将心千万里。

　　① 此首录自《列朝诗集·丙集第五》。

行 路 难①

石　珤

　　卢家语燕栖画梁,美人夜半宴兰房。瑶琴欲奏弦更张,移宫换羽声低昂。歌喉舞袖竞韶光,花颜照人藕骨香。欢娱欲尽解鸣珰,宁知杖策走咸阳。君门咫尺不得见,空弹长铗歌清商。世路崎岖行不易,丈夫未遇同寻常。

　　① 此首录自《列朝诗集·丙集第五》。

怨 歌 行①

石　珤

　　黄牛将犊鸡将雏,辛苦不异汝与君。一朝雏犊背母死,洒露空成草头水。梁间紫燕轻复斜,谁歌乌衣野草花。纺砖尚有未完线,绣帖犹藏旧缕纱。吁嗟吾儿不还家,城南愁杀双慈鸦。

　　① 此首录自《列朝诗集·丙集第五》。

有 所 思 ①

石 珤

双星荧荧隔秋水，秋入城头漏声里。窗间梧桐风瑟瑟，青鸟南飞月华白。朱弦一拨意已传，梦绕博山双紫烟。藕丝易脱云易散，十二碧峰秋雨前。

① 此首录自《列朝诗集·丙集第五》。

苦 热 行 ①

石 珤

闭门却暑暑不去，阛街振箑号狂奴。城头白气勃勃吐，海水汤沸山为垆。藤床桃簟多败绩，竹姬染汗先糢糊。群蝇讻讻昼作市，对食谁能操匕箸。五弦不散虞后风，九阍真折桓公翅。谁言汉皇勤远略，东海西头尚高阁。安得长风驾远游，醉挟冰壶上寥廓。

① 此首录自《列朝诗集·丙集第五》。

有 所 思 ①

石 珤

东风二月扬新沙，忆醉燕南豪士家。狂歌剧舞共春色，正值东邻桃始花。情阑每厌筝笛聒，意放不遣山林遮。船头诗篇船尾酒，解缆直下清溪涯。太原乔生兴踔绝，偏爱渔蓑冒风雪。杯空正自吸流泉，月出先判宿岩穴。封龙山人意原苦，坐觉悲风起尊俎。鬓星岂乏长安尘，衣斑尚带西湖雨。百年班合江上云，万事纷纭江水纹。千里夕阳春草绿，停云空忆鲍参军。

① 此首录自《列朝诗集·丙集第五》。

拟古将进酒①

石 珤

铜龙水涩蟾蜍泣，桂花参差夜云碧。地上落叶何纷纷，花枝不似三春日。鸿声渐远江水寒，百年转眼风月残。夜深杯满君莫难。

① 此首录自《列朝诗集·丙集第五》。

陌上花叹①

石 珤

陌上花，何离离，秋风吹汝汝不知。汝有丹葩及紫萼，恨汝不植琼瑶池。朝朝行人暮游子，泣露酣霞何日止。花枝渐减秋月寒，独抱余芳道旁死。不如三月杨柳绵，犹自飘扬帝城里。

① 此首录自《列朝诗集·丙集第五》。

太行山行①

石 珤

太行之山何崔嵬，岩幽谷隐藏风雷。汉军已料骑士屈，魏武重叹车轮摧。其开如陉下如井，云作炊烟瀑垂绠。羊牛只道来层霄，鸡犬方知接人境。山僧何年住山顶，亦有山田二三顷。非关避世应避名，我欲从之玩流景。

① 此首录自《列朝诗集·丙集第五》。

契苾儿曲①

石 珤

君歌《契苾儿》，妾按龟兹舞。酒尽灯欲灭，堂前鹦鹉语。光顺门宣供奉郎,莲塘水暖双鸳鸯。象床犀簟伏熊枕,春风夜籈花枝狂。谁家少年眼如虎,犁断并州杏花雨。

① 此首录自《列朝诗集·丙集第五》。题下有序曰:"垂拱朝民间歌《契苾儿》,词曲多媟艳,亦乐之妖也。契苾儿为张易之小字云。"

步出夏门行①

黄省曾②

步出夏门,登山望海。峨峨玄圃,茫茫安在?③颓阳悬车,夜光在天。安得人生,常保少年。④金城之上,十二玉楼。宁有羽翼,以往遨游。⑤仙人宁封,曾饵飞鱼。我非常伯,空思石渠。⑥青鹳不鸣,黄河未清。太平何时,白发已生。⑦舜崩苍梧,丘殂东鲁。古来圣贤,皆入黄土。⑧秋风鸣条,春花盈树。时如驷马,超腾不往。⑨何不鼓瑟,嗟哉此言。戚戚多悲,强歌无欢。⑩

① 此首录自《列朝诗集·丙集第十一》。 ② 黄省曾(1490—1540):字勉之,吴县(今属江苏)人。少年聪慧,解通《尔雅》。弱冠魁乡榜,但累举不第,遂弃举业,交游益广。曾拜名士李献吉为师,文追六朝,好谈经济。有《五岳山人集》,别撰《西洋朝贡典录》、《舆地经》等。 ③ 原注:"一解。" ④ 原注:"二解。" ⑤ 原注:"三解。" ⑥ 原注:"四解。" ⑦ 原注:"五解。" ⑧ 原注:"六解。" ⑨ 原注:"七解。" ⑩ 原注:"八解。"

东门行①

黄省曾

出东门,旭日皎皎。秋阳在高天,不复照芳草。人生无根蒂,安得免衰老。②红颜不回,壮心未已。济海无洪梁,登天无高羽。安能随腐英,无言而灭死。③
欲历五狱舒烦纡,平明秣马,妻子牵裾:"胡为远行游,
饥渴谁与知。不如与君闭户同栖迟。"④太公居渭滨,
皓首无迁移。巢由相牧犊,终身颍与箕。圣贤贵适
意,黄屋何足希。愿子留故乡,何庸远行为。⑤

　　① 此首录自《列朝诗集·丙集第十一》。　② 原注:"一解。"　③ 原注:"二
解。"　④ 原注:"三解。"　⑤ 原注:"四解。"

西门行①
黄省曾

　　出西门,望颓阳,飘景渐堕辞高苍,生年那复得久
长。②陈美酒,乐以康,弹丝理曲坐高堂,富贵何为旦夕
煎心伤。③人言蜉蝣,莫不怆以悲。人言朝菌,莫不怆
以悲。倏然人生,倏然人死。与死同归,嬉戏为童儿。
玉貌忽以催,何用营营自苦早衰。④明日下黄泉,今夕
不可知。殒绝俄顷间,长往谁与期?妻子虽至亲,欲
并不得随。当乐且为乐,不乐诚可嗤。⑤

　　① 此首录自《列朝诗集·丙集第十一》。　②原注:"一解。"　③ 原注:"二
解。"　④ 原注:"三解。"　⑤ 原注:"四解。"

江南曲①(二首)
黄省曾

其　一

　　荷叶何田田,绿房披甫甫。的的不成双,心心各
含苦。

　　① 此首录自《列朝诗集·丙集第十一》。

其 二

旖旎绿杨楼，依傍秦淮住。朝朝见潮生，暮暮见潮去。

战 城 南①

李 濂②

战城南，城南白骨高嶙峋。胡风四边来，冥冥起黄尘。但闻众鬼哭，不知何方人。有母倚闾，有妻捣衣。逢人问信，不见汝归。年年寒食，家家悲啼。有梦见汝面，无处寻汝尸。战城南，哀复哀，乌鸦暮徘徊，啄肠向林飞。颅箭无人取，惟有蚋蚁围。嗟哉戍边人，到此莫思回。

① 此首录自《列朝诗集·丙集第十二》。　② 李濂(1488—1566)：字川父，祥符(今属河南)人。正德间进士，知沔阳州，同知宁波府，迁山西按察司金事。后归田四十余年卒。有《嵩渚集》。

苦 寒 行①

李 濂

长安列绣衢，青楼是倡家。重闺隐鸳鸯，暖幕霏烟霞。密霰岂能入，回飙无奈何。紫貂邯郸儿，登楼拉双娥。赵舞《小垂手》，吴歈扬秀蛾。酒酣呼六博，枭采明如花。厌厌翡翠帐，冉冉春风和。笑问楼上人，今年寒讵多？

① 此首录自《列朝诗集·丙集第十二》。

大 堤 曲①

李　濂

汉江游女花艳奇，靓妆连袂江之湄。人生不向襄阳去，宁信春风断肠处。

① 此首录自《列朝诗集·丙集第十二》。

陇 头 水①

李　濂

陇坂郁崚嶒，征人望五陵。哀湍触石响，阴雾傍潭升。马饮秦时浪，狐听汉代冰。若非班定远，于此泪难胜。

① 此首录自《列朝诗集·丙集第十二》。

伤 歌 行①

顾　璘②

青春欲去不可留，白日欲落花含愁。银鞍白马分明别，故苑夫容伤素秋。不惜红颜坐凋歇，可怜君恩难再得。夜簟香销巫峡云，寒衣泪落秦关雪。掩却青铜镜，不忍生尘埃。且留兰膏烛，有心莫成灰。风吹蓬枝往复回，去年团扇今年开。小物无情尚如此，何独君恩无去来。买赋无黄金，挑丝不成锦。欲因魂梦逐车轮，愿君莫恶珊瑚枕。

① 此首录自《列朝诗集·丙集第十四》。　② 顾璘（1476—1545）：字华玉，吴县（今属江苏）人。弘治间进士，知广平县。后知开封府，降全州知州。又起知台州府，累迁南京刑部尚书，罢归而卒。有《息园诗文稿》、《浮湘集》、《凭几集》、《归田集》等。

春 日 行①

顾 璘

汉家三十六离宫，桃花树树摇春风。武皇当年正好武，天马七尺如飞龙。清晨蹋踘过新市，薄暮鸣鞘入禁中。中人尽戴骏䮷冠，猛士半坐黄金鞍。弯弓向云仰射雁，一发两禽皆道难。大官赐酒砗磲瓯，一春击尽千肥牛。撞钟伐鼓献奇舞，灯前变幻鱼龙浮。宫门沉沉金钥收，明月挂在城西楼，东方渐高复来游。

① 此首录自《列朝诗集·丙集第十四》。

拟 宫 怨①（七首）

顾 璘

其 一

水殿芙容隐暗霜，夜临新月自焚香。窗间画扇含秋思，帐里华灯隔御光。四壁椒涂花霭散，六宫莲漏水声长。君恩未必缘歌舞，无那昭阳掌上狂。

① 此七首录自《列朝诗集·丙集第十四》。

其 二

紫殿繁华梦已沉，披庭苔色晚阴阴。浮云变态随君意，朗月流辉鉴妾心。屈戍横门金锁冷，辘轳牵井玉瓶深。空将锦瑟传哀怨，寂寞谁听空外音。

其 三

翠屫金蝉入帝家，拟将新宠属铅华。君王自信图中貌，静女虚迎梦里车。帐殿秋阴生角枕，犀廊空响应琵琶。含情独倚朱阑暮，满院微风动落花。

其 四

汉皇宫殿月明时，曾侍宸游百子池。舞马登床春进酒,盘龙街烛夜观棋。御前却辇言无忌,众里当熊死不辞。旧恨飘零同落叶,春风空绕万年枝。

其　五

咫尺长门万里遥,耻将裙绶曳纤腰。盈盈璧月沉鸾镜,渺渺银河断鹊桥。上苑旌旗回夜猎,建章钟鼓散晨朝。此身不及双栖凤,处处随君听九《韶》。

其　六

流苏帐冷琐窗虚,云月差差度玉除。百岁精灵悲故剑,九重恩宠附前鱼。莲花有恨凝芳履,竹叶无光引属车。人意已疏言更浅,莫将词赋倚相如。

其　七

不见彤墀日月旗,庭隅草木掩清辉。金舆到处无新故,玉儿从来有是非。暮雨楼台双燕入,春寒池馆百花稀。监官一去无人语,独自含颦咏绿衣。

独　漉　篇①

顾　璘

独漉独漉,水多泥滑。泥滑道阻,伤我车毂。持膏作烛,将以照夜。虚花掩光,不逮槃下。猛虎在山,百兽畏威。陷阱三日,垂首诉饥。铁生矿中,人冶为器。剑负威神,锤则委地。男儿生身,万事纲纪。突梯无施,不如女子。

① 此首录自《列朝诗集·丙集第十四》。

塞 下 曲①（三首）

顾 璘

其 一

千里骅骝丈八矛，男儿画地取封侯。黄昏塞上传
烽火，一夜吹笳坐戍楼。

① 此三首录自《列朝诗集·丙集第十四》。

其 二

百战摧胡未许强，马前生缚左贤王。麟符鹊印须
臾事，只博凌烟字一行。

其 三

黄河冰厚马横行，朔气棱棱古铁明。恨杀夜来风
雪紧，匈奴逃出受降城。

古 壮 士 歌①

顾 璘

山西壮士何才雄，虬须燕颔生英风。青春挟槊三
边外，白昼探丸九市中。一身列侍麒麟殿，跨出龙驹
万人羡。狐腋朝裁赵客裘，鹅膏夜淬吴王剑。生年十
五事横行，肯学操觚记姓名。当衢贾勇万乘避，临危
重义一身轻。田文鸡狗真余子，有足不曳春申履。眼
前国士稍倾心，慷慨桥阴为君起。

① 此首录自《列朝诗集·丙集第十四》。

长 相 思 曲①

顾 璘

长相思，在何处，吴岫云深隔江树。江树临春花
正荣，人今已向天涯去。琼楼绣户横兰烟，中有绿鬟

金骨仙。星河隐约秋期杳,坐卷朱帘望月圆。

① 此首录自《列朝诗集·丙集第十四》。

懊恼曲效齐梁体①(四首)

顾　璘

其　一

小时闻长沙,说在天尽处。人言见郎船,已过长沙去。

① 此四首录自《列朝诗集·丙集第十四》。

其　二

家鸡各有坿,海燕各有窠。郎家扑天屋,作底爱风波。

其　三

玉刻莲花斝,碧酒湛若空。与郎双杯送,出门耐霜风。

其　四

春风上燕京,秋风下湘渚。黄鹄有六翮,定自不及汝。

夜　雨　叹①

顾　璘

朔风吹雨西北来,南山昼晦夜不开。寒声悲凄杂霰落,暮色黯惨兼云回。仰窥箕斗不辨影,俯眺八极弥黄埃。群鸡啁啾登树语,城角断续余音哀。此时野人正愁郁,短漏颇奈铜龙催。残灯微明鼠上下,兀坐自画炉中灰。北漠群胡践边垒,西江狂贼生祸胎。主上动色念沟壑,何况司马诸行台。长星流天火堕地,荧惑扰纪何为哉。去年三吴遭赤旱,万户鬻子无遗孩。今年州司索官帑,肉瘠不救疮痍灾。空田苍茫飞鸟尽,野水震荡惊鳞摧。备民谁继子产智,足国正望夷吾才。龙鸣剑匣壮士老,黄金台古空崔嵬。海内故人掩关坐,尺书累岁谁为裁。阳春何时动群蛰,九域浩荡扬风雷。江河倒洗皇路净,台省洞达无嫌猜。花明草媚日杲杲,男耕女织天恢恢。野人多病有归处,养鸡牧豕王城隈。

① 此首录自《列朝诗集·丙集第十四》。

王 昭 君①

蒋山卿②

拭泪新装束,朝来殿里辞。何堪辞诀日,却是见怜时。汉骑临关少,胡笳出塞迟。琵琶写哀怨,凄切转添悲。

① 此首录自《列朝诗集·丙集第十四》。　② 蒋山卿(1486—1548):字子云,仪真(今属江苏)人。正德间进士,授工部主事。历刑部郎中,出知河南府,改广西布政司参政。

梅 花 落①

蒋山卿

才见梅花发,飘零树又空。萧萧愁对雪,片片恨因风。塞外春应少,闺中信未通。谁家吹玉笛,明月满帘栊。

① 此首录自《列朝诗集·丙集第十四》。

乌 夜 啼①（五首）

蒋山卿

其 一

门前杨柳树，借汝乌夜栖。郎眠夜未半，无奈汝争啼。

① 此五首录自《列朝诗集·丙集第十四》。

其 二

郎起见月光，绮窗白如曙。侬欢不成寐，郎起渡江去。

其 三

月明潮欲生，三江风浪恶。劝郎且迟留，莫便将衣着。

其 四

长帆百幅余，大舸夹双橹。回头欸不见，侬心苦复苦。

其 五

从劝出门去，天寒独自宿。门外单栖乌，夜夜啼上屋。

采 莲 曲①（二首）

蒋山卿

其 一

翠袖双双并，红妆面面开。数声摇橹过，一道唱歌来。叶密藏难见，花深去不回。小姑相结伴，夫婿莫疑猜。

① 此二首录自《列朝诗集·丙集第十四》。

其 二

荡桨谁家女，嬉游入浦深。搴花怜并蒂，拾子爱同心。回腕垂金钏,低鬟堕玉簪。相期未相值,歌曲不成音。

采 菱 曲①(二首)

蒋山卿

其 一

鹜舴乘混漾,弭棹弄涟漪。拾叶萦荷盖,牵丝乱荇枝。比镜那能照,为盘讵易持。望美徒延伫,日暮重相思。

① 此二首录自《列朝诗集·丙集第十四》。

其 二

新妆丽且鲜,越女斗婵娟。飘风落红粉,溅水湿花钿。紫茎牵更直,碧叶聚能圆。采摘将谁寄,私心只自怜。

从 军 行①

蒋山卿

雪岭愁云冻不飞,黄沙白草路人稀。边城春色惟看柳,看到青时春已归。

① 此首录自《列朝诗集·丙集第十四》。

闺 怨①

周 在②

江南二月试罗衣,春尽燕山雪尚飞。应是子规啼不到,故乡虽好不思归。③

① 此首录自《明诗别裁集》卷六。　② 周在(1463—1519):字善卿,太仓(今

属江苏)人。正德间进士,官至浙江右参政。　③ 诗末有评语:"不咎征人不返,而归怨于子规,寄情一何微婉。"

棹　歌①
郑善夫②

青螺江头游子吟,黄金台上秋云深。风尘一别一万里,美人驾车我伤心。

　① 此首录自《明诗别裁集》卷六。　② 郑善夫(1485—1523):字继之,闽县(今福建福州)人。弘治间进士。除礼部主事,官至南京刑部郎中,改吏部。有《郑少谷集》。

善　哉　行①
薛　蕙②

来日大难,痛心疾首。今日为乐,莫惩其后。大难如何,昊天不嘉。吉凶有时,人莫之知。鹿之游斯,在彼中野。庖人调和,将以为脯。翩翩白龙,好是鱼服。豫且射之,载中其目。少康出畋,不复其舍。戎王朝卧,乃缚尊下。式戒在始,式备在终。匪戒匪备,害于其躬。天命戾止,匪夙则莫。勉尔在位,无俾天怒。

　① 此首录自《列朝诗集·丙集第十二》。　② 薛蕙(1489—1541):字君采,号西原,亳州(今属安徽)人。正德九年(1514)进士,授刑部主事。官至考功司郎中。曾因谏武宗南巡受杖责,引疾归。后起用,又获诏狱,罢归。有《考功集》。

巫　山　高①
薛　蕙

巫山高郁郁,襟带亘天涯。上靡白日阳,下陵青云眉。玄岩何嵯峨,层巘互参差。景象非一状,远望令心悲。献岁出游猎,千乘齐交驰。翠帐罗曲阿,羽盖垂琼芝。龙骑践蕙圃,鹢首戏兰池。回车背中路,娱乐未云疲。置酒景夷台,设礼高唐祠。君王千万岁,岁岁长如斯。

① 此首录自《列朝诗集·丙集第十二》。

宫 中 乐[①]

薛 蕙

偶过昭阳馆,雕栊闭绛纱。卷帘通一笑,落尽满庭花。

① 此首录自《列朝诗集·丙集第十二》。

折 杨 柳[①]

薛 蕙

三月卢龙塞,沙中雪未干。朝来折杨柳,春色忆长安。

① 此首录自《列朝诗集·丙集第十二》。

莫 愁 曲[①]

薛 蕙

侬家住石头,绿水绕歌楼。不是工客娱,何缘字莫愁。

① 此首录自《列朝诗集·丙集第十二》。

长 安 道①

薛　蕙

神州应东井，天府擅西秦。双阙南山下，千门渭水滨。公卿畏主父，宾客慕平津。方朔何为者，虚称避世人。

① 此首录自《列朝诗集·丙集第十二》。

洛 阳 道①

薛　蕙

凤阙正中天，龙池带洛川。层城三市列，复道两宫连。锦障藏歌伎，羊车戏少年。更逢嵇阮辈，长啸酒垆前。

① 此首录自《列朝诗集·丙集第十二》。

对 酒①

薛　蕙

畏涂有千虑，劳生无寸隙。唯余对酒时，暂作伸眉客。妖姬杂睐笑，欢友连衿舄。相逢判一醉，钱刀非所惜。

① 此首录自《列朝诗集·丙集第十二》。

陇 头 吟①

薛　蕙

沙漫漫，石簇簇，马仆车摧陇山曲。陇山日日行不前，夜夜还从陇间宿。关东只说羊肠阪，那知陇阪如山远。陇阪逶迤距西域，古来此地希人迹。山川本自隔华戎，君王直欲吞夷狄。自从汉虏互相仇，塞上风尘无日休。几群天马来荒外，百万征人戍陇头。堪嗟百万征西卒，半作陇山山下骨。谁为戎首祸斯人，后有汉武先赢秦。秦家无策良可嗤，汉制匈奴空尔为。愿令边郡谨备寇，不用中原多出师。

① 此首录自《列朝诗集·丙集第十二》。

江 南 曲①

薛 蕙

江南光景殊无赖，水如碧玉山如黛。吴王旧苑芳草多，鸳鸯飞过斜阳外。船头醉岸乌纱巾，兴来看遍江南春。五湖倘遇范少伯，夺取当时倾国人。

① 此首录自《列朝诗集·丙集第十二》。

芳 树①

薛 蕙

芳草荣春日，萋萋盈后园。绛房承露坼，素叶向风翻。散影连云屋，吹香入网轩。美人来已暮，零落复何言。

① 此首录自《列朝诗集·丙集第十二》。

行 路 难①（三首）

薛 蕙

其 一

君不见山中行人葬虎腹，复有贪狼饱人肉。天生二物毒爪牙，比似谗人未为毒。谗人之毒在利口，能覆邦家如覆手。一夫中伤那足悲，万事纷纭真可丑。君不见伯嚭加诬子胥刿，越师西来吴国尽。又不见上官纳谮屈原死，楚王翻为秦地鬼。谗人反覆不可凭，变易是非移爱憎。重华聪明疾谗说，更向通衢市赠戈。可怜豪杰死道边，总为奸邪在君侧。行路难，行路难，只在谗人唇吻端。宁当脱屣蹈东海，不须驱马入长安。

① 此三首录自《列朝诗集·丙集第十二》。

其　二

我歌行路难，什百之端歌一端。丈夫委质事天子，岂谓当由左右始。九重邃远壅蔽多，疏贱孤臣竟谁恃。君不见贾谊上书谈世务，汉皇欣然绛灌怒。只言旦暮即公卿，一麾却作长沙傅。又不见董生硁硁守廉直，儒者安知丞相力。白头不得里中卧，远徙胶西骄主国。二公之事略无异，史策纷纷多此类。余风积习传至今，覆辙危机在平地。沛国迂儒不晓事，酷信丘轲泥文字。往年抗疏婴逆鳞，赐玦归来十二春。岂无高足据要津，未肯低眉干贵人。贵人方寸九折坂，况我三轮行不远。帝阍无路欲何之，五岳寻仙未应晚。

其　三

男儿有事在四方，我今胡为不下堂。白首徒怀经济策，青袍虚忝尚书郎。蚤年不睹道路涩，慷慨登朝期树立。万分论议甫一吐，群小猜谗已横集。自兹投劾归田里，汹汹风波犹在耳。敢恨流离世不容，独幸崎岖身未死。摧藏无复异时意，攀援永谢同朝士。始悟高贤好长往，却愧顽疏昧知止。君不见当时汲汲鲁中叟，褰裳濡足常奔走。七十二君冀一遇，枘凿方圆终不偶。楚狂悲歌伤凤衰，郑人窃悼丧家狗。大圣行藏且如此，小儒功名亦何有。闭门不免忧饥寒，出门险巇千万端。祸福重轻君自看，不如解却头上冠。悬车絷马但高卧，莫叹人间行路难。

从军行①

薛蕙

少小慕功名，击剑复谈兵。误信封侯事，甘作从军行。一朝备行伍，几处罹辛苦。西南通远夷，东北攘骄虏。武帝雄材略，土宇新开拓。衔命驰严马，登坛延卫霍。诸将竞邀功，岁岁出临戎。勒兵盈塞外，发卒遍关东。骚屑干戈动，萧条田野空。庙谋贪战伐，边隙开胡粤。军兴急星火，兵连淹岁月。戈船下厉水，策马逾葱雪。山川行未半，容鬓惊凋换。寒冰手指堕，炎风肌肉烂。思乡已泪尽，望远堪肠断。怫郁鱼泣津，凌兢猿眩岸。悠悠历绝国，险道何倾侧。虎穴讵可入，鬼方宁易克。间使闭昆明，单兵陷疏勒。全军有天幸，从吏无人色。天时变杀机，壮士奋兵威。飞矢风鸣镝，推兵血溅衣。长驱五王国，大破九重围。万里悬旌出，三军奏凯归。边垂日无事，鸟尽良弓弃。行直贵臣憎，功高同列忌。赏格多排沮，谤书仍负累。白头还士伍，赭衣从吏议。输力奉明君，忠邪不见分。丹心徒贯日，剑气枉凌云。人事竟莫测，天命谅难闻。可怜麟阁上，不画李将军。

① 此首录自《列朝诗集·丙集第十二》。

从军行①

薛蕙

少小习胡兵，从军右北平。先登百死阵，却破万重城。边郡勤王苦,中朝论赏轻。封侯自有数,安用怨匡衡。

① 此首录自《列朝诗集·丙集第十二》。

凉 州 词①

薛 蕙

陇西西去抵凉州,边塞萧条处处愁。青草不生青海曲,黑云常聚黑山头。

① 此首录自《列朝诗集·丙集第十二》。

塞 下 曲①(三首)

薛 蕙

其 一

阴山缚尽犬羊群,万里胡天散阵云。塞外降王三十郡,来朝尽隶霍将军。

① 此首录自《列朝诗集·丙集第十二》。

其 二

长城西北万重山,无数征人若个还。明妃死后留青冢,定远生前隔玉关。

其 三

日暮阴风吹铁衣,孤军转斗陷重围。虏中白骨行当朽,楼上红妆尚忆归。

班 婕 妤①

许宗鲁②

妾命由来薄,君恩岂异同。自怜团扇冷,不敢怨秋风。

① 此首录自《明诗别裁集》卷六。　② 许宗鲁(1490—1559)：字东侯,咸宁(今属陕西)人。正德间进士。历官监察御史、右佥都御史,巡抚辽东。

塞 上 曲①

敖 英②

无定河边水,寒声走白沙。受降城上月,暮色隐悲笳。玉帐旄头落,金微雁阵斜。几时征战息,壮士尽还家。

① 此首录自《明诗别裁集》卷六。　② 敖英(生卒年不详)：字子发,清江(今属江西)人。正德间进士。授南京工部主事,官至四川布政使。

塞 下①（二首）

谢 榛②

其 一

青山行不断,独马去迟迟。宿雾开军垒,寒城见酒旗。沙连天尽处,霜重日高时。惨淡兵戈气,萧条榆柳枝。乾坤疲战伐,将相系安危。寄语筹边者,功名当自知。

① 此二首录自《列朝诗集·丁集第五》。　② 谢榛(1495—1575)：字茂秦,号四溟山人,临清(今属山东)人。少时以诗闻名乡里,后游京师,与李攀龙、王世贞、宗臣、梁有誉、徐中行、吴国伦等人交游,被称为明"后七子"。有《四溟诗话》、《四溟集》等。

其 二

路出古云州,风沙吹不休。乌鸢下空碛,驼马渡寒流。地旷边声动,天高朔气浮。霜连穷海夕,月照大荒秋。击鼓番王醉,吹笳汉女愁。龙城若复取,侠士几封侯。

江 南 曲①（二首）

谢　榛

其 一

　　夹岸多垂杨，妾家临野塘。手拈青杏子，不忍打鸳鸯。

① 此二首录自《列朝诗集·丁集第五》。

其 二

　　夹岸多杨柳，妾家近塘口。中有断肠花，郎君不回首。

行 路 难①

谢　榛

　　荀卿将入楚，范叔未归秦。花鸟非乡国，悠悠行路人。

① 此首录自《列朝诗集·丁集第五》。

塞 下 曲①

谢　榛

　　暝色满西山，将军猎骑还。隔河见烽火，骄虏夜临关。

① 此首录自《列朝诗集·丁集第五》。

塞 下 曲①（二首）

谢 榛

其 一

飘蓬燕赵间，行李风霜下。芦管送边声，空林一
驻马。

① 此二首录自《列朝诗集·丁集第五》。

其 二

塞上黄须儿，饮马黑山涧。弯弧向朔云，莫射南
飞雁。

塞 下 曲①

谢 榛

青海城边秋草稀，黄沙碛里夜云飞。将军不寐听
刁斗，月上辕门探马归。

① 此首录自《列朝诗集·丁集第五》。

塞 上 曲①（三首）

谢 榛

其 一

旌旗荡野塞云开，金鼓连天朔雁回。落日半山追
黠虏，弯弓直过李陵台。

① 此三首录自《列朝诗集·丁集第五》。今按:《明诗别裁集》卷八仅收录第
一首,并题作"塞下曲"。

其 二

飞将龙沙逐虏还，夜驱驼马入燕关。城头残月谁
横笛，吹落梅花雪满山。

其 三

暮云黯淡压边楼,雪满黄河冻不流。野烧连山胡马绝,何人月下唱《凉州》。

远 别 曲①

谢 榛

阿郎②几载客三秦,好忆侬家汉水滨。门外两株乌柏树,叮咛说向寄书人。

① 此首录自《列朝诗集·丁集第五》。 ② 阿郎:《明诗别裁集》卷八作"郎君"。

捣 衣 曲①

谢 榛

秦关昨寄②一书归,百战郎从③刘武威。见说平安收涕泪,梧桐树下捣征衣。

① 此首录自《列朝诗集·丁集第五》。 ② 寄:《明诗别裁集》卷八作"夜"。
③ 郎从:《明诗别裁集》卷八作"犹随"。

采 莲 曲①

谢 榛

湖上西风吹绮罗,靓妆越女照清波。折将莲叶伴遮面,棹过前滩笑语多。

① 此首录自《列朝诗集·丁集第五》。

塞 上 曲①

谢 榛

白登城上早霜凄，黑水河边暮雁低。还忆去秋明月下，胡笳吹过七陵西。

① 此首录自《列朝诗集·丁集第五》。

漠 北 词①（三首）

谢 榛

其 一

委羽山横塞北天，学飞雏雁夕阳边。匈奴岁岁无争战，白马黄驼傍草眠。

① 此三首录自《列朝诗集·丁集第五》。

其 二

石头敲火炙黄羊，胡女低歌劝酪浆。醉杀群胡不知夜，遥见岭下月如霜。

其 三

晓开毡帐拥秋云，虏将挥鞭部落分。牧马阴山莫南向，雁门今有李将军。①

① 诗末有注曰："茂秦诗佳句可采而全什未称者，如《春日洹上》云：'春水明花外，晴云淡竹边。'《野望》云：'霜寒空野色，风晚急河流。'《夜雨》云：'庭花秋几许，窗雨夜偏多。'《送人》云：'旅梦关山月，乡心风雨天。'《上党感怀》云：'楝花垂暮雨，蕙草向春风。'《忆杨员外》云：'寸心怀自切，一面梦犹真。'《春雪》云：'万花春雪里，双燕冻泥边。'《寄王侍御》云：'寒花世味薄，老鹤道心孤。'《上党寄刘隐君》云：'多病迎秋气，长歌壮暮年。'《上党雨中》云：'乱后山川别，愁边风雨来。'《雪中》云：'池满春冰合，枝垂冻鸟攒。'《暮雨》云：'雀共疏檐雨，人将老树秋。'《寄程参政》云：'鸥鸟斜阳随野钓，杏花微雨劝春耕。'《虏退寄孔方伯汝锡》云：'雁将杀气俱深入，河卷胡风自倒流。'《送顾天臣还吴》云：'天低邺下长楸树，霜落淮南老桂丛。'如此类者甚多。王元美谓排比声律为一时之最，第兴寄小薄，变

化差少,亦公论也。"

秋 闺 曲①

谢 榛

目极江天远,秋霜下白苹。可怜南去雁,不为倚楼人。

① 此首录自《明诗别裁集》卷八。

乐 府①（十二首）

皇甫汸②

乘 法 驾③

乘法驾,出潜邸。辞兰坂,臻枫陛。握乾符,奉慈旨。桥中倾,碣呈字。从臣观,稽首喜。应帝期,称天子。泰阶升,更化始。陋代来,劣春起。④

① 此十二首录自《列朝诗集·丁集第四》。题下有注曰:"嘉靖丙寅作。"
② 皇甫汸(1497—1582):字子循,长洲(今属江苏)人。嘉靖进士。历官工部虞衡司郎中,谪黄州推官,召入为南京吏部稽勋郎中,又谪开州同知,移处州府同知,升云南按察司金事。其为人和易,不修边幅。与谢榛、李攀龙、王世贞、杨慎等有交游。有《解颐新语》。 ③ 题下序曰:"《乘法驾》者,正德壬午,武宗晏驾,大宗伯毛澄奉昭圣皇太后懿旨,恭迎兴王继序即天子位也。当汉《朱鹭》。"
④ 此首末注:"《乘法驾》曲凡十六句,句三字。"

厘 庙 制①

典礼成,四海谧。享祀禋,九庙翼。考明堂,筵太室。献皇跻,烈祖匹。故鬼小,幽灵假。咏孝思,歆明德。②

① 题下序曰:"《厘庙制》者,嘉靖甲申,追封皇考献皇帝。越数岁,九庙成也。当汉《思悲翁》。" ② 诗末注:"《厘庙制》曲凡十二句,句三字。"

秩郊禋①

坛時准圆方，神祇奠南北。夕郎奏既俞，春卿议佥集。睿想孚筮从，鸿图表景测。菅燎迎初阳，寅威练嘉日。裸献戾上公，参乘简元戚。八骏夹电驰，六龙戴星出。天路抗旌旄，云门间琴瑟。殷荐升紫烟，告成瘗苍璧。齐幄肃华班，旋涂厉清跸。灵贶展斯今，仁孝光自昔。②

① 题下序曰："《秩郊禋》者，岁庚寅，上可给事中夏言议，创建四郊。是岁日南至，肇祀圜丘也。当汉《艾如张》。" ② 诗末注："《秩郊禋》曲凡二十句，句五字。"

宬皇史①

宬皇史，函帝籍。金为匮，石为室。签汇绨缃部甲乙。迩文华，充武库。简鸿儒，雠豕误，于万斯年守之锢。②

① 题下序："《宬皇史》者，岁乙未，上命考古金匮石室之制，以藏书，宝祖训也。当汉《上之回》。" ② 诗末注："《宬皇史》曲凡十句，其八句句三字，二句句七字。"

展 陵①

帝眷园寝，谒款丘陵。驰道旦筑，行殿宵营。亘帷成屋，列幔为城。般云谢巧，周日非灵。乾行玉辇，坤御金舆。六宫婉从，万国宾趋。銮铃响递，环佩声徐。五臣供帐，百辟燕醻。朱明司辰，清和肇节。草树蒙恩，禽鱼腾悦。周历皇畿，轸兹民业。退揽边关，洪思祖烈。去遵鸾辂，归泛龙舟。山开阳翠②，川效安流③。柔情并畅，睿藻扬休。枚朔第颂，翊赞王猷。④

① 题下序："《展陵》者，岁丙申，上以寿陵之役巡游昌平，臣为都水使者，除道西山也。当《汉翁离》。" ② 原注："岭名。" ③ 原注："源出固安。" ④ 诗末注："《展陵》曲凡三十二句，句四字。"

思旧邦①

南巡纪胪岳，东幸缅怀丰。白水循往辙，丹陵访

故宫。江汉眺吾楚，霜露怆宸衷。电奔翼八骏，云兴
扈六龙。不有居者谁监国，皇储旦截驰道出。翟相行
边细柳中，顾公锁钥青门北。昼发邯郸道，夜渡黄河
湄。军容肃肃间官仪，豹尾后载班姬随。卫火弗戢，
漳流半湮。宪臣禠爵服，邦侯械以徇。旌旗蔽日指樊
城，箫管具举叠金钲。父老稽首遮道迎，椎牛置酒宴
镐京。山川遍喜色，禽鸟递欢声。辟朱阁，扫青室。
思履綦，存衽席。斋心望祀纯德② 间，周爱园寝凄天
颜。诏发郢门迈燕关，格祖特告銮舆还。③

① 题下序：《思旧邦》者，岁己亥，上以章圣皇太后丧，卜宅原陵，驾幸承天。
臣左迁黄州，获预从事也。当汉《战城南》。　② 原注："山名。"　③ 诗末注：
"《思旧邦》曲凡三十二句，其十四句句五字，十四句句七字，二句句四字，四句句
三字。"

管背汉①

　　羯虏骄鸷惟吉囊，自称华胄蚰先皇。长伎一逞百
不当，谁为谍者伧子王。憺威藉宠祈上玄，有征无战
神武宣，班师振旅歌凯旋。②

① 题下序："《管背汉》者，岁乙巳，吉囊犯边，中国王三导之入，京师震恐，帝
祷于上玄，兵未交刃，贼就擒，虏乃退也。臣在南司勋，代太宰草贺章云。当汉
《巫山高》。"　② 诗末注："《管背汉》曲凡七句，句七字。"

寝盟①

　　庚戌之秋虏大入，渡桑越碣逾古北。烽火夜照甘
泉宫，旌竿昼蔽长安陌。驱我士女蒙毳衣，屠我牛羊
为湩食。镇臣气丧，边将兵弛。侵职滥官，勤王者死。
决胜岂有帷中谋，主和遂贻城下耻。天子旦集廷臣
议，日中不决犹素纸。蜀郡才华久称赵，慷慨挺身言
致讨。书生由来剑术疏，往系单于惟饵表。议上始觉
龙颜开，司马授策，宗伯举杯。登陴一呼，疾声震雷。
胡儿跃马趋风回，群工献寿咏康哉。②

① 题下序:"《寝盟》者,岁庚戌,虏拥众大入,胡马屯于毂下。帝赫斯怒,集群臣庭议,采司业赵贞吉言,饬兵振旅,虏乃退也。当汉《上陵》。" ② 诗末注:"《寝盟》曲凡二十五句,其十七句句七字,八句句四字。"

海波平①

岛夷日本称最雄,髡首骈拇炯两瞳。乘舟截险洪涛中,跳梁若蝶聚若峰。揭竿烈炬耀日红,攻城掠邑谁婴锋。红女休织田无农,帝命祀海惟司空。授脤秉钺有胡公,狼兵苗卒集江东。夜纵巨舰突蒙冲,俘海系直奏肤功,兔穷鸟尽艰厥终。②

① 题下序:"《海波平》者,倭夷间衅,辛、壬、癸、甲,殆无宁岁。越丙辰,司马胡宗宪受命与司空赵文华荡平之,系王直,俘麻、徐等,奏功太庙也。当汉《将进酒》。" ② 诗末注:"《海波平》曲凡十三句,句七字。"

更 极①

三殿灾,双阙燎。天子避寝,厌胜以祷。朝右个,御西清。玉食有减,金悬无声。谁其梓慎窥大庭,流乌化雀将焉征。除旧布新承天意,司空饬材俾壮丽。宅中建极,钦哉从事。②

① 题下有序:"《更极》者,岁戊午,三殿灾,帝命新之,更奉天为皇极、华盖为中极、谨身为建极也。当汉《有所思》。" ② 诗末有注:"《更极》曲凡十三句,其四句句三字,六句句四字,四句句七字。"

遣仙使①

周穆穷寰宇,汉武慕蓬壶。东生游调笑,西母宴欢愉。颠既厘缥币,丰亦枉蒲车。缓龄韬上药,御气秘真符。台端两侍御,将命发天都。齐梁历南楚,瓯越尽东吴。姓名河上隐,物色市中趋。金简探绿籍,琼笈访朱书。曾未三载还,幸与百年俱。筑馆礼上士,授粲出中厨。行闻避骢马,归见绾银鱼。稽首愿玉体,寿考永无虞。②

① 题下序曰:"《遣仙使》者,岁癸亥,上慕神仙之术,遣御史王大任、姜儆分

新乐府辞(三)

全乐府

三二九

道采访,冀遇异人授秘书,求长生不死也。当汉《邕熙》。"　②诗末注曰:"《遣仙使》曲凡二十四句,句五字。"

考 芝 宫①

河清社鸣诞圣人,握符缵历,靡瑞不臻。天垂卿云景星现,地出醴泉泽曼衍。导禾六穗麦两岐,嘉瓜并蒂连理枝。三足轩翥肉角嬉,龟鹿雀兔咸素姿。包匦驿贡赆四驰,芝草凝祥处处生。献庙忽产屋之楹,瑶光莹洁秀九茎,铜池芝房恶足称。帝命作宫,时享以报。子孙千亿,昌胤允绍。②

①题下有序:"《考芝宫》者,岁乙丑,献庙产芝,碧光映室,乃建玉芝宫,以时致享,昭孝感也。当汉《太和》。"　②诗末注:"《考芝宫》曲凡十八句,其十二句句七字,六句句四字。"

芳 树①

皇甫汸

芳树九华边,春风一度妍。飘香承辇路,弄影向甘泉。缀叶纷千种,濯枝幸万年。不作淮南桂,空山徒弃捐。

①此首录自《列朝诗集·丁集第四》。

临 高 台①

皇甫汸

高台望不极,临仁意何穷。茂苑花为苑,吴宫锦作宫。管弦虚夜月,罗绮罢春风。独惜乌啼处,犹闻曲怨中。

①此首录自《列朝诗集·丁集第四》。

有 所 思①

皇甫汸

春风吹绣户，明月鉴罗帏。同心阻芳讯，千里怅清晖。歌弦尘屡积，舞衣香渐微。别有关情处，梁间双燕飞。

① 此首录自《列朝诗集·丁集第四》。

巫 山 高①

皇甫汸

蜀道连巴水，巫山接楚阳。情来为云雨，愁起见潇湘。枫叶吟秋早，猿声入夜长。何能降神女，仿佛梦襄王。

① 此首录自《列朝诗集·丁集第四》。

春江花月夜①

皇甫汸

空负芳楼约，愁逢江上春。月华天外洁，花影浪中新。讵是沉珠浦，将非濯锦津。争言兰作舫，复拟桂为轮。圆缺同今夕，飘零异昔辰。关山犹自隔，攀折赠何因。

① 此首录自《列朝诗集·丁集第四》。

拟中妇织流黄①

皇甫汸

金闺方永夜，翠袖理残机。灯花斜落镜，月光低鉴帏。寸心共丝断，双泪与梭挥。作伴除蛩响，惊眠惟雁飞。织就当窗素,裁为远道衣。徒令芳讯达,不及早旋归。

① 此首录自《列朝诗集·丁集第四》。

拟伯劳东飞歌①（二首）

皇甫汸

其 一

蛱蝶双飞燕并栖,秦楼燕市花成溪。谁家玉人当户窥,含羞敛笑横波驰。宝髻珠钿明月光,罗帏翠帐秋夜长。秀颜皓齿才十五,时向芳筵作歌舞。雀台露寝生暮云,空留可怜犹为君。

① 此首录自《列朝诗集·丁集第四》。

其 二

夜乌悲啼朝雉鸣,青琴绛树无限情。谁家临镜总新妆,云鬟刻饰出意长。翠屏锦帐花连理,洞房仙居暗香起。年几二七奉下陈,光彩流盼姿绝伦。春风东来吹落花,绿窗可怜虚岁华。

陇 头 水①

皇甫汸

陇坂去何长,陇水复汤汤。咽处堪啼泪,流时更断肠。三秋边草白,万里戍云黄。辛苦交河使,西来忆故乡。

① 此首录自《列朝诗集·丁集第四》。

折 杨 柳①

皇甫汸

不见隋堤柳，长条大道间。丝阴流水去，带影逐春还。妒眉销翠黛，听笛损朱颜。日暮行人尽，思君可重攀。

① 此首录自《列朝诗集·丁集第四》。

梅 花 落①

皇甫汸

早见梅花落，江南春未迟。如何上苑叶，不似故园枝。影怯临妆夜，香怜逐吹时。无人问消息，独自寄相思。

① 此首录自《列朝诗集·丁集第四》。

关 山 月①

皇甫汸

故园千里月，流照入秦关。弓影同看曲，刀头未卜还。迷云度容与，映水咽潺湲。莫遣青楼去，摧残少妇颜。

① 此首录自《列朝诗集·丁集第四》。

邯 郸 行①

皇甫汸

宝马邯郸道，金装游侠过。一朝罢歌舞，千秋伤绮罗。台榭风花尽，郊原烟草多。客心将夜月，滚滚向漳河。

① 此首录自《列朝诗集·丁集第四》。

冬宵引①

皇甫汸

冬宵不易曙，耿耿朔风凄。沙雁寒犹起，城乌半未栖。孤舟泊江上，征马渡辽西。岂但金闺里，能添玉箸啼。

① 此首录自《列朝诗集·丁集第四》。

乌夜啼①

皇甫汸

长乐宫中秋夜长，美人新得幸君王。别馆不愁金作屋，曲池无羡玉为梁。门前数报公车过，楼下时闻脂粉香。总是啼乌声转切，欢娱那解曲凄凉。

① 此首录自《列朝诗集·丁集第四》。

江南曲①

皇甫汸

锦帆西去绕横塘，画舸携来悉粉妆。旭日笼光流彩艳，晚云停雨净兰芳。飞丝带蝶粘罗幌，吹浪游鱼戏羽觞。自是江南好行乐，采莲到处棹歌长。

① 此首录自《列朝诗集·丁集第四》。

从军行寄赠杨用修①

皇甫汸

　　思文际圣君,稽古萃群辟。子云侍承明,胡为去荒域。被命事犀渠,差胜下蚕室。愤志酬八书,荣名重三策。丁年子卿嗟,皓首仲升泣。看鸢穷瘴烟,放鸡定何日。业既违操觚,勋还期裹革。五月行渡泸,千里望巴国。泸水向东流,巴云忽西匿。相思持寸心,愿附双飞翼。②

　　① 此首录自《明诗别裁集》卷七。　② 诗末注:"用修之才而谪戍边徼,有情所共悲也。拟之马迁子卿仲升伏波,几于歌以当哭。"

全乐府

新乐府辞(四)

塞 下 曲①

苏 祐②

将军营外月轮高,猎猎西风吹战袍。鼙篥无声河汉转,露华霜气满弓刀。

① 此首录自《明诗别裁集》卷七。 ② 苏祐:(约1492—1571):字允吉,濮州(今属山东)人。嘉靖间进士。官至兵部侍郎兼都御史,总督宣、大军务,进兵部尚书。

采 葛 篇①

张时彻②

种葛南山下,春风吹葛长。二月吹葛绿,八月吹葛黄。腰镰逝采掇,织作君衣裳。经以长相忆,纬以思不忘。出入君箧笥,长得近辉光。层冰布河水,中野皓凝霜。吴罗五文彩,蜀锦双鸳鸯。君恩当断绝,叹息摧中肠。中肠日以摧,葛叶日以衰。愿留枯根株,化作萱草枝。③

① 此首录自《明诗别裁集》卷七。 ② 张时彻(1500—1577):字惟静,号东沙,鄞县(今浙江宁波)人。嘉靖三年(1523)进士。授兵部武选主事,改礼部仪制,出为提学副使,官至南京兵部尚书。有《芝园定集》。 ③ 诗末注:"古乐府语意。"

塞 上 曲①

李攀龙②

白羽如霜出塞寒,胡烽不断接长安。城头一片西山月，多少征人马上看。③

① 此首录自《明诗别裁集》卷八。原题为《塞上曲送元美》。今按：元美，王世贞字。　② 李攀龙(1514—1570)：字于鳞，号沧溟，历城(今属山东)人。嘉靖二十三年(1544)进士。授刑部广东司主事，迁顺德知府，官至河南按察使。与王世贞、徐中行、梁有誉、宗臣、谢榛、吴国伦等结社，世称"后七子"。有《李沧溟集》。　③ 诗末注："送元美寄元美诸诗，可使乐人歌之"。

子 夜 歌①（三首）

沈明臣②

其 一

一曲春风《子夜歌》，相望只是隔银河。梁间片月盈盈水，不照郎君照妾多。

① 此首录自《列朝诗集·丁集第九》。　② 沈明臣(1518—1596)：字嘉则，鄞县(今浙江宁波)人。少时屡试不第，与徐渭同入胡宗宪军幕。宗宪获罪死，沈走湖海，游吴、楚、闽、粤间，卒于乡。

其 二

两曲红绫《子夜歌》，鸳鸯梦醒较谁多。合欢不是裁缝狭，织女机头少一梭。

其 三

三曲行云《子夜歌》，不禁朝暮眼前多。双星合处偷看月，到得侬边没绛河。

萧皋别业竹枝词①（十首）

沈明臣

其 一

越江春水绿如罗，双女祠前发棹歌。大宅北郊横鲍守，野桥南渡接陈婆。

① 此十首录自《列朝诗集·丁集第九》。

其 二

青黄梅气暖凉天,红白花开正种田。燕子巢边泥带水,鹁鸪声里雨如烟。

其 三

田小三郎唱得工,七姊妹花开欲红。林静三更鹧鸪月,溪腥一阵鸬鹚风。

其 四

门前竹大笋成笆,江上潮来草没沙。村童探殼绿杨树,野艇捞鱼紫楝花。

其 五

东村西村姑恶啼,家家麦熟黄云齐。春蚕作茧桑园绿,睡起日斜闻竹鸡。

其 六

雨过高田水落沟,瓦桥鱼上柳梢头。梅子青酸盐似雪,樱桃红熟酒如油。

其 七

呼雏逐妇总堪怜,时雨时晴各一天。厨割小鲜来海市,菜添新馔出江田。

其 八

乌桕红红生稚叶,紫兰苗苗吐新苗。龙须绿折风前笋,凤尾青添雨后蕉。

其 九

园中高树鸟分窠,门外小池钱贴荷。晓散乌鸦千点细,晚归白路一行多。

其 十

麦叶蛦肥客可餐,楝花鲚熟子盈盘。家家舭磨声初发,四月江村有薄寒。

若 耶 词①

沈明臣

嫣然越女胜荷花,荡漾轻舟过若耶。红藕牵丝风欲断,绿杨撩影日初斜。

① 此首录自《列朝诗集·丁集第九》。

寄 远 曲①

吴国伦②

章台杨柳绿如云,忆折南枝早赠君。一夜东风人万里,可怜飞絮已纷纷。

① 此首录自《明诗别裁集》卷九。　② 吴国伦(1524—1593):字明卿,号川楼子、南岳山人,兴国(今属江西)人。嘉靖二十九年(1550)进士,授中书舍人,迁兵科给事中。官至河南左参政。有《甔甀洞稿》。

过长平作长平行①

王世贞②

世间怪事哪有此,四十万人同日死!白骨高于太行雪,血飞迸作汾流紫。锐头竖子何足云,汝曹自死平原君。乌鸦饱宿鬼车哭,至今此地多愁云。耕农往往夸遗迹,战镞千年土花碧。即令方朔浇岂散,总有巫咸招不得。君不见,新安一夜秦人愁,二十万鬼声啾啾。郭开卖赵赵高出,秦玺忽送东诸侯。③

① 此首录自《明诗别裁集》卷八。　② 王世贞(1526—1590):字元美,号凤洲,又号弇州山人,太仓(今属江苏)人。嘉靖二十六年(1547)进士,授刑部主事,官至刑部尚书。其与李攀龙同为明"后七子"领袖,李攀龙去世后独主文坛二十年,名扬海内。作诗以乐府古体冠于一时,持论主张"文必秦汉,诗必盛唐"。有《弇州山人四部稿》等。　③ 诗末注:"说出天道好还,使穷兵黩武者知戒。"

钦 鸤 行①

王世贞

飞来五色鸟,自名为凤凰。千秋不一见,见者国祚昌,飨以钟鼓坐明堂。明堂饶梧竹,三日不鸣意何长?晨不见凤凰,凤凰乃在东门之阴啄腐鼠,啾啾唧唧不得哺。夕不见凤凰,凤凰乃在西门之阴媚苍鹰:"愿尔肉攫分遗腥。梧桐长苦寒,竹实长苦饥。"众鸟惊相顾,不知凤凰是钦鸤!②

① 此首录自《明诗别裁集》卷八。题下有注曰:"《山海经》钦鸤图,赞钦鸤及鼓,是杀祖江。帝乃戮之于昆仑之东。" ② 诗末注:"应指分宜言钤山读书时,天下以姚宋目之,故有千秋不一见,见者国祚昌之语。"

将 军 行①

王世贞

娄猪②化为龙,头角故不分。贪狼长百兽,那不食其群? 有何短老公,自称大将军。从兵三十万,华盖若飘云。尺一丹棱箧,细刺蛟螭文。一署臣某字,直入铜龙门。忽开青天笑,雷公不得闻。碧眼双胡儿,惯骑大宛驹。与公同卧起,辫发貂襜褕。朝令谒天子,暮令拜单于。单于开箧看,中有尺一书。织成紫氍毹,恰恰覆穹庐。犀毗黄金造,密嵌珊湖珠。团龙五色帛,百匹为一角。单于大欢喜,亲为割肉炙。小妇弹琵琶,大妇奉羊酪。手取一束箭,墨文何错落! 为语而将军,物微意不薄。箭锋但相近,各各相引却。归还告将军,将军大欢喜。今年胡却去,好复开茅土。幕府上功簿,西湖对金紫。鬼伯何催促,将军向蒿里。严霜一夜零,华堂遍荆杞。翩翩执金吾,缇骑类貔虎。急为发其私,丞相下御史。支磔将军骸,分枭十二边。

车裂两胡儿，铲肉施乌鸢。红颜夫人妇，悬首映旌旆。
白面羽林郎，含咽向重泉。小女配人奴，歌舞侯家筵。
田园亿千疆，各自称新阡。生为众人恨，死为众鬼怜。
寄语二心臣，贻臭空万年。③

① 此首录自《明诗别裁集》卷八。　② 娄猪：指母猪。《左传·定公十四年》杜预注："娄猪，求子猪。"　③ 诗末注："此诗为仇鸾作，铺叙丰腴中带古劲，最近汉人。又有袁江流一章，征严氏父子事，仿焦仲卿妻诗，缘摹仿有痕，故不录。"

战 城 南①

王世贞

战城南，城南壁，黑云压我城北。伏兵捣我东，游骑抄我西，使我不得休息。黄尘合匝，日为青，天糢糊，钲鼓发，乱欢呼。胡骑敛，飚迅驱，树若荠，草为枯，啼者何，父收子，妻问夫。戈甲委积，血淹头颅，家家招魂入。队队自哀呼，告主将，主将若不知。生为边陲士，野葬复何悲。釜中食，午未炊，惜其仓皇遂长诀，焉得一饱为。野风骚屑魂依之，曷不睹主将高牙大纛坐城中，生当封彻侯，死当庙食无穷。②

① 此首转录自《明诗别裁集》卷八。　② 诗末注："黄尘合匝三语，写出古战场末即死是征人死、功是将军功意，特变化无迹。"

从 军 行①

王世贞

蹋臂归来六博场，城中白羽募征羌。相逢试解吴钩看，已是金河万里霜。

① 此首录自《明诗别裁集》卷八。

西 宫 怨①

王世贞

　　点点莲花漏未央，乍寒如水浸罗裳。谁怜金井梧
桐露，一夜鸳鸯瓦上霜。

① 此首录自《明诗别裁集》卷八。

白 莲 花①

王世贞

　　白莲花，捧世尊。左跪圣母，右拜神君。莲花水
浴金盆。男女行照之，女为后妃男侯王，金貂罗纨耀
两行。生当踏玉阶，死当坐天堂。谁为遣汝来？丘太
师、周太师却立那颜东西，授汝尺一锦牍，赤白号带两
头垂。但入上谷云中，得好儿郎因依。精兵十万骑，
一一衔枚后头随。天运固难谌，白发所谋私。反接向
市中，号呼众男女：曷不救我为？救我死者坐天堂，生
当踏玉阶。忽有一书生，众不识为谁。书生从何来？
乃是阙下上书男子，长流关外，醉卧阛阓间，夜半缚致
之。桃李种山冈，莲花种湖陂。刺舟摘莲花，却折桃
李枝。东市标书生头鼓，瞳眬使者辀，千金赏万户侯。
道旁跌足涕被面，中丞封、御史转，承相阁中三日宴。

① 此首录自《明诗综》卷四六。

太 保 歌①

王世贞

　　北山虎而翼，南溟鲸而爪。生世不谐锦，衣帅作
太保。太保入朝门，缇骑若云屯。进见中贵人，人人
若弟昆。太保从东来，一步一风雷。行者阑入室，居

者颔其颏。太保赐颜色，黄金立四壁。一言忤太保，中堂生荆棘。缇骑走八方，方方俱太保。太保百亿身，所至倏如扫。鸡鸣甲舍开，争先众公卿。御史给事中，不惜称门生。欢饮丞相邸，刻臂为父子。生非真骨肉，子贵父不喜。但呼太保名，能止小儿啼。鬼伯一何鸷，荷索便相催。县官为震动，急敕治丧事。少府出金钱，东园给秘器。后帅朱都督，特遣护其家。起冢像阴山，颙屃插云霞。吊客虽以繁，不及贺者多。可怜堂中哭，不胜巷中歌。

① 此首录自《明诗综》卷四六。

置 酒 行①

王世贞

置酒高堂上，乐声惨不发。手抱三鹍弦，檀槽如秋月。此乐名为谁，言是羌中出。本以写哀思，云何虞宾客。听曲各称好，竟令沉怀郁。繁响赴流光，悠悠逝仓卒。末坐而楚衣，一听三叹息。

① 此首录自《明诗综》卷四六。

仙 人 篇①

王世贞

结茅华山颠，上有苍鳞车。仙者四五人，要我偕所如。遨游天汉上，经历万里余。人间所见星，乃是千白榆。玫瑰切庭阶，木难交绮疏。不知何宫殿，但怪非人居。呀然珠帘起，四角垂流苏。中坐太乙君，夹侍青童姝。饮我丹霞浆，令我易肌肤。碧藕错朱桃，玉馔芬且腴。天乐不能名，但用穷欢娱。回首望故乡,妻孥不得俱。坐此一念谪,聊复在泥涂。疆畛虽历历,他姓治田庐。欲返渺何用,恻怆但含吁。

① 此首录自《明诗综》卷四六。

企 喻 歌①(二首)

王世贞

其 一

男儿好横行,横行身自乐。那见摩天鹗,结伴寻鸟雀。

① 此二首录自《明诗综》卷四六。

其 二

女子爱妆束,妆束头上钗。男儿爱妆束,妆束坐下骒。

折杨柳歌①

王世贞

桃花二三月,故爱东风吹。阿母不嫁女,忘取少年时。

① 此首录自《明诗综》卷四六。

折杨柳行①

王世贞

曷不为男子,不睹苎萝村。种、蠡两谋臣,不能胜妇人②。齐讴走孔丘,秦乐逐由余。但施妇人巧,贤圣亦不如③。绛、灌及樊、郦,手扶汉天子。匈奴北方来,不如一公主。④东家有匹雏,牝者亦司晨。西家妇女坐床上，男子拜伏堂下尘⑤。

① 此首录自《明诗综》卷四六。　② 原注："一解。"　③ 原注："二解。"
④ 原注："三解。"　⑤ 原注："四解。"

铙歌鼓吹曲①（二十二首）

韩邦靖②

朱 鹭

朱鹭，姚以般，从以孔。盖车班班，北至榆林，南逾淮之水。驾之日千里，鹭飞得飞止。茄下游鱼赪其尾。皇帝饮酒恺乐，寿无极。③

① 此二十二首录自《列朝诗集·丁集第二》。题下有序曰："正德十有五年秋，宗室以宁奸于九江，归于豫章，就俘，将告于甸人。皇帝犹自将讨之，以将军泰为副游击，将军彬、阉人忠前驱，所至无不电惊云骇者。七萃之士，靡不怀归臣佐。谨撰《铙歌》，冀有闻焉。"　② 韩邦靖(1488—1523)：字汝庆，陕西朝邑人。正德间进士，为工部都水司员外郎。因言事被罢官，又起为山西布政司左参议，后归而卒。与其兄邦奇同举进士，时称"关中二韩"。　③ 诗末注："朱鹭一章十一句。"

思 悲 翁

思悲翁，枭子雄。美人梦，翁也从天以来下。悲翁之来，神灵雨，子朝以飞，暮何于处？猗嗟嗟，松柏萧萧泰陵树。①

① 诗末注："思悲翁一章十句。"

艾 如 张

艾如张罗，毕以罗雀。飞避斿，将谁何？雀以飞罗，罹之钲镯。何以为嗟，将问谁？又何以为嗟？此者谁卿，道不鼓绝声。白云上天，日月其明。①

① 诗末注："艾如张一章十三句。"

上 之 回

上之回，大驱马。污沾野草，百里赭。行以北，美不从，不驾舍。行以南，美人泣，不旋驾。左平虏，右写亦豫章。率服威武、谁与敌？①

① 诗末注："上之回一章十四句。"

拥 离

拥离在朱巷，珂马避之谁者往？前有宫殿诛荡荡。箭火飞，从天门。道傍讴者野游盘，万年行乐谁不欢。①

① 诗末注："拥离一章七句。"

战 城 南

战城南，分战疆。运握奇，陈八方，铠甲纷员衷士黄。龙江之水，洪汤汤，马得饮之人不敢尝。馘囚乡晨解其缚，犒以钱刀，暮用为乐。愿为忠臣死报国。①

① 诗末注："战城南一章十二句。"

巫 山 高

巫山高，高若何？淮水绕之，不可以过。骃骢父马锦障泥，我欲渡之，徘徊而骄嘶。阳台有女居迷楼，爱而不见烟云愁。胄有虮虱，户有蟏蛸，嗟我行役，今还归。①

① 诗末注："巫山高一章十三句。"

上 陵

上陵以游遨，下津驻旌旄。问君从何来，来从朔方渡淮濠。轮猎为君车，驾以赭白马。鼓声琅琅漏初下，手格飞禽血四洒。户寐而讹绝行者，宫监盱骇走且僵。玉盘荐食君莫尝，当天鸣镝射兔獐。须臾白日出东方。①

① 诗末注："上陵一章十三句。"

将 进 酒

将进酒，君莫辞，何以侑之虎拨思。荐嘉毂，陈雅诗,群桀既剪江无螭,时迈其德隆天基。①

① 诗末注:"将进酒一章七句。"

君 马 黄

君马黄,臣马玄,狭斜相逢不敢前。黄马驰,玄马逐,后喷沙,前喷玉。副以江许翼两张,翩翩倐如流电光。周有穆满今圣皇,君臣布德周万方。①

① 诗末注:"君马黄一章十一句。"

芳 树

芳树生兰池,华叶何芬敷,鸾凰去之栖者乌。喈我西秦氏,家有荡子焉为夫。乌乳且哺生有雏,嗟嗟蹇尔胡乃无。帝何尔惜金仆姑?①

① 诗末注:"芳树一章八句。"

有 所 思

有所思,思我母慈,身上锦裲裆,母身清宁寿以眉。日夜要襕之,于今化为缁。嗟我乃多携离,水流东海归何时,嗟我会面安可知。晨鸡鸣,鸣不已。东方明星光动地,照我驱驰走千里。①

① 诗末注:"有所思一章十三句。"

雉 子 班

雉子班,行可思,雄求山梁雌从之。羽短何翯飞,流宕原泽中。雉子雏以遨,翁孺知之,思美其膏。白龙化鱼,罹彼豫且。视子所止,乃非丘隅。谓之载之我有车,雉子去,我将安所如?①

① 诗末注:"雉子班一章十五句。"

圣 人 出

圣人出,龙翩翩。美人出,以管弦。千旌万骑雄哉纷,四家从以部领军。舞剑浮白,觞我镇国。陈秘戏,乐复乐。①

① 诗末注:“圣人出一章十句。”

上邪

上邪,下狭山童不可猎。射鼋向江江水竭,愿皇垂拱开明堂。铺仁获政和阴阳,千秋万岁长乐康。[①]

① 诗末注:“上邪一章六句。”

临高台

临高台,望泗与淮。言采其芑于水涯,谁其殖之感我怀。奋戎东南逖以北,无以逸欲临万国,生民何依依我德。皇祖在天,敬哉有赫。[①]

① 诗末注:“临高台一章九句。”

远如期

远如期,驾马以出门,咫步不可知。林有虺,水有蜮,短狐封狼肉,人以为麋,万里吁可悲。有杕之杜乔其技,皇人寿谷今旋师。[①]

① 诗末注:“远如期一章十句。”

石流

石流江怒,乌龙万斛,不可以渡。江怒石流,万斛乌龙,不可以浮。神怪隳突卫皇跸,皇潜以跃跃复出,于万斯年保贞吉。[①]

① 诗末注:“石流一章九句。”

唐尧

务成昭,惟唐尧,钦明秉德群后朝。建礼缦缦歌庆霄,屈轶在廷丰不雕。茅茨土阶以逍遥,望云就日谁敢骄。[①]

① 诗末注:“唐尧一章七句。”

玄云

玄云油油,北风肃肃。震电晔晔拔大木,雪雹须臾及牛腹。驱车随銮走折轴,关弓射天中鸿鹄,酌金巨罗奏蓄曲。①

① 诗末注:"玄云一章七句。"

伯　益

伯益虞有虞,智周百物,禽用三驱,无为而治永终誉。皇帝孔武,徒手抟雕虎。去其爪以蹲颉,腓皇于后实率舞。筍皇之勇骇万人,山川宁,鸟兽驯。①

① 诗末注:"伯益一章十句。"

钓　竿

钓竿何珊珊,不如罟网贤。鳏鲤何筵筵,不如鲔与鳣。网罟一举获者千,彼鲔与鳣潜深渊。嗟鳣与鲔终弃捐,金瓢进御烹小鲜,兜离欢呼寿万年。①

① 诗末注:"钓竿一章九句。"

驱车上东门行①

于慎行②

驱车上东门,回望咸阳路。郁郁五陵间,累累多墟墓。长夜号鼪鼬,秋风走狐兔。牧竖游且歌,行人四面顾。借问此何谁,昔时董与傅。车马如流水,第宅通云雾。富贵一旦空,忽如草间露。阅水日成川,阅世人非故。贤愚共一丘,千载为旦暮。嗤彼道傍子,营营胡不寤。

① 此首录自《列朝诗集·丁集第十一》。　② 于慎行(1545—1607):字可远,又字元垢,东阿(今属山东)人。隆庆间进士,选翰林院庶吉士,授编修。拜礼部尚书。后力请建储不纳,自劾乞罢,又诏以原官入直东阁,甫拜命,以疾卒。

子夜歌①（四首）

于慎行

其　一

秋月照四壁，络纬当窗织。徒闻机杼声，终夜不成匹。

① 此四首录自《列朝诗集·丁集第十一》。

其　二

始欲识欢时，愿作同心结。丝线不相逢，里许暗自别。

其　三

枕上看月来，梦中与欢诀。月自不相离，欢心不如月。

其　四

侬如水中石，波至亦累累。欢如陌上尘，左右从风吹。

子夜春歌①（二首）

于慎行

其　一

朱景带碧楼，新风吹罗幌。谁能怀春情，不发柔弦响。

① 此二首录自《列朝诗集·丁集第十一》。

其　二

金屋燕初飞，长堤草已绿。春蚕不作茧，思子何由续。

子夜夏歌①（二首）

于慎行

其 一

何处复无暑，月出湖水边。泛舟芙蓉里，分明自取莲。

① 此二首录自《列朝诗集·丁集第十一》。

其 二

含桃初作花，畏恐傍人见。今日食含桃，空条谁复盼。

子夜秋歌①（二首）

于慎行

其 一

凉风夜中来，白露凝如玉。不敢拭清砧，捣衣乱心曲。

① 此二首录自《列朝诗集·丁集第十一》。

其 二

露井冻银床，秋风生桐树。任吹桐花飞，莫吹梧子去。

子夜冬歌①（二首）

于慎行

其 一

万里覆寒云，千村飞素雪。此时为欢愁，心如三伏热。

① 此二首录自《列朝诗集·丁集第十一》。

其 二

华茵倚重炉,璇房卷罗幕。惊见雪花飞,谓是杨花落。

读 曲 歌①
于慎行

侬作博山炉,双烟吐不住。郎如飘风吹,但将香引去。

① 此首录自《列朝诗集·丁集第十一》。

长 安 道①
于慎行

东山灞陵桥,回望长安道。烟花万户暖风轻,罗绮千门明月晓。汉家宫阙郁岧峣,碧阁珠楼倚绛霄。丞相衣冠苍玉珮,将军甲第赤栏桥。平明内殿承颜色,日晏朝回行紫陌。夹道金羁赭汗流,盈门绣辖朱尘塞。人生得意自辉光,刺谒纷纷满路旁。一笑看人回禄命,片言酬客腐肝肠。小子胜衣皆受印,苍头结绶亦为郎。貔虎三千陈列第,鸳鸯七十闭东厢。银床月莹流苏帐,翠幕烟浮玳瑁梁。镫前北里千金舞,座上宜城九酝觞。年去年来无旦暮,春花秋月依然度。歌吹平连长乐钟,林园直接新丰树。只知娱乐不知忧,转眼荣华逐水流。谁道冰山可永峙,谁言天雨可重收。曾闻上将幽钟室,曾见元公赐养牛。博陆门前罗鸟雀,平津邸内走鼪鼬。古来世事浑如许,道上垂杨不解语。唯有东陵旧日侯,瓜田看尽青门雨。

① 此首录自《列朝诗集·丁集第十一》。

大堤曲①

于慎行

大堤春尽花如雨，大堤女儿隔花语。扬州估客四角幡，暮泊兰桡宿江渚。芙容宝帐绿云鬟，翠篝银缸夜色寒。倚瑟当垆春酒尽，卷帷望月晓装残。石城一曲歌未足，日出天空江水绿。含啼送客更多愁，肠断烟波万里秋。

① 此首录自《列朝诗集·丁集第十一》。

上云乐①

于慎行

东厢食举百戏作，鱼龙曼衍中堂落。华钟忽驻舞缀停，更进西方《上云乐》。老胡家世是文康，紫髯深目华盖方。白巾裹头大浣细，绿珠作带靺鞨长。曾从海上栽若木，吹笙更截昆仑竹。朝看阿母鬓成霜，夕见安期颜似玉。却候明时日再中，朅来献贶玉门东。流沙暮涉三万里，碣石天开百二重。辟邪师子陈成列，赴曲声随箫鼓节。汉苑白麟未足珍，宛城宝马空称绝。老胡歌舞奏仙倡，为祝黄图日月长。但愿百蛮九塞靖烽火，陛下长倾万岁觞。

① 此首录自《列朝诗集·丁集第十一》。

双燕离①

吴鼎芳②

双燕飞，双飞不只栖。衔春归柳巷，弄水出花溪。惊风起，双燕离，一雄复一雌，一东复一西。含啼悲宛转，顾影复差池。青天一万里，遥系长相思。岧峣桂岭不可度,云骈日暮迷烟雾。秋去春来如可逢,宁辞万水千山路。

① 此首录自《列朝诗集·丁集第十四》。 ② 吴鼎芳(1582—1636):字凝父,吴县(今属江苏)人。未入仕途,优游江湖,苦吟清啸。后薙染从释氏法,为高僧以终。诗刻意宗唐。有《披襟倡和集》。

竹 枝 词①(四首)
吴鼎芳

其 一

青山是处锁蛾眉,日日湖边有别离。却怪烟波三万顷,扁舟只许载西施。

① 此四首录自《列朝诗集·丁集第十四》。

其 二

江南一雪苦非常,湖上空余橘柚乡。万树千头零落尽,于今那得洞庭霜。

其 三

湖船来往惯风波,尾后黄旗飞虎图。一夜王程三百里,枇杷明日进留都。

其 四

南濠有客寄书还,夫婿黄柑已趁钱。几日不来湖上棹,休教重上赣州船。

闺 中 曲①
吴鼎芳

客归青海头,报道单于死。晓起望征人,新妆从此理。

① 此首录自《列朝诗集·丁集第十四》。

怨　诗[1]

吴鼎芳

华屋春将尽,纱窗日易昏。不知多少恨,相见与君言。

[1] 此首录自《列朝诗集·丁集第十四》。

柳　枝　词[1]

吴鼎芳

绿阴如雨万条斜,啼罢朝莺又晚鸦。尽日春风无别意,只吹花点过西家。

[1] 此首录自《列朝诗集·丁集第十四》。

青溪小姑曲[1]

吴鼎芳

十五盈盈学解愁,珠帘不卷倚箜篌。多情明月无情水,夜夜青溪映酒楼。

[1] 此首录自《列朝诗集·丁集第十四》。

行　路　难[1]（二首）

阮自华[2]

其　一

功名岂足为,不见丛蕙与蘩萧。撷芳秋亦萎,薙恶春还高。智囊有仓卒,造化无童旄。男儿筋骨尽富贵,圣贤黧黑夸巧劳。南过锦帆泾,北泛五湖舟。高城霜白要离冢,廓门宵拥鸱夷涛。陶朱千金委黄土,谷城三略齐蓬蒿。英雄苦恨岁不足,年华飘坠心期遥。惜阴视日但有老,何不酌酒盈簟瓢。

① 此首录自《列朝诗集·丁集第十六》。　② 阮自华(1562—1637):字坚之,怀宁(今属安徽)人。万历年间进士,除福州府推官,累官至户部郎,出知庆阳府,谪补邵武。后罢归卒。少为歌诗,为人疏放,好从学佛者游。

其　二

黄鹄摩天极高飞,千年一还思故闾。乍闻笙歌讶子晋,或抚城郭嗟令威。未知神仙是与非,但见悲鸣入云衢。人生不称意,炊金馔玉归蒿莱。仙夫亦自恨离别,贱妾何况孤房栖。不见东家檐下鹊,朝出暮双归。比翼栖朱户,交唇饷紫泥。春出无弹射,秋返偕参差。苜蓿二庭月,茱萸万里书。宁可归君号鸱夷,莫遂化作杜鹃啼。

后缓声歌①

阮自华

列缺霆霓逝巉嵲,天吏逸德,使人幽忧短气,忧来不可知。作山作峨嵋,作人为仲尼。峨嵋积霜雪,仲尼恒栗烈。清琴发云韺,蜩螗如沸羹。周公下贫愚,福缘终与俱。

① 此首录自《列朝诗集·丁集第十六》。题下有序曰:"丙午都下感时作。"

枯鱼过河泣①

阮自华

枯鱼衔索啼,作书寄王鲔。齐国相易牙,慎勿来河济。三江丰短蛾,四海饶鲸鲵。罗网为天地,违之安所如。枯鱼衔索啼,作书寄杨鲼。自昔贪芳饵,别尔至今朝。黄鹄见杨鲦，相戒河水滨。违之不敢饮，飞遁入冥冥。

① 此首录自《列朝诗集·丁集第十六》。

横 江 曲①

唐 诗②

家住横江口，年年伤暮春。落花随水去，不为待归人。

① 此首录自《明诗别裁集》卷九。　② 唐诗（生卒年不详）：字子言，无锡（今属江苏）人。有《石东山房稿》。

子 夜 歌①（二首）

王 屋②

其 一

千金买良玉，百金求良工。为侬作双环，相连无始终。

① 此二首录自《明诗别裁集》卷一〇。　② 王屋（生卒年不详）：字孝峙，嘉善（今属浙江）人。有《草贤堂词》。

其 二

妾身妾自惜，君心君自知。莫将后日情，不如初见时。

春 怨①

谢肇淛②

长信多春草，愁中次第生。君王行不到，渐与玉阶平。

① 此首录自《明诗别裁集》卷一〇。　② 谢肇淛(1556—1616)：字在杭,长乐(今属福建)人。万历进士。官至广西右布政使。其诗气势雄健,是晚明闽中诗派的代表人物。有《小草斋集》等。

秋　怨①

谢肇淛

　　明月怜团扇,西风怯罗绮。低垂云母帐,不忍见银河。

① 此首录自《明诗别裁集》卷一〇。

长 门 怨①

徐𤊨②

　　芳草何时辇路通,长门花鸟自春风。只缘薄命难承宠,岂是相如赋未工。

① 此首录自《明诗别裁集》卷九。　② 徐𤊨(约1580—约1637)：字惟和,闽县(今属福建)人。万历间举人,与其弟徐𤌥并有诗名。有《幔亭集》。

铜 雀 妓①

徐𤊨

　　铜台遗令在,玉座主恩非。旧曲流哀管,余香散舞衣。缲帷空寂寞,罗绮失光辉。日日西陵望,君王归不归？

① 此首录自《明诗别裁集》卷九。

拟古乐府①（十首）

袁宏道②

饮马长城窟

长城水鸣咽，夜夜作鬼语。问子何代人，防胡旧军旅。冤魄滞孤魂，不得归乡土。白水洗白骨，瘢尽水酸楚。多洗成黑流，水性毒于蛊。立马古战场，长嘶待天雨。

① 此十首录自《列朝诗集·丁集第十二》。题下有序曰："乐府之不相袭也，自魏、晋已然。今之作者无异拾唾，使李、杜、元、白见之，不知何等呵笑也。舟中无事，漫拟数篇，词虽不工，庶不失作者之意。" ② 袁宏道（1568—1610）：字中郎，号石公，公安（今属湖北）人。与兄宗道、弟中道并有文名，时称"三袁"。万历年间进士，授吴县令。后任礼部主事、吏部郎中。他反对诗的复古和摹拟，提倡"独抒性灵，不拘格套"，在当时文坛上被称为"公安派"。有《袁中郎全集》。

长安有狭斜行

按金驹，立长沟，枇杷落尽茱萸秋。山西女儿帕勒头，面上堆粉鬓堆油。二十五弦弹箜篌，猩红衫子葡萄绌。笑问南妆如此不？

妾薄命

落花去故条，尚有根可依。妇人失夫心，含情欲告谁。灯光不到明，宠极心还变。只此双蛾眉，供得几回盼。看多自成故，未必真衰老。辟彼数开花，不若初生草。织发为君衣，君看不如纸。割腹为君餐，君咽不如水。旧人百宛顺，不若新人骂。死若可回君，待君以长夜。

相逢行

行行即曲巷，曲巷多蒿草。窗路掠蛛丝，读书岁月老。壁上荣启图，手里黄石编。当尽三时衣，不直数缗钱。儿女无裈著,常时煨故纸。税地植桃花,十树九树死。君莫悲腐草,腐草发光耀。玄霜畏冬青,白发傲年少。

悲 哉 行

石马立荆棘,荒城叫老狸。昔时冠带人,唯有鹤来归。宿志慕长生,朋党尽刺讥。父母不我容,碧海三山飞。朝牧老君龙,暮守刘安鸡。仙家岁月长,桃子三垂枝。归来见荒冢,半是孙曾碑。城池百易主,族里无从知。古人悲夜绣,今我亦似之。白骨不可语,鹤归空尔为。

门有车马客行

门有车马客,锦襕乌纱巾。寒毛接短鬓,丝丝沙与尘。问子何劳劳,上书西入秦。八年始一命,官卑不救贫。冒霜揖槐柳,望灰拜车轮。一身百纠缚,形如一束薪。手缠不自解,利刃寄他人。蔗与蘖同餐,虽甘亦苦辛。

京 洛 篇

煌煌京洛城,朱衣喧广道。白首贱书生,驴鞲挂诗草。怀刺谒恩门,门卒相轻眇。十上十不达,登街颜色槁。叠身事贵公,习诿苦不早。罩眼一寸纱,茫茫遮人老。

虾 鳝 行

虾鳝出潢潦,道逢东海使。鱼服而介身,呷浪以相戏。物微恐见侵,跳波争努臂。东陂招能兄,西溪唤螺弟。水虫万余种,各各条兵议。聚族鼓鳞鬣,不能当一噫。

升 天 行

乘赤雾,鞭鸾辙。路逢王子晋,玉箫吹已折。织女弄机丝，余纬烂霄阙。下土虮虱民，误唤作雌霓。张翁老且耄，举止多媟衺。侍仙三万年，不曾见隆准。真人多窜左，天狐惨余孽。义御失长鞭，牵牛叹河竭。

棹歌行

妾家白蘋洲，随风作乡土。弄篙如弄针，不曾拈一缕。四月鱼苗风，随君到巴东。十月洗河水，送君发杨子。杨子波势恶，无风浪亦作。江深得鱼难，鸬鹚充糕饵。生子若凫雏，穿江复入湖。长时剪荷叶，与儿作衣襦。[①]

① 原注："'鱼苗风'、'洗河水'皆长年语。"

折杨柳[①]

袁宏道

艳阳二三月，杨柳枝参差。每逢双燕子，忆得别君时。忆得别君时，遗君珊瑚枕。君行佳丽地，何人荐君寝。

① 此首录自《明诗综》卷五七。

出塞[①]

方维仪[②]

辞家万里戍，关路隔风烟。赋重无余饷，边荒不种田。小兵知有死，贪吏尚求钱。倚赖君王福，何时唱凯还。

① 此首录自《明诗别裁集》卷一二。　② 方维仪(1585—1668)：名仲贤，以字行，桐城(今属安徽)人。父亲是大理卿方大镇。姚孙棨妻，十八岁丧夫，守志清芬阁。有《清芬阁集》。

死 别 离①

方维仪

昔闻生别离,不言死别离。无论生与死,我独身当之。北风吹枯桑,日夜为我悲。上视沧浪天,下无黄口儿。人生不如死,父母泣相持。黄鸟各东西,秋草亦参差。予生何所为,死亦何所辞。白日有如此,我心徒自知。

① 此首录自《明诗别裁集》卷一二。

平 陵 东①

陈子龙②

炎精中烬妖彗红,平陵松柏生秋风。四十万人颂符命,巨君却在层城宫。东郡太守建旗鼓,排山动地连关辅。五威国将纷东驰,大诰金縢亦何补。污宫荐棘虽无成,天下始知称汉兵。不逢时会岂失策,犹与宛洛开先声。斗柄横斜浙台廞,白水真人坐黄屋。逢萌束帛卓茂封,义公碧血无人哭。男儿何必上云台,千古徒悲两黄鹄。

① 此首录自《明诗别裁集》卷一〇。 ② 陈子龙(1608—1647):字人中,号大樽,松江华亭(今属上海)人。少有才名,与夏允彝等结"几社"。崇祯进士。初仕绍兴推官。南都失,隐遁为僧,寻授鲁王兵部尚书,后被擒,于途中投水而死。诗词古文亦称大家,领袖明末文坛,自成高格。有《湘真阁稿》、《安雅堂稿》、《白云草》等集。

拟古远行①

文震孟②

江之阳兮有屿,江之阴兮有渚。朝而风兮夕而雨,望夫君兮渺何许。春波兮悠悠,日暮兮夷犹,擘青桂兮为楫,搴木兰兮为舟。悗含思兮凝睇,乘清风兮远游。远游兮上下,载行兮载舍。遵中流兮待君,将寄心于远者。

① 此首录自《明诗别裁集》卷一〇。　② 文震孟:字文起,长洲(今江苏苏州)人。天启二年(1622)赐进士第一,授翰林修撰。后因事辞。崇祯初复原官,历至礼部侍郎,东阁大学士。

巴 女 词[①]

谢 遴[②]

巴山积水极岷峨,巴女明妆艳绮罗。为语秋江风浪急,断肠休唱木兰歌。

① 此首录自《明诗别裁集》卷一〇。　② 谢遴(生卒年不详):字汇先,宜兴(今属江苏)人。崇祯间举人。

孟 门 行[①]

张 溥[②]

双丝系玉环,宛转生光泽。本以结同心,何知反弃掷。君家美酒琥珀光,红颜少年空满堂。酒酣意气不可当,君家玉堂盛孟门。孟门深谷无朝昏,中有美人啸且歌。仁义结客客自多,相与醉君金叵罗。黄雀衔环报旧主,畏君弹射远飞去,夜深孤栖城北树。

① 此首录自《明诗别裁集》卷一〇。　② 张溥(1602—1641):字天如,号西铭。太仓(今属江苏)人。幼嗜学,读书反复手抄,因以"七录"为斋名。崇祯进士,改庶吉士,以葬亲乞假归。与吴中名士创立复社。有《七录斋集》。

猛 虎 行①

韩 洽②

　　虎欲异群虎,舍山而渡湖。自失崄岨窟,托身就菰芦。村落齐戒严,邻保相招呼。耰锄代戈矛,勇锐当先驱。爪牙岂不猛,其如处世孤。奋斗亦良久,力尽乃告殂。锦斑毙野草,割剥无完肤。嗟彼田舍儿,曾非卞庄徒。何乃百兽尊,轻身死庸夫。万类固并生,所宅各有区。一朝处非据,适足亡尔躯。持此告群虎,毋若此虎愚。雄长山林中,贲育孰敢图。

　　① 此首录自《明诗综》卷七九。题下有序曰:"苏郡故无虎,比岁数获虎,云自宜兴诸山渡湖而至。拟古乐府,作《猛虎行》。"　② 韩洽(生卒年不详):字君望,长洲(今江苏苏州)人。明亡后隐居阳山。有《寄庵诗存》。

野田黄雀行①

韩 洽

　　每每野田广,习习雀声微。饮啄岂或异,性情能不违。翔集绕沟畎,乐我禾稼肥。禾稼虽未登,西成今庶几。皤皤野田叟,羸拙无俗机。猜嫌两不作,相向心依依。有时争陇行,先我后我飞。农望甔石储,余粒雀所希。同在田中生,安知是与非。

　　① 此首录自《明诗综》卷七九。

潞 帆 行①

韩 洽

　　舟之有帆樯,本为顺风设。逆风亦张帆,湖船技独绝。逆来以顺用,其妙在曲折。峭帆必斜张,左右随所曳。旋转分寸间,向背遂迴别。风来虽当头,我舟顾斜掣。转侧以背承，风过自后撇。帆势从风欹，船舷半没灭。所恃旁版垂，故不至横截。斜行既良久，转蹒柁旋捩。其涂稍纡回，其势已飘瞥。小水难迂行，拘于势狭劣。大海太渺茫，回旋恐无节。惟湖既开广，诸山复眉列。是法独可行，虽险无虺巑。我来包山游，其事始亲阅。巨舟数播荡，狂涛涌如雪。同行未习见，惊悕胆欲裂。我心自恬然，壮观殊可悦。古来处横逆，济险赖明哲。逊顺无力争，所志终必彻。屈曲委蛇间，大巧固若拙。

① 此首录自《明诗综》卷七九。

石 鼓 歌①

韩 洽

昌黎始作《石鼓篇》，后来继者相连延。皆言字出史籀手，歌颂宣后中兴年。或言成有岐阳搜，事见左氏非周宣。揣摩时势虽互异，同在姬氏西京前。尊崇谓是古逸典，直与雅颂堪齐肩。我生未及见此鼓，窃睹摹本相流传。文辞脱落不可读，字画谲诡犹能沿。古人制书法有六，形声意象非徒然。及观此鼓殊不尔，文繁义晦徒枝骈。圣王制作乃如此，武周远逊秦斯贤。若言此书籀所创，考文自是天王权。下逮春秋战国世，同文之治犹星悬。况当盛时职太史，敢变王制争奇妍。其他钟鼎金石刻，蛇神牛鬼纷纠缠。是皆秦皇汉武代，古籍焚灭成寒烟。燕齐方士逞妖诞，欺世惑众谈神仙。或言掊地得古鼎，或造图谶穷虚玄。谬书伪器旁午出，后人误信何拘牵。古文虽废有明据，物象满目陈方圆。参之圣经及史传，是非不啻如山渊。谁能力辟谬妄说，一扫昏雾开光天。

① 此首录自《明诗综》卷七九。

关 山 月①

韩　洽

晓角数声哀,边风卷地来。十年征戍客,不上望乡台。②

① 此首录自《明诗别裁集》卷一一。　② 诗末注:"翻进一层,倍觉沉痛。"

苦 旱 行①

张纲孙②

田中无水骑马过,苗叶半黄虫咬破。五月不雨至六月,农夫仰天泪交堕。去年腊尽频下雪,父老俱言水应大。如何三伏无片云,米价腾贵人饥饿。大河之壖风扬沙,桔槔无用袖手坐。林木焦杀鸟开口,鲂鱼枯干沟底卧。人人气喘面皮黑,十个热病死九个。安得昊天降灵雨,童儿欢笑父老贺。高田低田薄有收,比里稍可完国课。不然官吏猛如虎,终朝鞭扑畴能那。

① 此首录自《明诗别裁集》卷一二。　② 张纲孙(生卒年不详):字祖望,钱塘(今属浙江)人。其古诗得杜一体,时武陵诸子以祖望为最。有《从野堂集》。

明 妃 怨①

陈恭尹②

生死归殊俗,君王命妾来。莫令青冢草,生近李陵台。

① 此首录自《明诗别裁集》卷一二。　② 陈恭尹(1631—1700):字元孝,广

东顺德人。陈邦彦子,以父殉难,隐居不仕。与屈大均、梁佩兰并称"岭南三家",有《独漉堂集》。

企 喻 歌① (二首)

陈恭尹

其 一

男儿欲作健,不用持弓稍。师子一顾笑,百兽毛
自落。

① 此二首录自《明诗综》卷八二。

其 二

男儿墮地日,夭寿谁预知?泰山与鸿毛,各是人
所为。

捉 搦 歌①

陈恭尹

江东蔗竿长丈二,中间可啖两头弃。少年往矣老
无济,四十五十无多岁。

① 此首录自《明诗综》卷八二。

啰 唝 曲①

成 侃②

为报郎君道,今年归未迟。江头春草绿,是妾断
肠时。

① 此首录自《明诗别裁集》卷一二。今按:啰唝曲,又名《望夫歌》。因陈后主在金陵建有啰唝楼而得名。唐歌女刘采春善唱此曲。元稹曾赠以诗云:"更有恼人断肠处,选词能唱《望夫歌》。" ② 成侃:生平爵里未详。

塞下曲①

吴 骐②

四牡骓骓出玉门,诏持缯帛赐乌孙。为言侍子今无恙,初在京师读鲁论。

① 此首录自《明诗别裁集》卷一二。　② 吴骐(1621—1695):字日千,松江华亭(今属上海)人。崇祯诸生,入清遁迹不出。有《颀颔集》。

少 年 行①

吴 骐

红玉鞍骄碧玉骢,乐游原上柳丝风。诏求季布今何处,只在三千奴仆中。

① 此首录自《明诗别裁集》卷一二。

茂 陵①

吴 骐

茂陵枯柏自巑岏,露重珠襦马上寒。独与铜人相对哭,三更残月下金盘。

① 此首录自《明诗别裁集》卷一二。

杂歌谣辞

歌辞

刘 侯 歌①

侯宰南宫,民和政通。蝗不入境,今之鲁恭。

① 此首录自《明诗综》卷一〇〇。《明诗综》解曰:永乐中,山阳刘安知南宫县,勤于抚字。境内旱蝗,率吏民步祷,蝗亦顿绝。是岁邻邑皆饥,惟南宫大稔,民歌曰:"侯宰南宫……"

都 中 歌①

马头双,马后方,督工郎。

① 此首录自《明诗综》卷一〇〇。《明诗综》解曰:嘉靖中,土木繁兴,一时工曹骤增数员,都中歌曰:"马头双……"

道 士 歌①

莫逐燕,逐燕起高飞,高飞上帝畿。

① 此首录自《明诗综》卷一〇〇。《明诗综》解曰:建文中,京师有道士歌于涂云云。

况太守歌①

况太守,民父母。早归来,乐田叟。

① 此首录自《明诗综》卷一○○。《明诗综》解曰:宣德中,况钟知苏州府,称治最,秩满去,民叩阙留者八万人。吴人歌曰:"况太守……"

江 阴 歌①

旱为灾,我公祷,甘雨来。水为患,我公祷,阴云散。

① 此首录自《明诗综》卷一○○。《明诗综》解曰:天顺中,昌黎周斌以御史论劾曹石,谪知江阴县,士民爱戴之。歌曰:"旱为灾……"

淮 上 歌①

范来早,商民饱。范来迟,商民饥。

① 此首录自《明诗综》卷一○○。《明诗综》解曰:沈阳范镃中,正德丁丑进士,历官两淮运使,尽革凤弊,迁四川参政以去。商民立祠淮水上,为之歌曰:"范来早……"

兴化民歌①

彼恶人兮,虎翼而飞。恶人既杀兮,公瘠我肥。

① 此首录自《明诗综》卷一○○。《明诗综》解曰:嘉兴孙玺知扬州兴化县事,有土豪徐恩入赀为千户,交结权贵,横行乡曲,玺以法杀之。民歌曰:"彼恶人兮……"

兴 化 歌①

昔来何迟,今去何速。惠我弗终,昭阳之陆。

① 此首录自《明诗综》卷一○○。《明诗综》解曰:卢陵陆某知扬州兴化县

事,将入觐报政,民歌之曰:"昔来何迟……"

泾 县 歌[①]

　　眄公车,来何暮? 计公程,去何马? 公内召,我何之? 急攀辕,告上司。上司扬言不可止,入都门,见天子。

　　① 此首录自《明诗综》卷一〇〇。《明诗综》解曰:嘉兴高承埏知泾县,将去,民歌之曰:"眄公车……"

临 洮 歌[①]

　　野有流民,惟侯集之。邑有田畴,惟侯辟之。古人谨狱,惟侯哀之。有此三惠,孰不怀之。

　　① 此首录自《明诗综》卷一〇〇。《明诗综》解曰:潞城刘昭,宣德中,为临洮尹,多仁政。民歌曰:"野有流民……"

罗 太 守 歌[①]

　　太守罗以礼,祈晴得晴,祈雨得雨。

　　① 此首录自《明诗综》卷一〇〇。《明诗综》解曰:桂阳罗以礼,永乐中,守绍兴,宽猛得宜,遇雨旸不时,往祷辄应。民歌曰:"太守罗以礼……"

二 洪 歌[①]

　　大洪小洪,先后同风。

　　① 此首录自《明诗综》卷一〇〇。《明诗综》解曰:莆田洪楷,从子珠,后先知绍兴府,崇尚名教。人歌之曰:"大洪小洪……"

汤太守歌①

泰山巅,高于天。长江水,清见底。功名如山水,万古留青史。

① 此首录自《明诗综》卷一〇〇。《明诗综》解曰:安岳汤绍恩为绍兴守,濒海潮至,淹没田舍,绍恩为筑隄建闸,以时蓄洩,辟田数千亩。越人歌之曰:"泰山巅……"

饶 州 歌①(二首)

其 一

千里榛芜,侯来之初。万姓耕辟,侯去之日。

① 此二首录自《明诗综》卷一〇〇。《明诗综》解曰:陶安知饶州,当入觐,民为之歌云云。既而复命守州事,载歌云云。

其 二

湖水潋潋,侯泽之流。湖水有塞,我思侯德。

雷 州 歌①

黄公来迟,使我无依。今公莅政,惠我无私。

① 此首录自《明诗综》卷一〇〇。《明诗综》解曰:永乐中,天台黄敬知雷州府,先是郡多囚系,敬至数日,悉为剖决,狱尽空。民歌之曰:"黄公来迟……"

南 丰 歌①

山市晴,山鸟鸣。商旅行,农夫耕。老瓦盆中冽酒盈,呼嚣隳突不闻声。

① 此首录自《明诗综》卷一〇〇。《明诗综》解曰:通州冯坚,洪武中,为南丰典史(一作南丰知县海阳戴瑀),政平讼理,民怀其德。歌曰:"山市晴……"

南 丰 歌①

大尹陈,政事新。男耕女织歌阳春。

① 此首录自《明诗综》卷一〇〇。《明诗综》解曰:建德陈勉,景泰中,为南丰知县,百废具举。民歌之云:"大尹陈……"

王捕虎歌①

王捕虎,最执古。囊无钱,衣有补。

① 此首录自《明诗综》卷一〇〇。《明诗综》解曰:清苑王哲为湖广布政使,廉正彦明,人不敢干以私。歌之曰:"王捕虎……"

汉阳民歌①

何太守,筑汉陂。饥得食,寒得衣。

① 此首录自《明诗综》卷一〇〇。《明诗综》解曰:广州何澹字中美,以天顺中进士,知汉阳府。民歌之曰:"何太守……"

吴 公 歌①

阳春何去,霰雪何来。父邪母邪,翳惟我怀。

① 此首录自《明诗综》卷一〇〇。《明诗综》解曰:崇祯中,新安吴彦芳为莆田令,有惠政,秩满去,新县令催科严,民乃思吴公。歌曰:"阳春何去……"

解 州 歌①

吴父母,恩何溥?昔憔悴,今鼓舞。

① 此首录自《明诗综》卷一〇〇。《明诗综》解曰:永乐中,浮梁吴惠知解州。民歌曰:"吴父母……"

惠 州 歌①

县迟延,府一年,但诉郑青天。讼无滞,民不冤。

① 此首录自《明诗综》卷一○○。《明诗综》解曰:福州郑天佐为惠州通判,善折狱。民歌之曰:"县迟延……"

高 州 歌①

治我严父,生我慈母。

① 此首录自《明诗综》卷一○○。《明诗综》解曰:开县严琥同知高州府,时大饥,琥捐俸以赈。民歌曰:"治我严父……"

大庙峡歌①

清溪濛里②,早眠晏起。

① 此首录自《明诗综》卷一○○。　② 原注:"二驿名,路多虎。"

妖 巫 歌①

莫道君为山海主,山海笑谐谐。园中花谢千万朵,别有明主来。

① 此首录自《明诗综》卷一○○。《明诗综》解曰:金陵初建,滇南段宝遣其叔真,自会川奉表归款,朝廷亦以书报之。时有妖巫女歌云:"莫道君为山海主……"

曲 靖 歌①

禾本二穗,嘉谷满田。太守焦公,仁德及天。

① 此首录自《明诗综》卷一○○。《明诗综》解曰:成化中,灌县焦韶知曲靖

府,境产瑞禾。民歌曰:"禾木二穗……"

楚 雄 歌①

清贫太守一世难,百鸟有凤凤有鸾。

① 此首录自《明诗综》卷一〇〇。《明诗综》解曰:先大父君吁府君,讳大竞(吴江潘耒填讳),知楚雄府,政尚廉静,甫半载,丁内艰,几不能治装归。郡人歌曰:"清贫太守……"

陈 父 歌①

古来力役,军三民七。陈父定之,彼此画一。家用平康,劳者获息。

① 此首录自《明诗综》卷一〇〇。《明诗综》解曰:印江陈表知广元县事,与利州卫杂处,军强民弱,表申明制度,以服武弁。民歌曰:"古来力役……"

谣辞

京师童谣①

雨帝雨帝,城隍土地。雨若再来,还我土地。

① 此首录自《明诗综》卷一〇〇。《明诗综》解曰:正统中,京师群儿连臂呼于涂,曰:"正月里,狼来咬猪未?"一儿应曰:"未也。"循是至八月,则应曰:"来矣,来矣。"皆散走。时方旱,又有群儿歌于涂,云云。既而有狼山之难。

兴 化 谣①

蒲政打蒲鞭,青布缘了边。九年三考满,不要一文钱。

① 此首录自《明诗综》卷一〇〇。《明诗综》解曰:蒲政,四川举人,正统六年,任扬州兴化主簿,宽恕廉靖。民谣云:"蒲政打蒲鞭……"

嘉靖中童谣①(二首)

其 一

卖枪缨,人上城。

① 此二首录自《明诗综》卷一〇〇。

其 二

茄头下,人走马。

如 皋 谣①

隋堤萤火辍,县官放蝴蝶。

① 此首录自《明诗综》卷一〇〇。《明诗综》解曰:长山王岅生中崇祯庚辰进士,知扬州如皋县事,性爱畜蝶,民有罪当笞者,输蝶得免,罗致千百,召客饮,纵之以为乐。邑人语曰:"隋堤萤火辍……"

南京童谣①

一匹马,走天下。骑马谁,大耳儿。

① 此首录自《明诗综》卷一〇〇。《明诗综》解引《诗话》:指士英、阮大铖也。时又有对联云:"闯贼无门,匹马横行天下。元凶有耳,一兀坐扰中原。"

吴 中 谚①(六首)

其 一

有利无利,但看二月十二。②

① 此六首录自《明诗综》卷一〇〇。　②原注："花朝日晴,则百果多实。"

其　二

三月沟底白,莎草变成麦。①

① 原注:"三月无雨,麦乃有收。"

其　三

六月不热,五谷不结。

其　四

秋字鹿,损万斛。①

① 原注:"立秋日不宜雷。"

其　五

若要麦,见三白。①

① 原注:"冬至逢第三戌为腊,腊前雪三次,谓曰三白,大宜菜麦。"

其　六

除夜犬不吠,新年无疫厉。①

① 原注:"除夜宜静。"

山 西 谣①

不发一矢,贼乃尽死。不荷厥戈,贼死实多。

① 此首录自《明诗综》卷一〇〇。《明诗综》解曰:正德中,历城徐暹为山西副使,时有巨冠(今按:当为寇)号混天王,劫掠郡县,暹以计平之。民乃语曰:"不发一矢……"

吴 公 谣①（二首）

其　一

彼泥者泉,弗浚而复,锡我则福。

① 此二首录自《明诗综》卷一〇〇。《明诗综》解曰:吴江吴山为山东副使,狱

无滞囚,时有塞井复渫,民为谣云云。既而迁福建按察使,听讼明允,民又谣云云。

其　二

凤之栖,其雏来仪,民具是依。

塘下童谣[1]

塘下戴,好种菜。菜开花,好种茶。茶结子,好种柿。柿蒂乌,摘了大姑摘小姑。

[1] 此首录自《明诗综》卷一〇〇。《明诗综》解曰:台州太平县塘下戴某,与方谷真婚。戴氏将败,童谣云云。及洪武末,戴氏竟籍没,惟二女出嫁,存焉。

童　谣[1]

狸狸斑斑,跳过南山。南山北斗,猎回界口。界口北面,二十弓箭。

[1] 此首录自《明诗综》卷一〇〇。《明诗综》解引《诗话》:此予童稺日,偕闾巷小儿联臂蹋足而歌者,不详何义,亦未有验。

江 西 谣[1]

江西有一哲,六月飞霜雪。天下有十哲,太平无休歇。

[1] 此首录自《明诗综》卷一〇〇。《明诗综》解曰:弘治中,吴江王哲巡按江西,有威名。民为谣曰:"江西有一哲……"

建昌民谣[1]

吴公吴公,行李皆空。公道服人,私情不通。

① 此首录自《明诗综》卷一〇〇。《明诗综》解曰：晋江吴梦相为建昌府推官，迁南京大理评事。时人语曰："吴公吴公……"

辰州苗民语①

不畏官军，但畏粮屯。

① 此首录自《明诗综》卷一〇〇。《明诗综》解引沈融谷云：苗民负固，恃有千万山峒，军退则突出，军至则潜藏，惟官军粮多，筑长围困之，其所畏也。

蜀 中 谣①

打得支罗砦，金珠满船载。打得牛栏坪，换个成都城。

① 此首录自《明诗综》卷一〇〇。《明诗综》解曰：蜀寇黄中据支罗砦，与牛栏坪相望里许，万山斗绝，目为天城。谣云："打得支罗砦……"

顺 德 谣①（二首）

其 一

朝鳃鳃，毛厥施乎？夕捖捖，石厥画乎？劳乎劳乎，盍燕以敖乎？

① 此二首录自《明诗综》卷一〇〇。《明诗综》解曰：嘉靖初，余姚金蕃知顺德县，初政尚严，民谣云云。比及暮，豪强敛，狱讼减，民复谣云云。

其 二

华盖之屹屹，不如尹之无沏。碧鉴之粼粼，不如尹之无津。长我禾黍，谷我士女，吁嗟乎膏雨。

顺 德 谣①

山有虎,邑有胡,无挏其须。

① 此首录自《明诗综》卷一〇〇。《明诗综》解曰:德清胡友信宰顺德,邑多盗,惧民轻法,颇尚猛厉,凡获贼,腊其鼻,或投诸渊,闻者震惊。谣曰:"山有虎……"

藤 峡 谣①

盎有一斗米,莫溯藤峡水。囊有一百钱,莫上府江船。

① 此首录自《明诗综》卷一〇〇。《明诗综》解曰:自藤峡径府江三百余里,诸蛮互为死党,出劫商船,得人则刳其腹,投之江中。峡人谣云:"盎有一斗米……"

永通峡谣①

昔永通,今求通。求不得,葬江中。谁其作始,噫陈公。

① 此首录自《明诗综》卷一〇〇。《明诗综》解曰:藤峡平后,正德间,遗孽渐蔓,峡南尤甚,横江御人,莫可禁制。都御史陈金以诸蛮所嗜鱼盐,乃令商船度峡者,以此委之,道稍通。金疏其事,请名永通峡,诏从之。未几,诸蛮征索无厌,稍不惬意辄掠杀之。浔人谣云:"昔永通……"

广 东 谚①(二首)

其 一

饥食荔支,饱食黄皮。

① 此二首录自《明诗综》卷一〇〇。《明诗综》解引屈翁山云:黄皮果状如金

弹,六月熟,其浆酸而除暑热,与荔支并进,荔支餍饫,以黄皮解之。

其　二①

多食马兰,少食芥蓝。

　　① 原注:"屈翁山云:'马兰食之养血,芥蓝不宜多食。'"

全乐府

一

第二十五卷 清近代乐府（一）

新乐府辞（一）

从 军 行①

戴移孝②

南山射猛虎，北海斩长蛟。生平一双手，出门随所遭。男儿丁乱离，安忍坐蓬蒿。可怜太平人，低头弄钱刀。草木同腐朽，乌知贤与豪。③

① 此首录自清沈德潜《清诗别裁集》（中华书局影印本 1975 年版，下同）卷七。　② 戴移孝（生卒年不详）：字无忝，江南和州（今属安徽）人。明遗民，入清不仕，与兄隐居山中，皆以布衣终老。工诗文。有《碧落后人诗集》。　③ 诗末有评注："作丈夫语。"

苦 寒 行①

朱鹤龄②

顼帝寒威何酷烈，东南地维迸将裂。太湖坚冰百丈深，鱼龙潜窜重阴穴。千村惟见冻凝云，万顷不闻涛喷雪。西风日吼天地昏，估客渔翁往来绝。瘦日隐见无晶辉，钟山烛龙光欲歇。虽然阳气终回旋，可忍罢民重酸切。官税榜笞髓已枯，天行严凛骨还折。时闻艇子陷冰围，绝炊陨命鼋鼍窟。兼之茆屋僵赤肤，妻儿号寒忍呜咽。嗟乎彼苍何梦梦，水旱频仍不堪说。复见杀气东南行，灾祲荆吴恐仍结。君不见，千户封五陵侠，软裘快马出京阙，谁信无衣叫寒月！

① 此首录自民国徐世昌《晚晴簃诗汇》（中国书店影印本 1989 年版，下同）

卷一五。　②　朱鹤龄(1606—1683)：字长孺，号愚庵，吴江(今属江苏)人。明季诸生，入清著书不出，所学以说经为长。《四库总目》称鹤龄所作韵语，"颇出入(杜甫、李商隐)二家之间，而寄兴清远，能不自掩其神韵。"其五、七古多感怆低徊、惊心动魄之作。有《愚庵小集》。

寄 衣 曲①
郭开泰②

商飙落叶如飞燕，寒衣处处催针线。征夫一去未曾还，十载相思不相见。相见家乡讵有期，旧衣寄尽寄新衣。织成窗外三更月，缝就灯前半晓鸡。忆昔裁衣手腕轻，算来宽窄能相称。悠悠离别已多年，心意商量愁未定。定识腰肢旧日非，剪来那得更宽围。试把妾身还自约，嫁衣宽尽不相依。再四叮咛寄徒侣，愿见儿妇亲付与。泪痕滴上半成殷，到日开时应认取。吁嗟乎！王家多难为前躯，休说封侯志尚虚。又恐思家徒乱意，衣间不付一封书。

①　此首录自《晚晴簃诗汇》卷一五。　②　郭开泰(生卒年不详)：字宗林，号罍耻，上海人。诗话言其"以志节自励"，明亡后，不薙发，蛰居以终。有《味谏轩诗稿》。

圆 圆 曲①
吴伟业②

鼎湖当日弃人间，破敌收京下玉关，恸哭六军俱缟素，冲冠一怒为红颜。红颜流落非吾恋，逆贼天亡自荒谲。电扫黄巾定黑山，哭罢君亲再相见。相见初经田窦家，侯门歌舞出如花。许将戚里箜篌伎，等取将军油壁车。家本姑苏浣花里，圆圆小字娇罗绮。梦向夫差苑里游，宫娥拥入君王起。前身合是采莲人，门前一片横塘水。横塘双桨去如飞，何处豪家强载归。此际岂知非薄命，此时只有泪沾衣。薰天意气连宫掖，明眸皓齿无人惜。夺归永巷闭良家，教就新声倾坐客。坐客飞觞红日暮，一曲哀弦向谁诉？白皙通侯最少年，拣取花枝屡回顾。早携娇鸟出樊笼，待得银河几时度？恨杀军书底死③催，苦留后约将人误。相约恩深相见难，一朝蚁贼满长安。可怜思妇楼头柳，认作天边粉絮看。遍索绿珠围内第，强呼绛树出雕栏。若非壮士全师胜，争得蛾眉匹马还？蛾眉马上传呼进，云鬟不整惊魂定。蜡炬迎来在战场，啼妆满面残红印。专征箫鼓向秦川，金牛道上车千乘。斜谷云深起画楼，散关月落开妆镜。传来消息满江乡，乌柏红经十度霜。教曲妓师怜尚在，浣纱女伴忆同行。旧巢共是衔泥燕，飞上枝头变凤凰。长向尊前悲老大，有人夫婿擅侯王。当时只受④声名累，贵戚名豪竞延致⑤。一斛明珠万斛愁，关山飘泊腰支细。错怨狂风飏落花，无边春色来天地。尝闻倾国与倾城，翻使周郎受重名。妻子岂应关大计？英雄无奈是多情。全家白骨成灰土，一代红妆⑥照汗青。君不见馆娃初起鸳鸯宿，越女如花看不足。香径尘生乌⑦自啼，屧廊人去苔空绿。换羽移宫万里愁，珠歌翠舞古梁州。为君别唱吴宫曲，汉水东南日夜流！

① 此首录自李学颖集评标校《吴梅村全集》（上海古籍出版社1990年版）卷三。今按：据《全集》校注，此题"邹钞作'姑苏曲'"。据其"凡例"，"邹钞"指"康熙中梁谿邹氏五车楼刊本邹漪辑《五大家诗钞吴先生诗》。 ② 吴伟业（1609—1671）：字骏公，号梅村，江苏太仓人。明崇祯四年（1631）进士。官左庶子。入清顺治时，官国子监祭酒，以母丧告假归里。其诗多激楚苍凉之音，尤擅歌行，委婉沉着。有《梅村集》。 ③ 底死：《全集》校记"《本事》作抵死"。据其"凡例"，《本事》指"康熙中吴江徐釚辑本《续本事诗》"。 ④ 只受：《全集》校记"《本

事》作苦受"。　⑤ 延致:《全集》校记"《本事》作招致"。　⑥ 红妆:《全集》校记
"《本事》作红颜"。　⑦ 乌:《全集》校记"四十卷本、邹钞均作'鸟'"。据其"凡
例","四十卷本"指康熙九年本《梅村集》。

听女道士卞玉京弹琴歌①

吴伟业

驾鹅逢天风,北向惊飞鸣,飞鸣入夜急,侧听弹琴
声。借问弹者谁? 云是当年卞玉京。玉京与我南中
遇,家近大功坊底路。小院青楼大道边,对门却是中
山住。中山有女娇无双,清眸皓齿垂明珰。曾因内宴
直歌舞,坐中瞥见涂鸦黄。问年十六尚未嫁,知音识
曲弹清商。归来女伴洗红妆,枉将绝技矜平康,如此
才足当侯王。万事仓皇在南渡,大家几日能枝梧? 诏
书忽下选娥眉,细马轻车不知数。中山好女光徘徊,
一时粉黛无人顾。艳色知为天下传,高门愁被旁人
妒。尽道当前黄屋尊,谁知转盼红颜误! 南内方看起
桂宫,北兵早报临瓜步。闻道君王走玉骢,犊车不用
聘昭容。幸迟身入陈宫里,却早名填代籍中。依稀记
得祁与阮,同时亦中三宫选。可怜俱未识君王,军府
抄名被驱遣。漫咏临春琼树篇,玉颜零落委花钿。当
时错怨韩擒虎,张孔承恩已十年。但教一日见天子,
玉儿甘为东昏死。羊车望幸阿谁知,青冢凄凉竟如
此! 我向花间拂素琴,一弹三叹为伤心。暗将别鹄离
鸾引,写入悲风怨雨吟。昨夜城头吹筚篥,教坊也被
传呼急。碧玉班中怕点留,乐营门外卢家泣。私更装
束出江边,恰遇丹阳下渚船。竛就黄绖贪入道,携来
绿绮诉婵娟。此地缥来盛歌舞,子弟三班十番鼓。月
明弦索更无声,山塘寂寞遭兵苦。十年同伴两三人,

沙董朱颜尽黄土。贵戚深闺陌上尘,吾辈漂零何足数。坐客闻言起叹嗟,江山萧瑟隐悲笳。莫将蔡女边头曲,落尽吴王苑里花。

① 此首录自《晚晴簃诗汇》卷二〇。今按:卞玉京,原名卞赛赛,美慧有文才,与董小宛、柳如是、李香君同为秦淮名妓。卞与伟业曾有一段爱情纠葛,南京失陷,各自星散,数年后又相遇于苏州,卞已遁入空门,自号玉京道人。据考证伟业作此诗时为顺治七年(1650)。

楚两生行①

吴伟业

黄鹄矶头楚两生,征南上客擅纵横。将军已没时世换,绝调空随流水声。一生挂颊高谈妙,君卿唇舌淳于笑。痛哭长因感旧恩,诙嘲尚足陪年少。途穷重走伏波军,短衣缚袴非吾好。抵掌聊分幕府金,褰裳自把江村钓。一生嚼徵与含商,笑杀江南古调亡。洗出元音倾老辈,叠成研唱待君王。一丝萦曳珠盘转,半黍分明玉尺量。最是《大堤》西去曲,累人肠断杜当阳。忆昔将军正全盛,江楼高会夸名胜。生来索酒便长歌,中天明月军声静。将军听罢据胡床,抚髀百战今衰病。一朝身死竖降旛,貔貅散尽无横阵。祁连高冢泣西风,射堂宾客嗟蓬鬓;羁栖孤馆伴斜曛,野哭天边几处闻?草满独寻江令宅,花开闲吊杜秋坟。鹍弦屡换尊前舞,鼍鼓谁开江上军?楚客只怜归未得,吴儿肯道不如君?我念邗江头白叟,滑稽幸免君知否?失路徒贻妻子忧,脱身莫落诸侯手!坎壈颏来为盛名,见君寥落思君友。老去年来消息稀,寄尔新诗同一首。隐语藏名代客嘲,姑苏台畔东风柳。

① 此首录自李学颖集评标校《吴梅村全集》卷一〇,原题为《楚两生行并序》,

其序曰:"蔡州苏昆生,维扬柳敬亭,其地皆楚分也,而又客于楚。左宁南驻武昌,柳以谈,苏以歌,为幸舍重客。宁南没于九江舟中,百万众皆奔溃。柳已先期东下,苏生痛哭,削发入九华山。久之,出从武林汪然明。然明亡,之吴中。吴中以善歌名海内,然不过啴缓柔曼为新声。苏生则于阴阳抗坠,分刌比度,如昆刀之切玉,叩之栗然,非时世所为工也。尝遇虎丘广场大集,生睨其旁,笑曰:'某郎以某字不合律。'有识之者曰:'彼伧楚乃窃言是非!'思有以挫之。间请一发声,不觉屈服。顾少年耳剽日久,终不肯轻自贬下,就苏生问所长。生亦落落难合,到海滨,寓吾里萧寺风雪中。以余与柳生有雅故,为立小传,援之以请曰:'吾浪迹三十年,为通侯所知。今失路憔悴而来过此,惟愿公一言,与柳生并传足矣!'柳生近客于云间帅,识其必败,苦无以自脱;浮湛敖弄,在军政一无所关,其祸也幸以免。苏生将渡江,余作楚两生行送之,以之寓柳生,俾知余与苏生游,且为柳生危之也。"今按:楚两生,指明末清初著名昆曲艺人苏昆生与说书艺人柳敬亭,二人都是楚地人。

捉 船 行[①]

吴伟业

官差捉船为载兵,大船买脱中船行。中船芦港且潜避,小船无知唱歌去。郡符昨下吏如虎,快桨追风摇急橹。村人露肘捉头来,背似土牛耐鞭苦。苦辞船小要何用? 争执汹汹路人拥。前头船见不敢行,晓事篙师敛钱送。船户家家坏十千,官司查点候如年。发回仍索常行费,另派门摊云雇船。君不见官舫嵬峨无用处,打鼓插旗马头住。

① 此首录自《吴梅村全集》卷三。

捕 匠 行[①]

钱澄之[②]

今年江南大造船,官捕工匠吏取钱。吏人下乡恶

颜色,不道捕匠如捕贼。事关军务谁敢藏?搜出斧凿
同贼赃。十人捕去九人死,终朝锤斫立在水;自腰以
下尽生蛆,皮革乱挥不少纾。官有良心无法救,掩鼻
但嫌死尸臭。昨日小匠才新婚,远出宁顾结发恩?昼
被鞭挞夜上锁,早卖新妇来救我!

① 此首录自清张应昌《清诗铎》(中华书局 1960 年版)卷八。　② 钱澄之
(1612—1693):字幼光,一字钦光,号田间,初名秉镫,桐城(今属安徽)人。曾参
加南明抗清活动,入清后终生不仕,流寓苏州,务农自给。其诗平易生动,有《田
间集》《藏山阁集》。

催 粮 行①
钱澄之

催完粮,催完粮,莫遣催粮吏下乡。吏下乡,何太
急,官家刑法禁不得。新来官长亦爱民,那信民家如
此贫!朝廷考课催科重,乡里小民肌肤痛。官久渐觉
民命轻,耳熟宁闻冤号声?新增有名官有限,儿女卖
成早上县。君不闻村南大姓吏催粮,夜深公然上
妇床。

① 此首录自《清诗铎》卷八。

水 夫 谣①
钱澄之

水夫住在长江边,年年捉送装兵船。上水下水不
计数,但见船来点夫去。十家门派一夫行,生死向前
无怨声。衣中何有苦搜索,身无钱使夜当缚。遭他鞭
挞无完肤,行迟还用刀箭驱。掣刀在腰箭在手,人命
贱同豕与狗。射死纷纷满路尸,那敢问人死者谁?爷

娘养汝才得力,送汝出门倚门泣。腐肉已充乌鸢饥,家家犹望水夫归。

① 此首录自《清诗铎》卷八。

从 军 行①

宋 琬②

有客有客髯而紫,左挟秦弓右吴矢。自言家本关中豪,黄金散尽来江沚。年来倦上仲宣③楼,裹粮且访侯嬴④里。腰间匕首徐夫人⑤,河畔荒丘魏公子。悬知吊古有深愁,慷慨登车不可止。自从盗决黄河奔,大梁未有千家村。烽火但增新战垒,尘沙非复古夷门。短衣聊向将军幕,长剑终酬国士恩。落日驱车临广武,春风试马出辕辕。丈夫佩印乃恒事,安能郁郁老丘樊! 王郎顾我深叹息,一见欢喜如旧识。此行不但为封侯,人生贵在抒胸臆。江上杨花白雪飞,梁园芳草青袍色。盾鼻犹堪试彩毫,莺声聊为停珠勒。醉后狂歌气若云,军中教战容如墨。春风拂地在斑斑,起看明月揽刀环。平台宾客久零落,至今汴水空潺湲。怜予偃蹇风尘际,年来髩折凋朱颜。已知苦被雕虫误,强弩欲挽不可关。待尔他年分虎竹,相从射猎终南山。

① 此首录自《清诗别裁集》卷二。原题为《从军行送王玉门之大梁》。
② 宋琬(1614—1674):字玉叔,莱阳(今属山东)人。顺治四年(1647)进士。授户部河南司主事,调吏部稽勋司主事。累迁户部郎中,出为陇右道佥事,升永平副使。擢浙江按察使。有《安雅堂集》。　③ 仲宣:汉末王粲,字仲宣。博学多识,文思敏捷,善诗赋,尤以《登楼赋》著称。　④ 侯嬴:战国时魏国人。曾任大梁(今河南开封)夷门守门小吏。后被信陵君迎为上客。魏安厘王派将军晋鄙救赵,晋鄙屯兵不进。侯嬴献计给信陵君,设法窃得兵符,又荐勇士朱亥击杀晋鄙,

夺取兵权，因而胜秦救赵成功。　　⑤ 徐夫人：战国时赵人，以藏锋利匕首闻名。荆轲刺秦王所用匕首即得自徐夫人。司马贞索隐："徐，姓；夫人，名。谓男子也。"

诏 狱 行①

宋 琬

秋官署中有老吏，能说先朝诏狱事。当时国是日纷纭，太阿柄倒归阉寺。天子高居问尚公，公卿标榜排清议。遂有群凶作爪牙，赞虎苍鹰最毛鸷。长乐宫前传片纸，金吾夜半飞缇骑。卫尉将军身姓许，提点官旗北镇抚。谳决惟增王甫欢，累囚难解张汤怒。洗垢新悬沉命法，挥毫已入追魂簿。甫闻北阙杀刘陶，旋见西亭尸窦武。白骨交撑裹赭衣，残骸谁敢收黄土。尔曹自谓盘根株，杀人狐媚夸良图。岂知神理有反覆，昊天明明安可诬。神奸脱距竞葅醢，亦有然脐当路衢。长安万姓歌且舞，卖钗鬻钏沽醍醐。海水群飞桑亩移，俯仰乾坤又一时。三君八俊俱尘土，膺滂田窦无坟基。彤管堪嗟酷吏传，青苔半蚀党人碑。我今何为淹此室，圜扉白日啼寒鸥。冤魂欲招不敢出，但闻阴风萧飒中心悲。中心悲，泪盈把，酹酒呼皋陶，皋陶竟喑哑。古来万事难问天，蚕室谁怜汉司马。君不见城上乌啄人，曾不问贤愚。新鬼衔冤向都市，年年寒食声呜呜。②

① 此首录自《清诗别裁集》卷二。　② 诗末有评注："北镇抚，许显纯也。'洗垢新悬沉命法'以下六语，谓杨、左诸公毕命事也。从狱卒口中详述往事，而主意全在己之诏狱。宾意转详，主意转略，极见作法之变。"

行 路 难①

宋 琬

身不必贤良书，名不必茂才举，便便饱五经，讵若工三语。乡里小儿车上舞，大字新衔谒府主。三年前在廊下趋，白头老儒徒踽踽。汉家公卿半刀笔，平阳之后有丙吉。家家少牢祀酇侯，有儿莫读天人策。驷马银鞍金作鱼，何足道哉二千石。

① 此首录自《清诗别裁集》卷二。

栈道平歌①

宋 琬

君不见梁州之谷钭与褒，中有栈道干云霄。仰手可以扪东井，下临长江浩汗汹波涛。大禹胼胝恐未到，帝遣五丁开神皋。巨灵运斧地维坼，然后南通巴蜀西羌髳。蛇盘萦纡六百里，千回万曲缘秋毫。悬车束马弗可以径度，飞腾绝壁愁猿猱。汉家留侯真妇女，烈火一炬嗟徒劳。噫嘻乎，三秦之人困征戍，军书蜂舞如蝟毛。衔枚荷戈戟，转粟穷脂膏。估客尔何来，万里竞锥刀。须臾失足几千仞，猛虎蝮蛇恣贪饕。出险洒洒始相贺，磷磷鬼火闻呼号。泰运开，尚书来，恩如雨露威风雷。一呼集畚锸，再呼伐薪柴。醇醨浇山万夫发，坐看巉岩削尽为平埃。噫嘻乎，益烈山泽四千岁，火攻莫救苍生灾。昔也商旅鱼贯行，今也不忧狼与豺。昔也单车不得上，今也康庄之途足以走连辇。僰童巴舞贡天府，桃竹筼布输邛崃。歌豳风，击土鼓，贾父之来何晚哉。丰功弈弈垂万祀，经济不数韦皋才。中朝衮衣待公补，璇玑在手平泰阶。西望剑阁高崔巍，侧身欲往空徘徊。大书深刻告来世，蛟龙炭岜磨青崖。金穿石，泐陵谷，徯我公之功，不与伏波铜柱同尘埋②。

① 此首录自《清诗别裁集》卷二。原题作《栈道平歌为贾胶侯尚书作》。

② 诗末注云："贾中丞名汉复，平险为夷，因作歌以颂之，歌勒于观音碥崖石上。出后人手，几成德政歌矣。此服其笔力之大。"

岁 暮 行①

龚鼎孳②

天寒鼓枻生悲风，残年白头高浪中。地经江徽饱焚掠，夜夜防贼弯长弓。荒村哀哀寡妇哭，山田瘦尽无耕农。男逃女窜迫兵火，千墟万落仓箱空。昨夜少府下急牒，军兴无策宽蜚鸿。新粮旧税同立限，入不及格书弩庸。有司累累罪贬削，缗钱难铸山非铜。朝廷宽大重生息，群公固合哀愚蒙。揭竿扶杖尽赤子，休兵薄敛恩须终。

① 此首录自《清诗别裁集》卷一。　② 龚鼎孳（1615—1673）：字孝升，号芝麓，合肥（今属安徽）人。明崇祯七年（1634）进士。入清后，累官礼部尚书。其诗以婉丽为宗，与钱谦益、吴伟业齐名，时称"江左三大家"。有《定山堂集》等。

薤 露 歌①

魏裔介②

波流汤汤逝不竭兮，出日入月景不灭兮，人命无常递相阅兮。③

① 此首录自《清诗别裁集》卷二。　② 魏裔介（1616—1686）：字石生，直隶柏乡（今属河北）人。顺治三年（1646）进士。官至大学士。有《兼济堂集》。

③ 诗末有评注："用意高于原辞。"

将 归 操①

魏裔介

河之水兮波洋洋，我不济兮非无梁，回车东望涕沾裳。

① 此首录自《清诗别裁集》卷二。

贫 交 行①

颜 统②

君不见张耳陈余贫贱时，结交刎颈称心知。本期共逐秦家鹿，富贵相争不自持。一从绛灌列茅土，一死泜水为亡虏。遂令天下论交情，朝为秦晋暮吴楚。漫称角哀与伯桃，西华零落感孝标。从知悠悠势利者，一生不及古贫交。贫交不在多黄金，黄金不多交亦深。意气还将然诺重，得失荣枯何足论。贫交结契水与山，生死相从无留难。愧煞当时车马客，转眼忘情反覆间。

① 此首录自《清诗铎》卷二二。　② 颜统：字士凤，桐乡（今属浙江）人。明诸生，入清不仕。有《不除草集》。

参 军 行①

宋征舆②

檀州军败沛南陷，铁骑西山逼云栈。九门辛苦坐公卿，按兵不动有高监。玉堂美人胡不平，上书北阙苦论兵。参军新命一朝下，单骑夜出长安城。是时主将卢司马，独将西兵兵力寡。不教国士死黄沙，别遣参军向城下。参军不行司马嗔，参军既行军伍陈。北向再拜谢至尊，曰臣象升死国恩。鼓声阗阗军出垒，司马一呼创者起。三万边兵夜合围，孤军虽胜终斗死。朝廷颇轻死事功，翻疑讼疏多雷同。司马几受斫棺惨，参军一官成转蓬。呜呼！权臣报复有如此，疆场谁肯撼孤忠！③

① 此首录自《清诗别裁集》卷二。　② 宋征舆(1618—1667)：字辕文，华亭(今属上海)人。顺治四年(1647)进士。官至都察院副都察御史。与陈子龙、李雯齐名，时称"陈宋"，或曰"宋李"。有《林屋文稿》、《林屋诗草》、《海闾香词》等。

③ 诗末评注："此纪贾庄之败也。高监，名起潜；参军杨廷麟。时枢辅杨嗣昌嫉卢忠烈正直，不与援兵。高起潜拥兵坐视忠烈与大军战，重创死。嗣昌诬以降，又诬以遁，几至斫棺。廷麟力辩其冤得免，忠佞颠倒如此，明社所以屋也。后参军亦以守城死。"

善哉行①

任源祥②

人生大难，车摧马烦。今日相对，皆当尽欢③。泛舟五湖，风波万端。上山采薇，虎视耽耽④。身受国恩，披发佯狂。愧无豫让，以报赵襄⑤。密雪闭门，饥寒苦侵。妻子相对，难以论心⑥。悲歌慷慨，惟有友朋。月落乌啼，旭日方升⑦。

① 此首录自《清诗别裁集》卷八。　② 任源祥(1618—约1676)：初名元祥，字王谷，宜兴(今属江苏)人。明诸生，入清弃科举。精研经世之学，有志用于世，助州县刑名钱谷，均有成绩。诗文成就俱高，有《鸣鹤堂诗文集》。　③ 原注："一解。"
④ 原注："二解。"　⑤ 原注："三解。"　⑥ 原注："四解。"　⑦ 原注："五解。"

民 谣①

尤侗②

急丈田，长洲县。田几何，百余万。奉部文，一年限。朝廷丈田除浮粮,浮粮若除须补亡。下跨河水上山冈,菜畦菱荡都抵当。插旗四角周中央,男奔女走群惝惶。上官督县令,县令责里正。里正不识弓尺寸,转雇狙狯代持筹,长短方圆一手定。一手定,一手更,私田缩,官田盈。移重那轻无不有,田主瞠眼不敢眝。县家覆丈岂能遍,但取溢额可考成。急丈田,限一年。官比票,吏索钱。官田未见增什一,民钱已闻费万千。君不见一县图书七百四十一,日造黄册堆积高于山。

　　① 此首录自《清诗别裁集》卷一一。　② 尤侗(1618—1704):字同人,号西堂,长洲(今苏州)人。康熙十八年(1679)举博学鸿词,授检讨。有《西堂全集》。

牧童谣①

施闰章②

　　上田下田傍山谷,三年播种一年熟。老牛乱后生黄犊,版筑将营结茅屋。催科令急畏租吏,室中卖尽牛亦弃。今年逋租还有牛,明岁田荒愁不愁? 前山吹筛后击鼓,杀牛飨士如磔鼠,牛兮牛兮适何土?

　　① 此首录自《清诗铎》卷六。　② 施闰章(1618—1683):字尚白,号愚山,宣城(今属安徽)人。顺治六年(1649)进士。曾参修《明史》,进侍读,所至有治绩。文章醇雅,尤工于诗,著有《施愚山先生学余诗集》50卷、《施愚山先生别集》4卷。

樵歌行①

沈　谦②

　　西山樵夫方壮年,手持樵斧西山边。朝向西山石上坐,暮向西山云际眠。行人过者问樵夫,愿君共坐语斯须。美髯如戟好身手,虎狼不顾千金躯。深林杳杳白日落,请君且去住城郭。丰貂锦衣不识寒,肥肉美酒供大嚼。暂时俯仰谁复嗤，恐随霜露填沟壑。樵夫不答自微吟，东江渔者知我心。

① 此首录自《清诗别裁集》卷八。题下自注："祖望自号西山樵夫，尝以《渔夫词》赠予，故有此答。"今按：沈谦与张祖望、毛先舒合称"南楼三子"，以文采志行相尚。张祖望，名纲孙，字祖望，钱塘人。恬淡好诗文，喜山水，其诗悲凉沉远。

② 沈谦（1620—1670）：字去矜，号东江，仁和（今属浙江）人。少聪慧，好诗词。诗崇温、李，为时人推许。有《东江集钞》。

裁 衣 曲①

毛先舒②

剪征衣，亲手作。君身长短何须度，肥瘦定然不如昨。新衣为君裁，旧泪为君落。还将铜斗细熨灼，莫使衣上沾猩红，君见泪痕不肯着。③

① 此首录自《清诗别裁集》卷八。　② 毛先舒（1620—1688）：字稚黄，后更名骧，字驰黄，浙江钱塘（今杭州）人。明诸生。入清后不求仕进，从事音韵学研究，与毛奇龄、毛际可齐名，时称"浙中三毛，文中三豪"。有《思古堂集》、《诗辨坻》、《韵学通指》、《南曲正韵》等。　③ 诗末评注："思路音节近接青邱，远接文昌仲初。"

少 年 行①

孙枝蔚②

少年不读书，父兄佩金印，子弟乘高车。少年不学稼，朝出乌衣巷，暮饮青楼下。岂知树上花，委地不如蓬与麻。可怜楼中梯，枯烂谁论高与低？尔父尔兄归黄土，尔今独自立门户。尔亦不辨亩东西，尔亦不能学商贾。时衰运去繁华歇，年年大水伤禾黍。旧时诸青衣，散去知何所？簿吏忽升堂，催租声最怒。相传新使君,怜才颇重文。尔曹不识字,张口无所云。鬻田田不售,哭上城东坟。昔日少年今如此,地下贵人闻不闻?③

① 此首录自《清诗铎》卷一八。　　② 孙枝蔚(1620—1687):字豹人,号溉堂,陕西三原人。康熙十八年(1679)举博学鸿词,以年衰不应试,授内阁中书衔。其诗多激越之音,被誉为奇人。有《溉堂集》。　　③ 诗末评注:"孙铉曰,此诗可为纨袴子作传。"

挽 船 曲①

梁清标②

宁为官道尘,勿为官道人。尘土践踏有时歇,人民力尽还戕身。长安昨日兵符下,舳舻千里如云屯。官司雇夫牵缆去,扶老携儿啼满路。村村逃避鸡犬空,长河日黑涛声怒。纤夫追捉动数千,行旅裹足无人烟。穷搜急比势如火,那知人夫不用用金钱!健儿露刃过虓虎,鞭棰叱咤惊风雨。得钱放去复重雇,县官金尽谁为主? 穷民袒臂身无粮,挽船数日犹空肠。霜飙烈日任吹炙,皮穿骨折委道旁。前船夫多死,后船夫又续。眼见骨肉离,安能辞楚毒! 呼天不敢祁生还,但愿将身葬鱼腹。可怜河畔风凄凄,中夜磷飞新鬼哭。

① 此首录自《清诗铎》卷八。　　② 梁清标(1620—1691):字玉立,号棠村,正定(今属河北)人。崇祯十六年(1643)进士,入清授翰林编修,累官至户部尚书、保和殿大学士。有《蕉林诗文集》、《棠村词》、《棠村随笔》等。

飘 风 行①

杨思圣②

黄云覆天天梦梦,飘风撼地地欲动。百丈层冰结重阴，白日无色势顽洞。猎猎寒风杀气高，惊沙扑面利如刀。马毛猬磔雁声苦，鱼龙冻蛰狐狸噪。燕南济北人蹙蹙，死者含冤生者哭。总有乐土那可移，奋飞不及鹙与鹭。监门入告皇心伤，诏书十道被遐荒。可能遭此风霜岁，忍待明年春麦黄。

① 此首录自《清诗别裁集》卷二。 ② 杨思圣(1621—1664)：字犹龙，直隶巨鹿(今属河北)人。顺治三年(1646)进士。官四川布政使。有《且亭集》。

有 所 思①

杜立德②

故人经岁别，怅望久无音。坞隐江村小，烟迷树色深。疏风吹绮幕，新月上瑶琴。静里相思极，何时惬素襟。

① 此首录自《晚晴簃诗汇》卷二二。 ② 杜立德(1611—1691)：字纯一，宝坻(今属天津)人。崇祯末进士。入清授中书，官至保和殿大学士，加少傅兼太子太傅，调吏部尚书。有《太傅诗选》。

行 路 难①（三首）

李邺嗣②

其 一

步出浙江干，酸风射华发。曾此斗戈船，隔岸西陵饮马窟。窄行碍履齿，莫是当年死士骨。铜腥渍草草不长，鬼作战声犹恍忽。君不见蛟龙夜徙田横岛，海潮不到江潮小。

① 此三首录自《晚晴簃诗汇》卷一七。 ② 李邺嗣(1622—1680)：原名文胤，以字行，号杲堂，鄞县(今属浙江)人。年十二三能诗，即有秀句，十六补诸生。入清，踪迹多在僧寺野庙。曾集《甬上感旧诗》，搜寻颇费心力。有《杲堂诗钞》。

其 二

客程当落日,重经古陵傍。陵柏摧为薪,百里爨室香。石人枕石马,鱼镫暗失光。熊罴既不守,穴狐起相商。自昔帝王终失势,土花滴尽行人泪。猎人获得大鹿归,角下小牌隐有字。摩挲知写放鹿年,谁识汉陵当日事。

其 三

飓风吹散阴天雾,十里横塘开石路。云是当年捍海堤,黄土茫茫海眼涸。堤上人家学种桑,老翁不识灵胥怒。发鸠怨鸟暂得伸,草没鲛宫烽火树。麻姑笑语王方平,水浅蓬莱复一度。人间海陆亦易迁,天地鸿濛我适晤。

长 门 怨①

毛奇龄②

玉殿金缸晚色新,殿前少使绣麒麟。夜来恐索长门锦,要赐平阳③歌舞人④。

① 此首录自《清诗别裁集》卷一一。　② 毛奇龄(1623—1716):字大可,别号西河,浙江萧山人。康熙时举博学鸿词,授翰林院检讨,参与修《明史》。有《西河合集》。　③ 平阳:汉曹寿封号。曹寿娶汉武帝姊阳信长公主。时汉武夜间改装出行,常冒称平阳侯,宠幸侯家歌女卫子夫,后将其立为皇后。　④ 诗末原注:"汉内职有少使之号。"

打虎儿行①

毛奇龄

打虎儿,乃在汴梁之禹州。禹州城外朱家楼,小儿十一随父耕。深林有虎斑毛成,飓飓黑风吹草根,乘风攫人谁敢撄。小儿不识虎,疑是狐与狸。陡然见虎衔父肢,咆哮草际风来吹。儿啼向风不得父,把杕打虎截虎路。三尺童子五尺杕,凭空击去著虎臆。虎惊顾儿舍父逸,深林风草皆无色。禹州太守呼小儿,予之以帛饱以糜。予时在署识儿面,披发跳掷真儿嬉。问儿打虎虎何似,举手张牙作虎势。假虎隐幔恐小儿,小儿惊避力不支。当时见虎得无怖,此事我亦昧其故。禹州太守省得知,是时小儿知有父。男儿七尺纵复横,争名攫利万里行。高堂存没总不问,那肯舍命恋所生,我所思打虎儿。

① 此首录自《清诗别裁集》卷一一。题下有序曰:"禹州民朱儿,救父打虎,史使君廷桂奖劳之。予识之禹署。"

雉 子 斑①

缪慧远②

雉子斑兮,其羽煌煌。雄雌朝飞,阡陌相将。十步一啄,载飞载藏。谁为祸枢,体负文章。南山媒翳,北山罗张。樊笼既入,形容无光。恭承嘉惠,食以稻粱。尔虽小物,耿介莫当。局促一世,生不如亡。微命既释,感恩未央。迟迟春日,膏泽徜徉。愿同黄雀,衔环君旁。

① 此首录自《清诗别裁集》卷二。　② 缪慧远:字子长,吴县(今属江苏)人。顺治进士。官寿阳知县。有《宁斋诗集》。

插 秧 词①

曹垂灿②

桔槔未动商羊③舞,老农出社迎猫虎④。熏风灵雨及时来,秧水齐添土膏朏。针苗剪剪绿初齐,如卦行行立畛畦,陇畔柳浓斜挂笠,农歌声里鹁鸪啼。自辰至午不停手,厨下炊羹并剪韭。老翁提馌饷田间,瓮中更有新篘酒。日晚水田聚斗笠,移时火耨农功急。寄语食租衣税家,莫忘辛苦盘中粒。

　① 此首录自《清诗别裁集》卷二。　② 曹垂灿(生卒年不详):字天祺,号绿岩,上海人。顺治间进士,官浙江遂安知县。工诗词。有《竹香亭诗余》《明志堂集》。　③ 商羊:传说中的鸟名,据说大雨前,常屈一足起舞。　④ 迎猫虎:古八腊之一。于腊月农事完毕后,迎猫神而祭之,以祈消灭田鼠,保护庄稼。

骤 车 谣①（五首）

徐 倬②

其 一

车轹忙,替庆冈。骤转毂,尾秃速。路崎岖,声独漉。嗟尔车中人,何不还家抱黄犊。

　① 此五首录自《清诗别裁集》卷一〇。　② 徐倬(1624—1713):字方虎,号苹村,浙江德清人。康熙十二年(1673)进士。授翰林院编修,后侍读加礼部侍郎。有《苹村集》。

其 二

宝剑金玉装,少年骏马驮。车中坐老叟,面皱鬓又皤,骤兮骤兮负汝何?

其 三

簸之扬之非麰麧,颠之倒之裂裳衣。骤因刍豆辛苦为,劳人草草将安之,人与尔骤计摠非。

其 四

鸡初喔,乌再啼,北斗阑干月沉西。满地冰霜骤足动,踏破千家万家梦。①

① 诗末评注："奇警句以无意得之。"

其 五

捶马勿伤面，捶骡勿伤背。伤背乌啄疮，后日难重载。八口安食骡奔波，骡若不行谁能那，为语役夫爱尔骡。①

① 诗末评注："爱及物力，仁人之言。"

采 莲 曲①

徐 倬

溪女盈盈朝浣纱，单衫玉腕荡舟斜，含情含怨折荷华。折荷华，遗所思，望不来，吹参差。②

① 此首录自《清诗别裁集》卷一〇。　② 诗末评注："音节声宛然齐梁。"

长平坑歌①

王士禄②

虎狼之秦胡不仁，锐头小儿服振振。劫灰更促括也将，一战赵垒成埃尘。白骨岳积四十万，至今此地无青春。丹坞水绕发鸠麓，指点当年赵兵衄。土人往往坑旁耕，拾得残戈或断镞。镞头长以寸，戈头长以尺，持将磨向丹河沙，古血犹腥土花赤。省冤谷接武安台，南来遗迹仍崔嵬。应共髑髅山下月，夜深同对鬼磷哀。③

① 此首录自《清诗别裁集》卷三。　② 王士禄(1626—1673)：字子底，山东新城人。顺治九年(1652)进士。选莱州教授，迁国子监助教，擢吏部主事。后以吏部考功员外郎典试河南。以事下狱，后得昭雪。与弟王士祜、王士禛均有诗名，有《表微堂诗存》。　③ 诗末评注："视陶中立《长平戈头歌》较有魄力。"

裁 衣 曲①

王士禄

初罢青砧响，还劳素腕舒。残灯金粟尺，远道玉
关书。白纻缝仍涩，红绵怨有余。流黄明月路，何处
逐轻车。

① 此首录自《清诗别裁集》卷三。

兵 船 行①

王 昊②

阵云压城日光白，羽檄纷驰骑充斥。飓风昨夜起鲛
宫，斗舰千群复何益。忆昔军兴催造船，吴民髓竭无金
钱。刺史流汗县令哭，老农含血遭笞鞭。一朝连烽迷海
道，帆樯如山倏然倒。旗鼓虚张杨仆营，艨艟已入田横
岛。沙溪十里飞黄埃，人家门户昼不开。横刀跃马满街
市，海船方去官军来。君不见军中健儿不羞走，尽是幽
并好身手。十村九村无人烟，不扫鲸鲵扫鸡狗。③

① 此首录自《清诗别裁集》卷一二。 ② 王昊（1627—1679）：字惟夏，太仓
（今属江苏）人。康熙间召试博学鸿词，以年老授官正字回籍。有《硕园集》。
③ 诗末评注："造船累民，为清海氛也。乃遇寇退避，复扫村民，兵船之祸烈于寇
矣。吴野人有《造船匠》一篇，应纪一时之事。"

采 柳 谣①

叶 燮②

去年采东乡，今年采西乡。东西两乡柳，采之尽
斧戕。河堤决无时，需扫如山冈。高柳无遗槎，柳种
才成秧。大府昨下檄，催督肩相望。境内柳已空，越
境有严防。无已及他木，槐榆枫栎樟。违材式不程，

李难代桃僵。百金缚一扫,千夫提其纲。投之沧渊中,厥声咈沸汤。河伯鼓赫怒,飘如马脱缰。哀哉累膏血,一掷剜肉偿。何虑千百扫,往往归茫洋。吾欲叩九关,好生德之常。缅彼至治世,大海无波扬。

① 此首录自《清诗别裁集》卷一〇。　② 叶燮(1627—1702):字星期,号巳畦,吴江(今属江苏)人。康熙九年(1670)进士。官知宝应县。有《巳畦集》。

马 草 行①

朱彝尊②

阴风萧萧边马鸣,健儿十万来空城。角声呜呜满官道,县官张灯征马草。阶前野老七十余,身上鞭扑无完肤。里胥扬扬出官署,未明已到田家去。横行叫骂呼盘飧,阑牢四顾搜鸡豚。归来输官仍不足,挥金夜就倡楼宿。

① 此首录自《清诗铎》卷九。　② 朱彝尊(1629—1709):字锡鬯,号竹垞,秀水(今浙江嘉兴)人。康熙十八年(1679)举博学鸿词科,授翰林院检讨。充《明史》纂修官。又充日讲官,知起居注,典江南乡试,入值南书房。后罢归,著述以终。乃清代著名文学家和学者,其诗与王士禛齐名,时称"南朱北王"。有《曝书亭全集》,又编有《明诗综》《词综》等。

捉 人 行①

朱彝尊

步出西郭门,遥望北郭路。里胥来捉人,县官一何怒。县官去,边兵来,中流箫鼓官船开。牛羊橐驼蔽原野,天风蓬勃飞尘埃。大船峨峨驻江步,小船捉人更无数。颓垣古巷无处逃,生死从他向前路。沿江风急舟行难,身牵百丈腰环环。腰环环,过杭州,千人举櫂万人讴。老拳毒手争殴逐,慎勿前头看后头。

① 此首录自《清诗铎》卷九。

西 洲 曲^①

顾大申^②

东风吹五两,忆郎西洲去。门宿武昌船,帆开岳
阳树。去年下西洲,迟日独登楼。今年桃李花,红白
浮巴丘。花开得结子,作客何穷已。春断莺啼中,妆
成明镜里。朝上望夫山,纤手得红兰。盛以茉莸囊,
结以翡翠盘。镂刻刀环形,鸳鸯双偃仰。寄悬腰间
带,铜鞮莫轻上。

① 此首录自《清诗别裁集》卷三。 ② 顾大申(生卒年不详):字震雉,华亭
(今上海松江)人。顺治九年(1652)进士。官工部侍郎。有《堪斋诗存》。

巫 山 高^①

张实居^②

巫山高,不可步;湘水深,不可渡。水有汹涌澎湃
之波,山有屈曲崎岖之路。我欲攀缘狼虎来,我欲徒
涉蛟龙怒。相思不相见,沾裳泪如雨。巫山高,空自
高;湘水深,空自深。舟车非所愿,但愿人一心。

① 此首录自《清诗别裁集》卷一四。 ② 张实居(? 一约1661):字宾公,山
东邹平人。茹家国之痛,高隐不仕。有诗盈千,多怀感叹之作。有《萧亭诗选》。

青 溪 曲^①

李 敬^②

十里青溪半藕花,亭台相向夕阳斜。小姑不解伤

心事,夜夜月明来浣纱。

① 此首录自《晚晴簃诗汇》卷二四。　② 李敬(?—1665):字圣一,号退庵,六合(今属江苏)人。顺治四年(1647)进士。尝以监察御史巡按湖广,官至刑部侍郎。其诗五言尤胜,尝与汪琬、王士禛等论诗。有《退庵集》。

养 马 行①

梁佩兰②

贤王爱马如爱人,人与马并分王仁。王乐养马忘苦辛,供给王马王之民。马日龁水草百斤,大麦小麦十斗匀。小豆大豆驿递频,马夜龁豆仍数巡。马肥王喜王不嗔,马瘦王怒王扑人。东山教场地广阔,筑厩养马凡千群。北城马厩先鬼坟,马厩养马王官军。城南马厩近大海,马爱饮水海水清。西关马厩在城下,城下放马马散行。城下空地多草生,马头食草马尾横。王谕养马要得马性情,马来自边塞马不轻,人有齿马,服以上刑。白马王络以珠勒,黑马王络以紫缨,紫骝马以桃花名。斑马缀玉锁,红马缀金铃。王日数马,点养马丁,一马不见,王心不宁,百姓乞为王马王不应。③

① 此首录自《清诗别裁集》卷一六。题下有序:"庚寅冬,耿、尚两王入粤,广州居民避窜,徙于乡。城内外三十里庐舍坟墓,悉令官军筑厩养马,梁子哀之,作养马行。"　② 梁佩兰(1629—1705):字芝五,广东南海人。康熙二十七年(1688)进士。选授翰林院庶吉士,时已年近花甲,次年告假归里。有《六莹堂集》。③ 诗末评注:"以赞颂之笔,写讽刺之旨,贵畜贱人如此,其败亡也必然矣。"

日本刀歌①

梁佩兰

市中宝刀五尺许,市中贾人向予语。红毛鬼子来大洋，此刀得自日本王。王使红毛预斋戒，三日授刀向刀拜。龙形虎视生气骄，抽出天上星摇摇。黄蛇之珠嵌刀首，百宝刀环未曾有。有时黑夜白照人，杀人血渍紫绣新。阴晴不定刀气色，风雷闪怪吼墙壁。相传国王初铸时，金生火克合日期。铸成魑魅魍魉伏，通国髑髅作人哭。人头落地飞纸轻，水光在水铺欲平。国王恃刀好战伐，把刀一指震一国。红毛得刀来广州，大船经过海若愁。携出市中人不识，价取千金售不得。我闻此语空叹呼，兵者凶器胡为乎？中国之宝不在刀，请以此刀归红毛。[2]

① 此首录自《清诗别裁集》卷一六。　② 诗末评注："字字锋芒逼人，骇胆慄魄，末见中国所宝在明德，不在武事，尤得尊崇之体。"

易 水 行[1]

梁佩兰

易水悲歌动天地，荆卿入秦为燕使。秦王尊礼设九宾，殿间顾笑旁无人。於期之头奉上殿，血光直射秦王面。取持《督亢》色仓皇，咄哉年少秦舞阳。图穷不觉见匕首，秦王睨之环柱走。荆卿不得刺秦王，无且在殿提药囊。为谋不成实天意，祖龙胆落荆卿死。一死可以报太子，君不见沙丘之椎亦如此。[2]

① 此首录自《清诗别裁集》卷一六。　② 诗末评注："荆轲刺秦王一系生劫之谬，一系剑术之疎，然秦王之魄已为之夺矣。以沙邱狙击作结，倒观有力。"

子 夜 歌[1]

屈大均[2]

荧荧桃李花，薄命寄君掌。河水虽东流，河鱼自西上。

①此首录自《晚晴簃诗汇》卷一八。　②屈大均(1630—1696)：字翁山，广东番禺人。入清为僧,中年还俗。工诗,与陈恭尹、梁佩兰齐名,称"岭南三大家"。著有《道援堂集》、《翁山诗外》、《翁山文外》等。

贫交行①

田茂遇②

古人不贫才不老,今人贫乃伤怀抱。古人结交重青云,今人弃置同秋草。今古人情何太殊？我来仗剑邯郸道。邯郸城中游侠多,邂逅相逢意气好。腰间脱剑且按歌,尊中有酒复倾倒。上堂拜母下揖嫂,与子缝裳复剥枣。君不见古来英雄不用为佣保,叩角行歌石皓皓。

①此首录自《清诗别裁集》卷五。　②田茂遇(生卒年不详)：字楫公,号髯渊,华亭(今上海松江)人。顺治间举人,授山东新城知县,不赴。又举博学鸿词,罢归。善诗文,尝与魏裔介、王崇简相唱和。有《水西草堂集》、《渌水词》、《清平词》等。

孤 儿 行①

田茂遇

孤儿啼声何凄然,问汝啼何为？长跪答言,父为南海太守,居官清廉,不枉取一钱。鸣驺吹角,大吏巡边,前导到部势喧然。晨报谒,不得前；夕报谒,不得前。急从贩缯者,赍缣百联,献之幕府大不欢。曰此邦旧有百斛珍珠船。大吏朝去境,夕拜笺。守此海邦,另择名贤。乌白鹭黑,上下茫然。父羁南海不得旋,客死归黄泉。儿负婺母,跋涉山川,乞食路间。望见大吏,鸣驺吹角仍巡边,猗嗟父骨归何年。②

　　① 此首录自《清诗别裁集》卷五。　② 诗末评注:"音节全从古乐府出。乞食路间,复望见大吏巡边,痛绝在此,警绝也在此。"

塞　上　曲①

丁　澎②

　　百战洮河西备羌,合黎山外月如霜。白头老将沙场卧,尚说弯弓从武皇。

　　① 此首录自《清诗别裁集》卷四。　②丁澎(约 1622—1686):字飞涛,浙江仁和(今杭州)人。顺治十二年(1655)进士。官刑部主事,充河南乡试副考官,升礼部郎中。工诗,与毛先舒、柴绍炳等人称"西泠十子",有《扶荔堂集》。

少　年　行①

吴兆骞②

　　少年便弓马,落魄无所忧。自矜紫台客,爱作朱门游。曾陪北部大都尉,新事西京博陆侯。三月春风满京国,待诏期门执长戟。铜驼街畔臂鹰归,金马门前赐衣出。天书趣拜羽林郎,腰间镂带黄金珰。鹦鹉杯传仙液暖,𫘤骏冠插翠绥长。归来塞外驱驹马,宾御如云曜原野。唇鹃都护揖车前,射雉参军候铃下。骄奢只疑彻侯家,贫贱宁怜旧游者。海东健儿浴铁衣,沙场几度决重围! 有功不解谒权贵,战如熊虎谁知之?

　　① 此首录自《清诗铎》卷一二。　② 吴兆骞(1631—1684):字汉槎,吴江(今属江苏)人。顺治十四年(1657)举人。以科场案流放宁古塔二十余年。少有才名,与彭师度、陈维崧被称为"江左三凤凰"。其诗多写塞外景色和怀乡之情,有《秋茄集》。

老 翁 叹①

彭孙遹②

晓发秦邮驿，晚投界首村。炊烟寒未起，十室九闭门。道旁老翁长叹息，此地由来称乐园。大兵顷者一经过，顿令闾里无颜色。持刀投石碎门户，百物纵横恣所取。击豕刲羊事酒筵，趋迎犹恐逢其怒。此恨吞声何足道，妻子堪怜不自保。今年犹有两三家，明年漂泊成荒草。我闻此言凄恻久，自发吴阊经界首。但逢逆旅多致词，处处烦冤如一口。老翁此语最酸辛，可知艰苦皆身受。谁言横海建奇勋，用兵不戢徒自焚。江南巨丽佳气色，须臾萧索生愁云。稻粱凫雁一朝尽，健儿跃马犹纷纭，当年空笑鱼将军。

① 此首录自《清诗铎》卷一一。　② 彭孙遹(1631—1700)：字骏孙，号羡门，浙江海盐人。顺治十六年(1659)进士。官至礼部侍郎。有《松桂堂集》、《延露词》等。

拟美女篇①

王士禛②

洛滨风日好，美女出相望。瑶象饰香毂，玉轪鸣锵锵。采春兰阪上，弭盖蘅皋傍。龙辅节纤步，莺珠结明珰。借问女谁氏，少小生平阳。大姊入后宫，次姊瑯琊王。小妹虽不贵，夫婿直东厢。出入冠骏骎，天子侍中郎。槛衣万锦费，骒袅千金装。容华诚自惜，贵盛宁易详。洛水正微波，明澜一何长。川路西南永，扁舟不可方。寄语盛年子，顾义慎自防。

① 此首录自《晚晴簃诗汇》卷二八。　② 王士禛(1634—1711)：字贻上，号阮亭，自号渔洋山人，山东新城人。顺治十五年(1658)进士。官至刑部尚书。其诗雍容澄淡，论诗尊严羽"妙悟"、"兴趣"说，又创"神韵"说，与朱彝尊并称为"南

朱北王"。有《带经堂集》、《渔洋山人菁华录》等。

拟白马篇①

王士禛

骏马生代北,少年出幽并。结束各光采,指顾风云生。朝游属玉观,夕宿卫承明。身逐孤儿队,名隶羽林兵。行行南山猎,意气何纵横!苍隼决云来,飞矢逆风鸣。大泽鹮鹊道,深雪狐兔惊。回瞻鹳雀门,突兀与云平。鞍马倏来归,势若浮烟轻。昨夜羽书至,贰师出边庭。上马别妻子,鸣镝追前旌。旧随冠军伍,复此河源行。大漠少行人,深谷多貙貔。朝饮沙上泉,夕戍云间城。左顾疏勒服,右盼伊吾清。无令都护将,关外独声名。

① 此首录自《晚晴簃诗汇》卷二八。

送 马 谣①

田 雯②

桑干道,滹沱野,羽箭材官南送马。太仆火印何权奇,漳乡不产龙媒姿。一行五百匹,日驰百里。农夫锉草,妇子汲水。健儿来何方?官帖十行,鞭箠在手,戟髯怒张。刍豆供给苦不足,猎犬鞲鹰饱余肉。送马者去吏索钱,农夫鬻牛妇子哭。③

① 此首录自《清诗别裁集》卷六。 ② 田雯(1635—1704):字纶霞,山东德州人。顺治三年(1659)进士。授中书,历官江宁、贵州巡抚。后补刑部右侍郎,调户部左侍郎。有《古欢堂集》。 ③ 诗末有注:"写尽农家供官之苦,作新乐府读。近世采风无人,�̇由达之,当宁矣。"

缫 车 辞①

田 雯

朝饲蚕，暮饲蚕，桑树叶大蚕眠三。初长如蚁今成茧，乙乙上簇黄白满，缫车呷轧风中转。女十五，当户织；桃夭期，闻消息。帘幕半垂双燕飞，打叠新缣作嫁衣。

① 此首录自《清诗别裁集》卷六。

折杨柳歌①（三首）

许 虬②

其 一

柳条三尺长，明日清明节。江南小儿女，采作流苏结。

① 此首录自《清诗别裁集》卷五。　② 许虬（生卒年不详）：字竹隐，长洲（今江苏苏州）人。顺治十五年（1658）进士。历思州府推官、思南府同知、绍兴府同知，官终永州知府。有《万山楼诗集》。

其 二

千树宫墙柳，万朵道旁花。折柳在侬手，花飞到谁家？

其 三

居辽四十年，生儿十岁许。偶听故乡音，问爷此何语？①

① 诗末评注："竟是齐梁间北国歌辞。"

踏 车 曲①

赵 俞②

杉楮作筒檀作轴，乌鸦衔尾声历鹿。赤露两肘腹无粥,踏车辛苦歌如哭。前年井底泉脉枯,去年瓯窭长茭芦。旱年掘窝转水入,潦年筑堤翻水出。水入水出车欲裂,农夫那不筋骨折。无奈今年又苦旱,塘水少于衣上汗。往年车完人尽力,今年车破人无食。人无食,不足恤,努力踏车声太息。伍伯催租秋赋迫,连年未报灾伤册。

① 此首录自《清诗别裁集》卷一六。　② 赵俞(1635—1713):字文饶,上海嘉定人。康熙二十七年(1688)进士。官定陶知县。有《绀寒亭诗文集》。

射 虎 行①

赵　俞

居人传言郭有虎,白昼咆哮出林莽。将军猬毛须倒竖,遣使发卒悉所部。白羽长箭大黄弩,皮作车茵肉治脯。虎见千人若无睹,千人惊顾色如土。箭未脱弦弩折弣。虎起攫人如捕鼠,突出围场公然去。当今四海乐升平,军士逍遥无什伍。将军锦裘玉带醉氍毹,胡为轻料虎须撄虎怒。从今军府耀威武,只射兔獐莫射虎。

① 此首录自《清诗别裁集》卷一六。

纺 车 曲①

赵　俞

阿婆日一筐,小姑日五两,手腕欲脱胝生掌。六月七月风水荡,木棉枝梢栖螺蚌。明年欲种苦无种,入市换米米价踊,纺成不比木棉重。君不见豪家容光耀明月,翠钿珠靫玉条脱,眼中纺车是何物,生女莫作田家妇。终日蓬松乱鬓发,又不见昔年江乡兵火发。

城中妇女脚不袜,窜身荆棘皮绽裂,不如田家妇,局缩
纺车且就活。

① 此首录自《清诗铎》卷七。

从 征 行①

彭　鹏②

　　大东小东空杼柚,征徭不辨其盈缩。自从排户应兵
兴,官差打门暮与夙。少妇露面呜咽陈,妾家良人无伯
叔。昨夜行役点数千,良人在内尚枵腹。计程此去十二
时,只身何能两驰逐。妇陈官差亦咆哮,西邻老妪闻之
哭。我翁六十昨同去,儿家重派翁必复。东西两妇声惨
恻,老者气乏少者伏。两妇几几欲断绝,官差暂舍过北
屋。中有跛者不能行,絷之维之大鞿羁。跛者含泪向妇
泣,莫怨官差苦自鞠。废疾似我出雇钱,谁云跛受手足
福。妇向跛者微欷吁,太平盍日向天祝。今兹一一重申
饬,不奉羽书毋给副。匪不念彼征夫苦,祁寒暑雨赴杀
戮。奈此役夫无休息,遗黎久难支鞭扑。谁将此示怀好
音,趑趄渐次寻邦族。百尔君子惟所司,努力奉行体并
育。但愿清宴无烦苦,职思其居车脱辐。

① 此首录自《晚晴簃诗汇》卷三一。　② 彭鹏(1637—1704):字奋斯,号无
山,莆田(今属福建)人。顺治十七年(1660)举人,由知县官至广东巡抚。直言敢
谏,名重一时。有《古愚心言》。

君 子 行①

陈学洙②

　　君子畏幽独,大廷乃敢言。小人訾稠众,衾影不

可扪。绳尺君子心，之死靡所夺。脂韦小人态，临难思苟活。譬如丹山凤，煌煌世之仪。蛇蝎藏阴房，白日难逞威。又如青松枝，经霜不渝色。猒彼荆棘繁，剪伐何足恤。缁素既异染，砆瑜仅③同形。泻水一器中，当辨渭与泾。④

① 此首录自《清诗别裁集》卷一六。　② 陈学洙(1638—1719)：字左原，长洲(今属江苏)人。康熙二十三年(1684)举人。性情笃厚，工诗文，其诗古朴深秀，有《西田诗集》。　③ 仅：《清诗铎》作"似"。　④ 诗末评注："汉乐府只说君子避嫌，此则君子小人之分，判如冰炭白黑矣。末归到人君之能辨，尤为得要。"

青青河畔草①

戴廷栻②

青青河畔草，离离路旁柳。悠悠远行人，泛泛举杯酒。终鲜素心人，何许同携手。归来掩柴荆，无语自垂首。

① 此首录自《晚晴簃诗汇》卷三九。　② 戴廷栻(生卒年不详)：字枫仲，一字维吉，号符公，祁县(今属山西)人。贡生。官曲沃教谕。有《半可集》。

长 门 怨①

袁 佑②

沉沉宫漏夜无声，半卷珠帘见月明。谱出《霓裳》供奉曲，避人花下自吹笙。

① 此首录自《晚晴簃诗汇》卷四一。　② 袁佑(？—1698)：字杜少，号霁轩，东明(今属山东)人。康熙十一年(1672)拔贡，官内阁中书。后召试博学鸿词，授编修，迁中允。有《霁轩诗钞》、《雪轩集》、《袁杜少诗》等。

塞 上 吟①

庞 垲②

十石角弓铁两裆,边烽未靖守河湟。男儿须向沙
场死,不上山头望故乡。

① 此首录自《晚晴簃诗汇》卷四二。　② 庞垲(1639—1707):字霁公,号雪
崖,任丘(今属河北)人。康熙十四年(1675)举人。后召试博学鸿词,授检讨,历
官建宁知府。有《丛碧山房集》。

新乐府辞（二）

采 莲 曲①

蒲松龄②

两船相望隔菱荄，一笑低头眼暗抛。他日人知与郎遇，片言谁信不曾交。

① 此首录自《蒲松龄集》（上海古籍出版社，1986）。　② 蒲松龄（1640—1715）：字留仙，号柳泉居士，世称聊斋先生，山东淄川（今淄博）人。少时应童子试，为学政施闰章激赏，以后屡试不第，至康熙五十年始成贡生。久为乡村塾师，期间曾为宝应县幕宾。有《聊斋志异》，谈狐说鬼，对时弊多有抨击。

湖 口 行①

胡会恩②

青青石钟山，凛凛湖口关。浔阳汇彭蠡，九派奔潺湲。东南估客度江津，湖口新关愁杀人。乌篷艇子大于叶，朝去昏还两算缗。江边怪石如刀戟，冲涛触船船寸坼。谁能冒险瞬息停，一任当关恣抑勒。正税还兼杂税供，杂税何曾入大农。一自新关移使者，棹歌声断月明中。

① 此首录自《清诗别裁集》卷一○。　② 胡会恩（？—1715）：字孟纶，浙江德清人。康熙十五年（1676）进士。官至刑部尚书。有《清芬堂存稿》。

饮马长城窟①

傅昂霄②

君不见长城之北青海边,平沙直上黄云天。沙中白骨堆何年,阴山九月风怒号。风吹戍火连云高,云中五原军出幕。左贤右贤心胆落,军中大将闻姓霍。鼓声如雷笳声死,冒围脱走天骄子。烽烟一扫万里秋,汉家天子恩未酬。男儿何用言封侯,太白蚀月旄头没,归来饮马长城窟。

① 此首录自《清诗别裁集》卷九。　② 傅昂霄(生卒年不详):字龙翰,吴县(今属江苏)人。康熙八年(1669)举人。

凉 州 词①

傅昂霄

九月霜高塞草腓,征鸿无数向南飞。深闺莫道秋砧冷,夜夜寒光满铁衣。②

① 此首录自《清诗别裁集》卷九。　② 诗末评注:"温柔敦厚,可与唐贤绝句并读。"

江 行①

傅昂霄

白云明月漾微澜,空外秋声落远滩。燕子矶头中夜起,一天星斗大江寒。

① 此首录自《清诗别裁集》卷九。

劝 农 行①

刘廷玑②

劝农劝农使君行,从者如云拥出城。未闻一语及民生,但言桥圯路不平。未知何以惠编氓,却怪壶浆不远迎。东村淡泊胥吏争,西村更贫难支撑。使君已博劝农名,惟愿及早回双旌。不来劝农农亦耕,勿劳再劝鸡犬惊。

① 此首录自《清诗铎》卷五。　② 刘廷玑(生卒年不详):字玉衡,号在园,汉军镶红旗人。康熙年间曾任江西按察使。有《葛庄诗钞》。

嘐 水 谣①

严我斯②

嘐之水兮清且涟,使君堂上坐鸣弦。嘐之水兮清且漪,使君郊外多耕犁。使君官庖食无肉,长须编篱种野蔌。使君侵晨寒无衣,老婢当窗织布机。使君寒,民五袴;使君饥,民含哺。升君之堂进君酒,有酒盈卮,有蔬盈豆。长老在前,稚子在后,俚语歌呼为君寿:清畏人知兮,何人勿知;吁嗟今之人兮,廉吏可为而不为。

① 此首录自《清诗别裁集》卷九。　② 严我斯(? —约1697):字就思,归安(今浙江吴兴)人。康熙三年(1664)赐进士。授修撰,官至礼部左侍郎。有《尺五堂诗删》。

闻 砧 曲①

严我斯

长安八月秋风起,长安门巷秋如水。闺中思妇罢鸣筝,一夜伤心千万里。前年荡子去从军,消息关山总不闻。黄龙塞上愁云断,丹凤城边落叶纷。平沙猎猎吹枯草，碣石霜飞寒信早。铁衣银碛苦思家，红粉空房愁远道。乌啼哑哑风凄凄，日暮寒砧到处迷。玉箸暗随声断续，凉蟾故逐影高低。青漆楼头雁初度，天寒梦断金微路。龙堆战士几人还，马革游魂竟何处。城西一带素车归，白骨沙场半是非。昨夜深闺犹记忆，开箱还捣旧征衣。

① 此首录自《清诗别裁集》卷九。

短 歌 行①

黄　垍②

龙蟠于泥，蚖其肆之。虎处于柙，爪牙安施。委巷之犬，吠声如豹。廒仓之鼠，口厌粱稻。太行居后，孟门居前。金夫之心，君子畏焉。方寸之中，乃有五岳。磊砢嵌崎，五丁焉凿。精卫填海，愚公移山；为之在人，成之在天。

① 此首录自《清诗别裁集》卷九。　② 黄垍（生卒年不详）：字子厚，山东即墨人。康熙二年（1663）举人。有《夕霏亭诗集》。

明 妃 曲①

徐化溥②

烟锁宫花鸟声寂，栏干秋月梦中泣。汉家长门老阿娇，老死深宫无人识。明妃一日别故宫，露桃入殿动春风。天子低徊生光彩，绝胜黄金买画工。鸿雁传声声嘹呖，况是蛾眉重远国。至今高冢拂云寒，塞草芊芊青山色。

① 此首录自《晚晴簃诗汇》卷三四。　② 徐化溥：字云门，阳高（今属山西）人。岁贡生。有《云门集》。

黄 雀 谣①

吴屯侯②

八月黄雀生，九月黄雀飞。飞来飞去啄禾黍，禾黍欲空黄雀肥。原头网罗日相逐，嗟汝身肥命亦速。

① 此首录自《晚晴簃诗汇》卷三三。　② 吴屯侯(生卒年不详)：字符奇，号西亭，嘉定(今属上海)人。明季武举。入清为诸生。有《西亭诗》。

天 马 行①

高士奇②

蒲梢天马本无种，渥洼水落神龙涌。旋风八尺雪花飞，玉削双蹄高耳竦。千里万里才须臾，津津细汗流红珠。天生此马岂无意，要与皇路供驰驱。瀚海遥遥难自致，绝域荒沙身暂寄。骄嘶圆月蹴层冰，阊阖门前思一试。我皇神武古绝伦，犁庭扫穴来西巡。旄头迸落狐鼠窜，阵前夺得生麒麟。太仆牵来当帐殿，将士尽惊光若练。宝鞍金勒绣障泥，猛气骁腾掣飞电。横行到处势莫当，塞门面缚看来王。功成偃武海宇泰，会须归放华山阳。

① 此首录自《清诗别裁集》卷一三。　② 高士奇(1643—1702)：字澹人，号江村，浙江钱塘人。以明珠荐，入内廷供奉，授詹事府录事，累迁为少詹事。有《清吟堂全集》、《江村销夏录》等。

短 歌 行①

魏麐征②

寒日影黄云半白，天涯莽莽未归客。边隅何日可罢兵，几处转输瘁邦伯。羽林夜发秦关道，共言河陇居民好。甲骑经过悉备餐，喜看蹴踏天山倒。

① 此首录自《清诗别裁集》卷九。原题为《短歌行和杜韵》，题下自注："戏赠阎乡秦少府。" ② 魏麐征（1644—约1708）：字苍石，溧阳（今属江苏）人。康熙六年（1667）进士。授中书，出为登州同知，擢杭州知府，又延安知府，改为邵武太守。有《石屋诗钞》。

捕 蝗①

魏麐征

捕蝗捕蝗人簇簇，蝗飞蔽天引其族。扬旗击鼓乱敲钲，奔走如狂沸山谷。炎肌雨汗肠雷鸣，取蝗一斗当斗粟。幸不入境驱邻封，彼亦天民忍遭酷。谁云蝗多不食苗，苗食垂尽到草木。复闻修德能弭灾，非止蝗生宜早扑。

① 此首录自《清诗别裁集》卷九。

安 宜 行①

孙 蕙②

安宜罹灾亦云酷，鱼龙竟夺农夫屋。千寻巨浪漫荒塍，落日西风闻野哭。水田一线才可耕，勘荒使者责长牧。征粮下令严催科，不管贫家卖黄犊。前年卖女叹伶仃，今年卖儿更孤独。阿妻阿母还佣人，岂但医疮与剜肉。牵牛出门牛不行，空腹哀鸣何觳觫。低头语牛牛且前，官税差完免鞭扑。我闻此语增叹吁，仰视皇天白日速。呜呼，贫家母妻子女无还期，谁能恋此卑官禄。

① 此首录自《清诗别裁集》卷六。 ② 孙蕙（1648—1686）：字树百，号泰岩，山东淄川人。顺治十八年（1661）进士。官户部给事中。有《笠山诗选》。

柳 枝 词①（二首）

成　德②

其 一

马卿苦忆红泥阁，我亦伤心碧树村。病骨沉绵词客死，更谁攀折与招魂。③

① 此二首录自《清诗别裁集》卷一〇。　② 成德(1655—1685)：后改名纳兰性德，字容若，满洲正黄旗人，纳喇氏。康熙十五年(1676)进士。诗文均工，尤长于词，有《通志堂集》。　③ 原注："绿杨天半红泥阁，朱槿风前翠袖人。亡友马孝廉云翎柳枝词。"

其 二

池上闲房碧树围，帘纹如縠上斜晖。生憎飞絮吹难定，一出红窗便不归。①

① 诗末评注："因柳絮而念征人，人所同也。此妙在未曾说破。"

换 车 行①

杨　宾②

冰冻马蹄行不止，历尽千山复千水。边门未出已难堪，况出边门二千里。沈阳城外换柴车，柴车换得无人使。坡陀木石相枝撑，谷口泥淖多呀坑。日日辕摧与毂折，翻云覆雨如人情。人情翻覆乌可识，出门步步行荆棘。涕泪沾巾向北风，但见庭闱死亦得。③

① 此首录自《清诗别裁集》卷二〇。　② 杨宾(1650—1720)：字可师，号耕夫、大瓢山人，浙江山阴(今绍兴)人。习刑名钱谷之学，任侠好客。其父坐事戍宁古塔，康熙南巡，杨宾偕弟叩御舟上书，求代父戍，不得允，乃出关侍父。父没，例不得归葬。宾走京师哀请更例，遂奉母以父丧还葬苏州。　③ 诗末评注："直白语从少陵出，不从白傅出。"

芦州行①

查慎行②

　　江干积薪如列屋,巨舰装来联万斛。天生此物充正供,岁岁陈根发新绿。旧崩沙岸册未除,新涨荒洲报方续。三年一丈久成例,增减何会量盈缩。不知此课起何年,坐待摧枯湿同束。我闻王府有遗利,薮泽闲田听樵牧。如今尺寸籍农丞,作俑必由桑与卜。踏地输租尔勿悭,逃空那得出人间。但看归雁知人意,不敢衔芦径度关。

　　① 此首录自《清诗铎》卷八。　② 查慎行(1651—1728):字悔余,号初白,海宁(今属浙江)人。康熙四十二年(1703)赐进士出身,授编修。有《敬业堂集》。

菜 花 歌①

曹 寅②

　　吴中菜花天下无,平畴照耀黄金铺。朝阳夕阳几百里,惟剩白水连青芜。四月吴中春始足,四郊花气穿城渎。平分千卷画船闲,农家儿女无拘束。农家儿女饭出游,踏歌不出畦两头。头蚕缫丝二麦穗,油菜结子柔桑抽。劝农使者停征税,厅前画诺花前醉。水曹散吏旧期门,也骑细马傍山村。君不见他乡井径无寻处,春风远拓黄花戍。含哺鼓腹只吴侬,菜花中朝菜花暮。

　　① 此首录自《晚晴簃诗汇》卷五○。　② 曹寅(1658—1712):字子清,号荔轩,又号楝亭,祖籍丰润(今属河北),一说辽阳(今属辽宁)。官至通政使,督理江宁织造,兼巡两淮盐政。善词曲,诗承白居易、苏轼,有《楝亭诗钞词钞》。

老 枪 来[1]

方登峄[2]

老枪来,江边滚滚飞尘埃。七月维秋,鬻彼马牛。马牛泽泽,易我布帛。大车是将,爰集于疆。来莫入城,俟天子命以行。天子曰都,远人适馆饩以糇。高颧瞽目卷髭须,狐冠草履游中衢,观者鼓掌相轩渠。岁以为期今日月徂,归去归去,挈尔牛马驹。

[1] 此首录自《清诗别裁集》卷二〇。题下序曰:"俄罗斯国,即古大食,善用火枪,故又以其技名之。相传元世祖得其地,立弟可汗镇之。至今国主,犹元裔也。边界泥扑处城,与艾浑接,水陆道皆通。岁一至卜魁互市。人性好斗,至则弁兵监之。作新乐府纪事。"今按:卜魁,亦作"卜奎"。黑龙江省齐齐哈尔市旧城区的原名。 [2] 方登峄(1659—1725):字凫宗,号屏柘,安徽桐城人。官工部主事。其古诗得乐府神理。有《述本堂诗集》。

霜 迟 乐[1]

方登峄

七月不落霜,卜魁城边糜子黄。八月霜不落,千夫下田总欢乐。官田刈谷载满车,官兵急公先完租。毳帐牛车十日路,驱向城中易茶布。和茶煮谷布裁衣,卒岁不忧寒与饥。人人尽乐霜迟好,荞麦沙田收更早。但愿年年不出兵,官兵皆作农夫老。

[1] 此首录自《清诗别裁集》卷二〇。

长 干 曲[1]

史 夔[2]

妾家长干住,嫁与里中儿。愿同比翼鸟,生死恒相随。岂知别离苦,郎作襄阳贾。昨夜邻船开,寄书与郎去。大堤花正飞,歌舞醉芳菲。但言估客乐,谁劝不如归。郎如白石郎,妾似青溪女。花落板桥南,年年长独处。何日下江潮,相迎皂荚桥。还忧风浪苦,中道滞归桡。③

① 此首录自《清诗别裁集》卷一三。　② 史夔(1661—1713):字胄司,号耕岩,江苏溧阳人。康熙二十一年(1682)进士,官至詹事府詹事。工诗。有《扈跸诗》、《樟亭集》、《东祀集》、《扶胥集》等。　③ 诗末评注:"怨而不怒,是为雅音。"

塞 下 曲①

史 夔

明月中天秋气清,令严刁斗最分明。前山夜半雕翎响,知是官军射虎行。②

① 此首录自《清诗别裁集》卷一三。　② 诗末评注:"易落唐人臼科,此能生新。"

采 莲 曲①

史 夔

拨棹里湖去,连堤种芰荷。折来与郎嗅,香比外湖多。

① 此首录自《清诗别裁集》卷一三。

弃 妇 词①

赵执信②

两姓无端和,亦复无故分。昔时鸳鸯翼,今日东西云。浮云本随风,妾心自不同。君心剧无定,见弃如枯蓬。出门拜姑嫜,十步一回顾。心伤双履迹,一一来时路。留妾明月珠，新人为耳珰。不恨夺妍宠，犹得依君旁。宝镜守故奁，上有君家尘。持将不忍拂，旧意托相亲。此生一以毕，中怀何日宣。愿得金光草，与君驻长年。

① 此首录自《清诗别裁集》卷一三。　② 赵执信(1662—1744)：字伸符，号秋谷，山东益都人。康熙十八年(1679)进士。授翰林编修，官至右春坊右赞善。有《饴山堂集》。

催 租 行①

朱 樟②

催租吏，不出村，手持官票夜捉人。今年官粮去年欠，不待二麦田头春。衙鼓三声上堂坐，又发雷签③急于火。新粮半待旧粮催，前差未去后差来。男呻女吟百无计，数钱先偿草鞋费。剜肉徒充隶蠹肥，医疮岂为农夫计！谁怜禾黍被风吹，秋粒无收官不知。官不知，谁与说？短袖贫儿仰天泣，不求按亩踹荒田，只望缓征勾县帖。春来雨水皆及时，青桑吐叶无附枝。蚕山落茧车有丝，不怕官库堆钱迟。东邻白头妪起早，黄口小儿啼不饱。无钱能买爪牙威，七十老翁挈过卯④。

① 此首录自《清诗铎》卷八。　② 朱樟(1699年前后在世)：字亦纯，又字鹿田，号慕巢，晚号灌畦叟，浙江钱塘人。康熙年间举人，官山西泽州知州。有《观树堂诗集》。　③ 雷签：原注"新例发风火雷签追"。指特急的拘票。　④ 过卯：原注"杭州比粮日，谓之过卯"。

市 丁 行①

朱 樟

赤脚市丁②真可怜，里正催纳排门③钱。一身飘荡觅衣食,县籍有名勾不得。追呼东舍及西邻,多说市中无此人。长官新来议幡改,名目虽除税额在。有赋例随田上行,计亩加派无重轻。乡丁皱眉市丁喜,偏枯之政徒为尔。譬如十指长短生,痛痒何会分彼此。市丁乐,官不知,乡丁苦,姑言之。去年秋旱雨不下,今岁霜早禾熟迟。小家门户苦不保,只在青黄未接时。

① 此首录自《清诗铎》卷九。　② 市丁:原注"土人谓之赤脚丁"。　③ 排门:原注"亦曰排门丁"。

战 城 南①

蕴 端②

朝战城之南,暮战城之北。阗然一鼓两阵交,杀气暗天太阳白。将士奋呼击贼,无不以一当百。矢石既竭,继以锋锷。自未至申,敌兵乃却。将军战胜气如虎,立马军前点部伍。西山日落东山昏,收兵渡河河水浑。白骨堆中鬼语聚,黄沙田上寒磷屯。战马惊鸣不肯行,腥风吹透伤刀痕。旧卒三十万,半作离乡魂。将军要封侯,未肯入雁门。君不见汉李广,数不偶而奇。又不见班定远,白头归已迟。将军兮将军,胡不归享太平时。

① 此首录自《晚晴簃诗汇》卷七。　② 蕴端(1671—1705):初名岳端,字正子,一字兼山,号红兰室主人。安乐郡王岳乐之子,清太祖曾孙。初封勤郡王,降贝子,坐事夺爵。嗜学博古,诗拟李商隐,有《玉池生稿》、《扬州梦传奇》。

短 歌 行①

王 煜②

亲交莫绝,秉烛莫灭。来日孔怀,如何易别。营营百年，万虑难捐。在乐滋忧，当歌慨然。人生如蚕，食桑于野。桑少防饥，桑多防泻。茧成自殉，竟何为者。我欲终此曲，挥泪不能长。白头莫照镜，照镜悲流光。③

① 此首录自《清诗别裁集》卷一八。　② 王焜（生卒年不详）：字大生，嘉定（今属上海）人。康熙三十五年（1696）举人。官丹徒教谕。有《考槃集》。
③ 诗末评注："在乐滋忧，忧中有乐，乐中有忧。孟子《充虞路问章》可证也。茧成自殉，蚕犹功于世，人之饱利而死者，并远不如蚕矣。警劝世人不少。"

缫 丝 行①

徐永宣②

柳花村巷晴窗南，蚕神祀罢事春蚕。一箔三眠日卓午，食叶声中作风雨。妇姑饲蚕不得闲，双眉不暇描春山。戴胜飞鸣茧成早，缫车索索丝皓皓。卖丝抵税输县官，入冬子妇仍号寒。

① 此首录自《清诗别裁集》卷一九。　② 徐永宣（约 1666—1723 后）：字学人，江南武进（今属江苏）人。康熙三十九年（1700）进士。官主事。有《茶坪诗钞》。

鬻 妇 行①

何其伟②

去年平地水盈尺，万顷汪汪耕不得。今年暮春天气寒，浙西一月雨未干。养得新蚕不作茧，八口相对愁眉攒。愁眉攒，执妇手，夫想鬻妻难出口。妇欲问夫先掩泣，岂愿汝妻作人妾。作人妾，妾耻之；活我夫，妾岂辞？贫别不足惜，生离何足悲！但得十千之钱数斗米，夫眉顿舒夫心喜，唤妾出门妾行矣。

① 此首录自《清诗铎》卷二六。　② 何其伟（生卒年不详）：字石民，号我堂，云

南石屏人。康熙三十八年(1699)举人,曾任浙江遂昌知县。著有《我堂诗古文集》。

牧 童 词①

惠士奇②

溪水碧,溪上牧童青箬笠。乌犍斜系柳阴中,藉草卧吹三孔笛。横鞭还过饮牛亭,亭边扑扑飞牛虻。雀儿鼓翅虾蟆跳,陂塘水满齐牛腰。归来仍放青山郭,远树仟仟烟漠漠。日暮闻歌不见人,隔林月下敲牛角。

① 此首录自《清诗别裁集》卷二二。　② 惠士奇(1671—1741):字仲孺,号半农居士,吴县(今属江苏)人。康熙四十八年(1709)进士。官翰林院侍读学士。有《易说》、《礼说》、《春秋说》、《大学说》、《红豆斋小草》、《咏史乐府》等。

樵 客 行①

惠士奇

春山暮,山花吹满樵人路。平原浅草连天远,樵风初起樵云卷。数声樵唱出林间,夜夜归来担头满。晓上阴崖逢月黑,前溪虎去犹留迹。昨宵山水漂人家,失却涧边磨斧石。伐木当伐檀,刈薪当刈兰,刈兰为佩檀为辐,免使年年老空谷。

① 此首录自《清诗别裁集》卷二二。

簇 蚕 词①

惠士奇

麦风细,蚕眠地。桑叶残,蚕上山。蚕房渐觉侵微暑,乍暄还暖愁煞汝。朝热熏笼夜点灯,窃脂驱雀猫捕鼠。一日茸茸粉絮结,两日堆堆白于雪。三日团团论斗盛,小妇量来大妇秤。缫出新丝付机杼,织成十样花纹绫。君不见茧税年年充国课,浴蚕娘子常衣布。

① 此首录自《清诗别裁集》卷二二。

田 家 行①
惠士奇

二月青虫初化蝶,三月红蚕欲断叶。桑榆门巷绿阴成,四月家家缫白雪。屋边豆苗垂宛宛,雁齿丛长雀梅短。道中历乱虾蟆衣,昨夜风来牛迹满。竹鸡啼罢楚鸠语,十日田家九日雨。平旦开门看天色,声声老扈⑦催收麦。日出腰镰向陇头,桑间惊起黄离留。

① 此首录自《清诗别裁集》卷二二。

刈 麦 行①
沈德潜②

前年麦田三尺水,去年麦田半枯死。今年二麦俱有秋,高下黄云遍千里。磨镰霍霍割上场,妇子打晒田家忙。纷纷落砧白如雪,瓦甑时闻饼饵香。老农食罢吞声哭,三年乍见今年熟。

① 此首录自《清诗铎》卷六。　② 沈德潜(1673—1769):字确士,号归愚,江苏长洲(今苏州)人。乾隆时进士。曾任内阁学士兼礼部侍郎。有《沈归愚诗文全集》。又选有《古诗源》、《唐诗别裁集》、《元诗别裁集》、《明诗别裁集》、《清诗别裁集》等。

盐 筴 篇①
沈德潜

海滨斥卤地,煎熬利经商。富国兼富民,天产逾蚕桑。不知始何人,重利轻更张。府海殊管仲,析利师弘羊。正课日渐增,四倍于寻常。羡余三十万,进献同输将。商灶俱受困,剜内难医疮。急公鬻家产,甚者罹桁杨。官征尽纤秒,私贩走远方。出没山谷间,蔓沿江海旁。其始拒捕捉,其后为探囊。我闻有元季,啸聚于淮扬。士诚无赖徒,驱迫成陆梁。当今盛明世,国宪昭煌煌。莠民虽易薙,要须慎周防。内本而外末,理财有纪纲。勿用聚敛臣,恐令利源伤。盐筴何足云,请陈大学章。

① 此首录自《清诗铎》卷三。

挽 船 夫①

沈德潜

县符纷然下,役夫出民田。十亩雇一夫,十夫挽一船。挽船劳力声邪许,赶船之吏猛于虎。例钱缓送即嗔喝,似役牛羊肆鞭楚。昨宵闻说江之滨,役夫中有横死人。里正点查收藁葬,同行掩泪伤心魂。即今水深泥滑行不得,身遭挞辱潜悲辛。不知谁人归吾骨,拼将躯命随埃尘。茫茫前路从此去,泊船今夜在何处。

① 此首录自《清诗铎》卷八。

讹 言 行①

沈德潜

乌哑哑,狗觫觫,狐狸跳踉坐高屋。讹言一夜传满城,城中居人半号哭。鸡声角角,鼓声断绝,扶男携女出城阙。县官来,太守来,榜示弹压不肯止,荒村深处依蒿莱。讹言煽惑犯王法,唐虞盛世何为哉! 探丸恶少纷成群,带刀放火行劫人。平沙古岸荻芦渚,白日往往沈冤魂。告县官,县官谓唐虞盛世安有此。告太守,太守谓讹言煽惑当诛汝。汝曹奔窜自送死,愚民吞声泪如沚。

① 此首录自《清诗铎》卷十一。

战 城 南①

沈德潜

战城南,苦寒月,刀声过处红雨飞,一片黄沙堆白骨。战罢飞狐西,又战金河东;今日壮士死,他日将军功。军中夜宴挝鼍鼓,锦帐妖姬对歌舞。残兵僵卧风雪中,鬼马相随鬼妾语。鬼妾语,鬼马号,雄鸡蘍梦天不高。羽书晓过阴山麓,十万髑髅作人哭。

① 此首录自《清诗铎》卷十二。

河 堤 曲①(二首)

蒋楛②

其 一

走河堤,风凄凄,黄云黯黯落日低。沙边丛树半枯死,荒村无人鸦乱啼。走河堤,风凄凄。

① 此二首录自《清诗别裁集》卷二〇。　② 蒋楛(生卒年不详):字荆名,长洲(今属江苏)人。

其 二

走河曲,风簌簌,填柴作岸芦作屋。西风一夜巨野流,鱼头赤子千家哭。走河曲,风簌簌。①

① 诗末评注:"似谣似谚,胚胎变风。"

马草行①

俞�②

沧州烽火彻夜红,援师奉调来南中。援师五千马万匹,所过军营吹箪篥。县官索草候经临,朱票纷纭远近出。家家并日办马槽,办豆更办莝草刀。草船满满连百艘,马草积如山岳高。援师驱马江干过,余草零星弃道左。老农束取负担归,然草煮豆聊充饿。吏胥首告盗官货,哀哉愚民家顿破。

① 此首录自《清诗别裁集》卷二一。　② 俞鬵(生卒年不详):字日丝,浙江秀水人。

修塘谣①

钮琇②

朝闻官兵至,暮下修塘檄。官塘不修误军机,官塘修时民罹厄。泥一斗,砖一箕,负之担之向水涯,尽是塘夫膏与脂。皇天不识塘夫苦,淫雨增波啮塘土,官吏督修猛于虎。杵声薨薨筑且坚,急索私例时加鞭。泣言官人勿加鞭,囊中尚余卖儿钱。

① 此首录自《清诗别裁集》卷二〇。　② 钮琇(? —1704):字书城,号玉樵,吴江(今属江苏)人。由教习考授知县,历官河南项城、陕西白水、广东高明,所至多惠政。有《临野堂集》。

采煤曲①

钮琇

云根断尽龙山拆,辘轳深绠垂千尺。额灯蒲伏漆为肤,饥驱贫子齐肩入。朝入还欺夕数钱,忽逢崩石生长捐。千村土锉炊烟出,中有民命如丝悬。

① 此首录自《清诗铎》卷二五。

乌 夜 啼①

允 礼②

白日已尽庭栖乌，将子八九名相呼。曲房沉沉绮疏闭，流苏宝帐宵眠孤。一啼烛泪红珠滴，再啼月落青林黑。啼到天明窥镜奁，乌头未白人头白。

① 此首录自《晚晴簃诗汇》卷五。　② 允礼（1697—1738）：即胤礼，清圣祖第十七子。康熙十四年，从幸塞外。雍正元年封果郡王，管理藩院事。后晋封亲王，管工部事，又总理户部。乾隆时，命总理事务，又管刑部。有《春和堂集》、《静远斋集》、《奉使行纪》。

陇 头 水①

方式济②

河水浊，江水清，妾似陇头水，清浊自分明。昔为田家女，择婿嫁边吏。田夫入城不隔宿，边吏年年在边地。闻道梁州新破虏，敦煌已入中朝土。戍卒受赏官封侯，血裹冰霜凝绣斧。主将笑拥双蝉娟，筝琶夜醉穹庐眠。横塘水接陇头去，送妾双泪流君前。

① 此首录自《清诗别裁集》卷二二。　② 方式济（1676—1717）：字沃园，桐城（今属安徽）人。康熙四十八年（1709）进士。官中书舍人。因《南山集》案株连，随父戍黑龙江，卒于戍所。工诗，有《述本堂诗集》。

弄潮儿歌①

张景崧②

钱塘江上弄潮儿，放船拉桨乘流澌。短布单衫不盖膝，科头跣足暄朝曦。自言大父官蓝田，堆金不计万与千。阿侯年少邯郸侠，貂衣骏马珊瑚鞭。儿年七八掌上珠，逢人称是千里驹。双鬟左右列屏障，不教风著千金躯。大僚特疏上天子，克剥脂膏饰罗绮。坐辞华屋入图圄，一家夜哭长安市。当时珠履客三千，至今漂泊谁堪倚。洪涛江上高于天，性命换得青铜钱。豪华如电不可恃，东升红日西山巅③。

① 此首录自《清诗别裁集》卷二二。　② 张景崧（生卒年不详）：字岳维，吴县（今属江苏）人。康熙四十八年（1709）进士。官乐亭知县。有《锻亭诗稿》。
③ 诗末评注："子女性命换钱，由祖父剋剥脂膏所致，居官者盍一思之。"

班　婕　妤①

虞景星②

翻因弃置久，转念宠恩偏。灯暗增成夜，花飞长信年。秋风有时歇，团扇岂常捐。独惜罗衣色，尘生不再鲜。

① 此首录自《清诗别裁集》卷二三。　② 虞景星（生卒年不详）：字东皋，金坛（今属江苏）人。康熙五十一年（1712）进士。两任知县，改任吴县教谕。工诗画。

古出塞曲①

徐　恪②

烽烟照上京，饮马出长城。剑舞龙文合，旗张虎翼横。行营留赞画，属国助军声。借问阴山北，曾知燕颔生。

① 此首录自《晚晴簃诗汇》卷四八。　② 徐恪（生卒年不详）：字昔民，江阴（今属江苏）人。康熙二十五年（1686）拔贡，官罗城知县。有《九炉山人集》。

大墙上蒿行^①

周龙藻^②

墙上蒿,自夸托根高。根高苦不固,萎落随风飘。墙上蒿,自喜擢秀早。秀早苦不长,离披抱霜蒿。蒿生蒿死曾足计,但恨踞盘难得地。明堂选柱少成材,等闲齐把萧蘩弃。伏波慕良臣,肯逐井蛙住。亚父好奇策,终被重瞳误。丈夫未遇鱼水知,且办隆中高卧处。眼前富贵轻秋毫,抟扶岂必假羽毛,纷纷依傍何其劳? 君不见,墙上蒿。

① 此首录自《晚晴簃诗汇》卷五一。 ② 周龙藻(生卒年不详):字汉荀,号恒斋,吴江(今属江苏)人。1720 年前后在世。贡生。其诗根柢深厚,有《恒斋集》,又《乐府》三卷。

塞 下 曲^①

陈谋道^②

征人三十万,一夕度龙沙。北望天山迥,南临斗柄斜。雕弓含月影,宝剑拂霜华。会见烽烟静,铙歌入汉家。

① 此首录自《晚晴簃诗汇》卷五二。 ② 陈谋道(生卒年不详):字心微,嘉善(今属浙江)人。工诗,尤善填词。王士禛选其词入《倚声集》,称其"数枝红杏斜阳"句,胜于北宋宋祁之"红杏枝头春意闹"句,因有"红杏秀才"之誉。有《百尺楼稿》。

王 明 君^①

杨瑯树^②

明妃嫁单于,非关画图误。自是汉屏弱,无人阵黄雾。君王重黎民,岂惜一佳人。琵琶方出塞,已罢玉关军。虎臣飞将乃如此,万里长城在女子。汉宫寂寞是谁羞,毡帐风光非妾喜。薄命自羞还自歌,寄语君王慎干戈。后宫莫选颜色女,单于无厌当奈何!

① 此首录自《晚晴簃诗汇》卷五三。　② 杨瑶树(生卒年不详):字孝斋,南漳(今属湖北)人。有《爱菊堂诗稿》。

起蛟行①

唐 英②

起蛟起蛟天茫然,好生好杀敢问天。一蛟方生万户死,江左江右常若此。蛟也幸矣民堪怜,江邨溪堡填深渊。蛟生于天何功德,民死于蛟何冤愆。将欲殄恶彰天讨,洪涛谁见分愚贤。更谓民孽应浩劫,狂蛟司命天无权。天不见苍头黔首茧茧子,骨肉漂流一时死。攀流触浪命悬丝,呼救号天天不理。纵使万死漏一生,庐舍田园空逝水。今宵新鬼昨宵人,昨日富室今孤贫。一草一木天生意,忍驱赤子饱鬐鳞。安得周处斩蛟剑,遍搜溪谷穷涯津。尽斩蛟头扫种孽,狂澜永尽无沉沦。

① 此首录自《晚晴簃诗汇》卷六二。　② 唐英(1682—1756):字俊公,号蜗寄,汉军正白旗人。历官内务府员外郎、九江关监督等。有《陶人心语》等。

去妾叹①

陈 梓②

男儿多薄幸,妇人等鸡狗。入门三十春,生儿娶新妇。儿死妾何罪,驱迫嫁邻叟。忆妾初来时,爱妾颜如花。床头结私誓,生死无参差。一朝负前恩,弃掷轻泥沙。邻叟憎我老,辗转向西家。朝为秦,暮为楚,嗟哉妾身果谁主?恨不从儿还九原,谁令头白结新欢?噫吁嘻! 谁令头白结新欢!

① 此首录自《清诗铎》卷二六。 ② 陈梓(1683—1759):字俯恭,号古民,浙江余姚人。雍正间举孝廉方正,不就。居临山,聚徒讲学,以布衣卒老于乡。工于书法,擅词章,著有《四书质疑》、《定泉诗话》、《删后诗文存》等。

苦 寒 行①

倪承茂②

燕山九月即飞雪,玄冬寒气更栗烈。河西冰胶午不开,山头冻雀眼流血。荒城日暮少人行,茅檐几处炊烟绝。云黯风号日色黄,槎枒老树重阴结。朱门贵客狐白裘,拥炉酌酒罗珍羞。谁怜路有冻死骨,旬日委弃无人收。况闻淮南罹水患,十家八九趋他县。穷途无食给饔飧,那有兼衣御霜霰。昔年杜老忧民艰,愿得广厦千万间。而今寒士流离转,沟渎虽有万间知不足。

① 此首录自《清诗别裁集》卷二九。 ② 倪承茂(生卒年不详):字稼咸,吴县(今属江苏)人。乾隆三年(1738)举人。有《颐塘诗稿》。

孤 儿 行①

郑 燮②

孤儿踯躅行,低头屏息,不敢扬声。阿叔坐堂上,叔母脸厉秋铮铮。阿叔不念兄,叔母不念嫂。不记瘦嫂病危笃,枕上叩头,孤儿幼小。立唤孤儿跪,床前拜倒。拭泪诺诺,孤儿是保。娇儿坐堂上,孤儿走堂下。娇儿食粱肉,孤儿竞竞捧盘盂。恐倾跌,受答骂。朝出汲水，暮莝刍养马。莝刍伤指，血流泻泻，孤儿不敢言痛。阿叔不顾视，但詈死去兄嫂生此无能者。娇儿着紫袄，孤儿着破衣。娇儿骑马出，孤儿倚门扉。举头望望，掩泪来归。昼食厨下，夜卧薪草房。豪奴丽仆，食余弃骨。孤儿拾齧，并遗剩羹汤，食罢濯盘浴釜，诸奴树下卧凉。老仆不分涕泣骂诸奴，骨轻肉重，乃敢凌幼主，高贱躯。阿叔阿姆闻知，闭房悄坐，气不得苏，终然不念茕茕孤。老仆携纸钱，出哭孤儿父母。头触坟树，泪滴坟土。当初一块肉，罗绮包裹，今日受煎苦。墓树萧萧，夕阳黄瘦，西风夜雨。

① 此首录自《清诗铎》卷二六。 ② 郑燮(1693—1765)：字克柔，号板桥，江苏兴化人。乾隆元年(1736)进士。历官山东范县、潍县知县。因为民请赈而得罪上司，以病乞归，寄寓扬州，卖画度日。工诗、书、画，有《板桥集》。

悍 吏①

郑 燮

县官编丁著图中，悍吏入村捉鹅鸭。县官养老赐帛肉，悍吏入村括稻谷。豺狼到处无虚过，不断人喉抉人目。长官好善民已愁，况以不善司民牧。山田苦旱生草菅，水田浪阔声潺潺。圣主深仁发天庾，悍吏贪勒为刁奸。索逋汹汹虎而翼，前村后村咸屏息。呜呼长吏定不知，知而故纵非人为。

① 此首录自《清诗铎》卷一八。

榆 皮 行①

严启煜②

井庐无烟野无草，万户嗷嗷缺一饱。村南村北总成群，去剥榆皮行及早。何人括尽榆荚钱，枯干只剩榆皮坚。榆皮可食少官税，悔不种地成榆田。枝头聚雀泣相语，新长嫩芽君莫取。雀乎雀乎慎勿争，我辈舍榆方掘鼠[3]。

① 此首录自《清诗别裁集》卷二五。 ② 严启煜(生卒年不详)：字玖林，浙江归安人。官永康训导。 ③ 诗末评注："乾隆乙亥大荒，吴中榆皮剥尽，掘山泥以食，民多死者。此云掘鼠正复相类。"

出 塞[1]

费锡璜[2]

一度卢龙塞，伤心景物殊。秋风嘶老马，落日聚饥乌。岭上寒云合，闺中明月孤。还闻遣博望，雨雪在长途。

① 此首录自《清诗别裁集》卷二五。 ② 费锡璜(生卒年不详)：字滋衡，四川新繁人，寓居江苏江都。豪放不羁，诗如其人。有《道贯堂文集》。

塞 下 曲[1]

徐 兰[2]

万骑从天下，边人拭目看。长城无限窟，饮马一时干。

① 此首录自《清诗别裁集》卷二五。 ② 徐兰(生卒年不详)：字芬若，常熟(今属江苏)人。流寓北通州以终。诗得王士禛指授，有《芝仙书屋集》。

关 山 月[1]

徐 兰

城头一片秦明月，每到更深照黑河。马上万人齐仰首,不知思乡是谁多。

① 此首录自《清诗别裁集》卷二五。

出　关①

徐　兰

凭山俯海古边州,旆影风翻见戍楼。马后桃花马
前雪,出关争得不回头。

① 此首录自《清诗别裁集》卷二五。

棹　歌①

沈用济②

风江潮动月茫茫,欸蔼声中夜未央。南北东西尽
莲叶,不知鱼戏在何方。

① 此首录自《清诗别裁集》卷二五。　② 沈用济(生卒年不详):字方舟,号
芳洲,浙江钱塘人。康熙间国子监生。有《方舟集》。

寄 衣 曲①

毛张健②

去年寄衣秋月明,络纬索索窗前鸣。今年寄衣风
复雨,不识何时到边土。边城八月多早寒,清霜触体
愁衣单。千丝万缕妾手制,中有珠泪焉能干? 不愿功
成垂竹帛,但愿全躯返乡国。③

① 此首录自《清诗别裁集》卷二五。　② 毛张健(生卒年不详):字今培,太
仓(今属江苏)人。贡生,官训导。　③ 诗末评注:"学张王体,难于别开生面。
意绪自抽,一归敦厚,如旧谷中春出新粒也。"

贾 客 乐①

毛张健

布帆满幅高百尺,知是贾人远行役。贾人生小乐风波,不恋家中好田宅。瞿塘滟滪平地过,此行金钱十倍多。更促前程向江口,淮南米贵今如何?春闺少妇空房宿,听罢乌啼泪盈掬。②

① 此首录自《清诗别裁集》卷二五。 ② 诗末评注:"原词极形贾客之乐,此于贾客逐利中形出闺房之苦。末二语急于换韵换意中翻新。"

陇 头 水①

周龙藻②

陇坂遥遥九折长,驱车欲渡心苍茫,忽闻有水喧道傍。人言此水声声别,尽是征夫眼中血,万古千秋共鸣咽。鸣咽声,流未已;辘轳声,行不止。夜半吹寒笳,边风四面起。悲莫悲,陇头水。

① 此首录自《清诗别裁集》卷二六。 ② 周龙藻(生卒年不详):字汉荀,号恒轩,吴江(今属江苏)人。有《恒轩诗集》。

妾 薄 命①

周龙藻

秋月凄清秋露下,灯花落尽银河泻。举头怅望女牛星,翻羡嫦娥长不嫁。

① 此首录自《清诗别裁集》卷二六。

少 年 行①

方 还②

不解阴符与六韬,似知名姓五陵豪。此身未识为谁用,慷慨长歌看宝刀。

① 此首录自《清诗别裁集》卷二八。　② 方还(生卒年不详):字莫朔,号灵洲,广东番禺人。贡生。有《灵洲诗集》。

童 谣①

王苍璧②

赈饥民,吏胥饱。饥民泣,吏胥恼。吏胥勿恼尔当喜,官府明朝粜官米③。

① 此首录自《清诗别裁集》卷二八。　② 王苍璧(生卒年不详):字攻玉,江苏昆山人。　③ 诗末评注:"恐官府分多,吏胥分少,不容不恼也。"

樵 歌①

允禧②

不闻人声,但闻斧声。寂寂岩响答,丁丁飞鸟惊。得柴换酒,醉归踏月山歌清。友木石,无衰荣,白云流水自朝暮,万山漠漠烟光青③。

① 此首录自《清诗别裁集》卷三〇。　② 允禧(约 1711—1758):号紫琼道人,又号春浮居士。清圣祖玄烨第二十一子。封慎郡王。有《花间堂集》。
③ 诗末评注:"起手八字,写尽空山神理。"

明 河 曲①

朱受新②

清秋泻影画楼前,一水盈盈耿碧天。若果此中风浪静,女牛何事别经年?

① 此首录自《清诗别裁集》卷三〇。　② 朱受新(生卒年不详):字念祖,吴县(今属江苏)人。诸生。有《木鸢诗稿》。

吴 宫 词①

朱受新

夜拥笙歌百尺台,太湖月落宴还开。君王自爱倾城色,却忘人从敌国来②。

① 此首录自《清诗别裁集》卷三〇。　② 诗末评注:“眼前语却无人道破。”

六

第二十六卷　清近代乐府（二）

新乐府辞（三）

长 歌 行[①]

陈德正[②]

日月逝不处，少壮能几时。行行薄暮景，去去不可追。衰颜坐自槁，华发无再缁。天运有时极，人寿安可希。饮食豢形体，魂魄来居之。吾生一侨舍，日久终须辞。所忧名未立，腐草忽同归。茫茫百世后，知我复为谁？寸心揽万古，中亦有所持。长歌泣泗下，千载魂同悲。

① 此首录自《晚晴簃诗汇》卷六七。　② 陈德正（生卒年不详）：字醇叔，号葛城，安州（今河北安次）人。雍正八年（1730）进士，授吏部主事，历官陕西按察使。有《葛城诗稿》。

古 剑 歌[①]

陈德正

鱼肠古制世所贵，不在锋芒在神气。霜花照眼色正明，百炼精金成宝器。匣开夜半流电惊，熊光直上插青冥。铁骨坚凝月魄死，晶芒锐吐幽磷腥。脊高胁突星文直，濡缕吹毛扪不得。雕缋何须珠玉装，刮磨不受铜花蚀。床头风雨苍龙吟，用杀止杀仁者心。失身荆聂良可耻，凛凛三尺横天倚。

① 此首录自《晚晴簃诗汇》卷六七。

采 葛 行①

查 礼②

山头种葛葛叶长，山花落水溪流黄。乌髻红衫脚不袜，蛮家少女面如月。手里钩刀一尺横，截来纤葛春云轻。为郎作丝为郎织，衣成净比秋霜色。秋霜色，春云浓。吴绫蜀锦知多少，不及罗浮葛称时。

① 此首录自《晚晴簃诗汇》卷七二。　② 查礼(1716—1783)：原名为礼，又名学礼，字恂叔，号俭堂，宛平(今属北京)人。乾隆元年(1736)举博学鸿词，由户部主事官至湖南巡抚。有《铜鼓书堂遗稿》。

王 昭 君①

韦谦恒②

不恨丹青误，惟期报国恩。边尘如可靖，妾命不须论。月送关中骑，春归塞上魂。红颜安社稷，青史至今存。

① 此首录自《晚晴簃诗汇》卷九二。　② 韦谦恒(1720—1796)：字慎旃，号药轩，又号木翁，芜湖(今属安徽)人。乾隆二十八(1763)进士，授编修，官至贵州布政使司，降鸿胪寺卿。有《传经堂文集、诗钞》。

乌 哺 行①

孙世仪②

老乌哺雏儿，不自知辛苦。乌儿哺母乌，不自言报恩。亲恩亲恩何可报，人间争说乌儿孝。乌儿之孝孝本天，不读人间教孝篇。不见枭慈勤抱卵，儿乎盍学乌儿贤。老乌翅秃坐得食，彷佛当年哺母日。

① 此首录自《晚晴簃诗汇》卷七〇。　② 孙世仪(生卒年不详)：字虞朝，号渔曹，通州(今江苏南通)人。监生。门人私谥文靖先生。十应乡试不第，然立品

高峻,诗芳菲晶洁。有《文靖先生诗钞》。

田 父 吟①

翁文达②

　　农夫终岁未得闲,十亩为田一亩圃。有妇馌饷并采蔬,儿啼抱向田头哺。哺儿儿长代汝劳,瞬息只如朝与暮。

　　① 此首录自《晚晴簃诗汇》卷七四。　② 翁文达(生卒年不详):字兼卿,号桃湖,古田(今属福建)人。乾隆二年(1737)进士。有《桃湖诗集》。

秋 闺 怨①

沈 堡②

　　夜夜劳刀尺,年年寄雪霜。云沉蒲类海,月落郁金堂。汉将思开国,秦皇重辟疆。何知儿女恨,掩镜泣空房。

　　① 此首录自《晚晴簃诗汇》卷七〇。　② 沈堡(生卒年不详):字可山,萧山(今属浙江)人。雍正、乾隆间诸生。生性不羁,少工诗文,长倚声。有《渔庄诗草》、《淮游纪略》、《步陵诗钞》等。

杨柳枝词①（二首）

吴 绡②

其 一

　　宫柳初开一抹眉,武昌城下乍逢时。春来树树烟条绿,欲认何枝是旧枝。

　　① 此二首录自《清诗别裁集》卷三一。　② 吴绡(生卒年不详):字素公,又字冰仙,长洲(今江苏苏州)人。常熟进士许瑶妻,吴伟业女弟子,为人真挚奔放,

诗清丽婉约,有《啸雪庵诗集》。

其　二

寒食东风已满城,小枝纤弱拂啼莺。东君不惜离人苦,又向前年折处生。

寄 远 曲①(三首)

朱柔则②

其　一

恨少垂杨柳,殷勤系玉鞍。夕阳鸦背暖,春雪马蹄寒。入世逢迎拙,依人去住难。痴儿啼向我,昨夜梦长安。

① 此三首录自《清诗别裁集》卷三一。　② 朱柔则(生卒年不详):字顺成,号道珠,浙江钱塘人。诗人沈用济之妻。善山水,工诗,有《嗣音轩诗钞》。

其　二

猎猎风初劲,沉沉雨未阑。因怜儿被薄,转忆客衣单。栖燕将雏苦,征鸿失侣寒。居家与行路,同是一艰难。

其　三

闻说燕台路,生涯亦可怜。耻弹门下铗,谁乞广文钱。久客非长荣,归耕有薄田。一棺痛慈母,急为卜牛眠①。

① 诗末评注:"末章望其葬亲急归,游子不容不归矣。"今按:牛眠,指卜葬的吉地。

同 声 歌①

沈蕙玉②

少小属闺闳,感君意缠绵。聘以明月珠,迎以黄

金鞴。结缡自今夕,誓好永百年。采兰涉秋水,荐藻
奉华筵。合欢裁作被,朱丝操作弦。虽无兰蕙姿,向
日呈芳妍。一身昏君有,寸心私自怜。何用答嘉惠,
持以充豆笾。在天莫为云,雨落难上天。在地莫为
影,日暮愁弃捐。婉娈保素志,跬步称比肩③。

① 此首录自《清诗别裁集》卷三一。　② 沈蕙玉:字畹亭,吴江(今属江苏)
人。贡生倪弁江之妻。有《聊一轩诗存》。　③ 诗末评注:"于同声中写同心,有
和顺,无狎昵,所谓'有道妻子,皆得佚乐',于弁江夫妇见之。"

寒 夜 曲①
许孟昭②

　　金剪生寒夜漏长,玉人纤手懒缝裳。素娥偏耐秋
光冷,来照鸳鸯瓦上霜③。

① 此首录自《清诗别裁集》卷三一。　② 许孟昭(生卒年不详):字景班,元
和(今属江苏)人。许廷鑅之女。　③ 诗末评注:"有义山绝句神味。"

寒 夜 曲①
许楚畹②

　　沉沉夜永漏声添,倚户萧条对彩蟾。青女不知幽
院冷,还吹霜气入重檐。

① 此首录自《清诗别裁集》卷三一。　② 许楚畹:元和(今属江苏)人。许廷
鑅之孙女。

义 卒 行①
周永铨②

　　惨惨堂前紫荆,飞飞原上脊令。桓山之鸟,欲去

而哀鸣。苦哉远征人，陟山望亲还望兄，嗟嗟行役万古情③。彼少年者，色何黯然。娶妇未三月，昨来黄纸到官，行将出戍南滇。归告阿母，阿母叫天。新妇口噤，目眙伥伥不能前④。小弟前致辞，母兄且勿悲。阿母生我二人，兄今有嫂未有儿，何得远去，存没未可知。弟当代兄役，门户兄自主之⑤。阿母兄嫂，闻言泪下如缏縻。大兄前致谢，此事甚非宜。感君区区怀，我心已再思。孰知此别异苦乐，何乃反累吾弟为。切切相劝止，但言兄嫂勿复疑⑥。翻然出门去，意气何慷慨。别我先人墓，办我行子装，佩刀三尺余，挽弓三石强。弓刀及戎服，罗列东西厢。亲戚走相送，酌酒歌同裳⑦。晨兴拜堂上，骨肉相悲切。临行嘱兄嫂，欲语复呜咽。但得兄嫂一心，善事阿母常喜悦，万里羁人慰愁绝⑧。收泪就长道，关山别思重。白日结愁云，至情感苍穹。之子识大义，行当早立功。归报皇帝陛下，无烦远顾蛮中，扬名史册垂无穷⑨。

① 此首录自《清诗别裁集》卷三〇。题下序曰："有客为余述杭州某姓卒，代兄戍滇事，余高其义，作《义卒行》以纪之。时康熙五十八年春二月。" ② 周永铨(生卒年不详)：字升逸，浙江钱塘(今杭州)人。诸生。有《东冈诗钞》。
③ 原注："一解。" ④ 原注："二解。" ⑤ 原注："三解。" ⑥ 原注："四解。"
⑦ 原注："五解。" ⑧ 原注："六解。" ⑨ 原注："七解。"诗末评注："义卒为兄嫂言，兄答义卒言，义卒复答兄嫂言，叙述如面语，而卒之义、勇、孝、友一齐俱见，与木兰替耶(爷)事可以并传。"

捣 衣 曲①

周永铨

一夕凉生秦女机，砧声不待雁南飞。谁知万里黄云戍，已有新霜上铁衣。

① 此首录自《清诗别裁集》卷三〇。

缫 丝 曲①

陈景钟②

三春雨足桑叶肥，家家饲蚕昼掩扉。三眠三起近小满，桑葚垂垂叶已稀。盼得红蚕齐上箔，更喜同功茧不薄。大妇收拾缫丝车，小妇安排汤满镬。银丝抽绎比清霜，虚室堆床生白光。哑哑轧轧声不绝，绿阴低处新丝香。小姑回头笑问嫂，转眼相看织成缟。茜红鸭绿染随心，长剪腰裙短裁袄。嫂云小姑尔未知，阿哥正苦卖丝迟。明朝抱入城中去，已值官粮征比时③。

① 此首录自《清诗别裁集》卷二九。　② 陈景钟（生卒年不详）：字几山，浙江钱塘（今杭州）人。乾隆六年（1741）举人。　③ 诗末评注："亦足备采风者采择，诗不徒作。"

雉 朝 飞①

梦 麟②

雉朝飞，其羽灼灼。雌前趋，子后跃。于田于薄，是饮是啄。我弗如尔行乐，尔乐我哀。朝行出游，日暮独归。独归兮心悲，群嗷嗷兮夜饥。我无术兮哺儿，先我死者知之③。

① 此首录自《清诗别裁集》卷二九。　② 梦麟（1728—1758）：字文子，蒙古正白旗人。乾隆十年（1745）进士。授检讨，官至工部侍郎。有《太谷山堂集》。③ 诗末评注："借乐府题悼亡，词古情挚，于安仁、子荆外又辟一门户。"

哀 歌 行^①

梦 麟

喧者勿喧，歌者勿歌。呜呼我哀，我哀奈何。父知儿寒，母知儿饥。我无父母，饥寒谁知。亲在忆亲，亲没恋坟。魂断难复，草荒更新。夜坐秉烛，兄右弟左，同为孤儿，哀哉生我。抱女置膝，忍涕中悲。儿亦无母，我怀痛之。烛短夜寒，予心之酸。男儿低头，顾影自怜^②。

① 此首录自《清诗别裁集》卷二九。　② 诗末评注："《蓼莪》之诗，皆直白语，而千古哀痛，以此为至。此作复相似，然前哀父母，后哀无母之女与幼女之母，人伦缺陷，一身当之，日夕萦怀，宜年命之不永也。"

乌 栖 曲^①

李 璧^②

花影参差覆辘轳，空房泪滴一灯孤。无端金井梧桐月，偏照双栖白项乌。

① 此首录自《清诗别裁集》卷二九。　② 李璧（生卒年不详）：字云和，句容（今属江苏）人。

朱陈村歌^①

吴寿宸^②

乐天曾赋朱陈村，我今更睹朱陈民。相违千载生苦晚，昔闻未信今见真。众人且莫嚣，听我歌朱陈。我来正逢二月春，桑麻满野青铺茵。机梭轧轧响中屋，牛驴矻矻行平原。山深县远风气古，女修织纴男锄耘。两姓缔好传世婚，甥弟甥舅情颇殷。有酒皆家酿，有肉皆圈豚。黄鸡白菜各欢会，相要醉倒田家盆。年高似饮菊泉水，客至喜逢桃花源。不羡《估客乐》，岂肯丁从军。死徙无出乡，况乃生与存。我也暂行役，不久还乡枌。青鞋布袜甘我贫，不信但看村中人。

① 此首录自《清诗铎》卷二三。今按：白居易曾有《朱陈村》诗。　② 吴寿宸（生卒年不详）：字掌丝，浙江钱塘（今杭州）人。乾隆年间诸生。诗尚白居易。有《识字田夫吟稿》、《河中吟稿》等。

关 吏 行①
祝德麟②

闸板初开水势鼓，随波舻舳纷翔舞。一船横截河当中，忽见千船住篙橹，云是临清关口阻。卒如鬼，吏如虎，有客扣关关者怒。未几两翼启中流，先放达官兼大贾。其余各各排樯守，要检筐箱搜釜缶。亦不索钱刀，亦不需脯酒，清晨停压到曛黄，不怕钱刀不入手。东船嗟怨西船愁，我舟瑟缩同淹留。廿年冷宦归休物，只有书箱载两头。

① 此首录自《清诗铎》卷四。　② 祝德麟（生卒年不详）：字止堂，海宁（今属浙江）人。乾隆二十八年（1763）进士。曾任翰林院编修、御史。工诗，以性灵为主，有《悦亲楼诗钞》。

农 父 叹①
韩梦周②

三月宜种谷，贫家无耕牛。感激邻舍翁，得以事西畴。偕作少丁男，老妻力还遒。沟水解渴肠，穄秕充饥喉。辛苦何足道，未识有秋不。我行闻此语，泪落不能收。四体安且康，日日罗珍羞。终岁力原野，饥寒且无谋。农夫前致辞，人生岂自由。苟得一身安，甘作沟壑投。石田二三亩，为累成痔疣。粮册既有名，官役急星流。昨日县帖下，兴作及署楼。服役亦所愿，胥役更诛求。

①　此首录自《晚晴簃诗汇》卷八八。　②　韩梦周（1729—1798）：字公复，号理堂，潍县（今属山东）人。乾隆二十三年（1757）进士。官安徽来安知县。有《理堂文集》，又《外集》、《诗集》、《日记》等。

塞 下 曲①
储祕书②

边城木落雁南飞，飒飒金飙塞马肥。今夜李陵台上月，照人何处捣寒衣。

①　此首录自《晚晴簃诗汇》卷九〇。　②　储祕书（生卒年不详）：字玉函，宜兴（今属江苏）人。乾隆二十六年（1761）进士，官黄州知府。博涉经史，有《缄石斋集》。

短 歌①
朱 纁②

君不见成安君，泜水之上身首分。君不见管敬仲，贫贱之交腹心共。古道可慕今人藐，翻云覆雨羞者谁。种树莫种白杨柳，酌酒莫酌黄金罍。杨柳不向雪中舞，金罍但向豪门举。

①　此首录自《晚晴簃诗汇》卷九二。　②　朱纁（生卒年不详）：字与持，一字与村，号画亭，江阴（今属江苏）人。乾隆三十年（1765）拔贡，官沭阳县教谕。有《画亭集》。

长 门 怨①
朱 纁

桂殿金铺暗，椒房玉漏沉。犹闻仙乐奏，空对月华临。进御原非貌，思君独此心。宫中谣诼易，不敢动悲吟。

① 此首录自《晚晴簃诗汇》卷九二。

当 涂 行①

汪 中②

去年江水涨，田舍尽漂没。民生各相弃，城市半空闲。食草不留根，掘山类成穴。露宿迫穷冬，北风冻肤裂。严寒拕饥火，冰炭内潜结。盛暑万窍开，雾湿上蒸热。淫雨包积阴，骄阳固不泄。是时沴气作，摩空互倾轧。或香如爨饭，或腥如喋血。所入至微密，所触即危陧。累累行国中，人鬼倏存没。平生金玉身，一病等蟓蚁。自非遘天灾，生命未应绝。始知泉下人，百年多枉折。展转逮深秋，余厉犹未歇。野哭反无声，不死亦残荼。哀哉此土民，际兹厄运烈。世世遘生成，一旦忽灰灭。焉知造物心，反正有肃杀。高歌续《天问》，叹息达明发。

① 此首录自《晚晴簃诗汇》卷一〇〇。 ② 汪中（1744—1794）：字容甫，江都（今属江苏）人。乾隆四十二年（1777）拔贡。无意仕进，生平坎坷，怀才不遇。文章以汉魏六朝为则，卓然为清代中叶大家。有《广陵通典》《春秋后传》《容甫先生遗诗》。

春 昼 曲①

黄景仁②

杨花飞，游丝飏，雨地相逢不相让。毕竟杨花性更柔，因风复上杨枝上。游丝一缕当空垂，欲落不落花薿薿。须臾驻向花阴去，有意寻之不知处。杨花飘荡丝缠绵,游子心伤望远天。寄语高楼休极目,鸟啼花落自年年。

① 此首录自《晚晴簃诗汇》卷九八。　② 黄景仁(1749—1783):字汉镛,一字仲则,江苏武进人。诸生,与洪亮吉知交。后应召试,列二等,授武英殿书签官。有《两当轩诗钞》、《两当轩集》等。

新　凉　曲①

黄景仁

闻道边城苦,霏霏八月霜。怜君铁衣冷,不敢爱新凉。

① 此首录自《晚晴簃诗汇》卷九八。

小　儿　歌①(一)

程含章②

小儿歌,小儿歌,歌词虽俚义不讹。非有大冤莫好讼,讼庭之下冤情多。漫说青天分皂白,世上几个包阎罗?公差如虎吏如豺,行行色目须安排。一言不合官人怒,鞭扑纷纷雨点来。肌寒病瘦困牢狱,母妻问视门不开。小儿歌,汝听止,有钱者生无钱死。从今莫听讼师言,留下田园与孙子。

① 此首录自《清诗铎》卷一〇。题下有序:“连州民好讼,思所以化之,作歌授小儿,俾家喻户晓。”　② 程含章(1762—1832):字象坤,号月川,景东(今属云南)人。乾隆五十七年(1792)举人,曾任工部左侍郎,官至山东巡抚、福建布政使。有《程月川先生遗集》、《岭南集》等。

小 儿 歌①（二）

程含章

嗟尔愚夫妇，轻生实可伤。小忿胡不忍，服毒悬高梁。汝死亦徒死，汝命谁与偿。借尸肆图赖，抢掠搜筐箱。打门破屋壁，凶狠如狼羊。颓风胡不挽，毋乃废刑章。刺史今执法，威令严加霜。作歌告尔众，毋自取灭亡。

① 此首录自《清诗铎》卷一〇。

修 埃 谣①

李宪乔②

始安江岸侧，有妇行随夫。担持畚与锸，一身多泥涂。我行时借问，夫言妇已叹。烽埃设何为，使我连村困。前夜吏到舍，叱喝府帖下。一丁出百砖，十户供万瓦。典尽儿女衣，稍具砖瓦资。更驱自转运，营造不待时。嗟我生为农，舍业从堠工。田秧虽得插，废弃如枯薪。秧枯即绝食，饿死行可必。谁言兵卫民，我死彼却逸。瘦妻何挛挛，甘与同罹患。犹胜有独在，忍饿为寡鳏。此邦虽边鄙，同是天赤子。乐岁有灾凶，皇天那知此。国家久承平，军卫岂宜轻。愿告守土吏，勿使民恨兵。

① 此首录自《晚晴簃诗汇》卷九八。　② 李宪乔（生卒年不详）：字子乔，号少鹤，山东高密人。乾隆四十一年（1776）召试举人，官归顺知州。工诗文，有《少鹤诗钞》、《鹤再南飞集》、《龙城集》、《宾山续集》等。

雷 门 吟①

赵 黻②

余姚有余霖，四十老一衿。谒我蕺山麓，涕出悲不任。谓公今诗史,乞为雷门吟。我兄名曰震,雷门乃其字。霖生托遗腹,母老欲见弃。兄嫂争乳之,兄怙嫂则恃。母亡霖六龄,九龄兄授经。霖愚复多病,支拄求葍苓。病则夺书笈,愈则还镫檠。欲继先子业,恐伤予季情。回忆七龄时,兄子同病疡。戒嫂善视叔,叔愈他何伤。日夕嫂抱持,兄子掷在床。我啼嫂则泣,我笑兄则欢。三十授弟室,黾勉庠序间。嗟我衣上线,嫂泪存斑斑。嗟我笥中书,手泽兄丹铅。兄嫂六十没,合葬上林村。南山宋家隩,有我兄嫂坟。兄以贫废学,为医活千人。活者恸兄死,安得赎其身。霖困蓬蒿中,惧掩兄嫂贤。椎心泣血辞,愿公采斯言。我为一一书,孝义至斯止。愧彼尺布谣,用以资国史。

① 此首录自《晚晴簃诗汇》卷一〇二。　② 赵截(生卒年不详):字亚亭,号屺堂,满城(今属河北)人。乾隆四十五(1780)举人,历官绍兴同知。

更 夫 叹①

吴 升②

冬日苦短,得日尚暖。冬夜苦长,匪雪即霜。欲农无田,欲贾无钱。废寝谋食,乃作更卒。柝鸣橐橐钲锽锽,风萧萧兮裂下裳,腰弯股栗十指僵。修毫守犬不吠影,横路恶鬼时打墙。籧灯倦向短檐歇,醉吏怒声促开栅。踉跄启钥何敢迟,有梦不知床与席。鸡三号,星一色,寒宵不放东方白。朱楼翠阁道旁连,一路甜鼾花底黑。

① 此首录自《清诗铎》卷一九。　② 吴升(生卒年不详):字瀛日,号壶山,一号秋渔,钱塘(今属浙江)人。乾隆四十八年(1783)举人,以知县分发四川,积功擢知府。有《小罗浮山馆诗钞》。

昭 君 怨①

顾 钰②

红妆千里为和亲,倾国芳姿画未真。不恨妾身投塞外,却怜汉室竟无人。

① 此首录自《晚晴簃诗汇》卷一〇五。　② 顾钰(生卒年不详):字式度,号蓉庄,无锡(今属江苏)人。乾隆五十二年(1787)进士,历官礼部主事、御史。有《蓉庄遗稿》。

推 车 谣①

李銮宣②

只轮车,双足跰;夫为推,妇为挽。老妪稚子坐两头,黄土满身泪满眼。问从何处来,曰从山东来。问从何处去,乞食远方去。车上何所有,破毡裹敝帚。车中何所施,草根兼树皮。欲行不行行蹒跚,昨日今日并无粒米餐。长跽乞怜,求施一钱,一钱不救君饥寒。只轮车,车转毂,老妪呜呜抱儿哭。卖汝难抛一块肉,不如老妪经沟渎。

① 此首录自《晚晴簃诗汇》卷一〇七。　② 李銮宣(1758—1817):字伯宣,号石农,静乐(今属山西)人。乾隆五十五年(1790)进士,由主事官至云南巡抚。有《坚白石斋集》。

卖 子 谣①

李銮宣

百钱卖一儿,千钱卖一女。小者五六岁,大者三尺许。十十五五沿堤来,彳彳丁丁黄尘霾。老姆谓儿女,卖汝实痛汝。怀中一块肉,弃作路旁土。老父谓儿女,卖汝乃爱汝。朱门酒肉臭,但去无所苦。痴儿痴女不知离别难，从人略卖衣裈单。衣单单，心悒悒。儿长为奴女为妾，灶前灶后背人泣。

① 此首录自《晚晴簃诗汇》卷一〇七。

塞 上 曲①（二首）

陈鸿寿②

其 一

白骨青磷瀚海头，琵琶一曲起边愁。眼前滴尽征人泪，并作黄河地底流。

① 此二首录自《晚晴簃诗汇》卷一一六。　② 陈鸿寿（1768—1822）：字子恭，号曼生，钱塘（今属浙江）人。嘉庆六年（1801）拔贡，历官江南海防河务同知。有《种榆仙馆诗钞》、《桑连理馆诗集》。

其 二

弓弯霹雳射天狐，惊落双雕万众呼。好语将军休见妒，凌烟曾见几人图。

寄 衣 篇①

张作楠②

虫唧唧，催刀尺。念游子，泪沾臆。冬成衣，寄北平，北平风高妾心惊。念我夫子久作客，日日计归程③。再拜告丈人，为我寄衣到塞北。岁岁寄衣，不见夫归。不见夫归心恻恻。一在南，一在北，使妾长相忆④。丈人将衣去，归客将书来。读未数行，举家悲哀。夫子有遗言，言寄妻若子。远客二十年，财亡身又死。我病尔不知时，我死尔不知日。尔饥尔寒谁视尔，与尔永诀凭片纸⑤。妻若子，顿足号且呼。不见故夫，但见手书。持书於邑，肝胆断绝。尔病我不知时，尔死我不知日。使我夫妻父子，不得永诀⑥。妻哭夫兮，子哭父。母哭儿孤，儿哭母苦。三千里外雪霏霏，谁收尔骨归黄土⑦。

① 此首录自《晚晴簃诗汇》卷一二○。作者自序云："有某甲者，久客北平，妻每岁成衣北寄。今秋衣到，甲死已数月。讣归，母子相抱痛哭。余哀之，因作此。" ② 张作楠(？—1828)：字让之，号丹村，金华(今属浙江)人。嘉庆十三年(1808)进士，历官阳湖知县、太仓州知州、徐州知府。有《书事存稿》、《梅簃随笔》、《翠微山房数学》等。 ③ 原注："一解。" ④ 原注："二解。" ⑤ 原注："三解。" ⑥ 原注："四解。" ⑦ 原注："五解。"

壮 士 行①

王 豫②

前有一尊酒，高歌送壮士。壮士起致辞，男儿重伦理。安用盈尊酒，一诺要生死。落日惨夷门，悲风咽易水。长剑四五动，灯光为之紫。挥杯语壮士，豪侠殊无比。有勇贵知方，捐躯徒死耳。及今川楚间，小丑尚转徙。请从霍骠姚，立功垂青史。

① 此首录自《清诗铎》卷二一。 ② 王豫(1768—1826)：字应和，号柳村，江苏江都人。诸生，道光初举孝廉方正，力辞不就。有《种竹轩诗文集》、《王氏清棻录》、《王氏法言》、《儒行录》等。

射 虎 行①

陆 嵩②

翩翩少年谁家子，挟弹操戈过都市。自言膂力能绝人，射虎不数李将军。南山猎猎风沙狂，林木摧振天昏黄。吁嗟白额何处藏，训狐作人踞匡床。据鞍顾盼徒旁皇，劝君且归释弓弩，今但有狐那有虎？

① 此首录自《晚晴簃诗汇》卷二四。　　② 陆嵩(1791—1860)：字希孙,号方山,元和(今江苏吴县)人。贡生,游幕多年,后官镇江府训导。有《意苕山馆集》。

青 盐 叹①

周　凯②

襄阳盐分青与白,青盐食一白食百。青盐自淮来,白盐自潞至。地既殊远近,价亦判贱贵。青盐出官商,逆流挽运苦不易。白盐出私贩,肩挑背负殊便利。私贩半是无业民,偷权什一救困贫。明知犯法干例禁,遂有截盐之徒夺要津。虽未白昼敢横行,亦复乌合相斗争。细民无知狃小利,甘食白盐不食青。官商日以弛,私贩日以起。岂无长官事搜捕,厥罪未至杀乃止。我尝读史编,每为长太息。刘晏掌牢盆,桓宽论盐铁,上裕府库财,下济间阎食。就中有富民,转输得其力。我朝立法尤周详,以之利民兼利商。转输天下无食淡,胡为所异独襄阳。吁嗟乎! 利之所在民必趋,贪食便宜较锱铢。严禁岂能断根株,何如改淮食潞两便之。民食不缺课不亏,于时变通为最宜,不然减价敌私亦可为。

① 此首录自《清诗铎》卷三。　　② 周凯(生卒年不详)：字仲礼,号芸皋,富阳(今属浙江)人。嘉庆十六年(1811)进士。授翰林院编修,官至台湾道。有《内自讼斋诗文集》。

大 水 行①

厉同勋②

六月三日潮接天,江水入河河入田。农夫一片哭声起,可怜辛苦今尽捐。上田下田深数尺,水势直与官河连。老翁登床急，小妇抱儿泣。鸡犬屋上啼，马牛冢边立。哀哀疾走鸣县官，万灶炊烟忽无色。县官为申文，上达大府闻。一日委员十数辈，江南江北何纷纷。勘灾来，小民喜。官无言，灾已矣。官来岂不恤民艰，直陈恐失大府指。呜呼勘灾灾不成，县官在旁徒吞声。沿江一千里，民恨不欲生。送官走且诉，听者难为情。闻说今年仍索租，流离之民胡为乎。民何辜，天不可呼，况复东窜西走儿寒女饥之穷途。吁嗟乎！县官不能主，吾民毋怨苦。犹幸父母慈，清俸先分汝。朝给饼，暮给钱，民之颠连或可补，贤乎贤乎吾明府。

① 此首录自《晚晴簃诗汇》卷一二一。　② 厉同勋（生卒年不详）：字冠卿，号茶心，仪征（今属江苏）人。嘉庆十五年（1810）副贡，历官廉州知府。有《厉廉州诗集》。

后大水行①

厉同勋

南风连天吹不止，雨急翻江潮头起。村村打鼓防水来，城外忽添三尺水。水汹汹，哀吾农。高田束手已无策，须臾又作蛟龙宫。我来城边望，四野阴凄凄。群呼走登屋，屋倒不可栖。残阳一角悲秋草，白骨千年终不保。有家还比无家愁，有田转羡无田好。吁嗟乎！此日之灾更切肤，民隐不达将溃疽。县官恐，跄踉趋。请蠲议赈语郡守，郡守不问民其鱼。越日郡守来，云是亲勘灾。茫茫大水不得进，高田低田安在哉。君不见，大江边，惨呼天。弃儿为蛇食，卖儿不值钱。挈老携幼饿且死，十里五里无人烟。生年三十五，读书亦何补。况今手无尺寸柄，未得与尔诉冤苦。侧闻灾簿上有司,见之忍使终流离。民兮民兮听我语,圣朝宽大尔所知。

① 此首录自《晚晴簃诗汇》卷一二一。

饥 民 船①

汤礼祥②

饥民船,何连连,船头乞食船尾眠。自从六月遭大水,性命孤悬一船里。船有时而南,船有时而北。有时中流风怒号,大船小船行不得。行不得,泊何许,后村已过前村遥,浪花如雪泪如雨。泪如雨,无时休,安得黄河之水不向东南流。

① 此首录自《晚晴簃诗汇》卷一二二。　② 汤礼祥(生卒年不详):字典三,一说点山,仁和(今浙江杭州)人。诸生。江苏侯补县丞。有《栖饮草堂诗钞》。

伤 歌 行①

黄文琛②

朱门日出锁未开,内批已遣金吾来。驱逐妇女出门走,惊妆欲竟频相催。屋屋检视谁复问,大索十日收赀财。膏田连栋不可算,吴绫蜀锦纷成堆。深藏宝赂发光怪,海物充积高崔巍。以车曳载入内府,街头杂沓奔如雷。宾客逃避家僮散,相公始自炎州回。番禺珠翠果何有,愁肠轸转心寒灰。小侯寄食长不饱,妖姬掩袖啼红腮。梦中旌纛犹在眼,银铛夜半声喧豗。中朝达官忍弃我,风樯惨淡私徘徊。浮云变幻亦常事,如此颠折非人灾。门前一雨生莓苔,亲戚嗟叹行人哈。不记手抉大河水,鱼龙馋嚼天为哀。

① 此首录自《晚晴簃诗汇》卷一三一。　② 黄文琛(生卒年不详):字海华,

晚号瓮叟，汉阳(今属湖北)人。道光五年(1825)举人，历官湖南候补知府。有《思贻堂诗集》等。

从 军 行①

林 直②

　　幽燕少，年廿五，广颡庞眉气如虎。复仇只用一横戈，杀贼全凭几枝弩。昨宵铁骑来边城，报君情急性命轻。拟金伐鼓下榆塞，黄沙万里连行营。山川萧条日无色，毡帐枪城愁不得。奇勋不羡李征西，苦节徒怜苏属国。诘朝烽火照狼山，鞭梢指处千夫环。身经百战穿金甲，不斩楼兰誓不还。破敌归来见天子，酾酒椎牛劳将士。戎装乍卸漫还家，明年又报边尘起。

　　① 此首录自《晚晴簃诗汇》卷一三三。　　② 林直(生卒年不详)：字子隅，侯官(今福州)人。有《壮怀堂集》。

结客少年场行①

林 直

　　长安少年游侠客，走马日逐城南陌。见人不肯道姓名，不是英雄不相识。平生意气重结交，龙泉三尺横在腰。片言偶合吐肝胆，万事到手轻鸿毛。朝入主人门，蓦②醉主人宅。主仇不报空丈夫，跃马出门身不惜。刺杀仇人函首归，淋漓颈血尚沾衣。主人请以千金报，踏步掉头去不告。君不见荆卿当日勇无伦，聂政西来亦可亲。从来缓急相看者，犹数屠沽辈里人。

　　① 此首录自《晚晴簃诗汇》卷一三三。　　② 蓦：疑当作"暮"。

骊 山 歌①

陈培荀②

骊山火，诸侯不至谓诳我，美人一笑镐京堕。骊山水，冰肌赐浴温泉里，美人一笑鼓鼙起。美人美人真倾城，骊山何辜代受名。君不见穆王鸾辂登昆仑，西宴王母探河源，八骏未返徐称尊。又不见秦皇之罘驻旌旃，志欲求仙观海外，六龙初驾民为害。骊山一拳近郊甸，未约仙人开荒宴，铁骑胡为来酣战。噫吁嘻！烽火有如昆山燔，玉石俱焚天地昏。祸水有如海水阔，一滴浸成无底壑。山不在大，欲不在多，请君听我骊山歌。

① 此首录自《晚晴簃诗汇》卷一三四。　② 王培荀（生卒年不详）：字雪峤，淄川（今属山东）人。曾官知县，与王者政合刻《蜀道联辔集》。

上 滩 行①

陈钟祥②

大滩水如天上来，奔腾涌沸声轰雷。一线直落势复回，银河东泻沧溟开。小滩石在水中夹，怒石夹水水逾狭。新泉急火煎成泡，万斛明珠流出峡。大滩小滩难复难，蛟鼍喷沫飞惊湍。上滩更比下滩苦，行者未至心先寒。江头大船不敢行，驾棹皆属麻阳人。麻阳舟子强有力，满船日听喧呼声。喧呼牵挽人挤排，各负长纤登高崖。崖高路窄行不得，蛇行蒲伏泥中蛙。壮者负纤黠持篙，篙撑怪石避惊涛。一篙一拄一转侧，危梢起立如飞猱。滩流浅处石势汹，舟陷石中舟愈重。篙师赤体入水中，鳌负舟行舟始动。楚黔地接相犬牙，千山万壑钩连斜。诸峰横叠出滩口，奇崖峭壁森岭岈。山形𡾋岌波与吞，怒犀饿虎沙中蹲。或如美人临水妆，黛螺秀色生明光。俯听滩声仰见山，时时骇笑开心颜。神工鬼斧不容凿，世间奇境非痴顽。放舟似入青云端，江山如此亦壮观，何必徒嗟行路难。

① 此首录自《晚晴簃诗汇》卷一三五。　② 陈钟祥（？—约1840）：字息帆，晚号抑叟，山阴（今属浙江）人。道光十一年（1831）举人，官直隶赵州知州。有《依隐斋诗钞》、《夏雨轩杂文》等。

纺 车 行①

桂超万②

江南多木棉，轻暖胜齐纨。慈母勤夜纺，孤镫悬阑干。皑皑洁白华，照见冰雪肝。线断时复续，车毁使复完。车影似明月，一轮何团团。月轮四更落，车轮仍盘桓。线影如银河，九折回波澜。波澜无已时，得成布一端。裁布制儿衣，卖布供儿餐。儿食日二籫，母食日一箪。儿身著新袄，母身芦衣残。时纺时课读，画荻呼儿看。计偕儿北行，拜别具儒冠。门外牵儿裾，十指尽成瘢。不畏操作苦，翻畏关山难。母心如飞穀，母手如转丸。病亟床蓐冷，还虑儿身单。命取车上线，缝衣寄长安。衣线长在身，缝者骨已寒。仿佛梦魂中，轧轧声未阑。秋林听络纬，飞鸣犹愁酸。酸风吹泪雨，此泪何时干。

① 此首录自《晚晴簃诗汇》卷一三七。　② 桂超万（1784—1863）：字丹盟，贵池（今属安徽）人。道光十二年（1832）进士，知江苏阳湖，官至福建按察使。有《养浩斋诗稿》。

苦 寒 行①

符兆纶②

朔风卷水水倒行,三日不抵临川城。天空野旷人烟断,沧波浩浩孤舟横。回首白云凝不飞,忆昨长跪牵爷衣。爷年渐老儿远去,膝前谁问寒与饥。欲语妻孥转呜咽,十口从此隔风雪。已怜长安不易居,更堪贫贱难为别。十年琴剑西复东,三百六旬如转蓬。出门即是客,远近将毋同,何独此别心忡忡。江上严寒晚来作,呼僮煖酒斟复酌。醉不成欢卧未能,坐看纷纷雪花落。

① 此首录自《晚晴簃诗汇》卷一三七。　② 符兆纶(1795—1864):字雪樵,号卓峰居士,宜黄(今属江西)人。道光十二年(1832)举人。历官福清、屏南、建阳等县知县。有《卓峰草堂诗钞》。

后苦寒行①

符兆纶

去年逢苦寒,游子初辞家。今年逢苦寒,远在天之涯。苦寒苦寒岂有极,侧身天地长咨嗟。朔风怒号气凛冽,关山冻合草木折。北方九月即飞雪,纷纷争羡雁南翔。一叫一声肠一绝,我独冷落海岱间。画角霜笳助呜咽,黑貂裘敝已不温,红炉桦烛难具论。人生穷达自有命,何必奔走抛田园。吁嗟乎! 但能高枕卧山谷,抱书忍饥吾亦足。岂肯风尘长局促,高歌行路难,凄楚复凄楚。鲁酒不忘忧,齐竽奈何许。奋飞苦未能,道路长且阻。望云日日思老亲,老亲还念远游人。居家行路同苦辛,艰难十口待此身,愿天为我回阳春。

① 此首录自《晚晴簃诗汇》卷一三三。

游子吟①

熊少牧②

朝望白云飞，暮听慈乌啼。引领盼亲舍，游子心凄凄。忆我五龄时，失怙谁提携。有弟在襁褓，有兄垂髫倪。随兄上学堂，书声茅屋西。母训不知痛，入怀索枣梨。课儿绩镫前，夜静山风凄。十岁就外傅，家贫鬻珥笄。一经与一砚，历历行装赍。强颜为儿欢，恐儿苦羁栖。送儿出门去，目极门前溪。儿行日以远，高堂日以暌。岁晚望儿还，倚闾斜照低。愿言抛旧业，奉母偕荆妻。承欢有余力，学耕把锄犁。晨羞脍姜鱼，夕膳烹茅鸡。采薪霜一束，种豆烟半畦。春风护萱草，寿与南山齐。不见彩衣人，七十如孩提。

① 此首录自《晚晴簃诗汇》卷一三八。　② 熊少牧(1794—1878)：字书年，号雨胪，湖南长沙人。道光十五年(1835)举人，十六年中进士。官内阁中书。有《读书延年堂集》。

不雨叹①（三首）

孔庆镕②

其一

春无雨，农民苦。麦苗短，枯遑菽。稷黍女，缚柳条。男打鼓圭璧，告神神不语，泪滴秋田未耕土。

① 此三首录自《晚晴簃诗汇》卷一三九。　② 孔庆镕(生卒年不详)：字稷臣，号诚甫，曲阜(今属山东)人。道光十六年(1836)进士，历官贵州按察使，署布政使。有《省香斋诗集》。

其二

黑云四塞天如墨，望雨不来试风色。乱飞急点土未湿，风动云行留不得，举头忽见纤纤月。

其 三

有兵之地多杀伤,无兵之地多凶荒。前年旱蝗在麦后,今年麦秋几无有。呜呼苍天兮民何辜,边隅不静兮中田荒芜。宁被荒兮毋被兵,半菽不饱兮芸芸其生。

昭 君 怨①

石赞清②

雪重拂庐干,燕山直北寒。空弹马上曲,真愧镜中鸾。古戍烟尘满,边隅粉黛残。自矜骄艳色,时展画图看。

① 此首录自《晚晴簃诗汇》卷一四二。 ② 石赞清(1806—1869):字襄臣,贵筑(今贵州贵阳)人。道光十八年(1838)进士,官至工部侍郎、刑部侍郎。有《钉钶吟》。

孤 儿 行①

徐时栋②

孤儿生命一何苦,什伯成群作囚虏。孤儿命苦儿不孤,孤儿各有母与父。父母看儿如掌珠,饥食肉糜寒衣襦。忽遭丧乱抱儿走,相逢狭巷被牵驱。男为役夫女为妻,夺儿怀中儿哀啼。大儿十岁小六七,队队抱上城楼栖。城西酒佣旧相识,昨来山中面黧黑。为言身经十日俘,絷在城楼饷儿食。群儿哀啼声声续,哀极声低音亦促。每当啼急不忍听,一呼贼来无敢哭。此时景状尤惨然,不知贼复何心肝。西城去此七十里,啼声尚犹吾耳边。吁嗟乎! 严陵昔岁贼屠至,十岁小儿都弃置。当时收剌懵懂军,其最少年十一二。而今网罗及么麽,破巢下更无完卵。乳臭小儿何罪辜,一朝羁绁撄天祸。城楼百尺高入云,黑云低压城楼昏。上有青天下黄口,哭声如雷天不闻。

① 此首录自《晚晴簃诗汇》卷一四七。　② 徐时栋(1814—1873):字定宇,一字同叔,号柳泉,鄞县(今属浙江)人。道光二十六年(1846)举人,纳资为内阁中书。两赴会试不第,归而闭户读书,著述甚丰。诗笔遒健,尤擅新乐府。有《烟屿楼集》《柳泉诗文集》。

兵 车 行①(二首)

王汝骐②

其 一

客且去,客且去,村店高房健儿住。朔方调来十万兵,兵车满道村人惊。停骖且致问,主人告予病。店家三月当官差,有肉无鱼众兵怨。青州大吏操军符,遣官督兵兵怒呼。我侪出身冒白刃,安能饥饿为驰驱。昨夜天南望烽燧,贼氛已近兰陵地。官军何日出山东,道傍布席摽蒱戏。

① 此首录自《晚晴簃诗汇》卷一四七。　② 王汝骐(1822—1898):字菘畦,太仓(今属江苏)人。道光二十六年(1846)举人。有《藤华馆诗存》。

其 二

驱黄犊,驱黄犊,黄犊牵车汗流腹。车中列列森刀枪,健儿畏死心怏怏。乡村已虚耗,频年苦征调。羽书忽到县令忙,官吏索车虎狼暴。前驱出境后队迎,数十万钱送一程。大车折轮牸牛死,车长被挞空哀鸣。里正敛钱到乡曲,乡民无钱卖其屋。租庸事重衣食轻,补疮剜却心头肉。

王昭君①

傅　霖②

欲诉琵琶泪满巾，边风到处是胡尘。伤心马上容憔悴，还胜当年画里人。

① 此首录自《晚晴簃诗汇》卷一四八。　② 傅霖(生卒年不详)：字雨纯，浙江山阴人。有《呪笋园剩稿》。

上留田①

张文虎②

行至上留田，不闻鸦鹊声。华屋为丘墟，莫辨室与庭。常棣不复花，荆树无遗荣。深栽百年久，翦伐谁使令。沴气夙已滋，会与妖祥并。飘风一朝至，根本忽以倾。栖栖失林鸟，三匝徒飞鸣。海畔多枭鸱，诱汝啄腐腥。猝然遇矰弋，同为盘中羹。胡不学鹡斯，故巢犹可营。悲哉上留田，蔓草无人耕。昔我尝三宿，感此涕泗零。冤魂如欲语，白日悲风生。

① 此首录自《晚晴簃诗汇》卷一四八。　② 张文虎(1808—1885)：字孟彪，一字啸山，上海南汇人。诸生，候选训导，曾为曾国藩幕，晚年讲学于南菁书院。有《舒艺室诗存》。

新乐府辞(四)

饥 民 行①

崔 旸②

蒙袂复辑履,饥民卧道旁。不食问几日,欲语泪千行。去年河水涨,河西秋稼伤。严冬寒且饥,老幼多死亡。残喘延至春,乞食来此方。昨日过朱门,爪牙如虎狼。今朝叩蓬户,十家九绝粮。命已悬旦夕,恨不死故乡。低头不复语,面目色凄凉。欲救无寸柄,徘徊空断肠。

① 此首录自《晚晴簃诗汇》卷一二八。 ② 崔旸(生卒年不详):字时林,号月沽,庆云(今属山东)人。嘉庆二十四年(1819)举人。有《月沽诗草》。

啼 饥 行①

章上弼②

一旱逾两年,一水又三月。雨旸既失时,灾荒遂迭出。自从入秋来,良田再沦没。堤防岂不严,所苦人力竭。秋场禾不登,日渐生计拙。比邻八九家,薄暮炊烟绝。侧耳闻啼饥,伤心难具述。因思良有司,救荒岂无术。救荒救已荒,所操术已末。要在裕其原,勿使有所缺。因事课惰勤,尽心及沟洫。催科鞭扑宽,民得食其力。先事不绸缪,后悔徒操切。琐琐乡里间,贫富相赡恤。盖藏亦无多,人众不易活。谁指千石囷,聊尔济仓卒。慨此念哀鸿,浩歌肠内热。天心本仁爱,愿民足衣食。胡为降鞠凶,荡及万家室。

粟贵性命贱,攘夺恐骚屑。履霜思坚冰,忧怀何时辍。

① 此首录自《晚晴簃诗汇》卷一二九。　② 章上弼(生卒年不详):字竹隐,嘉兴(今属浙江)人。诸生。有《鹤舫诗钞》。

圆明园词①

王闿运②

宜春苑中萤火飞,建章长乐柳十围。离宫从来奉游豫,皇居那复在郊圻。旧池澄绿流燕蓟,洗马高粱游牧地。北藩本镇故元都,西山自拥兴王气。九衢尘起暗连天,辰极星移北斗边。沟洫填淤成斥卤,宫廷映带觅泉原。淳泓稍见丹棱沜,陂陀先起畅春园。畅春风光秀南苑,霓旌凤盖长游宴。地灵不惜瓮山湖,天题更创圆明殿。圆明始赐在潜龙,因回邸第作郊宫。十八篱门随曲涧,七楹正殿倚乔松。轩堂四十皆依水,山石参差尽亚风。甘泉避暑因留跸,长杨扈从且弢弓。纯皇缵业当全盛,江海无波待游幸。行所留连赏四园,画师写放开双境。谁道江南风景佳,移天缩地在君怀。当时只拟成灵囿,小费何曾数露台。殷勤毋佚箴骄念,岂意元皇失恭俭。秋狝俄闻罢木兰,妖氛暗已传离坎。吏治陵迟民困痡,长鲸跋浪海波枯。始惊计吏忧财赋,欲卖行宫助转输。沉吟五十年前事,厝火薪边然已至。揭竿敢欲犯阿房,探丸早见诛文吏。此时先帝见忧危,诏选三臣出视师。宣室无人侍前席,郊坛有恨哭遗黎。年年辇路看春草,处处伤心对花鸟。玉女投壶强笑歌,金杯掷酒连昏晓。四时景物爱郊居,玄冬入内望春初。袅袅四春随凤辇,沉沉五夜递铜鱼。内装颇学崔家髻,讽谏频除姜后珥。玉路旋悲车毂鸣,金銮莫问残灯事。鼎湖弓剑恨空还,郊垒风烟一炬间。玉泉悲咽昆明塞,惟有铜犀守荆棘。青芝岫里狐夜啼,绣漪桥下鱼空泣。何人老监福园门,曾缀朝班奉至尊。昔日喧阗厌朝贵,于今寂寞喜游人。游人朝贵殊喧寂,偶来无复金闺客。贤良门闭有残砖,光明殿毁寻颓壁。文宗新构清辉堂,为近前湖纳晓光。妖梦林神辞二品,佛城舍卫散诸方。湖中蒲稗依依长,阶前蒿艾萧萧响。枯树重抽盗作薪,游鳞暂跃惊逢网。别有开云镂月台,太平三圣昔同来。宁知乱竹侵落出,不见春风泣露开。平湖西去轩亭在,题壁银钩连倒薤。金梯步步度莲花,绿窗处处留赢黛。当时仓卒动铃驼,守宫上直余嫔娥。芦笳短吹随秋月,豆粥长饥望热河。上东门开胡雏过,正有王公班道左。敌兵未爇雍门荻,牧童已见骊山火。应怜蓬岛一孤臣,欲持高洁比灵均。丞相避兵生取节,徒人拒寇死当门。即今福海冤如海,谁信神州尚有神。百年成毁何匆促,四海荒残如在目。丹城紫禁犹可归,岂闻江燕巢林木。废宇倾基君好看,艰危始识中兴难。已惩御史言修复,休遣中官织锦纨。锦纨枉竭江南赋,鸳文龙爪新还故。总饶结彩大宫门,何如旧日西湖路。西湖地薄比郇瑕,武清暂住已倾家。惟应鱼稻资民利,莫教莺柳斗宫花。词臣讵解论都赋,挽辂难移幸雒车。相如徒有上林颂,不遇良时空自嗟。

① 此首录自《续修四库全书》影印之清光绪三十三年刻《湘绮楼全集·诗集》卷八。今按:同治十年(1871),作者游圆明园遗址,百感交集,因作此诗。

② 王闿运(1832—1916):字壬秋,湖南湘潭人。咸丰五年(1855)举人。曾入曾国藩幕府,后辞去,讲学于成都尊经书院。辛亥革命后,任清史馆馆长。王闿运为近代湖湘派首领,上宗汉魏,下及盛唐,有《湘绮楼全集》。

冯将军歌①

黄遵宪②

　　冯将军，英名天下闻。将军少小能杀贼，一出旌
旗云变色。江南十载战功高，黄袿色映花翎飘。中原
荡清更无事，每日摩挲腰下刀。何物岛夷横割地，更
索黄金要岁币。北门管钥赖将军，虎节重臣亲拜疏。
将军剑光初出匣，将军谤书忽盈箧。将军卤莽不好谋，
小敌虽勇大敌怯。将军气涌高于山，看我长躯出玉关。
平生蓄养敢死士，不斩楼兰今不还。手执蛇矛长丈八，
谈笑欲吸匈奴血。左右横排断后刀，有进无退退则杀。
奋梃大呼从如云，同拼一死随将军。将军报国期死君，
我辈忍孤将军恩。将军威严若天神，将军有令敢不遵，
负将军者诛及身。将军一叱人马惊，从而往者五千人。
五千人马排墙进，绵绵延延相击应。轰雷巨炮欲发声，
既戟交胸刀在颈。敌军披靡鼓声死，万头窜窜纷如蚁。
十荡十决无当前，一日横驰三百里。吁嗟乎！马江一败
军心慑，龙州拓地贼气压。闪闪龙旗天上翻，道咸以来
无此捷。得如将军十数人，制梃能挞虎狼秦，能兴灭国
柔强邻。呜呼！安得如将军。

① 此首录自钱仲联笺注《人境庐诗草笺注》（古典文学出版社 1957 年，下
同）卷四。今按：冯将军，指冯子材。清末名将。钦州（今属广西）人。1885 年法
国侵略军进犯滇桂边境，曾率军在镇南关（今友谊关）大败法军。　② 黄遵宪
（1848—1905）：字公度，广东嘉应（今梅县）人。光绪二年（1876）举人。曾任驻
日、英参赞及旧金山、新加坡总领事，官至湖南按察使。有《人境庐诗草》等。

台　湾　行①

黄遵宪

　　城头逢逢雷大鼓，苍天苍天泪如雨，倭人竟割台

湾去。当初版图入天府，天威远及日出处。我高我曾我祖父，艾杀蓬蒿来此土。糖霜茗雪千亿树，岁课金钱无万数。天胡弃我天何怒，取我脂膏供仇虏。眈眈无厌彼硕鼠，民则何辜罹此苦。亡秦者谁三户楚，何况闽粤百万户。成败利钝非所睹，人人效死誓死拒。万众一心谁敢侮，一声拔剑起击柱。今日之事无他语，有不从者手刃汝。堂堂蓝旗立黄虎，倾城拥观空巷舞。黄金斗大印系组，直将总统呼巡抚。今日之政民为主，台南台北固吾圉，不许雷池越一步。海城五月风怒号，飞来金翅三百艘，追逐巨舰来如潮。前者上岸雄虎彪，后者夺关飞猿猱。村田之铳备前刀，当辄披靡血杵漂。神焦鬼烂城门烧，谁与战守谁能逃。一轮红日当空高，千家白旗随风飘。搢绅耆老相招邀，夹跪道旁俯折腰。红缨竹冠盘锦绦，青丝辫发垂云髻。跪捧银盘茶与糕，绿沉之瓜紫蒲桃。将军远来无乃劳。降民敬为将军犒。将军曰来呼汝曹，妆我黄种原同胞，延平郡王人中豪，实辟此土来分茅，今日还我天所教。国家仁圣如唐尧，抚汝育汝殊黎苗，安汝家室毋诪诋。将军徐行尘不嚣，万马入城风萧萧。呜呼将军非天骄，王师威德无不包。我辈生死将军操，敢不归依明圣朝。噫嚱吁！悲乎哉！汝全台，昨何忠勇今何怯，万事反覆随转睫。平时战守无豫备，曰忠曰义何所恃。

① 此首录自《人境庐诗草笺注》卷八。

东沟行①

黄遵宪

濛濛北来黑烟起，将台传令敌来矣。神龙分行尾衔尾，倭来倭来渐趋前。绵绵冀冀一字连，倏忽旋转成浑圆。我军瞭敌遽飞炮，一弹轰雷百人扫，一弹星流药不爆。敌军四面来环攻，使船使马旋如风，万弹如锥争凿空。地炉煮海海波涌，海鸟绝飞伏蛟恐。人声鼓声噤不动，漫漫昏黑飞劫灰。两军各挟攻船雷，模糊不辨莫敢来。此船桅折彼釜破，万亿金钱纷雨堕。入水化水火化火，火光激水水能飞。红日西斜无还时，两军各唱铙歌归。从此华船匿不出，人言船坚不如疾，有器无人终委敌。

① 此首录自《人境庐诗草笺注》卷八。今按：东沟，县名。鸭绿江口黄海北岸。此诗描写中日甲午海战。

五禽言①

黄遵宪

不如归去！不如归去！博劳无父鹦无母，生小零丁长艰苦，毛羽虽成不自主。归去归去归何处，不如归去！

姑恶姑恶！小姑谣诼！小姑诪我有间时，狞奴黠婢日助虐。十年不将雏，自叹妾命薄。作窠犹未成，亦愿受鞭扑。一意报姑恩，云何姑不乐？姑恶姑恶！

泥滑滑！泥滑滑！北风多雨雪，十步九倾跌。前日一翼翦，昨日一臂折。阿谁肯护持，举足动牵制。仰天欲哀鸣，口噤不敢说。回头语故雌，恐难复相活。泥滑滑！

阿婆饼焦！阿婆饼焦！阿婆年少时，羹汤能手调，今日阿婆昏且骄。汝辈不解事，阿婆手自操。大妇来，口诐诐；小妇来，声嚣嚣；都道阿婆本领高。豆萁然尽煎太急，炙手手热惊啼号。阿婆饼焦！

行不得也哥哥！行不得也哥哥！黑云盖野天无

河,枝摇树撼风雨多,骨肉满眼各自他。三年病损瘦到骨,还欲将身入网罗。一身网罗不敢惜,巢倾卵覆将奈何!行不得也哥哥!

① 此首录自《人境庐诗草笺注》卷一〇。

降将军歌①

黄遵宪

冲围一舸来如飞,众军属目停鼓鼙。船头立者持降旗,都护遣我来致词:我军力竭势不支,零丁绝岛危乎危,龟鳖小竖何能为。岛中残卒皆疮痍,其余鬼妻兵家儿。锅底无饭枷无衣,纥干冻雀寒复饥。六千人命悬如丝,我今死战彼安归?此岛如城海如池,横排各舰珠累累。有炮百尊枪千枝,亦有弹药如山齐。全军旗鼓我所司,本愿两军争雄雌。化为沙虫为肉糜,与船存亡死不辞。今日悉索供指麾,乃为生命求恩慈。指天为正天鉴之,中将许诺信不欺。诘朝便为受降期,两军雷动欢声驰。磷青月黑阴风吹,鬼伯催促不得迟,浓薰芙蓉倾深卮。前者阖棺后舆尸,一将两翼三参随。两军雨泣咸惊疑,已降复死死为谁。可怜将军归骨时,白幡飘飘丹旐垂。中一丁字悬高桅,回视龙旗无孑遗,海波索索悲风悲。悲复悲,噫噫噫!

① 此首录自《人境庐诗草笺注》卷八。

兵 巡 街①

姚 燮②

猹竖携鞭作前导,群厮肩钱逐后笑。铁矛三棱金

鞴鞁，鬼兵率队来巡街。东街穿门市，西街入民户，穿
门为狼入为虎。索钱一千充酒资，尔家有妻保尔妻，
尔家有儿保尔儿。尔无妻与儿，尔身随我，敲梆执火，
使尔朝朝饱饼糇。尔不随我还无钱，尔不见，邻儿背
受三百鞭，血肉狼藉城根眠。

①　此首录自《复庄诗问》（上海古籍出版社 1988 年）卷二三。　②　姚燮
（1805—1864）：字梅伯，号野桥、夏庄、大梅山民等，浙江镇海人。道光十四年
（1834）举人。屡试进士不第，以著作授徒终生。擅诗、词、曲、骈文，且长于画，通
佛、道二藏。其诗兼李、杜之长，又能吸取民歌之营养，旨合风骚，辞无庸浅。有
《大梅山馆集》等。

捉　夫　谣①

姚　燮

　　江头白鸦拍烟起，飞飞呀呀入城里。城鬼捉夫如
捉囚，手裂大布蒙夫头。银铛锁禁钉室幽，铁钉插壁
夫难逃。板床尘腻牛血腥，碧灯射隙闻鬼噪。当官当
夫给钱粟，鬼来捉夫要钱赎。朝出担水三千勺，暮缚
囚床一杯粥。夫家无钱来赎夫，囚门顿首号妻孥。阴
风掠衣头发乱，飞虫啮领刀割肤，谁来怜尔喉涎枯。

①　此首录自《复庄诗问》卷二三。

北　村　妇①

姚　燮

　　妾夫充水兵，战死浃江口。愿妾怀中胎，生男续
夫手。昨夜生一男，夫死妾有子。生男未一日，獐徨
遍邻里。云贼来虏村，跣足偕逃奔。妾死寻夫魂，杀
妾贼之恩。妾杀不足惜，妾死儿何存。折衾手襁儿，河

上行迟回。一步一颠扑,蓬发面如灰。妾欲还娘家,娘家路悬悬。指拈双银环,手招河埂船。子民来夺衾,并夺妾儿去。眼看将妾儿,投弃乱流渡。

　① 此首录自《复庄诗问》卷二二。

卖 菜 妇①

姚 燮

　　卖菜妇,街头行。上有白发姑,下有三岁婴。卖菜卖菜,叫遍前街后街无一应。昨日宜单衣,今日宜棉衣。棉衣已典无钱不可赎,娇儿瑟缩抱娘哭。娘胸贴儿当儿衣,娘背风凄凄。但愿儿暖儿弗哭,儿哭剜娘肉。莫道赎衣无钱,床头有钱。床头有钱三十余。买得一升米,煮粥供堂上姑,余钱买麦饼为儿饷。得过且过,明日如何。明日天晴,卖菜街头行。明日天雨,妾苦不足语,姑苦儿苦。

　① 此首录自《清诗铎》卷一九。

嚄 唶 吟①

刘大受②

　　北方苦旱南苦雨,天倾地缺谁能补。幽州五月尘塞空,麦苗一寸不出土。谁知南中夏潦发,鼋鼍登堂鱼窥宇。四十年来又见之,熊兵桥东水丈五。入春以来常苦霖,十日不得两日晴。吴棉著身夏不脱,高堂习习清风生。连城鲑菜已无种,况乃泛滥妨深耕。中宵忽报双江溢,顷刻巨浪排山立。惊沙大石随潮至,万户千村卷蓬疾。乱流作势向城来,七城黯黯昼不开。疾雷一声破空下,三条九剧声号哀。垣墉杂遝任

摧倒，白骨死葬洪涛堆。我家城西当水头，水高过人
人上楼。大墙如山向我倾，危楼黜戛亦有声。老人呼
天稚子哭，顷刻性命成漂腾。越墙结筏冲波出，此身
但存他何恤。烈风三日水归壑，沉沉万灶炊烟息。回
家瓮盎百不完，老屋半敧犹未圻。我时游梁方病暑，
石铫调汤手自煮。仆夫言有尺书来，开缄手颤不得
语。安全百口自天幸，萧条四壁奈何许。一身俯仰宇
宙窄，高堂阔绝关山阻。人生百年无事无，忧患相煎
何太苦。

① 此首录自《晚晴簃诗汇》卷一六五。　② 刘大受（生卒年不详）：字绍庭，
福建侯官（今福州）人。同治十二年（1873）举人，曾为江西候补知县。

弃妇吟①

魏锡曾②

　　女子惮远适，临别长依依。忆昔妾来此，掩泪牵
母衣。朝别父与母，夕见姑与舅。区区一寸心，生死
为君妇。采桑起执筐，洗手归作羹。三岁靡室劳，归
宁且未遑。归宁且未遑，嗣君适远道。晨昏贱妾侍，
颇谓妇窈窕。吁嗟泰山阿，长松萦女萝。吁嗟彼何
人，中乃施斧柯。东家有贤女，鸳鸯新结侣。人生实
有命，伤余何妒女。木落无还枝，妇弃无还期。但祝
舅姑寿，妾请从此辞。念君隔两地，思君落双泪。妾
去君心伤，愿君遣情累。褰裳登长途，回首见小姑。
小姑哽不语，无力回嫂车。

① 此首录自《晚晴簃诗汇》卷一六七。　② 魏锡曾（？—1881）：字稼孙，浙
江仁和（今杭州）人。贡生。福建候补盐大使。有《绩语堂诗存》。

马 草 行①

黎承忠②

荒城斗大山之陬,健儿十万横戈矛。三更传谕征马草,里胥持符下乡堡。排户输草行给钱,小民汗血官犹怜。眼看刍草如山积,城中载运夜不眠。谁知刍草散满野,竞刈新麦来秣马。可怜麦熟未登场,马病肥死人逃亡。

① 此首录自《晚晴簃诗汇》卷一六七。 ② 黎承忠(生卒年不详):字献臣,号喟园,长汀(今属福建)人。性伉爽,落落不合于时,好为诗,有《葵园诗草》。

边 关 行①

谭钟钧②

边风吹沙沙半飞,营门栖鸦鸦乱啼。客子膏车酒泉北,将军驻马汉关西。将军揖客葡萄酒,耳热乌乌酹拊缶。老卒犹能舞佩刀,幼兵亦解鸣刁斗。晨昏训练气不骄,军中部伍各见招。始信今有定远侯,不尔便是霍嫖姚。天下雄关推第一,一将当关世无匹。北门锁钥君何如,况有生平万人敌。安得生擒吐谷浑,壮士长驱入玉门。狂飙催送关头立,浩浩无垠见戈壁。昆仑蜿蜒发河源,九曲狂流望不极。雪山璀璨冰梯高,一白遥含远天碧。俯瞰山城临九渊,宝石磈砢泉涓涓。兴来匹马万峰顶,浩火汲取衙斋煎。祁连葱岭渺天末,苍然大地浮云烟。我抚沧桑怀太古,一粟太仓渺何许。干戈漂泊寄孤踪,回首湘山泪如雨。为君楚舞歌楚歌,万里龙堆奈若何。昭代承平二百载,徒旅嬉嬉卸兵铠。一朝树纛张楚军,斥堠牙旗尽修改。身先士卒轰雷霆,劚锄荦确披榛荆。手皲足皲精力悴,周道碨砎如砥平。紫电青霜严武库,汉官仪重见军门。我乘高车叩关吏,寻诗塞外添诗意。天山皑皑衰草黄,一抹斜阳浩无际。胡笳羌笛声咿哑,匈奴未灭何为家。主人劝客且痛饮,插剑醉卧沙场沙。

　　① 此首录自《晚晴簃诗汇》卷一六七。　　② 谭钟钧(生卒年不详):字秉卿,号古潭,新化(今属湖南)人。喜放言高论,漫游无所遇,客死谭文卿尚书陕甘幕中。有《古潭诗录》。

塞 上 曲①
顾家树②

　　衔枚度碛夜生寒,铁甲霜明北斗阑。边马远驰天未晓,提刀直欲靖楼兰。

　　① 此首录自《晚晴簃诗汇》卷一六九。　　② 顾家树(生卒年不详):字介卿,会稽(今属浙江)人。有《介卿遗草》。

出 门 行①
李 佳②

　　十五出门行,父母泣中堂。二十出门行,妻子悲空房。三十出门行,儿女牵衣裳。出门既已苦,况复道路长。道路三万里,不复见家乡。黄金络马头,青丝为马缰。行行从此去,已去休旁皇。上堂别父母,父母愁未央。入房别妻子,妻子悲断肠。出门别儿女,儿女询归装。此去三万里,远道殊茫茫。黄河无舟楫,深山多虎狼。绝域不通书,谁复知死亡。家居何不乐,耽此道路长。

　　① 此首录自《晚晴簃诗汇》卷一八〇。　　② 李佳(生卒年不详):字瘦生,丹徒(今属江苏)人。诸生。体弱勤学,家贫旅食,为人司书记,以母疾归侍汤药,染

病遽殁。有《独诵堂遗集》。

车中吟①

王嘉诜②

　　黄犊上坂不得息，苍鹰啄泥长苦饥。秋原四顾惨
白日，茫茫使我中心悲。我驱单车来，落拓走燕赵。
市上今无击筑人，高歌呜咽谁同调。道逢乞食儿，脱
剑赠之聊一笑。北风浩浩吹桑干，洪潦没辙行路难。
村庐漂尽禾黍槁，嗷嗷鸿雁声嘶酸。谁家少年解行
乐，金丸如雨弹黄雀。

　　① 此首录自《晚晴簃诗汇》卷一八〇。　② 王嘉诜(生卒年不详)：初名如
曾，字少沂，一字劭宜，晚号蛰庵，铜山(今属江苏)人。贡生。试用通判。沉默
寡言，日手一卷。工骈散文，有《养真室诗集》。

病中吟①(二首)

张曼殊②

其　一

　　罗帐挂金钩，薰炉香雾收。起来红袖冷，独坐怕
梳头。

　　① 此二首录自《晚晴簃诗汇》卷一八三。　② 张曼殊(生卒年不详)：宛平
(今属北京)人。萧山毛奇龄侧室。京师丰台卖花家女，性慧，年十八，为毛奇龄
妾。卒年二十四岁。

其　二

　　日色满窗红，鸳鸯睡枕同。披衣将欲起，又怕隔
帘风。

塞　上　曲①（二首）

徐昭华②

其　一

朔风吹雪满刀镮,万里从戎何日还。谁念沙场征战苦,将军今又度阴山。

① 此二首录自《晚晴簃诗汇》卷一八四。　② 徐昭华(生卒年不详):字伊璧,号兰痴,上虞(今属浙江)人。诸生骆加采妻。工楷隶,善丹青。从毛奇龄学诗,有《花间集》、《徐都讲诗集》。

其　二

长云衰草雁行平,砂碛征人向月明。思妇不知秋夜冷,寒衣还未寄边城。

明　妃　怨①

王　筠②

紫台风急雁声愁,去国离家不自由。独有穹庐深夜月,清光不异汉宫秋。

① 此首录自《晚晴簃诗汇》卷一八五。　② 王筠(生卒年不详):字松坪,长安(今属陕西)人。直隶知县王元常之女。诗承家学,自成一家,尤工词曲,诗集附刻于其父《西园瓣香集》后。

昭　君　叹①

刘寿萱②

明妃生长荆门时,布裙照耀倾城姿。心高不肯厮养嫁,年少常期天子知。汉家天子勤宵旰,后宫佳丽无心玩。单于岁入雁门关,羽檄纷驰常待旦。待旦何人侍至尊,三千宫女竞承恩。深宫一入如长夜,镜里朱颜只泪痕。泪痕终日对东风,月落乌啼朝暮中。春光不管垂阳碧，秋雨谁题落叶红。千金耻买相如赋，况肯低眉暗行赂。画工能窃太阿权，颠倒妍媸君勿顾。赢得乌孙下嫁名，君王惨淡在临行。早知我见犹怜汝，却恨图穷已误卿。卿辞汉殿向黄沙，回首长安不见家。凄绝城头吹筚篥，愁来马上拨琵琶。琵琶幽怨分明语，碧眼胡儿泪如雨。八月边风愁杀人，雪花如掌当风舞。薄命红颜敢自伤，死留青冢土还香。上林验取南飞雁，一纸还凭报汉皇。

① 此首录自《晚晴簃诗汇》卷一八七。　② 刘寿萱（生卒年不详）：武进（今属江苏）人。江阴缪征甲妻。有《梦蟾楼遗稿》。

从 军 行①

张 印②

昔闻从军苦，今见从军乐。从军岂真乐，毋乃为残虐。我有灶下媪，全家住近洛。饭罢袖手闲，为我谈韬略。昨有潼关兵，新调来襄鄂。入市逢酒肆，牛羊恣大嚼。撒手出门去，佣保还诺诺。乘醉过青楼，应声奏箫篥。幸蒙垂爱怜，临行簪珥攫。一夕报贼来，远近惊风鹤。彼闻翻大喜，距踊如雀跃。沿途有村店，藉口制草屏。毫无造物仁，俨同敝赋索。一人不如意，千百横刀稍。民也告之官，县官惊以愕。投刺谒主帅，主帅殊落寞。身家与性命，畴不儿郎托。似此区区者，九牛一毛灼。掉头更不言，反是县官错。翌日拔队行，所在苦摽掠。有马不刍秣，十四百匹捉。有兵不肩荷，前车后车缚。时或值商贾，搜求罄与橐。鞭夫如鞭狗，弹人如弹鹊。一事稍阻挠，首级立时落。一级银二钱，请赏向戎幕。娇姹谁家女，亦既成婚约。宁馨谁家儿，绕项金锁钥。女驮马上去，男系马前铎。

夫婿蹑迹追，爷娘望尘扑。看看十里外，日已西山薄。
明早见积骸，狼藉填沟壑。家人哭之恸，搥胸更拊髀。
保正为报营，营中方饮酌。粉黛排屏风，珠宝堆山岳。
开口未及说，身已贯木索。捆置大旗边，自分死锋锷。
倏见缚鸡来，认得羽毛驳。今供彼盘飧，昨食我稻稑。
须臾兵尽醉，相邀纵六博。卢雉信口呼，金钱信手摸。
想见傥来物，源源不一涸。乘间逃生归，思欲主帅吁。
相距三百里，程途数日隔。男儿生胡为，恨不兵籍著。
呜呼彼军人，此孽何可作。亦既客欺主，又复强凌弱。
我闻湘泽间，近亦风声恶。岂无儿在家，岂无女出阁。
一旦有兵役，宁能免鼎镬。天道信难知，作诗叩冥漠。

① 此首录自《晚晴簃诗汇》卷一八八。　② 张印（1832—1872）：字月潭，陕
西潼关人。山东巡抚澧中之女，陕西布政使林寿图续妻。有《茧窝遗诗》。

望夫石歌①

洪良浩②

山头一片石，屹立青海傍。偃蹇不受秦王鞭，孤
洁颇似贞女肠。行人借问贞女谁，许氏少女字孟姜。
姜女少小何窈窕，嫁与东邻范家郎。郎年弱冠即从
军，迢迢万里戍渔阳。青镜持赠别后面，纤腰未脱嫁
时裳。少妇不解别离苦，娉婷十年守空床。金微草白
风雪虐，玉窗花飞岁月忙。长城之役何太急，天子威
令寒与霜。千杵不堪筋骨绝，一身谁洗刀箭疮。昨夜
深闺梦郎至，颜色憔悴言未详。倘悦惊觉妾心动，仓
卒清晨起严装。弱质不惮度关河，柔情那忍别爷娘。
千苦万辛到榆塞，郎君踪迹竟杳茫。始言某年石压
死，或说何方战阵亡。城边积骸与城齐，子之丰兮何
处僵。人情到此可奈何，惟有昂首呼穹苍。泪尽气竭

声不续，彷徨更陟山之冈。朝朝暮暮望郎来，愁云霾霭海天长。齐城已崩哭杞梁，湘竹空斑泣娥皇。明月夜伴山鬼啼，沧波春与水禽翔。长留拳石水不咶，但闻骊山草已荒。不见东海又有堤上妻，千载芳魂永相望。

① 此首录自《晚晴簃诗汇》卷二〇〇。题下自注："在山海关外八里堡南。"
② 洪良浩(1724—?)：字汉师，朝鲜人。官至平安道观察使，判中枢府事。乾隆时曾来华，与纪晓岚友善。有《耳溪散稿》《耳溪诗集》。

海军衙门歌①

丘逢甲②

大东沟中炮声死，旅顺口外逃舟驶。刘公岛上降幡起，中人痛哭东人喜。旁有西人竞嗷訾，中国海军竟如此！衙门主者伊何人，万死何辞对天子。坐糜廿三行省万万之金钱，经营惨淡三十年。衙门循例保将领，翠翎鹤顶何翩翩。南军北军合操日，炮云翁起遮苍天。群轮辗海迷青烟，谓此足当长城坚。一东人耳且不敌，何况西人高掌远蹠纷来前。我不能工召洋匠，我不能军募洋将。衙门沉沉不可望，若有人兮坐武帐。早知隶也实不力，何事挥金置兵仗？战守无能地能让，百万冤魂海中葬。购船购炮仍纷纷，再拼一掷振海军。故将逃降出新将，得相从者皆风云。风云黯淡海无色，大有他人鼾吾侧。楼船又属今将军，会须重铸六州铁。宝刀拜赐趋衙门，军中岂知天子尊。敛缩海界张军屯，海风昼啸龙旗翻，天吴海若群飞奔。《阴符》秘授鬼莫测，何取书生纸上之空言。噫吁乎！书生结舌慎勿言，衙门主者方市权。

① 此首录自《岭云海日楼诗钞·选外集》（上海古籍出版社1982年）。原题

为《海军衙门歌同温慕柳同年作》。今按:温慕柳,名仲和,广东梅县人。光绪十五年(1889)进士,官翰林院检讨,与丘逢甲为同年。　②丘逢甲(1864—1912):字仙根,号蛰仙,别号南武山人,祖籍广东蕉岭。曾祖士俊随郑成功赴台湾,丘逢甲生于台湾。光绪十五年(1889)进士。授工部主事。甲午战争后,清廷将台湾、澎湖割让日本,丘逢甲曾在台湾率义军抗日,兵败后回大陆,致力于教育事业。辛亥革命后,当选为南京临时政府参议院议员。有《岭云海日楼诗钞》等。

看 蚕 娘①

金天羽②

做天难做四月天,做人难做半中年。秧要太阳麻要雨,看蚕娘子不雨无晴天。我家墙头桑叶鲜,邻家女儿采桑不用钱。采桑归去喂蚕饱,相逢祝汝蚕丝好,爱蚕如儿呼蚕宝。三起三眠茧头白,同功茧就蚕心巧。人家祝我蚕有秋,那知侬家一月不梳头。缫得丝成更织素,侬家衣著还粗布。

① 此首录自《天放楼诗集·谷音集》卷中。　② 金天羽(1874—1947):字松岑,自署天放楼主人,江苏吴江人。光绪二十四年(1898)荐试经济特科,不赴。先办教育,后言革命。入民国,曾任江南水利局长。诗宗汉魏唐宋,有《孤恨集》、《天放楼诗集》等。

悯 农①

金天羽

漏天沉沉雨脚直,湖神夜半叩我室。晓看湖云万片低,雪浪蛟鼍翻广泽。今年农夫告大有,底事秋霖忽淫溢。禾稼垂头根烂死,长穗多供雁鸭食。水中捞泥作堤埂,日暮归来脚肿湿。惊蛇入户鱼生灶,瓮无余粮爨乏棘。我家门巷势最高,水过湖心捣衣石。支离庭菊开数重，螃蟹虽肥不忍吃。米贵便须禁酿酒，岁晚恐难补种麦。一雨四旬方开霁，水土何由分垦宅。垂虹桥下波渺渺，寒菜荒畦试种植。嗟尔流亡曷暂归，鸦阵西风晚来急。

① 此首录自《天放楼诗集·谷音集》卷上。作者自序："八月二十四日雨，至十月五日止，田庐尽淹。禾稻生耳，自道光己酉(1849)以来未有之灾也。嗟我农夫，何以卒岁。"今按：此诗作于光绪十五年(1889)。

去 国 行①

梁启超②

呜呼！济艰乏才兮，儒冠容容。佞头不斩兮，侠剑无功。君恩友仇两未报，死于贼手毋乃非英雄。割慈忍泪出国门，掉头不顾吾其东。东方古称君子国，种族文教咸我同。尔来封狼逐逐磨齿瞰西北，唇齿患难尤相通。大陆山河若破碎，巢覆完卵难为功。我来欲作秦廷七日哭，大邦犹幸非宋聋。却读东史说东故，卅年前事将毋同。城狐社鼠积威福，至室蠢蠢如赘痈。浮云蔽日不可扫，坐令蝼蚁食应龙。可怜志士死社稷，前仆后起形影从。一夫敢射百决拾，水户萨长之间流血成川红。尔来明治新政耀大地，驾欧凌美气葱茏。旁人闻歌岂闻哭，此乃百千志士头颅血泪回苍穹。吁嗟乎！男儿三十无奇功，誓把区区七尺还天公。不幸则为僧月照，幸则为南洲翁。不然高山蒲生象山松阴之间占一席，守此松筠涉严冬，坐待春回终当有东风。吁嗟乎！古人往矣不可见，山高水深闻古踪。潇潇风雨满天地，飘然一声如转蓬，披发长啸览太空。前路蓬山一万重，掉头不顾吾其东。

① 此首录自梁启超《饮冰室合集·文集四十五(下)》(上海中华书局1936

年)。　② 梁启超(1873—1929):字卓如,号任公,别号饮冰室主人,广东新会人。光绪十五年(1889)中举,参与戊戌变法,失败后逃往日本。拥护袁世凯,主张君主立宪,曾任袁世凯政府司法总长及段祺瑞政府财政总长。有《饮冰室合集》。

爱 国 歌①(四首)
梁启超

其 一

泆泆哉! 我中华。最大洲中最大国,廿二行省为一家。物产腴沃甲大地,天府雄国言非夸。君不见、英日区区三岛尚崛起,况乃堂乔吾中华。结我团体,振我精神,二十世纪新世界,雄飞宇内畴与伦。可爱哉! 我国民。可爱哉! 我国民。

① 此四首录自《饮冰室合集·文集四十五(下)》。题下注曰:"光绪二十九年。"

其 二

芸芸哉! 我种族。黄帝之胄尽神明,寖昌寖炽遍大陆。纵横万里皆兄弟,一脉同胞古相属。君不见、地球万国户口谁最多? 四百兆众吾种族。结我团体,振我精神,二十世纪新世界,雄飞宇内畴与伦。可爱哉! 我国民。可爱哉! 我国民。

其 三

彬彬哉! 我文明。五千余岁历史古,光焰相续何绳绳。圣作贤述代继起,浸濯沉黑扬光晶。君不见、羯来欧北天骄骤进化,宁容久局吾文明。结我团体,振我精神,二十世纪新世界,雄飞宇内畴与伦。可爱哉! 我国民。可爱哉! 我国民。

其 四

轰轰哉! 我英雄。汉唐凿孔县西域,欧亚抟陆地天通。每谈黄祸我且慄，百年噩梦骇西戎。君不见、博望定远芳踪已千古，时哉后起吾英雄。结我团体，振我精神，二十世纪新世界，雄飞宇内畴与伦。可爱哉！我国民。可爱哉！我国民。

台湾竹枝词①（十首）

梁启超

其 一

郎家住在三重浦，妾家住在白石湖②。路头相望无几步，郎试回头见妾无。

① 此十首录自《饮冰室合集·文集四十五（下）》。题下有序曰："晚凉步墟落，辄闻男女相从而歌，译其辞意，恻恻然若不胜《谷风》、《小弁》之怨者。乃掇拾成什，为遗黎写哀云尔。" ② "郎家"二句：原注"首二句直用原文"。

其 二

韭菜花开心一枝①，花正黄时叶正肥。愿郎摘花连叶摘，到死心头不肯离。

① "韭菜"句：原注"首句直用原文"。

其 三

相思树底说相思，思郎恨郎郎不知。树头结得相思子，可是郎行思妾时①。

① 此首末原注："全岛所至植相思树。"

其 四

手握柴刀入柴山，柴心未断做柴攀①。郎自薄情出手易，柴枝离树何时还。

① "手握"二句：原注"首二句直用原文"。

其 五

郎捶大鼓妾打锣，稽首天西妈祖婆。今生够受相思苦,乞取他生无折磨①。

① 此首末原注:"台人最迷信所谓天上圣母者,亦称为妈祖婆,谓其神来自福建,每岁三月迎赛若狂。"

其　六

绿阴阴处打槟榔,蘸得蒟酱待劝郎。愿郎到口莫嫌涩,个中甘苦郎细尝。

其　七

芋芒花开直胜笔,梧桐揾尾西照日①。郎如雾里向阳花,妾似风前出头叶。

① 原注:"首二句直用原文。"

其　八

教郎早来郎恰晚,教郎大步郎宽宽。满拟待郎十年好,五年未满愁心肝①。

① 原注:"全首皆用原文,点窜数字。"

其　九

蕉叶长大难遮阳①,蔗花虽好不禁霜。蕉肥蔗老有人食,欲寄郎行愁路长。

① 原注:"首句用原文。"

其　十

郎行赠妾猩猩木,妾赠郎行蝴蝶兰。猩红血泪有时尽,蝶翅低垂那得干。

史歌谣辞

达 情 谣①

下情上达，天下罔不治；下情上壅，天下罔不乱。

① 此首录自《清史稿·太宗本纪一》：(天聪六年)六月已卯，库尔缠等自得胜堡，爱巴礼等由张家口，分诣大同、宣府议和。书曰："我之兴兵，非必欲取明天下也。辽东守臣贪黩昏罔，劝叶赫陵我，遂婴七恨。……语云：'下情上达……'今所在征讨，争战不息，民死锋镝，虽下情不达之故，抑岂天意乎？"

川 楚 谣①（二首）

其 一

贼来不见官兵面，贼去官兵才出现。

① 此二首录自《清史稿·谷际岐传》："川、陕责之总督宜绵、巡抚惠龄、秦承恩；楚北责之总督毕沅、巡抚汪新。诸臣酿衅于先，藏身于后，止以重兵自卫，裨弁奋勇者，无调度接应，由是兵无斗志。川、楚传言云：'贼来不见官兵面……'又云：'贼去兵无影……'"

其 二

贼去兵无影，兵来贼没踪。可怜兵与贼，何时得相逢？

大 理 谣①

苍山雪，洱海月，上关花，下关风。

① 此首录自《清史稿·地理志廿一》："(大理府)北：上关，亦曰龙首关，又曰石门关。南：下关，亦曰龙尾关。谚曰：'苍山雪……'下关贸易极盛，南陬名镇。"

文县童谣①

两个土地会说话，两个石人会挞架。

① 此首录自《清史稿·灾异四》："光绪五年，文县有童谣云：'两个土地会说话……'未几即山崩地震。"

后　记

　　本书从编纂到付梓,前后经历十二载。期间几经周折,几易其
稿,终于可以面见读者了,我们欣慰的心情难于言表。

　　编纂此书的意旨,在于发掘研究资源,拓展研究领域,给相关
的科研与教学提供较为系统、全面、翔实、可信的学术资料。为此,
我们严格从原刊善本中辑录作品,并着力于校勘,按照出版社的要
求,删除繁注,反复校核,只望对研读者有所助益。

　　在这项颇费时力的工作中,我们有幸得到社会各方时贤的大
力支持和帮助,他们是德高望重的大师学者周汝昌先生、霍松林先
生和王运熙先生,文学理论家王钟陵教授、古词乐谱专家刘崇德教
授、杜诗专家韩成武教授,还有古代文学、文论、文献及语言方面的
专家詹福瑞、李金善、王素美、时永乐、杨宝忠诸位教授,以及徐明、
马金屏、谢美生、刘长孜、张力云、孙进柱、谢淑芬、贾耘田、王晓曦、
赵平分、刘会改、刘海军、姚萱、颉斌、张金明等等,还有词曲作家王
大民同志,各方贤达专家给本书编纂出版助力,在此一并表示
感谢。

　　我们感到幸运的还有,本书得到国家出版基金和上海文化发
展基金的资助,又得到上海交通大学出版社韩建民社长和张天蔚
总编的支持,还有本书责编、美编、校对等同志的帮助,借此机会特
向他们深致谢意。尤其是本书责编任雅君同志和二审编辑姜汉椿
同志,审校书稿认真负责,一丝不苟,以文献校勘行家的眼识,追求

精益求精,给我们留下了深刻的记忆。

　　在本书付梓之前,主编对全书辑录的七千多首诗字逐句进行了校核。即使如此,因时力所限,加之古代乐府字字逐句辑校艰剧,难免还有疏漏,甚至舛误,尚望读者方家不吝赐朵,有日修正和补充。

彭黎明

2011 年 1 月于京南古城寓所榴窗阁